Curtis Briggs und Stefan Lukschy

DIE FARBE DER STERNE

CURTIS BRIGGS · STEFAN LUKSCHY

DIE FARBE DER STERNE

ROMAN

LANGENMÜLLER

© 2024 Langen Müller Verlag GmbH, München
Alle Rechte vorbehalten
Umschlaggestaltung: Wolfgang Heinzel
Autorenfoto: Cinemagine
Umschlagillustration und Zeichnung S. 325: Christian Effenberger
Umschlagfoto: Curtis Briggs und Jad Tohmé
Satz: Langen Müller Verlag, Ralf Paucke
Druck und Binden: Friedrich Pustet GmbH & Co. KG, Regensburg
Printed in Germany
ISBN: 978-3-7844-3712-5

www.langenmueller.de

✦✦✦

INHALT

◆◆◆

VORSPIEL

Julia liebte das Chaos. Das Chaos war die ultimative Herausforderung.

„Was für ein schräger, verfallener Kasten", dachte sie, als sie die Auffahrt hinauffuhr, „die perfekte Kulisse für einen altmodischen Horrorfilm. So zwischen ‚Psycho', ‚The Shining' und ‚Grand Budapest Hotel' ..."

Sie lenkte ihren kleinen Peugeot auf den von weißen Pappelsamen bedeckten Parkplatz des Hotels „Seeblick" und schaute vor dem Aussteigen kurz in den Innenspiegel. An ihre erst in der Früh abgeschnittenen Haare hatte sich Julia noch nicht gewöhnt. Das grinsende Gesicht im Spiegel kam ihr irgendwie fremd vor, war ihr aber durchaus sympathisch.

Zwischen dem Hotel und dem Parkplatz sah sie den Kochelsee in der frühsommerlichen Wärme glitzern, eine Einladung der bayerischen Voralpen zum Bade. Über dem See kreisten in der flirrenden Luft die Möwen. Es war noch in der Nebensaison, aber einer dieser Tage, an dem Italienreisende auf die Idee kommen könnten, ihre Sommerferien doch nördlich der Alpen zu verbringen. Wo hätte es schöner sein können? Und das Beste war, dass jenseits des Sees, hinter der majestätischen Bergkette, die Gletscher auf Julia warteten.

Sie stieg die ausgetretenen Stufen zum Eingang des Hotels hinauf und klingelte. Während sie auf der winzigen Veranda neben der Treppe wartete, betrachtete sie die Fassade des ehemaligen Grand Hotels, von der die Farbe in reizvoll gekringelten Spänen abblätterte. Sie nahm ihre Sonnenbrille ab, zückte ihr Handy und schoss ein Foto. Julia fotografierte gerne morbide Strukturen, um die Dokumente des Zerfalls als Bildschirmhintergründe auf ihrem Laptop zu verwenden. Dabei fiel ihr auf, dass ein Buntspecht sich kräftig ins Zeug legte, einer Spalte im Putz der Fassade eine ansprechende Form zu verpassen. Julia grinste. „Wie nett, dass man hier nicht nur an zahlende Gäste denkt, sondern auch der heimischen Vogelwelt Möglichkeiten zur künstlerischen Entfaltung gibt."

Nachdem sie fünf Bilder gemacht hatte und die Tür immer noch verschlossen blieb, ging sie um das Haus herum und spähte durch die schlecht geputzten Fensterscheiben in die menschenleeren Räume. An einem offenstehenden Fenster blieb sie stehen und rief hinein: „Hallo? Herr Sailer?"

Wenig später erschien ein halbverschlissener Bademantel im Fenster. Aus dem braun-grün gestreiften Baumwollungeheuer ragte Johannes Sailers Kopf heraus, ein hagerer Mittsiebziger, der mit seinem weißen Dreitagebart, seinen wachen Augen und den strubbeligen Haaren eher wie ein Künstler wirkte denn wie ein Hotelbesitzer. Als er Julia erblickte, musterte er die junge Frau und sagte dann zufrieden: „Wie schön."

Julia verdrehte innerlich die Augen, ließ sich aber nichts anmerken. „Man hat mich nicht reingelassen."

„Haben Sie geklingelt?"

„Ja."

Sailer schüttelte den Kopf. „Die Klingel ist kaputt, normalerweise sitzt meine Schwester neben der Tür und betrinkt sich. Ich mach Ihnen auf." Er verschwand im Zimmer.

Julia reagierte amüsiert. Ihre Vorstellung von dem Horrorfilm verfestigte sich. Vor ihrem geistigen Auge sah sie sich in einer abgerockten Geisterbahn, mit Hitchcock als Ausrufer im Frack am Megaphon, Kubrick als Mann an der Kasse und Jack

Nicholson als Erschrecker im Bademantel, der sich mit einem blutigen Beil in der Hand zu ihr in den rumpeligen Wagen setzt oder ihr schwarze Fäden durchs Gesicht baumeln lässt. Julia war bereit, sich überraschen zu lassen.

Als Sailer Julia die Tür öffnete und sie hereinbat, hatte er sein liebstes Kleidungsstück gegen ein abgetragenes dunkelbraunes Cord-Jackett ausgetauscht. Die dazu so gar nicht passenden gelben Badelatschen trug er noch an den Füßen.

„Schade", dachte Julia. Sie legte bei Männern seit jeher gesteigerten Wert auf gute Schuhe.

Sie betraten Sailers Büro. Der Mann mit den falschen Schuhen zeigte mit einer ausladenden Geste in den großen Raum. „Bitte sehr." Julia guckte sich zufrieden um. Sie hatte zwar öfters in WGs genächtigt, in denen ein „kreatives Chaos" herrschte, aber das, was sie hier zu sehen bekam, toppte alles.

Im gestreiften Licht der vormittäglichen Sonne tanzte der Staub, bevor er sich auf die unendlich vielen, zum Teil umgefallenen Aktenstapel und die Berge ungeöffneter Post legte, die die Möbel und den Boden des großzügig geschnittenen Zimmers unter sich begruben. Dazwischen lagen leere Mineralwasserflaschen herum, unter einer Akte schaute der Henkel einer benutzten Kaffeetasse hervor, in der es sich eine Großfamilie kleiner Hausspinnen gemütlich gemacht hatte. In einer Ecke lehnte eine Gitarre, der die Hälfte der Saiten fehlte. Der schwere Eichenschreibtisch, der den Raum dominierte, verschwand unter Papieren und Büchern, die offenbar schon länger aufgeschlagen dalagen. Julia reizte es instinktiv, dieses Chaos in den Griff zu kriegen.

Trotzdem fragte sie sich, ob die vor ihr liegende Aufgabe in den drei Sommermonaten, für die Sailer sie telefonisch angefragt hatte, zu bewältigen sei, und ob das nicht mit ihren Plänen, im Herbst nach Paris und New York zu gehen, kollidierte.

„Vielleicht wäre eine gute Putzfrau …" – „Neinnein", unterbrach Sailer sie. „Ich will die Dinge geordnet haben, bevor ich das Hotel verkaufe. Ich weiß, es ist viel Arbeit, aber ich zahle gut, Sie kriegen eine anständige Provision und nach fünf Uhr können Sie hier wunderbar Ferien machen. Mögen Sie Champagner?"

Während Sailer in die Küche verschwand, nahm Julia in einem der Korbstühle auf der Seeterrasse des Hotels Platz und genoss den sommerlichen Blick in die Natur und den kurzen Moment der Stille. War es wirklich erst sieben Tage her, dass sie eine Stunde vor ihrer geplanten Hochzeit, schon im Brautkleid und auf dem Weg zur Kirche, die Reißleine gezogen hatte, Hals über Kopf getürmt war und zwei Tage darauf Berlin verlassen hatte?

Die Monate davor waren heftig gewesen. Sie musste ihre Masterarbeit abliefern, konnte sich jedoch kaum auf ihr Thema „Die volkswirtschaftlichen Folgen des Klimawandels" konzentrieren, weil ihre Eltern, vor allem aber ihr Verlobter Fabian sie ständig mit Fragen zu Hochzeitsvorbereitungen nervten. Je näher der Termin der Trauung rückte, desto unheimlicher wurde ihr die Sache. War das wirklich das Leben, das sie sich erträumte? Inzwischen kannte sie die Antwort.

Ihre Eltern waren naturgemäß entsetzt über die „pubertäre Anwandlung" ihrer einzigen Tochter. Und Fabian verfiel sofort in fieberhafte Betriebsamkeit. Er versprach Julias Eltern hoch und heilig, die Geflohene notfalls mit einem Lasso einzufangen, und tröstete während des vergeblichen Versuchs, sie telefonisch zu erreichen, abwechselnd ihre tränenüberströmte Mutter und ihren entgeisterten Vater.

Vielleicht war genau das der Hauptgrund für ihre Entscheidung. Die gemeinsame Zukunft mit dem „idealen Schwiegersohn" war einfach zu perfekt durchgeplant gewesen. Fabian hatte ein halbes Jahr zuvor eine Zahnarztpraxis im Berliner

Villenviertel Dahlem eröffnet und seinen Heiratsantrag zwischen zwei Hightech-Behandlungsstühlen in den edlen Praxisräumen mit der Bemerkung garniert, dass zu einem erfolgreichen jungen Modezahnarzt doch nichts besser passen würde als eine engagierte Umweltschützerin: „Du rettest die Gebirge und ich rette die Gebisse. Willst du meine Frau werden?" Ihr ungläubiges Schweigen hatte Fabian irrtümlicherweise als Zustimmung gewertet, und als Julia sich Bedenkzeit ausbitten wollte, war es schon zu spät. Fabian hatte bereits hochoffiziell und höchst altmodisch bei ihren katholischen Eltern um ihre Hand angehalten.

Julias Mutter, eine konservative politische Journalistin, die ihren Berufsstand durch das Internet und social media für bedroht hielt, und ihr Vater, ein emeritierter Biologieprofessor mit ausgeprägtem Familiensinn, hatten gleich nach Fabians Antrag Überlegungen angestellt, wie man die gute alte Zeit in die Gegenwart hinüberretten könnte: Sie planten, in ihrem ererbten Häuschen in Zehlendorf für sich selbst das Dach auszubauen, um dem jungen Paar das geräumigere Erdgeschoss und dem erhofften Nachwuchs das erste Stockwerk zur Verfügung zu stellen – und Fabian plante enthusiastisch am Mehrgenerationenhaus mit.

Beim Gedanken daran schnürte es Julia sogar noch im fernen Bayern die Kehle zu. Ihre Abenteuerlust wäre unter der heiligen Dreifaltigkeit in kürzester Zeit erstickt worden. Fabian und ihre Eltern harmonierten derart miteinander, dass Julia sich nicht einmal getraut hatte, den dreien zu erzählen, dass sie mit viel Glück eines der wenigen, heiß begehrten Praktika bei der UNESCO bekommen hatte. Hier am See würde sie die nötige Ruhe finden, um sich über ihre Zukunft endgültig klarzuwerden.

Ein ausnehmend hübscher Marder huschte über den Rasen, nahm kurz interessiert Blickkontakt mit Julia auf und riss sie aus ihren Erinnerungen. Als wollte er ihr seine artistische Kunstfertigkeit demonstrieren, machte er zwei Purzelbäume, grinste selbstbewusst und zeigte ihr, wie Freiheit aussehen konnte. Julia nickte nachdenklich und beobachtete, wie der Marder ein undichtes Fallrohr hinaufkletterte und auf einem der Balkone verschwand.

Vom See her kam eine vierköpfige Familie zum Hotel gelaufen. „Grüß Gott", berlinerte der Vater, dessen Kopf aus dem aufgeblasenen Gummischwan seiner Kinder herausragte.

Julia erwiderte seinen Gruß. „… ach, ich habe eine Frage. Sind Sie die einzigen Gäste?"

„Jetzt, wo Sie anjekommen sind, nich mehr. Schönen Tach noch." Die Familie verschwand im Haus, gerade als Sailer mit einer Flasche deutschen Sekts und zwei Gläsern auf einem leicht zerbeulten Hotelsilbertablett erschien.

„Und? Haben Sie sich's überlegt?", fragte er und entkorkte die Flasche.

Julia atmete tief durch, dann streckte sie ihm die Hand hin. „Aber Ende August müssen wir durch sein."

Er reichte ihr ein Glas und stieß mit ihr an. „Ende August bin ich wahrscheinlich schon tot."

◆◆◆

EINEN MONAT SPÄTER
MITTWOCH

Die Illusion war perfekt: Vor einer bayerischen Bergkulisse mit Schloss Neuschwanstein schwebten Heißluftballons in allen Farben und Formen, von der untergehenden Sonne warm beschienen, durch den stahlblauen Himmel.

Die Firma „Klinger.Balloons" bei Lindau, für die Leo Sailer seit drei Jahren als Designer arbeitete, war in der Branche bekannt für ihre ausgefallenen Entwürfe und in München und Umgebung ein beliebter Hersteller ungewöhnlicher Werbeträger.

So hatte Leo in das raumfüllende Diorama unter die üblichen Ballons auch solche in Form eines Maßkruges, einer Obélix-Figur samt Hinkelstein und eines blond-rosa Glitzer-Einhorns gemischt.

Leo drückte die Klemmlampe, die die Abendsonne für seine Installation simulierte, ein wenig tiefer – gerade heute war es ihm wichtig, dass seine Arbeit in besonders gutem Licht erschien –, da betrat sein Chef Dr. Hubertus Klinger mit seiner Assistentin Conny den Konferenzraum.

Was für ein Paar! Klinger war für einen Ballonfabrikanten eindeutig zu adipös, der Endfünfziger schnaufte und wischte sich unablässig mit einem kleinkarierten Taschentuch den Schweiß von der Stirn und von den Augenlidern hinter seiner dicken schwarzen Hornbrille. Conny sah mit ihrer

Modelfigur neben ihm aus wie ein Strich – ein sehr attraktiver Strich.

Bevor Leo seine Präsentation vorstellen konnte, fuhr ihm Klinger in die Parade: „Ausgerechnet an diesem Wochenende!" Leo schluckte. „Ich hatte Ihnen versprochen, dass die Präsentation fertig wird, und sie ist fertig geworden."

„Hast du überhaupt geschlafen?", fragte Conny mit flirtiger Besorgnis. Leo schüttelte den Kopf.

„Ich hab mir nicht ausgesucht, wann mein Vater stirbt, Herr Dr. Klinger."

Klinger würdigte das Ballon-Diorama mit keinem Blick. Er erinnerte Leo stattdessen an den kommenden Sonntag, an dem sich alle wichtigen Kunden der Firma zu einem großen Ballontreffen zwischen Wasserburg und Lindau angemeldet hatten.

„Ist Ihnen schon mal aufgefallen, dass Sie immer gerade dann ausfallen, wenn wir in die Luft gehen? Das letzte Mal hatten Sie eine ‚Aduktorenzerrung'. Wie kriegt man denn so was?"

„Ich bin übermorgen zurück, versprochen. Sorry." Leo verließ eilig den Konferenzraum. Klinger sah ihm wütend hinterher und wandte sich zähneknirschend an Conny. „Weiß er von unserem neuen Auftrag?"

„Ich fürchte nein …" Conny sah ihre Chance und fixierte Klinger. „Und wenn ich am Wochenende die Kunden betreue?"

Aber Klinger war für Connys Augenaufschlag unempfänglich und blökte: „Sie? Sie sind für den reibungslosen Ablauf des Events verantwortlich. Und ich werd Sie bestimmt nicht vom Innenminister zum Außenminister befördern!"

Mit einem hastigen Blick auf die Uhr betrat Leo sein Büro. Der Schreibtisch war penibelst aufgeräumt. Er ertrug es einfach nicht, wenn schrägliegende Bleistifte oder herumliegende Notizzettel die strenge Grafik seines Arbeitsplatzes störten. Leo war kein Pedant, er war ein Ästhet. Niemand, der das mit Bauhausmöbeln ausgestattete Büro betrat, hätte sich träumen lassen, dass er in einem heruntergekommenen ehemaligen Grand Hotel aufgewachsen war.

Er packte seinen schweinsledernen Aktenkoffer, nahm ein gebügeltes Hemd aus einem Sideboard, gähnte und zog sich um. Als er mit nacktem Oberkörper dastand, kam Conny ohne anzuklopfen herein. Sie warf einen anerkennenden Blick auf Leos Muskeln und wurde ernst. „Da ist nebenan jemand richtig sauer. Musste das sein?"

Leo warf sich das frische Hemd über. „Ich kann da nicht nicht hinfahren. Ich hab meinen Vater ewig nicht gesehen." Er hielt beim Zuknöpfen kurz inne. „Und jetzt ist er tot."

Conny staunte. „Wie ... das stimmt?" Leo nickte.

„Ich dachte, das hast du dir nur ausgedacht, wegen deiner ..." Sie machte eine Geste des Abstürzens.

Leo kannte diese Geste nur allzu gut. Und er reagierte äußerst ungehalten darauf – wie jeder Mensch, der sich bei seiner größten Schwäche ertappt fühlt. „Quatsch! Ich hab keine Höhenangst!"

Conny grinste in sich hinein. „Neinnein, du bist nur ein klitzekleines bisschen klaustrophobisch und hebst nicht gerne ab." Sie ging zu ihm und schloss einen Hemdenknopf, den er vergessen hatte. „Brauchst du jemanden zum Händchenhalten?"

Leo schloss seinen Aktenkoffer. „Danke, da muss ich alleine durch." Weil Conny keine Anstalten machte, sein Büro zu verlassen, deutete er auf die Tür. „Ich hab's eilig, bitte."

Als sich die Aufzugtür des Bürotraktes öffnete, schluckte Leo. „Ups ..." In der übervoll besetzten Kabine rückten seine Kolleginnen und Kollegen zusammen, um Platz für ihn zu schaffen, aber Leo winkte ab. „Alles gut, danke, ich nehm die Treppe." Die Kollegen schauten sich wissend an, und die Aufzugtür schloss sich. Leo traten kleine Schweißperlen auf die Stirn. Er ging zur großen geschwungenen Treppe des 60er-Jahre-Baus und sah durch das Treppenauge in die Tiefe.

„Oh Mann …", stöhnte er leise. Der lange Huber aus der Buchhaltung rauschte freundlich grüßend an ihm vorbei und tänzelte wie Fred Astaire die Stufen hinab. Warum gelang ihm das nicht? Warum bekam er weiche Knie, obwohl er wusste, dass die Treppe sich nicht bewegte, auch wenn es für ihn so aussah? Er straffte sich, schob seinen Aktenkoffer unter den Arm, umfasste mit beiden Händen das Treppengeländer, kniff die Augen zusammen und hangelte sich mit abgewandtem Blick vorsichtig nach unten. Dort angekommen atmete er erleichtert auf.

Oben am Treppenabsatz erschien Conny und rief ihm kokett zu: „Erwischt!"

Peinlich berührt, aber wenigstens auf festem Grund, verließ Leo das Verwaltungsgebäude in Richtung Parkplatz.

„Wer fliegen will, muss frei sein – wer frei sein will, muss fliegen!" Als sollte Leo verhöhnt werden, prangte der Werbeslogan von „Klinger.Balloons" auf einem Lieferwagen der Firma, der direkt neben seinem Golf stand. Leo blickte abfällig auf den Transporter und stieg in sein Auto. Hätte er eine Spraydose dabei gehabt, hätte er den Spruch am liebsten mit einem kunstvollen Graffiti übersprüht.

Beim Anschnallen durchsuchte er die Musikbibliothek seines iPhones. Er spielte mehrere Titel an – melancholische Popsongs und klassische Trauermusik, fand jedoch nichts, was zu seinem emotionalen Wirrwarr passte. Beim Start seines Navis befahl er dem Display: „Home!" Dann entdeckte er auf einer Playlist einen seiner Lieblings-Oldies: „Born to Be Wild". Um seine Emotionen zu betäuben, drehte Leo die Lautstärke voll auf und fuhr los.

Sein Vater war erst der dritte Tote, der in seinem Leben eine Rolle spielte. An seine Großeltern hatte er keine Erinnerungen, dafür spukten jetzt seine Mutter und sein Freund Thom um die Wette in seinem Kopf herum.

Als wollte er sich sein Gefühlschaos von der Seele schreien, sang er auf der Fahrt durch die sanft geschwungene oberbayerische Landschaft sehr laut und sehr falsch gegen den dröhnenden Rocksong an. Die Klimaanlage blies ihm mit voller Stärke warme Luft ins Gesicht. Sie funktionierte schon seit dem Frühjahr nicht mehr, aber Leo scheute die Reparatur. Er wollte seine alte Gurke so lange fahren, bis sie unter ihm zusammenbrach. Ohnehin war er kein übertrieben sportlicher Fahrer. Danach würde er sich ein Elektroauto kaufen.

Während er zum Gesang von Steppenwolf seiner Verzweiflung, seinem Schmerz und seiner Wut freien Lauf ließ, traten Leo Tränen in die Augen. Schließlich begann er hemmungslos zu weinen.

„Wollen Sie Brücken und Tunnel vermeiden?", holte ihn die freundliche Navistimme zurück in die Gegenwart. „Ja", schluchzte er beinahe lächelnd. Er wischte sich die Tränen aus den Augenwinkeln. „Blöde Frage."

Vor einer geschwungenen Hochbrücke zwang das Navi Leo, auf eine schmale Nebenstraße abzubiegen, die sich endlos ins Tal hinab- und auf der anderen Seite des Tals wieder hinaufschlängelte. Leo schaute auf seine Uhr. Er ahnte, dass er sich gewaltig verspäten würde.

✦

Julia saß in Sailers Büro und wedelte sich mit einer Urkunde Luft zu. Die Aktenberge waren in dem Monat seit ihrer Ankunft im Hotel „Seeblick" sichtlich geschrumpft, doch nach wie vor unübersehbar. Immerhin waren die leeren Wasserflaschen und die Kaffeetassen inzwischen verschwunden. Sie schaute auf ihre Uhr. „Männer …"

Wie schaffte sie es nur, immer wieder in Situationen zu geraten, in denen sie unter Männern leiden musste? Um sich gegen ihre beiden älteren Brüder zu behaupten, hatte sie schon früh raffinierte Nesthäkchen-Strategien entwickelt. Da sie ohnehin nicht ernstgenommen wurde, spielte sie das kleine hilflose Mädchen und zog so meist die Eltern auf ihre Seite. Bedauerlicherweise hatte das den Nebeneffekt, dass man ihr in der Familie gar nichts mehr zutraute, selbst als sie heranwuchs. Ihr großer Bruder Richard verbot ihr bei Androhung der Todesstrafe, sein heiliges Aquarium ohne sein Beisein auch nur von der Ferne anzuschauen, und für den Mittleren, die Sportskanone Robert – Landesliga im Tischtennis – waren Mädchen ohnehin keine ernstzunehmende Konkurrenz.

Je älter Julia wurde, desto mehr nervte sie jedoch das behütete Dasein als Hascherl, das seine Interessen hinter die ihrer dominanten Brüder permanent zurückstellen musste. Richard und Robert durften alles, Julia durfte nichts. Sie entwickelte einen fanatischen Gerechtigkeitssinn und beschloss, es ihren Brüdern zu zeigen. Wenn die beiden samstagabends in die Disco verschwanden, kletterte Julia aus dem Fenster ihres Kinderzimmers, hangelte sich an dem vor ihrem Zimmer befindlichen Spalier mit wildem Wein hinunter und traf sich heimlich mit Freundinnen, deren Eltern weniger streng waren als ihre eigenen. Ihr Drang nach Unabhängigkeit und Opposition wurde immer stärker, keinesfalls wollte sie so werden wie „R and R".

Richard trat später in die Fußstapfen seines Vaters und wurde ein esoterisch angehauchter Meeresbiologe, dementsprechend entwickelte Julia eine Leidenschaft für die Berge. Und während Robert bald an seine sportlichen Grenzen stieß und als mittelmäßiger Sportjournalist bei einem Käseblatt in Chemnitz versauerte – ein Job, den die Mutter ihm verschafft hatte –, absolvierte Julia in kürzester Zeit ein Volkswirtschaftsstudium mit Prädikatsexamen und den Nebenfächern Politologie und Geowissenschaften. Im Gegensatz zu vielen ihrer ökologisch aktiven Kommilitoninnen und Kommilitonen wusste Julia, dass die von ihr so sehr geliebte chaotische Welt nur retten konnte, wer auch etwas von Ökonomie verstand.

Als Fabian in ihr Leben trat, fühlte sie sich zum ersten Mal von einem Mann wirklich ernstgenommen. Im Gegensatz zu ihren Eltern und ihren Brüdern war er von ihren Plänen, die Alpengletscher zu retten, hellauf begeistert – oder tat er nur so? Seine Begeisterung ließ jedenfalls merklich nach, je öfter Julia ihre ausgedehnten Studientouren ins Hochgebirge machte und ihn in seiner Berliner Studentenbude allein ließ. Sein ultimativer Versuch, sie als Zehlendorfer Zahnarztgattin ganz an sich zu binden, ging schließlich komplett daneben.

Julia hatte vor einigen Tagen auf Sailers Schreibtisch zufällig ein altes Kinderfoto von Leo und seinem Hund Ruppi, einem freundlich dreinblickenden Hovawart, gefunden. Das Bild machte sie neugierig, was für ein Exemplar der Spezies Mann das Schicksal ihr diesmal vorsetzen würde. Sie entledigte sich ihres Business-Outfits und verließ das Büro.

In Shorts und Bikini-Oberteil trat Julia auf die kleine, schattige Veranda neben der Eingangstür des Hotels. In der Linken trug sie einen Stapel Akten, in der Rechten ein großes Glas Mineralwasser mit Eiswürfeln. Sie setzte sich an den alten Holztisch und öffnete eine Akte, als sie das Geräusch eines sich nähernden Autos aufblicken ließ. „Na endlich …"

Leo stellte seinen Golf neben Julias Wagen auf dem Hotelparkplatz ab und nahm sich eine Minute, bevor er ausstieg. Die altgewohnte Umgebung schien ihm beinahe irreal zu sein. War er wirklich hier aufgewachsen? War das der Ort, an dem Glück und Unglück für ihn so sehr ineinander verwoben waren? In den drei Jahren, die er nicht mehr hier gewesen war, hatte sich eine Patina aus Laub, Staub und Moos über Haus und Grundstück gelegt, als wollte es die Zeit Leo schwermachen, sich zuhause zu fühlen.

Auf dem Weg zum Hotel schweifte sein Blick über die renovierungsbedürftige Fassade, das Dach, das dringend neu gedeckt werden musste, die Balkone, deren Stahlträger teils rostig aus der Wand ragten, und den vernachlässigten Garten. Neben dem Parkplatz lag die alte Streuobstwiese, auf der die Kirschen, die die Stare übriggelassen hatten, neben zu früh herabgefallenen Äpfeln im Gras verfaulten. Weiter hinten beim kleinen Wäldchen stand das zum Geräteschuppen degradierte alte Holzhaus der ehemaligen Pinselmanufaktur seines Urgroßvaters.

Leos Gedanken rasten zurück, er erinnerte sich, wie glücklich er als Kind im Hotel und im Park mit seinem Hund herumgetollt war und wie gerne er das frische Obst direkt von den Bäumen gegessen hatte. Damals, als die Welt noch in Ordnung gewesen war, damals, als seine Mutter noch lebte und alles zusammenhielt.

„Na toll, der verlorene Sohn. Und nur zwei Stunden zu spät. Wir hatten einen Notartermin!" Julia wollte gleich bei der ersten Begegnung klarmachen, wer die Hosen anhatte, auch wenn es nur Shorts waren. Leo war von der forschen Begrüßung erkennbar verunsichert.

„Entschuldigung, Notartermin? Wir? Wer sind Sie? Und was machen Sie hier?" Er musterte Julia. Warum konnte diese Kratzbürste nicht weniger hübsch sein? Die Kratzbürste streckte ihm ihre Hand hin.

„Julia Dehne. Ihr Vater hat mich engagiert, um ihm zu helfen. Mein Beileid."

„Danke, aber helfen? Wobei?"

„Geschäftlich."

Leo schaute die leichtbekleidete Julia von oben bis unten skeptisch an. „Geschäftlich?"

„Sie glauben doch nicht, dass ich bei der Hitze zwei Stunden im Businesskostüm schwitze. Gehen wir rein?"

Auch wenn er zunächst irritiert war, imponierte Leo Julias resolute Art. In seinem Zustand der Gefühlsverwirrung war ihm die Gegenwart eines Menschen, der klar denken konnte, durchaus angenehm. Er ließ sich gerne führen, zumal ihn der Anblick der vielen ungeordneten Akten noch mehr verunsicherte, als er es ohnehin war. Hilflos stand er mit seinem Overnight-Koffer im Büro seines Vaters und blickte entgeistert auf das Durcheinander. „Kontoauszüge, Mahnungen, unbezahlte Rechnungen, Steuerbescheide. Vieles ungeöffnet. Cool, oder?" Julia beobachtete Leo, wie er nachdenklich das vollgeräumte Zimmer durchmaß. Alles, was ihm ins Auge fiel, erinnerte ihn an seine Kindheit und an seinen endgültigen Weggang vom „Seeblick". Seitdem hatte es offensichtlich niemand für nötig gehalten, aufzuräumen.

Die Bücher in den Regalen standen noch immer so schief da wie damals, als Leo die väterliche Bibliothek heimlich auf der Suche nach „Erwachsenenliteratur" durchforstete. In einem Regal wartete der alte Dual-Plattenspieler darauf, endlich mal wieder in Gang gesetzt zu werden. Das schwarze Bakelit-Telefon mit der Wählscheibe, dessen Rattern Leo früher so fasziniert hatte, war von seinem angestammten Platz am Schreibtisch auf eine Fensterbank gewandert, gewissermaßen als Andenken an bessere Zeiten. Verkabelt war es schon lange nicht mehr. In allen Ecken des Raums tummelten sich Wollmäuse, vorzugsweise hinter der saitenlosen Gitarre.

Julia verglich das, was der alte Sailer über Leo erzählt hatte, mit ihrem eigenen Eindruck und begann, Johannes Sailers Enttäuschung darüber zu verstehen, dass es ihm nicht gelungen war, das Zerwürfnis zwischen ihm und seinem Sohn zu kitten. Sollte sie die Karten auf den Tisch legen und Leo verraten, was sein Vater über ihn gesagt hatte? Sie beschloss, diplomatisch vorzugehen. Julia wollte Leo nicht verletzen, aber dennoch ihren Plan durchziehen.

„Ihr Vater hat viel von Ihnen gesprochen."

„Ach ja?"

„Ich hatte den Eindruck, dass er Ihnen das hier nicht zumuten wollte, deshalb hat er …"

Leo unterbrach Julia: „Wieso nicht?"

Julia ließ eine Testrakete los: „Er meinte, dass Sie lieber bunte Luftballons fliegen lassen."

Leo lachte kurz auf und ging zum Fenster, um auf den See hinauszusehen, wo ein einsamer Segler gegen die Wellen ankreuzte, über denen hoch oben die Möwen schwebten.

„Auf jeden Fall wollte er vor seinem Tod Ordnung schaffen und …"

Erneut unterbrach Leo Julia. „Das klingt aber gar nicht nach ihm. Na, ist ihm ja auch nicht gelungen."

„… und das Hotel verkaufen", fuhr Julia fort, „… deshalb der Notartermin."

Die Mitteilung traf Leo wie ein Keulenschlag. Das Hotel, das seit vier Generationen im Familienbesitz war, sollte verkauft werden? Warum wusste er nichts davon?

Julia machte ihm in knappen Worten klar, dass sie ihm die Nachricht lieber persönlich habe überbringen wollen – und dass bei der finanziellen Schieflage des Hauses dies sicher die beste Lösung für ihn sei. Schließlich müsse er als Alleinerbe auch die Schulden des Betriebs übernehmen. Alternativ dazu könne er natürlich das Erbe ausschlagen. Dass sie selbst an dem Verkauf des Hauses in hohem Maße interessiert war, verschwieg Julia ihm wohlweislich.

Leo atmete tief ein. In ihm stieg eine unbändige Wut hoch. Wut auf seinen Vater, der das Hotel heruntergewirtschaftet hatte, und Wut auf sich selbst, weil er es nicht verhindert hatte.

◆

Alois Furtwanger, Inspektor der „Kreis-Bauaufsichtsbehörde, Abteilung römisch VII, Strich 4, Referat Nahrungsmittel, Gaststättengewerbe und Beherbergungsbetriebe" litt unter Stress, chronischer Arbeitsscheu, den hochsommerlichen Temperaturen und der Pflicht, als Beamter bei der Erledigung dienstlicher Aufgaben Anzug und Krawatte tragen zu müssen, sowie darunter, dass, wo immer er hinkam, Witze über seinen Namen gemacht wurden. Außerdem hatte er einen heftigen Kater.

Furtwanger war leidenschaftlicher Biertrinker und trotz seiner 45 Jahre noch Junggeselle. Je mehr er aus dem Leim ging, desto geringer schätzte er seine Chancen ein, jemals eine Frau zu finden. Der gestrige Abend hatte ihm schwer zugesetzt. Er ärgerte sich schwarz, dass man ihn zum wiederholten Mal über den Tisch gezogen hatte, auch wenn es mit Lovely Rita sehr schön gewesen war. Seine gelegentlichen erotischen Ausflüge in ein am Münchner Stadtrand gelegenes Mittelklasse-Bordell endeten regelmäßig mit dickem Kopf und leerer Brieftasche. Dass er bei der anschließenden Fahrt zu seiner kleinen Dachwohnung in der City keinen Unfall gebaut hatte, grenzte an ein Wunder. Zuhause hatte er sich angezogen in sein Bett fallen lassen, auf die gekälkten offenen Dachbalken gestarrt und war in dem peinigenden Wissen, sich mit dem Ausbau seiner Wohnung gewaltig überhoben zu haben, in einen schweren, traumlosen Schlummer gesunken. Nachdem er frühmorgens von einem zwielichtigen Bordell-Bekannten aus dem Schlaf geklingelt worden war, hatte Furtwanger in den Rasierspiegel geschaut und seinem ganzen Elend ins Gesicht geblickt: Ein grauer Mann, der charakterlich zu schwach war, um der in seinem Amt weit verbreiteten Korruption zu widerstehen. Furtwanger hatte sich in seiner pekuniären Not von dem Bekannten verbotenerweise finanziell unter die Arme greifen lassen. Jetzt musste er liefern.

In servilem Ton telefonierend stieg Furtwanger aus seinem auf dem Hotelparkplatz abgestellten Kleinwagen. „Ja, Herr Farkas … Ja, verstanden … Selbstverständlich, Herr Farkas, wird gemacht." Er legte auf und hielt sich den Kopf. „Arschloch!" Wenigstens hatte er den aus dem Ungarischen stammenden Namen „Farkas" richtig ausgesprochen, „Farkasch". László Farkas selber hatte ihn mehrmals mit dem Hinweis genervt, dass ein einfaches „s" am Ende eines Namens im Ungarischen wie ein deutsches „sch" auszusprechen sei, ein „sz" hingegen wie ein deutsches „s".

Als der Inspektor das Hotel „Seeblick" betreten wollte, fegte eine Windbö über das Haus, ein loser Dachziegel knallte dicht neben ihm auf die steinernen Stufen. Furtwanger, der in seiner Einsamkeit viel und gerne Selbstgespräche führte, bekreuzigte sich. „Das fängt ja gut an." Dann ging er hinein.

An der Rezeption stand Margarete Sailer, die gemütliche, fünfzehn Jahre jüngere Halbschwester des Verstorbenen. Sie kippte einen Schluck Gin herunter und überprüfte ihren Atem. In einer Illustrierten hatte sie irgendwann einmal gelesen, dass Queen Mum ihren Gin liebte, nicht zuletzt, weil er angeblich keine Alkoholfahne hinterließ. Margarete beeilte sich, die Flasche zuzuschrauben und hinter dem Rezeptionstresen verschwinden zu lassen, als Furtwanger in seinem wehenden Trenchcoat forsch auf sie zutrat.

„Guten Morgen, kann ich bitte Herrn Sailer sprechen?"

„Tut mir leid, Herr Sailer ist vor vierzehn Tagen verstorben", entgegnete sie trocken.

Furtwanger kramte einen amtlichen Wisch aus seiner Aktentasche und schob ihn Margarete hin. „Herr Sailer Leo ist nach dem Tod seines Vaters Sailer Johannes als Alleinerbe der neue Inhaber des Hauses und dessen Chef, richtig?"

„Und Sie sind?", fragte Margarete ihn, ohne auf seine Frage einzugehen. Furtwanger zückte seinen Dienstausweis und betete seinen amtlichen Titel im Tempo der Warnung einer Medikamentenwerbung herunter: „Furtwanger, Kreis-Bauaufsichtsbehörde, Abteilung römisch VII, Strich 4, Referat Nahrungsmittel, Gaststättengewerbe und Beherbergungsbetriebe."

Margarete verzog leicht den Mund. „Warten Sie." Sie ließ den Inspektor stehen, ging durch die Lobby zum Büro und klopfte an. Als sich die Tür öffnete, erschien zu ihrer größten Verwunderung Leo. Margarete war sich nicht sicher, ob ihr Neffe tatsächlich vor ihr stand oder ob ihr der Alkohol etwas vorspielte. „Wo kommst du denn plötzlich her?"

Hinter Leo erschien Julia. „Ich hab ihn gestern Abend erreicht, da waren Sie schon ... zu Bett. Was gibt's denn?"

Margarete wies mit dem Kopf in Richtung des Inspektors und flüsterte: „Da ist jemand von der ... von der römischen Kreis-Bau-Beherbungs-Getriebeaufsicht oder so ähnlich, der möchte Leo dringend sprechen."

„Ich mach das schon." Julia ging zu Furtwanger, während Margarete Leo überschwänglich um den Hals fiel. „Es tut mir ja so leid, Leolein."

Leo ließ die Umarmung über sich ergehen und ertrug tapfer Margaretes leider doch vorhandene Ginfahne. Dabei beobachtete er argwöhnisch, wenn auch mit einer gewissen Bewunderung, wie Julia den Beamten mit professioneller Raffinesse auflaufen ließ.

„Julia Dehne. Ich bin die Generalbevollmächtigte."

Leo flüsterte seiner Tante zu: „Ist sie das wirklich?" Margarete nickte bedeutungsvoll.

Furtwanger schaute verstört zwischen Leo und Julia hin und her, dann erwähnte er eine lange Liste vermeintlicher Beschwerden über das Hotel „Seeblick", die in den letzten Monaten bei ihm eingegangen seien, „… und auch im Internet liest man ja so manches."

„Ach ja?", konterte Julia und blickte ihm direkt in die Augen.

Von Julias Blick eingeschüchtert, kramte Furtwanger in seinem Brummschädel die dringend vorzutragenden Details zusammen, die Farkas ihm per SMS hatte zukommen lassen. Der Ungar hatte den Inspektor angewiesen, eine sorgsam ausgewogene Mischung aus Wahrheit und Lüge herunterzubeten. Außer dem abgelaufenen TÜV für den Aufzug – was den Tatsachen entsprach – zweifelte Furtwanger, jetzt wieder selbstsicherer, pauschal die hygienischen Zustände in der Hotelküche an, monierte die Renovierungsbedürftigkeit von Fassade, Dach und Balkonen, den ungepflegten Park samt der Gefahr durch herabfallende Äste und unzählige Maulwurfshügel und stilisierte am Ende seine kleine Begegnung mit dem herabfallenden Dachziegel zu einer Frage von Leben und Tod hoch. Er war zufrieden mit seiner Performance.

„Hier ist eine Mängelbeseitigungsliste, die Sie bitte in den nächsten zwei Wochen abarbeiten wollen, sonst …" Er zog ein Dokument aus seiner speckigen Aktentasche. Dafür musste er sein Handy auf dem Rezeptionstresen ablegen, wo es zwischen zwei Stapeln ausgeblichener Hotelprospekte versank. Furtwanger hielt Julia das Dokument vor die Nase, die winkte kalt lächelnd ab.

„Herzlichen Dank für Ihre Hilfe, Herr …" – „Furtwanger." – „Herr Furtwängler, wir werden innerhalb der gesetzlichen Frist – das sind meines Wissens drei Monate – auf Sie zurückkommen. Wenn Sie uns jetzt bitte entschuldigen wollen …" Sie schaute den Inspektor provozierend an, der ihr immer noch mit dem Wisch in der Hand gegenüberstand.

Leo musste sich ein Grinsen verkneifen. Als der Beamte keine Anstalten machte, das Hotel zu verlassen, nahm Julia ihn sanft bei den Schultern, um ihn in Richtung Ausgang zu bugsieren.

Furtwanger warf seine Mängelliste auf den Stapel mit den Hotelprospekten, ohne sein darunterliegendes Handy zu bemerken. Er begann zu schwitzen. „Also, bei Gefahr im Verzug kann ich den Laden auch sofort schließen lassen."

Julia schaute ihn freundlich an, sagte knapp „Gut zu wissen. Bis bald" und schob ihn aus der Tür. Dann wandte sie sich an Leo. „Und das ist nur eins von unseren Problemen."

Leo löste sich von Margarete, der Tränen in den Augen standen. „Leolein, es tut mir ja so leid, dass du nicht bei der Beerdigung warst …"

„Wenn mich keiner einlädt", erwiderte Leo lakonisch. Er hatte wirklich keine Lust auf Margaretes trunkene Rührseligkeiten. Der Tod seines Vaters hatte ihn tief bewegt, jetzt erinnerte er sich daran, dass der Senior es in Bezug auf seine Schwester mit Hofmannsthal hielt: „Sentimentalität ist Gefühl, das man unter dem Einkaufspreis erworben hat."

Im Moment interessierte Leo viel mehr die Frage, welche Funktion Julia eigentlich genau in seinem Hotel hatte. „Vielleicht klären Sie mich mal auf", bat er sie.

Julia ging zurück zum Büro, Leo folgte ihr. Margarete nahm einen Schluck aus ihrer Ginflasche und log Leo weinerlich hinterher: „Ich wusste doch nicht, wie ich dich erreichen kann …"

„War jetzt wirklich nicht so schwer." Julia schloss hinter sich und Leo die Tür.

In Wahrheit hatte Margarete alles getan, um Leo von der Beerdigung seines Vaters fernzuhalten. Sie hatte Angst, er könnte auf die Idee kommen, sie aus dem Hotel zu verbannen.

Mit einem Seufzer ließ sich Leo in den alten ledernen Schreibtischstuhl fallen. „Ein Irrenhaus! Und wieso sind Sie die Generalbevollmächtigte?"

„Nur bis das Haus verkauft ist. Ihr alter Herr hatte einfach keine Lust auf alles Geschäftliche." Julia erzählte Leo, wie sein Vater im Lauf der wenigen Wochen, die sie für ihn arbeitete, immer mehr Vertrauen zu ihr gewonnen hatte. „Er ahnte, dass er wegen seiner Herzprobleme möglicherweise nicht mehr lange zu leben hatte, und war wohl froh, eine studierte Ökonomin an seiner Seite zu haben. Und er bedauerte es sehr, dass es nicht mehr zu einer Versöhnung zwischen Ihnen beiden gekommen ist."

Leos Gedanken fuhren Achterbahn. Er wollte sich zurückziehen, um herauszufinden, wie es weitergehen sollte. Eines war ihm indessen klar: Sein Aufenthalt im Hotel „Seeblick" würde erheblich länger dauern als die geplanten zwei Tage, die er sich freigenommen hatte. Er griff zu seinem kleinen Rollkoffer.

„Ich brauche ein bisschen Zeit für mich allein. Sie verstehen das sicher." Leo ging zur Tür. Bevor er das Büro verließ, drehte er sich nochmal zu Julia um. „Eins kann ich Ihnen aber jetzt schon sagen. Verkauft … wird das Hotel ganz sicher nicht. Bis später." Damit verschwand er in die Lobby.

Julia schluckte. „Scheiße."

✦

Leo ging an der verwaisten Rezeption vorbei und blieb kurz stehen, um einen Blick auf das Gemälde zu werfen, das hinter dem Tresen an der holzgetäfelten Wand über dem Schlüsselbord hing. Es war nicht sehr groß, strahlte aber in endlos vielen, expressiv leuchtenden Farben. Mond und Sterne glänzten silbern über dem nachtblauen Kochelsee. Leo liebte das Bild. Er entsann sich, wie er als Kind manchmal in der Dunkelheit die Fenster seines Zimmers in der zweiten Etage des Hauses geöffnet und Mond und Sterne über dem See mit der freien Darstellung des Malers träumerisch verglichen hatte. Versonnen ging er in Richtung Treppe.

Am Knauf der Fahrstuhltür neben der Treppe hing ein handgeschriebenes Schild: „Defekt – außer Betrieb". Leo atmete durch, nahm seinen Rollkoffer in eine Hand und zog sich mit der anderen am geschwungenen Holzgeländer nach oben in den ersten Stock.

Im dunklen Flur der Beletage des Hotels knarrten die Dielen. Leo sog die Luft ein, es roch noch immer so gemütlich, wie er es von früher kannte, eine Mischung aus warmem Holz und letzten Spuren von erloschenem Kaminfeuer. Das Überwinden des weiteren Stockwerks kostete ihn einige Mühe. Schließlich erreichte er schweißnass die zweite Etage.

Vor einer Tür blieb er stehen. Auf der oberen Türfüllung klebte ein halb abgerissener Aufkleber mit einem Totenkopf und einer graffitiartigen Schrift „Eintritt verboten – Leo!". Leo strich sanft mit der Hand über den Aufkleber, als von drinnen jemand „O sole mio" anstimmte. Er öffnete die Tür.

Was er in seinem ehemaligen Zimmer vorfand, verschlug Leo die Sprache.

Mitten auf seinem alten Bett balancierte ein junger Mann in einer albernen Verkleidung, bestehend aus schwarzer Hose, weiß-blauem Ringelshirt und Strohhut samt rotem Hutband, und ahmte ungelenk mit einem Besenstiel die Bewegungen eines venezianischen Gondoliere nach. Vor ihm stand ein großer, an einen Laptop angeschlossener Flatscreen, auf dem die subjektive Kamerafahrt einer Gondel durch den Canal Grande zu sehen war. Der junge Mann sang inbrünstig „O sole mio", dabei schien es ihn wenig zu stören, dass das Lied eigentlich eine neapolitanische Canzone war.

„Entschuldigung, was machen Sie hier? Wer sind Sie?", fragte Leo höflich und schaute sein Gegenüber stirnrunzelnd an.

Der junge Mann ließ sich beim Kutschieren seiner imaginären Gondel nicht stören und antwortete mit heftigem italienischen Akzent: „Ische mache Prufung fur die Gondoliere. In Venezia. O sole miii..."

„Auf meinem Bett?", protestierte Leo.

Der falsche Gondoliere stutzte, stieg vom Bett, stoppte das Video und stellte sich vor: „Marco de Luca." Er fragte Leo, warum man ihn in seinem, also Marcos Zimmer einquartiert habe, immerhin wohne er hier bereits seit einem halben Jahr und sei im Hotel angestellt.

„Entschuldigung, das ist mein Zimmer", widersprach Leo, aber Marco deutete auf die spärliche Möblierung des Raums: „No no, scusi, iste meine Zimmer. Hier, meine kleine Gondola, meine Tische, meine Kleiderschranke, und da drin ...", er tippte auf seinen Laptop „... meine große Geheimnis."

Leo wurde langsam ungehalten. Er zeigte auf ein neben dem Schrank hängendes Foto, auf dem er als Teenager mit einem Kristallpokal im Arm zu sehen war, und suchte im Zimmer nach weiteren Beweisen für sein Wohnrecht. „Mein Hockeypokal, mein Radiowecker, meine Tunierwimpel und mein Hockeyschläger." Er griff zum Hockeyschläger, als wolle er sich damit bewaffnen und wies mit dem Schläger auf eine elaborierte Graffiti-Signatur an der Wand. „Ach ja, und mein Markenzeichen." Marco mit Besenstiel und Leo mit Hockeyschläger standen einander gegenüber. „Leo Sailer. Ich bin Ihr neuer Chef."

Marco warf den Besenstiel fassungslos aufs Bett und umarmte Leo emphatisch. „Die Sohn von die alte Chefe?" Er schwärmte von Leos Vater, beteuerte, wie sehr er ihn als Mensch geliebt habe, und schwor: „... ische werde Sie liebe, wie ische habe geliebte Ihre Vater."

Es war eine Kondolenz auf Italienisch, total übertrieben, dennoch von tiefer Herzlichkeit. Leo ließ Marcos Umarmung widerwillig über sich ergehen, im Griff des kräftigen jungen Mannes fühlte er sich eingeengt und nicht wirklich wohl.

Als Marco Leo losließ, entdeckte der hinter Marcos, also eigentlich seinem eigenen Bett einen großen Käfig, aus dem ein nagendes Geräusch zu hören war. „Was ist das bitte?"

„Iste Zuhause von Giacomo, Giacomo wie Casanova", antwortete Marco stolz. „Die größte Liebhaber von die Welt! Iste eine kalabrische Langschwanz-Amster."

Leo trat näher und sah, dass Giacomo sich wie ein Erdmännchen aufrichtete und den Dialog der beiden jungen Männer aufmerksam verfolgte. Mit dem untrüglichen Instinkt eines oberbayerischen Marders hatte Giacomo schon bei Leos Eintritt in das Zimmer und bei der Heftigkeit der Auseinandersetzung zwischen den beiden gespürt, dass sein Erscheinen die Angelegenheit eher noch dramatischer aufladen würde. Er hatte sich deshalb zunächst versteckt. Nachdem Leo allerdings den Käfig entdeckt hatte, wagte Giacomo die Flucht nach vorn. Obwohl er weit davon entfernt war, ein Hamster zu sein, wusste er, dass er besonders niedlich aussah und dass der Blick seiner kleinen schwarzen Knopfaugen seine Wirkung auf Menschen im Allgemeinen nicht verfehlte. Also schaute Giacomo Leo mit leicht schiefem Kopf und krauser Stirn an und betete, dass es nicht allzu schlimm werden möge.

Leo schüttelte den Kopf und bestand darauf, dass dieses Tier keinesfalls ein Hamster sein könne, er selbst habe als Junge mehrere Hamster besessen, von denen zwei bedauerlicherweise im Park des Hotels auf Nimmerwiedersehen entlaufen seien. „Dieses Viech …" – „Giacomo", warf Marco ein – „… ist ein Marder oder ein Frettchen. Der muss aus dem Haus verschwinden, spätestens bis Inspektor Furtwängler wieder auftaucht."

Marco protestierte: „Giacomo iste eine reinrassige kalabrische Langschwanz, mit amtliche Zertifikat ausse Internet-Zoohandel ‚www.amsterkauf.ru'."

Überdies, fügte er mit bedeutungsvoller Miene hinzu, sei Giacomo dressiert. Bevor Leo etwas entgegnen konnte, startete Marco auf seinem Handy ein YouTube-Video mit dem Song „Tiptoe Through the Tulips" von Tiny Tim.

Giacomo hasste die Nummer. Aber er wusste, dass seine einzige Option war, jetzt zu performen. Normalerweise reichte ein alberner rudimentärer Tanz aus, um Marco dazu zu bringen, ihn mit kleinen Köstlichkeiten zu belohnen – so weit hatte Giacomo sein Herrchen in monatelanger Arbeit dressiert. Diesmal jedoch ging es um Leben und Tod. Eine Verbannung aus dem Hotel hätte für den Marder bedeutet, dass er wieder im Freien nächtigen und sich auf das Durchnagen von Bremsleitungen kaprizieren müsste, eine mühevolle Arbeit mit zweifelhaftem Gewinn, zumal kaum noch Gäste ins Hotel kamen. Die süßliche Bremsflüssigkeit war zudem geschmacklich nicht zu vergleichen mit dem Studentenfutter, das Marco Giacomo nach jedem seiner Tänze auftischte.

Giacomo gab sich einen Ruck, stellte sich auf die Hinterbeine und drehte auf den Zehenspitzen virtuos eine Pirouette. Dazu wippte sein Kopf im Takt der Musik auf und ab.

Die groteske Vorstellung beeindruckte Leo durchaus, dennoch begann er, an Marcos Verstand zu zweifeln. „Das ist Ihr großes Geheimnis …?"

Marco schaute Giacomo verliebt zu. So schön hatte er überhaupt noch nie getanzt. Er warf dem Marder eine Nuss zu und erklärte Leo, dass die Hamsterdressur nur sein Hobby sei, sein großes Geheimnis hingegen stecke in seinem Laptop.

Leo wurde ungeduldig. „Es tut mir leid, Sie können im Hotel kein Tier halten! Die übertragen Maul- und Klauenseuche, Karies, Corona, Haarausfall … außerdem nagen die Stromkabel und Bremsleitungen durch."

Hier fühlte sich Giacomo ungerechtfertigterweise diffamiert. Bremsleitungen müsste er doch erst dann durchnagen, wenn er aus dem Hotel verbannt wäre. Er gab sich bei seiner zweiten Pirouette noch mehr Mühe, geriet beinahe ins Straucheln und setzte weitertanzend einen geradezu unwiderstehlich flehenden

Dackelblick auf, eine für Marder zugegebenermaßen nicht ganz leichte Übung. *Sollte die geneigte Leserschaft Zweifel hegen, dass Giacomo Leos Drohungen tatsächlich verstand, so können wir sie beruhigen. Die intellektuellen Fähigkeiten des Marders werden im Allgemeinen unterschätzt. Auch wenn Giacomo nicht jedes Wort verstand, so spürte er doch sehr genau, worum es ging.*

Marco ließ sich von Leo nicht einschüchtern. Er tippte etwas in seinen Laptop und öffnete eine App auf seinem Handy. Auf dem Screen des Telefons erschien ein kitschiges Venedig-Capriccio mit einer gelben Gondel im Zentrum.

„Grappa Gondola!"

Leo war sich nicht sicher, ob er richtig gehört hatte. „Grappa Gondola?" Er blickte Marco ungläubig an.

„No, no, Chefe. ‚Grab', wie fur die deutsche Tote in die Sarg …" er rang nach Worten, „… oder die Presidente Trump, ‚Grab bei die Pussy'. Grab-a-Gondola! Iste eine Appe wie Uber oder Taxi fur Venezia! Fur die Gondole! Aber iste noch assolutamente geheime." Er hielt Leo stolz sein Handy vor die Nase.

Giacomo beendete seinen Tanz und schaute gespannt zu Leo.

„Okay. Ich nehm ein anderes Zimmer. Und Sie entsorgen diesen Tanzbären. Deal?" Leo deutete auf Giacomo, der das Gesicht verzog. Dann verließ er das Zimmer.

Der enttäuschte Giacomo gab einen klagenden Laut von sich. Zu Recht empfand er die herabsetzende Bezeichnung „Tanzbär" als grobe Beleidigung.

◆

Die Treppe hinaufzusteigen, war für Leo schon eine Herausforderung gewesen, um wie vieles schwieriger war der Abstieg. Als er mit seinem Rollkoffer endlich am oberen Treppenabsatz der Beletage stand und die letzten 13 Stufen mit dem fadenscheinigen Kokosläufer hinuntersah, wurde ihm schwindlig. Die Lobby begann wie ein Schiff in stürmischer See zu schwanken, und die silbernen Sterne auf dem Bild über der Rezeption tanzten um den Mond Ringelreihen. Leo ließ den Koffer oben stehen und hangelte sich mit beiden Händen nach unten.

Zu allem Überfluss hörte er dabei ständig Margaretes vom Gin aus der Balance geratene Stimme, die am Telefon einem potentiellen Gast dreist das Blaue vom Himmel vorlog: Man befinde sich zwar in der Hochsaison, zufälligerweise seien aber noch zwei Zimmer frei, der Herr habe die Wahl zwischen Deluxe und Superior mit See- oder Alpenblick. Zur Erfrischung empfahl Margarete dem Anrufer den hoteleigenen Pool oder den ebenfalls hoteleigenen Strand, „unsere Kuschel-Karibik am Kochelsee". Als Leo endlich unten angekommen war, verstieg seine Tante sich in die Behauptung, man habe selbstverständlich auch eigene Boote und fragte keck in den Hörer: „Laufen Sie Wasserski?"

Neben Margarete stand eine leicht verzweifelte Julia. Nach dem Tod ihres Bruders hatte Margarete, sehr zu Julias Unwillen, im Hotel das Kommando übernommen. Leo ging mit fragendem Blick zu Julia. „What the f…?" – „Ich sag doch, verkaufen", entgegnete sie knapp.

Margarete legte zufrieden auf. „Sie wollen sich's überlegen."

„Seit wann haben wir Boote?", fragte Leo, und als Margarete unumwunden zugab, dass sie selbstverständlich keine Boote hätten, stutzte er sie zurecht. „So was kannst du nicht machen! Was meinst du, was das für einen Ärger gibt, wenn die Gäste bei ihrer Ankunft merken, dass alles, was du ihnen erzählt hast, erstunken und erlogen war." Von den negativen Bewertungen auf den einschlägigen Internet-Portalen ganz zu schweigen.

Margarete blieb hartnäckig und spielte die Unschuld vom Lande. „Wenn die Gäste erst einmal eingetrudelt sind, fällt mir schon was ein. Ich bin halt ein Einfallspinsel. Und überhaupt, wenn du alles so viel besser weißt, hätt'st ja hierbleiben und das Hotel selber führen können."

Einmal in Fahrt, war sie nicht mehr zu stoppen. „Dein Vater fand das gar nicht lustig, dass du ihn in der Krise alleingelassen hast. Wegen bunten Luftballons!"

Leo hob gerade zu einer grundsätzlichen Verteidigungsrede an – er wollte nicht nur Margaretes zu erwartende absurde Ausreden, die versprochenen Boote seien gesunken und der Pool geklaut, lächerlich machen, sondern gleichzeitig klarstellen, dass sein Vater das Haus heruntergewirtschaftet habe und die alleinige Verantwortung für das jetzige Desaster trage –, da stieß Julia ihn warnend in die Seite, weil ein älteres Ehepaar in Wanderkleidung und mit altmodischen Rucksäcken die Lobby betrat.

Leo räusperte sich und begrüßte die beiden: „Grüß Gott. Herzlich willkommen im Hotel ‚Seeblick'."

Margarete bekam Oberwasser und zischte ihm zu: „Die Herrschaften wohnen hier schon ein paar Tage."

Während die ältere Dame dazu ansetzte, sich nach einem Ausflugsdampfer zu erkundigen, um den See zu besichtigen, öffnete sich krachend erneut die Eingangstür des Hauses. Zwei Herren mit eleganten hellbraunen Lederkoffern traten ein und drängelten sich vor.

„Hallöchen!", grüßte einer der Herren. „Hallöchen" grüßte Leo unsicher zurück.

„Ich habe ein Doppelzimmer reserviert. Auf Zäk Montana und Toto Caselly!", bellte der andere Margarete an, die unverzüglich in ihrem Reservierungsbuch nachschaute. Zäk sah aus wie die Parodie eines zweitklassigen Bösewichts aus einem drittklassigen C-Movie, und so benahm er sich auch.

Die ältere Dame wandte sich freundlich an ihn. „Wissen Sie zufällig, ob es am See Ausflugsdampfer gibt, junger Mann?"

„Ja, draußen ... Na los, Beeilung, der legt gleich ab!", röhrte Zäk.

Als die Dame ihren abgestellten Rucksack hinter Zäks Koffer hervorzerren wollte, fauchte er derart heftig „Nicht anfassen, ja?!", dass sie vor Schreck beinahe umgefallen wäre. Unter der lächerlichen Fassade des schmalen Mittvierzigers lauerte spürbar die Bereitschaft, jederzeit gnadenlos zuzuschlagen. Verängstigt verließ die Dame, ihren Gatten hinter sich herziehend, mit einem „Oh, danke" rasch die Lobby.

Toto stotterte seinem Freund verzückt ins Ohr: „Sie hat ju-junger Ma-Mann zu d-dir gesagt ..." Er war einen Kopf kleiner als Zäk, wog aber etwa das Doppelte. Trotz seines Übergewichts bewegte sich Toto mit der Grazie eines Tänzers.

Margarete nahm einen Zimmerschlüssel aus dem Bord unter dem Gemälde mit der Sternennacht und überreichte ihn Zäk.

„Nummer 7, die Herren."

Leo sagte freundlich: „Kommen Sie bitte, ich zeige Ihnen Ihr Zimmer", und ergriff Zäks Koffer, da wurde auch er von dem schwarz gekleideten Gangsterdarsteller angeblafft: „Ich hab gesagt, nicht anfassen! Das gilt auch für dich!" Leo ließ den Koffer abrupt los, zuckte entschuldigend mit den Schultern und ging voraus zur Treppe. Diesmal versuchte er, das Hindernis zügig hinter sich zu bringen und zog sich blitzschnell nach oben, wobei seine Füße jeweils zwei bis drei Stufen auf einmal nahmen. Zäk folgte ihm.

Toto entdeckte auf dem Tresen das Handy von Inspektor Furtwanger, das noch immer vergessen zwischen den Hotelprospekten wartete, und ließ es, von den anderen unbemerkt, mit einem gekonnten Taschenspielertrick in seiner Hosentasche verschwinden, bevor er ebenfalls die Rezeption verließ.

Julia ging zurück ins Büro. Tante Margarete öffnete ihre unter dem Tresen geparkte Ginflasche, die aber keinen Tropfen mehr hergab. Also zog sie ihren kleinen lederbezogenen Flachmann, den sie immer bei sich trug, aus der Tasche und belohnte sich mit einem kräftigen Schluck für die überstandenen Turbulenzen.

Im ersten Stock, den Leo glücklich erreicht hatte, ohne dass seinen Gästen etwas an ihm aufgefallen wäre, führte er das Pärchen in dessen Zimmer. Er zog die Vorhänge zurück und öffnete das Fenster. „Kann ich sonst noch etwas für Sie tun?"

„Du kannst uns alleinlassen, Kleiner", knurrte Zäk ihn an und hievte seinen Koffer auf die Gepäckablage. Toto legte sich aufs Bett und prüfte im Liegen hüpfend die Qualität der Matratze. Er fand, dass Zäk den hübschen Pagen zu unwirsch behandelt hatte und erklärte Leo stotternd, aber freundlich, dass Zäk und er Liebhaber seien, genauer gesagt Kunstliebhaber, auf der Suche nach interessanten Museen in der Gegend. „K-können Sie da was emp-fehlen?"

„Auf der anderen Seite des Sees. Gabriele Münter. Der Blaue Reiter", antwortete Leo dem hüpfenden Gast, der sich artig bei ihm bedankte. „B-blaue Reiter? Hmm … da-danke."

Zäk warf einen prüfenden Blick aus dem Fenster, zog den Vorhang wieder zu und drückte Leo eine Münze in die Hand. „Und jetzt Abflug."

Leo schaute erstaunt auf den Euro in seinen Fingern und ging zur Tür, als Toto aufhörte zu hüpfen, sich aufrichtete und fröhlich „ein Schlückchen Pro-posecco" bei ihm bestellte. Mit einem Nicken verließ Leo das Zimmer.

Zäk war über Totos Auskunftsfreudigkeit verärgert. Warum er dem Kleinen nicht gleich seine Visitenkarte in die Hand gedrückt habe, fuhr er seinen Lebensgefährten an. Dann öffnete er seinen Koffer, in dem mehrere in Knackfolie verpackte kleinformatige Gemälde und, unter einem zweiten Boden versteckt, sowohl eine Auswahl äußerst gepflegter Einbrecherwerkzeuge als auch ein kleines Waffenarsenal lagen. Toto ging zu Zäk und umarmte ihn von hinten. „Tut mir leid, Zäkchen." Es klang wie „Säckchen".

✦

Als Marco Giacomo samt seinem Käfig die Kellertreppe hinuntertrug, schienen sich dessen schlimmste Befürchtungen zunächst zu bewahrheiten. Unten angekommen, hellte sich die Miene des Marders jedoch auf. Sie waren im Vorratskeller gelandet, in dem Lebensmittel, Konserven und Wein aufbewahrt wurden, insbesondere aber eine Reihe luftgetrockneter Schinken, die von der niedrigen Decke herabhingen. Giacomo schnüffelte in Richtung der Schinken und leckte sich die Lippen. Wenn nur Marco nicht unablässig dieses blödsinnige Lied pfeifen würde. Sein Herrchen konnte ja nicht ahnen, dass Giacomo kein Fan von Tiny Tim war.

„Allora, Giacomino. Hier unten kann dir nix passieren. Ciao, bello ..." Marco stellte den Käfig unter einem Kellerfenster ab und ging zur Treppe.

Giacomo verfiel in leichte Panik. Die Vorstellung, in der Nähe so wohlriechender Schinken eingesperrt zu sein, ohne die geringste Chance, die ersehnten Köstlichkeiten erreichen zu können, schnürte ihm die Kehle zu. Er stieß wilde Schmerzensschreie aus, während er in die Gitterstäbe biss und so kräftig daran rüttelte, dass der Käfig von seinem Mauerabsatz zu kippen drohte.

Marco blieb stehen und ging zurück zum Käfig. Er öffnete die Tür, streichelte Giacomo liebevoll über sein Fell und legte dem Marder ein Halsband um, dessen Leine er am Gitter verknotete. Giacomo spielte das Unschuldslamm und verbarg seinen Triumph vor Marco. Erst nachdem dieser den Keller verlassen hatte, nagte er kurzerhand seine Leine durch und machte eine Beckerfaust.

Als Marco in der Lobby erschien, hatte Leo gerade die Treppe herab aus dem ersten Stock bewältigt und flippte seinen Euro. „Gar nicht schlecht. Kaum zwei Stunden im Hotel und schon hab ich mein erstes Trinkgeld bekommen", dachte er. Wirklich beruhigen konnte ihn der kleine Triumph jedoch nicht. Vor ihm lag ein Gebirge unerledigter Aufgaben, und er hatte keinen blassen Schimmer, wie er seinem Chef Dr. Klinger seine voraussichtlich längerfristige Abwesenheit in der Ballonfabrik erklären sollte.

Marco riss ihn stolz aus seinen Überlegungen. „Die Amster iste besorgt."

Leo bat Marco, seinen Rollkoffer ins Zimmer 12 zu bringen und eine Flasche Prosecco mit zwei Gläsern auf Zimmer 7 zu servieren. Marco legte die Hand salutierend an die Stirn. „Si, Commendatore. Subito." Er schnappte sich zwei Zimmerschlüssel und entschwand, fröhlich „Sono il factotum della città" aus Rossinis „Barbier von Sevilla" trällernd, nach oben.

Zum ersten Mal war Leo für einen kurzen Moment allein in der Lobby „seines" Hotels und sah sich ausführlicher um. Es war unschwer zu erkennen, dass es an allen Ecken fehlte. Die Tapeten lösten sich an ihren Stoßkanten, die Zimmerpflanzen ließen ihre vertrockneten Blätter hängen, die Polstermöbel waren durchgesessen und hatten verschlissene Bezüge, die Teppiche waren abgetreten und die crèmefarben lackierten Türen hatten Macken ohne Ende.

Durch einen Spalt der offenen Küchentür beobachtete Leo, wie Margarete ihren Flachmann aus einer Ginflasche nachfüllte und einen Schluck aus der Flasche nahm, bevor sie diese hinter einer Batterie von Kochtöpfen versteckte. Er erinnerte sich daran, wie unangenehm ihm als Kind Margaretes permanente Fahne war, ihr Zustand schien sich seit damals nicht wirklich verbessert zu haben, im Gegenteil.

Das Einzige, was hier halbwegs intakt war, war das Bild in seinem kunstvollen Jugendstilrahmen über der Rezeption. Leo setzte sich in einen Sessel und betrachtete die „Sternennacht über dem Kochelsee", wohl wissend, dass es sich bei dem Gemälde um eine Kopie handelte. Dennoch löste der Blick auf das Bild bei Leo etwas Seltsames aus. Es schien ihm, als träten seine Vergangenheit und seine Zukunft miteinander in einen Dialog. Ein Dialog, der Leo zunächst verwirrte, ihm dann aber das unbestimmte Gefühl gab, im Haus seiner Familie am richtigen Platz zu sein.

Er hing noch seinen Gedanken nach, da erschien Julia in der Bürotür und fragte ihn, ob er nicht Lust habe, sich wieder der Bewältigung der Aktenberge zuzuwenden.

Als er das Büro betrat, hielt er Julia stolz sein erstes Trinkgeld hin, was sie zu der spitzen Bemerkung veranlasste, dass eine Pagenuniform in seiner Größe leider nicht im Haus vorrätig sei. Leo schloss die Faust um seinen Euro und wurde sehr konkret. Er habe durchaus nicht vor, als Page im „Seeblick" anzuheuern, im Gegenteil, er werde das Hotel wieder zurück zu altem Glanz führen. „Und dafür", ergänzte er, „brauche ich leider keine Generalbevollmächtigte."

Das saß. Julia zögerte kurz, klappte ihren Laptop zu und wünschte ihm dabei viel Glück. Sie schob den Computer in eine schmale Filzhülle, nahm ihr Jackett und ging langsam zur Tür. Wollte sie ihren Job und ihre Provision für den Hotelverkauf irgendwie retten, musste sie alles auf eine Karte setzen. An der Tür blieb sie stehen. „Vielleicht brauchen Sie aber jemanden, der sich mit den wirtschaftlichen Grundlagen dieses Hauses auskennt und vor allem weiß, wie hoch der alte Kasten verschuldet ist."

„Verschuldet?", fragte Leo.

„Sie bekommen morgen eine Abschlussrechnung von mir. Ciao." Julia hatte bereits die Türlinke in der Hand, als Leo zu ihr ging und sie mit der Bemerkung zurückhielt, er habe das eben nicht so gemeint.

Julia machte sich los. „Sorry, für einen Anfänger wie Sie arbeite ich nicht."

Leo lenkte ein und wies sie darauf hin, dass sie einen Vertrag mit seinem Vater hatte. Zumindest den habe sie zu erfüllen.

Julia grinste in sich hinein, ihre Taktik war aufgegangen. „Okay. Bis Ende August. Dann bin ich weg. Und jetzt hab ich Mittagspause." Damit verließ sie das Büro.

✦

Leo brauchte Luft. Er war auf eine derart lästige Auseinandersetzung nicht vorbereitet. Ohnehin war es nicht seine Stärke, Konflikte auszutragen. Er spazierte zum kleinen Wäldchen oberhalb des Hotels und gelangte zu dem niedrigen, langgestreckten Holzhaus, das vor Zeiten die Pinselmanufaktur seines Urgroßvaters beherbergt hatte. Schon als Kind war er am liebsten hierhergekommen, wenn drüben die Luft wieder zu dick wurde.

Das große hölzerne Tor war abgeschlossen, aber Leo fand hinter einem der morschen Fensterläden den rostigen Schlüssel. Als er den weitläufigen Raum betrat, fühlte er sich zum ersten Mal an diesem Tag wirklich zuhause.

Der Schuppen war zugemüllt mit allem, was das Hotel im Lauf der Jahre nicht mehr brauchte. In einer Ecke stapelten sich alte Terrassenstühle und -tische, in einer anderen lehnten riesige zusammengeklappte Sonnenschirme mit zerschlissenen Stoffbahnen an der Wand. In der Mitte des Raums stand ein altmodischer Traktor zwischen verschiedenen Rasenmähmaschinen. Leo stieg auf den Fahrersitz und nahm das Lenkrad in die Hand. Seltsamerweise empfand er hier oben nicht die geringste Höhenangst. Ein bisschen schade fand er es, dass er vor Jahren mit dem Rauchen aufgehört hatte. Jetzt wäre der perfekte Zeitpunkt für eine Zigarette gewesen – oder für einen Joint.

Sein Blick schweifte über den Riesenschuppen. Wäre es damals nach seiner Mutter gegangen, hätte man – nachdem die Pinselmanufaktur schon seit Jahrzehnten nicht mehr produzierte – aus dem Raum mit dem offenen Dachstuhl etwas gemacht, ein Theater, einen Tanzsaal oder einen Konzertsaal. Sie hatte die Fähigkeit, Visionen für das Hotel zu entwickeln, eine Fähigkeit, die Leos Vater vollkommen abging. Für ihn war die Führung des Hotels ein ungeliebter Job gewesen, zu dem der alte Ludwig Sailer, Leos Großvater, ihn gezwungen hatte.

Die zerfledderten Sonnenschirme schienen Leos besonderes Interesse zu erwecken. Er kniff die Augen zusammen, um im Halbdunkel besser sehen zu können, dann sprang er vom Traktor, ging zu den Schirmen und schob sie beiseite. Er schüttelte ungläubig den Kopf. An der Wand war ein kunstvoll ausgeführtes Graffiti zu sehen. In der rechten unteren Ecke trug es Leos Signatur, seinen „Tag" und das Datum „12.3.2002". Leo war froh, dass das Bild die lange Zeit, seitdem er sechzehn war, überlebt hatte. „Gar nicht unbegabt", kommentierte er sein Jugendwerk. Er schaute sich weiter um und fand unter einem kaputten Gartentisch eine Holzkiste. Er zog die Kiste hervor und öffnete sie. Im Innern lagen kreuz und quer etwa 20 alte, an ihren Rändern angerostete Spraydosen. Leo nahm eine der Dosen heraus, zog den Deckel ab und schüttelte sie routiniert. Ein kurzer Probedruck auf die Düse, und die Dose gab zu Leos Freude einen feinen roten Nebel von sich.

Neben seinem alten Kunstwerk war noch Platz an der hölzernen Wand. Leo dachte kurz nach, dann sprühte er mit Routine und Könnerschaft einen großen Violinschlüssel auf das Holz. In die bauchige Rundung setzte er einen kleinen stilisierten Heißluftballon. Im Gegensatz zu seinem Frühwerk wirkte die

43

neue Kreation schlicht und schnörkellos, von bestechender moderner Eleganz und Lässigkeit.

Leo war seit jeher ein Wanderer zwischen den Welten gewesen. Mal begeisterte er sich für die altmodische Sphäre der Ballonfahrer – angefangen bei den Gebrüdern Montgolfier, die 1783 den ersten überreich verzierten Heißluftballon der Geschichte aufsteigen ließen –, dann wiederum trat er entschieden für die radikal minimalistische Ästhetik des Bauhauses ein, die ihm als zukunftsweisend erschien. Er war zerrissen zwischen Nostalgie und Utopie und liebte den Satz von Gustav Mahler, Tradition sei die Weitergabe des Feuers und nicht die Anbetung der Asche. Sollte das tatsächlich seine Rolle werden?

Er trat einen Schritt zurück, um seine beiden Bilder zu betrachten, da fiel ein Lichtstrahl auf die Graffiti. Leo drehte sich um und sah Julia in der Tür des Schuppens. Er beeilte sich, die Spraydosen wieder in der Holzkiste verschwinden zu lassen und schob die Kiste mit dem Fuß unter den Gartentisch.

„Suchen Sie was Bestimmtes?", fragte er mit einem bissigen Unterton.

„Nicht wirklich. Ich hab schon ein paarmal vor der verschlossenen Tür gestanden, aber niemand konnte mir sagen, wo der Schlüssel war. Ich hatte die geheime Hoffnung, hier irgendwas zu finden, was man hätte versilbern können …"

„Da muss ich Sie enttäuschen. Das Familiensilber hat mein Großvater bei Kriegsende im See versenkt. Es wurde bedauerlicherweise nie gefunden."

Julia trat näher und sah sich um. „Haben Sie mal hier drin gegraben? Vielleicht ist ja der Oldtimer was wert. Alte Traktoren sind total angesagt."

„Machen Sie sich keine Hoffnungen. Das ist alles Müll", wiegelte er ab.

Julia lugte an Leo vorbei und entdeckte die Bilder an der Wand. „Von Ihnen?"

„Wie kommen Sie darauf?"

Sie erzählte ihm, dass sein Vater von Leos „fragwürdiger Karriere" als jugendlicher Sprayer gesprochen hatte und trat näher. „Dabei ist das richtig gut."

Als sie das frische Bild aus der Nähe betrachten wollte, hielt er sie zurück. „Vorsicht, die Farbe ist noch frisch." Es war nach ihrer Begrüßung das erste Mal, dass sie sich berührten.

„Ach, sind Sie Ihrem Hobby treu geblieben?"

Leo hatte keine Lust auf ein persönliches Gespräch und zog es vor, Julia mit einer knappen Erklärung der Symbolik abzuspeisen. „Der Notenschlüssel ist eine kleine Hommage an meine Mutter. Sie wollte hier drin einen Konzertsaal einrichten. Und der Heißluftballon ..." – „Was war denn das früher?", unterbrach Julia ihn.

„Mein Urgroßvater betrieb sehr erfolgreich eine Manufaktur für Malerpinsel. Damit verdiente er beim Bauboom um 1900 so viel, dass sich einen Traum verwirklichte. Er ließ das Hauptgebäude der Fabrik abreißen und baute 1906 an dessen Stelle das Hotel. Hier wurde zwar weiter produziert, allerdings nur noch wenige, spezielle Pinsel – Künstlerpinsel. Die Münchner Expressionisten kamen gerne zum Baden an den See, tranken Kaffee auf der Südterrasse und deckten sich mit neuen Malgeräten ein. Es war ein besonderer Ort. Bis die Nazis die Manufaktur dichtmachten. Sie waren dahintergekommen, dass mein Urgroßvater die zwischenzeitlich verfemten Künstler weiter belieferte – gratis."

Julia staunte, wie detailliert sich Leo in der Geschichte seiner Familie auskannte. Das hatte sie nach den Erzählungen seines Vaters nicht erwartet. Aber auch sie hatte keine Lust auf eine ausufernde Geschichtsstunde und rettete sich in leisen Spott. „Wow, eine heilige Stätte ..."

Leo wurde plötzlich sehr direkt. „Es wäre nett, wenn Sie mich jetzt alleinlassen würden."

„Wollen Sie Abschied nehmen? Ich meine, vielleicht kann man die olle Holzwand ja retten, bevor der Schuppen plattgemacht wird."

„Raus." Leo wurde nicht laut, sondern zeigte nur unmissverständlich zur Tür. Julia setzte ein süffisantes Lächeln auf und wandte sich zum Gehen. „Bis nachher. Wir müssten noch die Steuerbescheide der letzten fünf Jahre durchgehen – falls Sie nichts Besseres vorhaben."

✦

Toto öffnete den Prosecco, warf den Korken treffsicher in einen Papierkorb am anderen Ende des Zimmers und goss für Zäk und sich zwei Gläser ein. Er ging damit zu seinem gut gebauten Lover, der konzentriert über einem Stapel Zeitungen saß und Artikel ausschnitt.

„Pro-p-pösterchen!"

Zäk schaute nicht von seiner Arbeit auf und kippte sein Glas in einem Zug runter. Toto ging beleidigt zurück zum Bett.

„D-du k-könntest w-wenigstens d-danke sagen. So viel Zeit muss s-sein." Toto hatte sein Stottern dem Umstand zu verdanken, dass er in seiner Kindheit bei einem Wanderzirkus einmal versehentlich eine geschlagene Stunde lang mit einem Tiger in dessen Käfig eingesperrt war, glücklicherweise ohne gefressen zu werden.

Jetzt saß er allein auf dem schönen Doppelbett und schmollte. Wie immer, wenn Zäk ihn links liegen ließ, dachte er wehmütig an seine Kindheit.

Der Vorfall mit dem Tiger war nicht das einzige Missgeschick, das Toto in seinem Leben widerfahren war. Er war der Spross einer Zirkusfamilie, wurde aber aufgrund seiner geringen sportlich-artistischen Begabungen regelmäßig gemobbt. Dennoch lernte er alles, was zu einem richtigen Zirkuskind gehörte.

Toto konnte perfekt jonglieren, ein bisschen zaubern, er konnte reiten und beherrschte die verschiedensten Taschenspielertricks, nur das Seiltanzen, gewissermaßen die Feuerprobe für alle Artisten, wollte ihm schon als Kind nicht gelingen. Wieder und wieder stürzte er aus geringer Höhe ab und holte sich böse Prellungen. Was lag da näher, als sich als Clown zu betätigen? Doch auch das ging gründlich schief, man lachte über ihn, nur leider nicht über seine Darbietungen. Dafür wurde Toto von seinen älteren Geschwistern jahrelang gedemütigt und als „Beachball" und „Dickie" gehänselt. Seit dieser Zeit ertrug er es nicht mehr, wenn man ihn wegen seiner Körperfülle auslachte.

Das änderte sich schlagartig, als er Zäk kennenlernte. Der hagere Schweiger liebte, wie er es nannte, „Männer, die Schatten werfen" und verguckte sich augenblicklich, als er Toto zum ersten Mal begegnete. Zu der Zeit arbeitete Toto als Nachtwächter, die einzige Betätigung, die ihm die Zirkusfamilie zutraute.

Zäk war nach einer Vorstellung in den Wohnwagen mit der Kasse eingebrochen, um die kompletten Einnahmen des Abends mitgehen zu lassen. Als Toto ihn im Schein seiner Taschenlampe erwischte, gab es eine kleine Rangelei, bei der schnell klar wurde, dass sich zwei Männer gefunden hatten, die nicht mehr ohne einander sein wollten. So kam es, dass Zäk dem Zirkus nicht nur die Abendkasse, sondern auch den liebenswerten Loser Toto entführte.

Das war fünf Jahre her, aber jedes Mal, wenn Toto sich vernachlässigt fühlte, dachte er mit schaurigem Entzücken an ihre ungewöhnliche erste Begegnung, die in einem leidenschaftlichen Kuss gipfelte. Zäk war der beste Liebhaber, den Toto jemals hatte, für ihn würde er sogar zusammen mit dem Tiger durch einen Feuerreifen springen. Auch jetzt lag Toto auf dem Bett, jonglierte mit einer Hand drei Bälle, nippte mit der anderen an seinem Prosecco und gab sich süßen Erinnerungen hin.

Zäk sortierte auf dem Sekretär die Zeitungsausschnitte, die er seiner Mutter schicken wollte, alles Artikel über Kunstdiebstähle, die in der letzten Zeit in Österreich und Bayern vermehrt stattgefunden hatten.

Toto wurde es langweilig. Er stand auf, schaute Zäk über die Schulter und maulte: „Warum schreiben die immer ‚ein Täter‘? W-wir sind doch ein Pä-Pärchen …" Natürlich schrieben die Zeitungen nur über Zäk. Zäk war der Boss, Zäk war das Gehirn, Zäk war einfach Zäk.

Aber Toto wusste, wie er Zäk von seiner Tätigkeit weglotsen konnte. Er begann sich rhythmisch zu bewegen und leise zur Melodie von Marlene Dietrichs „Ich bin die fesche Lola" aus dem „Blauen Engel" zu singen: „Ich bin der Blaue Reiter, der Liebling der Saison … und du, du kannst mich reiten, das haste jetzt davon …"

Die raffinierte Mischung aus Fruchtbarkeitstanz und Jonglage, die Toto präsentierte, war ein voller Erfolg. Zäk schaute erst muffig von seiner Arbeit auf, dann hatte er nur noch Augen für Toto.

Die Verführung fand jedoch ein jähes Ende, als Toto sich die Hose auszog und schwungvoll auf einen Sessel warf. In der Hose klingelte es. Eine Oktoberfest-Blaskapelle spielte gebetsmühlenartig den immer gleichen Tusch. Zäk wurde bei dem ihm unbekannten Klingelton stutzig und zog das Handy von Inspektor Furtwanger aus Totos Hosentasche.

„Bist du irre?", fuhr er seinen Freund an. Toto schaute schuldbewusst. „Es ist das neueste Modell, Zäk. Drei Monate Lieferzeit, da konnte ich einfach nicht widerstehen."

Das Handy hörte auf zu tuschen, auf dem Display erschien eine SMS. Zäk las die Meldung:

„Warum gehen Sie nicht ran??? Ich hoffe, Sie haben unserem missratenen Junior schön DIE HÖLLE HEISS GEMACHT!!! Farkas. – und ein Teufels-Emoji."

Wie nicht anders zu erwarten, sprach Zäk den ungarischen Namen falsch aus.

„Das bringst du sofort wieder zurück!"

„Ka-Kannst du ja machen. Ich mach mich schon mal für dich frisch, mein Schatz. ..." Damit tänzelte Toto ins Bad, wohl wissend, wie sehr sein Schatz es liebte, wenn sein Freund das Liebesspiel dadurch würzte, kleine Hindernisse zwischen sich und den erotisch angefixten Zäk zu platzieren – und wenn es nur eine quietschende Badezimmertür war.

✦

Die Luft im Büro war nicht nur vom Staub dick. Zwischen Julia und Leo herrschte Funkstille. Lediglich das Rascheln der Steuer- und Kreditunterlagen, die Leo durchblätterte, war zu hören. Julia schaute aus dem Fenster und würdigte ihn keines Blickes, als sie ihn fragte, ob ihm der letzte Wunsch seines Vaters eigentlich vollkommen egal sei.

„Wie ich den alten Herrn kenne, wollte er das Hotel nur verkaufen, um mich zu ärgern", murmelte Leo eher vor sich hin, als dass er Julia antwortete. Er schweifte innerlich von den verwirrenden Zahlen auf dem Papier ab und dachte unwillkürlich an die heftigen Streitereien mit seinem Vater, als er als pubertierender Kiffer und Graffiti-Sprayer durch die Gegend gezogen war. Johannes Sailer wollte seinen Sohn zwingen, eine Hotelfachschule zu besuchen, vermutlich weil er selbst von seinem Vater dazu gezwungen worden war, aber Leo träumte von einem wilden, freien Künstlerdasein.

Seine damalige Muse hieß Marie, sie war die Tochter seines Klassenlehrers am örtlichen Gymnasium und seine erste große Liebe. Als sie eines Nachts von einem ihrer gemeinsamen Ausflüge zu unbemalten Brandmauern und S-Bahn-Waggons nach Hause kam, wunderte sich Maries Vater über die grellen Farben auf ihrer Jeans und auf ihren nagelneuen Sneakers, hauptsächlich aber auf ihrem Hals, wo mehrere Knutschflecke scheinbar künstlerisch von kleinen Acrylkompositionen eingerahmt waren. Zur Strafe musste Leo die Deko-Luftballons fürs nächste Schulfest bunt anmalen. Er empfand das als bittere Demütigung, sein Vater hingegen sah darin eine gelungene pädagogische Maßnahme des Lehrers, in erster Linie aber eine sinnvolle Beschäftigung für Leos Drang, überall seine „Duftmarken" zu hinterlassen, wie er es nannte. Das Schlimmste dabei war der Ton, den sein Vater damals anschlug. Und dass er Leos Arbeit bei Klinger bis zum Schluss als das „Bepinseln bunter Luftballons" bezeichnete, war mehr als eine Kränkung.

Leo tat sich nach wie vor schwer, darüber hinwegzukommen. Vergessen konnte er es nicht, konnte er vergeben? Warum spukte sein Vater unablässig in seinem Kopf herum? Wie sollte er ihn loswerden? Es kam Leo vor wie eine Folter aus dem Jenseits. Selbst der Gedanke, dass sein Vater an ihn nur weitergab, was er von seinem eigenen Vater erfahren hatte, half Leo nicht weiter. Es kam ihm beinahe so vor, als rächte sich sein Vater an ihm für das Leid, das ihm selbst als jungem Mann zugefügt worden war.

Aber irgendwer musste doch diesen Teufelskreis einmal durchbrechen. Leo schien es beinahe, als läge ein Fluch auf dem Hotel, das sein Vater nicht führen wollte, und das auch er eigentlich nie führen wollte. Einzig seine Mutter hatte, vollkommen frei von familiären Zwängen, die wundervollsten Visionen entwickelt, was man aus diesem Juwel am See alles hätte machen können.

Julia warf Leo eine Akte zu. Die Realität hatte ihn wieder. Er saß in der Falle, denn er konnte Julia keinesfalls gestehen, dass seit seinem Großvater eigentlich niemand mehr die Verantwortung für den alten Kasten übernehmen wollte. Überhaupt war Leo nicht gut im Eingestehen von Schwächen. Julia hingegen spürte instinktiv, dass er bei Weitem nicht so entschlussfreudig war, wie er sich am Vormittag präsentiert hatte. Es reizte sie, Leo aus der Reserve zu locken. „Was halten Sie davon, wenn wir einen Antrag stellen, die Schulden stunden zu lassen? Wenn wir den Banken und dem Finanzamt einen Plan vorlegen, dass wir kurz vor dem Einstieg eines potenten Investors sind, machen die vielleicht sogar mit. Oder?"

Leo wusste darauf keine Antwort. Und Julia wusste, dass er darauf keine Antwort wissen würde. Es wurmte ihn, dass er sogar doppelt in der Falle saß. Alleine würde er die Hinterlassenschaften seines Vaters nicht ordnen können, aber die Aussicht, zusammen mit der nassforschen Julia die nächsten zwei Monate in einem Raum zu verbringen, mit ihr alte Akten zu wälzen und sich von ihr permanent den Unterschied zwischen Brutto und Netto erklären zu lassen, machte ihn auch nicht gerade glücklich. Am meisten aber nervte ihn, dass Julia ständig direkt oder indirekt auf den Verkauf des Hotels zu sprechen kam.

Dass sein Vater einen derart positiven Eindruck bei Julia hinterlassen hatte, wollte Leo auch nicht in den Kopf, und er fand es an der Zeit, seiner „Generalbevollmächtigten" klarzumachen, dass Johannes Sailer sein Leben lang mehr am weiblichen Geschlecht interessiert war als daran, pflichtbewusst die Tradition des Hauses fortzuführen. Er schaltete auf Angriff und versuchte Julia zu ärgern, indem er sich über das Verhältnis seines Vaters zu Frauen ausließ.

„Ich kann mir schon vorstellen, wie Sie zu dem Job gekommen sind."

„Ach ja, wie denn?" Julia drehte sich zu ihm um. Leo legte seine Akte zur Seite. „Mein Vater hatte ein Faible für Frauen. Nach – und leider auch vor dem Tod meiner Mutter. Für schwache Frauen ... wo hat er Sie eigentlich aufgegabelt?"

Aha. Da war es also wieder, das ihr so wohlbekannte und verhasste Macho-Verhalten. Hatte sie Leo gar nicht zugetraut.

Aber Julia war souverän genug, seine Frechheiten an sich abperlen zu lassen. „Er suchte eine inkompetente, schwache Bürohilfe, möglichst mit einem Einser-Examen in Wirtschaftswissenschaften."

Leo kam auf den Geschmack, Julia zu provozieren, und fragte sie, warum sie sich mit derart guten Voraussetzungen ausgerechnet das Hotel „Seeblick" ausgeguckt hatte.

Sie merkte, dass es an der Zeit war, ein bisschen mehr von sich preiszugeben. „Ich war auf der Suche nach einem zeitlich begrenzten Job in der Nähe der Berge." Von der Tatsache, dass sie Abstand zu Berlin suchte, wo Fabian ihr nach der geplatzten Hochzeit – zur Freude ihrer Eltern – immer noch auf den Pelz rückte, erzählte sie nichts, ebenso wenig davon, dass sie im Anschluss an ihre Zeit am Kochelsee nach Paris und New York gehen würde. Leo musste schließlich nicht alles wissen. Vor allem betonte sie, dass sie Leos Vater sympathisch fand und dass es sie reizte, das, wie sie sagte, „herrliche Chaos" des alten Herrn in den Griff zu kriegen.

„Aha", dachte Leo voller Vorurteile über seinen Vater. Natürlich war der alte Schürzenjäger hinter der selbstbewussten, attraktiven jungen Frau her gewesen. Aber Julia beruhigte ihn. „Ihr Vater war sehr charmant, nur ein bisschen zu alt für mich. Nein, angebaggert hat er mich nie. Hat er sich wohl nicht getraut."

Weil sie aber seine Spitze über die „schwachen Frauen" nicht auf sich sitzen lassen wollte, ärgerte sie ihn mit der Aufzählung ihrer exklusiven sportlichen Hobbys, denen sie vom Hotel aus in ihrer Freizeit nachzugehen gedachte: „Free Climbing, Mountainbike, Wildwasser, alles, was mir in der Stadt fehlt und wo ich mich körperlich austoben kann. Ach ja, und ich bin bei der Bergrettung."

Leo brauchte einige Sekunden, um Julias Aufzählung, insbesondere ihr letztes Hobby, zu verdauen, dann entgegnete er schlagfertig: „Verstehe, die Aktenberge. Die wollen Sie jetzt besteigen und retten."

Julia ließ sich auf das verbale Scharmützel ein. „Erraten. Und Sie wollen ein Hotel führen? Können Sie das überhaupt?"

✦

Giacomo hatte sich im Keller den Bauch vollgeschlagen und machte mit der durchgebissenen Leine um den Hals einen Verdauungsspaziergang im Park. Als Angehöriger einer vom Aussterben bedrohten Art glaubte er, ein Recht auf diese Art der ökologisch korrekten Entspannung in freier Natur zu haben. Nachdem er auf der Streuobstwiese eine der wenigen nicht verfaulten Kirschen zum Nachtisch genossen und ein paar Kniebeugen und Streckübungen gemacht hatte, kletterte er die Fassade des Hotels hinauf und landete vor einem Fenster, das einen Spaltbreit offenstand. Was er hinter der Scheibe sah und hörte, erregte seine Aufmerksamkeit.

Toto stand nackt unter der Handdusche in einer Badewanne mit abgeplatztem Emaille, jonglierte wie ein Barmixer mit einer Duschgelflasche und sang immer noch sehr frei nach Marlene Dietrich: „Ich bin dein Blauer Reiter, und kenne keine Pardon … Cha Cha Cha … und du, du bist mein Pferdchen …" Er beugte sich zur Wannenarmatur hinunter, um die Temperatur der Dusche zu regeln. Es war eine von diesen schönen altertümlichen Armaturen, bei denen unter dem jahrzehntelang gescheuerten Chrom das blanke Messing hervorblitzte. Rechts und links befanden sich große Kreuzgriffe mit kleinen Porzellanknöpfen „Hot" und „Cold". Toto drehte „Hot" auf. Jetzt dampfte die Dusche. Derart aufgeheizt trällerte er weiter.

Soweit sein Fell das zuließ, legte Giacomo die Stirn in Falten. Die Scheibe war beschlagen, sodass er die groteske Performance von Toto nicht weiterverfolgen konnte. Er zwängte sich neugierig durch den offenen Fensterspalt und nahm drinnen auf der schmalen gekachelten Fensterbank Platz wie der Zuschauer einer Castingshow.

Seit seinem traumatischen Erlebnis mit dem Tiger war Toto alles Animalische fremd, es sei denn als aufregende Variante des Liebesspiels. Als er sich singend und tanzend zum Fenster drehte und Giacomo auf den Kacheln sitzen sah, bekam er Panik. „Iiiih! Was ist das denn? … Hau … Hau … Hau ab! Hihi … Hilfe! Zäk! Säckchen!!!"

Giacomo verzog das Gesicht und fletschte seine Nagezähne. Toto drehte vollkommen durch. Im Geiste sah er sich einem zum Sprung bereiten Tiger mit stechendem Blick und weit geöffnetem Maul gegenüber. Toto richtete fuchtelnd die Handbrause wie eine geladene Waffe auf Giacomo und spritzte den Marder nass. Dabei riss er den Duschschlauch versehentlich aus der Armatur, aus der eine pilzförmige Fontäne nach oben sprudelte und das Bad unter Wasser setzte.

Der ungebetene Gast schüttelte sein nasses Fell und zog es vor, den Ort des feuchten Geschehens fluchtartig zu verlassen. Giacomo huschte durch das Fenster, just als Zäk das Bad betrat. Angesichts von Totos hysterischem Anfall wiegte Zäk nur müde lächelnd den Kopf.

„Hilf mir doch", winselte der vor Schreck gelähmte splitternackte Toto. Zäk ging geladen durch den Regen zur Badewanne und knallte mit roher Kraft die beiden Wasserhähne zu. Dadurch brach einer der Hähne ab. Aus der Armatur schoss zusätzlich zu der senkrechten Fontäne ein fingerdicker waagerechter Strahl und flutete den Badezimmerboden.

Trotz aller Versuche von Zäk war das Badewasser nicht zu bändigen. Als die Flut kurz davor war, die Schwelle zu Zäks und Totos Zimmer zu übersteigen befahl Zäk lapidar: „Abflug!"

Beim überstürzten Anziehen seiner Hose klemmte Toto sich einen Hemdzipfel im Reißverschluss ein. Er war mit den

Nerven völlig am Ende. „Ich schwöre dir, da war ein rie-riesiges Viech, ein …" Aber Zäk blaffte ihn nur an. „Komm endlich, Puschel!". Dann steckte er Furtwangers Handy ein, nahm seinen hastig zugeklappten Koffer unter den Arm und zog den mit seinem Reißverschluss kämpfenden Toto aus dem Doppelzimmer. Der beschwerte sich: „Nenn mich bitte nicht Pu-Puschel! Ich hasse diesen Sp-pitznamen …"

Vom Luftzug der Tür wehten Zäks auf dem Tisch vergessene Zeitungsausschnitte zu Boden und landeten auf einem kleinen Teppich, der gerade begann, sich mit Wasser vollzusaugen …

✦

Im Erdgeschoss saß Leo nach wie vor am Schreibtisch seines Vaters. Julia warf ihm stumm einen weiteren eingestaubten Aktenordner zu. Leo öffnete den Ordner und besah seine Finger. Er hasste es, sich die Finger schmutzig zu machen. Als er klein war, gab es für ihn nichts Unangenehmeres, als beim Frühstück den klebrigen Honiglöffel in die Hand nehmen zu müssen. Um sich die Finger abzuwischen, zog Leo ein weißes Stofftaschentuch aus seiner Hosentasche.

„Ich hab die ersten Wochen Gummihandschuhe angezogen. Müssten eigentlich noch jede Menge in der Küche sein," grinste Julia ihn frech an. Dass er Stofftaschentücher benutzte, gefiel ihr. Ebenso seine eleganten alten Lederhalbschuhe.

Mit besorgter Miene überflog Leo die Dokumente. Er war gerade mal seit drei Stunden im Hotel und hatte überschlagsweise bereits mehr als 50.000 Euro Schulden zu Gesicht bekommen.

„Wollen Sie ein Wasser zu den Handschuhen?", fragte Julia und ging zur Tür. Sie fand, dass es Zeit für ein Friedensangebot war.

Leo nickte, schloss den Ordner und nutzte Julias Abwesenheit, um die Schublade des Schreibtischs zu inspizieren. Zu seinem größten Erstaunen lag gleich vorne ein Brief, der handschriftlich an ihn adressiert war: „Für Leo".

Nach einigem Suchen fand Leo unter einer ledernen Dokumentenmappe den alten Brieföffner seines Großvaters, mit dem er schon als Kind so gerne Zorro gespielt hatte. Das Prunkstück hatte einen eleganten Elfenbeingriff und eine Klinge aus poliertem Schildpatt. Leo umfasste den Griff und versetzte einem imaginären Gegner mit seiner Waffe einen Dolchstoß, wobei er einen kurzen Schlachtruf ausstieß. Julia musste den Schrei gehört haben, als sie mit zwei Gläsern Wasser und einem Paar Einweghandschuhen eintrat. „Haben Sie sich wehgetan?"

„Nein ...", antwortete Leo peinlich berührt und setzte seinen Dolch verlegen am Brief seines Vaters an. Julia trat zu ihm und stellte sein Wasserglas auf eine der wenigen freien Stellen des riesigen Eichenschreibtisches. „Bitte sehr ... Oh ..." Ein fetter Tropfen landete klatschend in Leos Glas.

Er schaute zum Fenster. „Regnet's?" Draußen schien die Sonne. Beide hoben suchend die Köpfe. An der Zimmerdecke begann sich eine dunkle feuchte Stelle zu bilden. Als sie wieder herunterschauten, trafen sich ihre Blicke. Zum ersten Mal sahen sie sich in die Augen, wenn auch nur für einen flüchtigen Moment ... Immerhin reichte dieser Moment, dass Leo ein reizvoller brauner Fleck in Julias grünem rechten Auge auffiel.

„Ich glaube, wir haben da ein kleines Problem", knirschte Leo. Julia nickte vielsagend.

✦

Zäk trat an die Rezeption und checkte die Lage, bevor er das Handy des Inspektors zurück an seinen Platz legte und auf die

Messingklingel haute. Hinter ihm floss das Wasser bereits die Treppe herunter.

Toto war weiter damit beschäftigt, seinen eingeklemmten Hemdzipfel aus dem Reißverschluss zu befreien. Er blieb mitten auf der Treppe stehen und wurde beinahe von einer Kleinfamilie überrannt, die vor dem rauschenden Wasser die Stufen abwärts floh. Die Mutter kochte vor Wut, während der Vater seine Tochter, die Totos Kampf mit dem Hosenstall interessiert verfolgte, von diesem wegzog. Das Mädchen protestierte lautstark. „Pappi, ich will meine Schwimmflügel!"

An der Rezeption angelangt, bezeichnete der Vater mit bitterer Ironie Zäk gegenüber das „lauschige Hotel Seeblick" als ein „Irrenhaus" und stürzte mit den Worten „Die Rechnung können Sie gerne einklagen!" samt Gattin und Tochter zur Tür hinaus ins Freie.

Julia und Leo traten aus dem Büro. Zäk sah sie und ging in die Offensive: „Wir brauchen ein anderes Zimmer! Unseres ist undicht!"

Leo schaute Julia hilfesuchend an. Oben auf der Treppe erschien ein aufgelöster Marco. „Mamma mia! Chefe! Aqua alta!"

Auch wenn Leo durchaus handwerkliche Fähigkeiten besaß, so waren sie doch eher begrenzt. Wie so vielen sensiblen Menschen gelang es aber auch ihm, in Gefahrensituationen über sich hinauszuwachsen. Was blieb ihm auch anderes übrig?

Minuten später kniete er völlig durchnässt in Totos Badewanne und werkelte hilflos mit einer Rohrzange an der abgebrochenen Armatur herum. Marco kam mit zwei Plastikeimern hinzu, mit denen er den dicken Strahl aufzufangen versuchte, um das Wasser anschließend so schnell wie möglich aus dem Badezimmerfenster zu befördern.

„Na toll, so kriegen wir doch noch unseren Pool", rettete Leo sich in Sarkasmus.

Marco wischte sich die Stirn. Außer Atem und vollkommen akzentfrei berichtete er vom Stand der Dinge: „Ich war gerade im Keller. Das Sperrventil am Hauptwasserhahn ist komplett eingerostet, total unbeweglich! Und Giacomo ist verschwunden!"

Leo stutzte. „Wieso sprechen Sie plötzlich Hochdeutsch?" Marco zuckte mit den Schultern und kippte einen weiteren Eimer aus dem Fenster. „Meine italienische Akzente iste nur fur die Gäste und naturlisch fur die belle ragazze." Dass der schwarzhaarige Lockenkopf vor 23 Jahren in Sterzing – Italienreisende kennen das deutschsprachige Südtiroler Städtchen im Eisacktal an der Brennerautobahn auch unter dem heute weniger gebräuchlichen Namen „Vipiteno" – als Sohn einer Kindergärtnerin und eines Holzhändlers das Licht der Welt erblickt hatte, verschwieg er seinem neuen Chef.

Julia betrat das Bad, nahm ihr Handy vom Ohr und schaute mitleidig auf die beiden Hobbyklempner. „Ich hab mir erlaubt, ein paar Profis anzurufen."

✦

Auf dem Weg nach München fuhr Furtwanger in Schlangenlinien über eine schnurgerade Gebirgsstraße. Dabei suchte er fieberhaft alle Taschen nach seinem Handy ab. Zuerst die Manteltaschen, dann die des Jacketts und schließlich die seitlichen und die hinteren Hosentaschen. Dafür musste er sich stark verrenken und das Lenkrad mit Knien und Oberschenkeln einklemmen. Er wurde immer ungeduldiger. „Herrschaftszeiten, wo ist denn mein ..." Als er aufblickte, sah er einen Feuerwehrzug mit Blaulicht und Martinshorn direkt auf ihn zuschießen. Der Inspektor war bei seiner verzweifelten Suche mit seinem Auto versehentlich auf die Gegenfahrbahn geraten und riss das Steuer herum. Die Feuerwehrwagen schossen nur knapp an ihm vorbei.

Er brauchte einen Augenblick, um die Beinahe-Kollision zu verdauen und wieder zu Atem zu kommen, dann wendete er und folgte dem Zug aus sechs knallroten Einsatzfahrzeugen. Als Furtwanger sein Auto auf dem Hotelparkplatz abstellte, war die Feuerwehr schon bei der Arbeit. Einige Beamte hatten ein Souterrain-Fenster geöffnet und reichten ihrem im Keller befindlichen Kollegen schweres Werkzeug nach unten. Die Löschmannschaft stand rauchend und plaudernd neben ihren Leiterwagen. Zäk und Toto hatten es sich für die Dauer des Einsatzes in ihrem offenen Cabrio bequem gemacht.

Beim Betreten der Lobby wurde Furtwanger fast von zwei Feuerwehrleuten umgerannt, die ihm mit Wassereimern entgegenkamen. Es herrschte ein unbeschreiblicher Tumult in der Hotelhalle. Die letzten Gäste flüchteten über die Hoteltreppe, die sich in einen malerischen Wasserfall verwandelt hatte.

Hinter den Gästen erschienen Leo und Marco mit ihren Eimern in der Hand. Richtig sicher fühlte sich Leo auf der Treppe noch nicht, aber das überreich in seinen Adern pulsierende Adrenalin ließ ihn seine Höhenangst kurz vergessen. Auf der untersten Treppenstufe rutschte ihm der rechte Fuß weg, er taumelte zur Rezeptionstheke, hielt sich daran fest und wischte dabei versehentlich das Handy des Inspektors von der Theke. Es landete in seinem Wassereimer.

„Herr Furtwängler, was kann ich für Sie tun?" Leo bemühte sich selbst in der Krise um Haltung und Höflichkeit, was dem Inspektor sichtlich egal war. „Na, jetzt werden die Böden wenigstens mal sauber. Haben Sie mein Handy gesehen, ich hab's hier irgendwo liegengelassen …" Marco quetschte sich mit seinem vollen Eimer an ihm vorbei und verließ die Lobby nach draußen.

Giacomo, der, vom Lärm angezogen, hinter dem Inspektor auf dem Treppengeländer erschien, beobachtete belustigt die Szene. Die Gelassenheit, mit der Leo das durchnässte Handy aus seinem Wassereimer zog und es dem Inspektor mit den Worten „Das hier?" überreichte, beeindruckte den Marder. Als der Inspektor den frischgebackenen Hoteldirektor anschrie – „Das wird teuer, Herr Sailer! Erst mein Handy, und wenn die Wände erstmal voll Wasser sind ... und wenn der Schwamm kommt ..." –, entschloss sich Giacomo, den Chef seines Herrchens zu verteidigen. Er fühlte sich überdies an dem feuchten Desaster nicht ganz unschuldig und wollte sich gerade mit gefletschten Nagezähnen von hinten auf den Inspektor stürzen, als Marco mit seinem geleerten Eimer in die Lobby zurückkam und blitzschnell erfasste, dass Gefahr im Verzug war. Würde Furtwanger auch noch Giacomo entdecken, wäre die Katastrophe komplett.

„Tipeto tru de tulips ...", begann der Südtiroler lauthals und akzentbeladen zu singen. Giacomo legte das Köpfchen schief und machte hinter dem Rücken des Inspektors sein Tänzchen. Der Beamte drehte sich zu Marco um. „Was singen Sie denn da für ein schwachsinniges Lied?"

Giacomo war intelligent genug, um Marcos Rettungsaktion zu begreifen. Er hüpfte während der Drehung des Inspektors mit einem artistischen Hechtsprung zu Boden und huschte zwischen dessen Beine, sodass dieser ihn nicht sehen konnte.

Furtwanger marschierte wütend zur Tür, der Marder folgte ihm, sprang Marco auf den Arm und rettete sich in die durchnässte Jacke seines Herrchens.

Der Inspektor schenkte Leo einen giftigen Blick, dann knallte er hinter sich die Tür zu. Leo und Marco rannten wieder nach oben.

Auf dem Weg zu seinem Auto kam Furtwanger fluchend an Julia vorbei, die an dem offenen Kellerfenster die Arbeiten der Feuerwehrleute koordinierte. Er hämmerte auf sein tropfendes Handy ein, das sich nicht mehr anschalten ließ. In Ermangelung eines anderen Opfers nahm er sich Julia vor. „Wir sprechen uns noch, Frau ‚Generalbevollmächtigte‘! Das kommt alles in meinen Bericht! Und dann gibt's eine zwangsweise Schließung. Und zwar sofort!"

Ohne ihre Antwort abzuwarten, ging Furtwanger weiter zum Parkplatz. „So eine verfickte Scheiße!" Er steckte das dummerweise nicht wasserdichte Handy ein.

Julia blickte ihm achselzuckend hinterher und wandte sich wieder an die Beamten. „Ist zu?", rief sie in den Keller, aus dem eine raue bayerische Stimme antwortete: „I moan, mir ham's." Julia schaute nach oben zu einem breiten Balkon im ersten Stock, an dem ein kleiner Teil der hölzernen Brüstung fehlte, und rief: „Läuft's noch? Leo? Wo sind Sie?"

„Hier oben", hörte sie Leos ängstliche Stimme. Julia suchte vergeblich den Balkon ab. „Ich seh Sie nicht, ist alles okay?" – „Moment …"

„Dass ausgerechnet hier das Geländer fehlen muss, fuck!", dachte Leo. Er traute sich einfach nicht, dichter an die Brüstung heranzutreten. Andererseits durfte er Julia gegenüber ausgerechnet jetzt keine Schwäche zeigen.

Leo kniete sich auf den Balkon, legte sich flach hin und robbte langsam vor zum Abgrund. Sein Herz schlug wie wild, ihm wurde schwarz vor Augen. Schließlich schob er heldenmutig seinen Kopf gerade so weit über die Balkonkante, dass er Julia sehen konnte. Mit zitternder Stimme gab er Entwarnung „Das Wasser scheint nicht mehr zu laufen, der Schaden ist allerdings gigantisch", und zog sich schnell auf den rettenden Balkon zurück.

Julia war sich nicht sicher, was sie von Leos seltsamem Benehmen halten sollte. „Was in aller Welt treiben Sie da oben?"

Er rang nach Worten und suchte nach einer einigermaßen plausiblen Ausrede. „Ich … äh … mir ist gerade aufgefallen, dass das Geländer morsch ist. Und da wollte ich die Bruchstelle …

und den Boden des Balkons etwas näher nach Feuchtigkeits-schäden …"

Julia glaubte, nicht richtig zu hören. „Haben Sie keine anderen Probleme?", unterbrach sie ihn unwirsch.

Doch, hatte er. Sein Versuch, sich rückwärts robbend aus der Affäre zu ziehen, führte zu grotesken Verrenkungen, die Julia von unten glücklicherweise nicht sehen konnte.

Im Zimmer angekommen, sah er sich niedergeschlagen im feuchten Wirrwarr um. Das Wasser war inzwischen abgelaufen, aber der Teppich gab nach wie vor schmatzende Laute von sich, sobald Leo ihn betrat. Er hob die von Zäk vergessenen durchnässten Zeitungsausschnitte über dessen erfolgreiche Raubzüge auf, schenkte ihnen jedoch keine weitere Beachtung und warf sie in den Papierkorb.

Margarete hatte sich hinter der Küche ein kleines Privatissimum eingerichtet. Hier standen ein altmodischer Fernseher und ein samtbezogenes Schlafsofa, das ihr in den Nachmittagsstunden willkommene Dienste leistete. Vor allem konnte sie hier ungestört trinken.

Von dem Feuerwehreinsatz hatte sie nichts mitbekommen. Um nicht geweckt zu werden, hatte sie die Angewohnheit, ihre Ohren mit Ohropax zu verschließen. Schon als kleiner Junge hatte sich Leo mit der leicht klebrigen, formbaren rosa Masse aus Watte und Wachs in einer Mischung aus Faszination und Ekel spielerisch beschäftigt.

Nach ihrem Nickerchen stand Margarete auf, reckte sich, hörte die Rezeptionsklingel und Stimmengewirr und ging durch die Küche in die Lobby. Als sie die vielen Feuerwehrleute und den wild auf die Klingel donnernden Zäk sah, rieb sie sich ungläubig die Augen.

„Da legt man sich ein-mal aufs Ohr und schon geht die Welt unter …", sagte sie kopfschüttelnd und nahm einen tiefen Schluck aus ihrem Flachmann.

Zäk fragte sie ungeduldig nach einem neuen Zimmer. „In dem alten ist die Armatur aus der Badezimmerwand gefallen."

In Sachen Schuldzuweisungen war Margarete nicht zu übertreffen. Je maroder der alte Kasten wurde, desto raffinierter wurden ihre Strategien, die bei einem Aufenthalt entstandenen Schäden den jeweiligen Gästen anzulasten und im Zweifel von deren Versicherungen regulieren zu lassen. Sie baute sich vor Zäk auf und erklärte ihm, man gehe im Haus eigentlich davon aus, dass die Gäste in der Lage seien, mit Badezimmerarmaturen umzugehen. „Die Herren haben hoffentlich eine Privathaftpflichtversicherung?"

Zäk blieb unbeeindruckt, verneinte die Frage und drehte den Spieß um. „Aber Ihr Haus ist doch bestimmt gut versichert, Gnädigste. Schauen Sie sich Totos Schuhe an. Die sind komplett ruiniert! Sauteure italienische Slipper. Alles nur, weil Ihre Armaturen durchgerostet sind. Ganz zu schweigen von dem posttraumatischen Dingsda, das mein Freund wahrscheinlich jahrelang …"

Toto hingegen fiel auf Margaretes Attacke rein. Er fühlte sich schuldig und hatte das dringende Bedürfnis, sich zu verteidigen. Seine flüchtige Begegnung mit Giacomo beschrieb er, als sei ihm im Badezimmerfenster ein mittelalterlicher Drachen erschienen und habe ihm mit feurigem Atem und giftigen Krallen ans Leder gewollt. Als das „Monster" ihn attackierte, habe er sich lediglich gewehrt.

Zäk war die übertriebene Erzählung seines Kumpans fast ein bisschen peinlich, aber Margarete ließ sich nicht aus der Ruhe bringen. „Jaja, und Schweine können fliegen." – „Echt?" Toto hielt mittlerweile alles für möglich.

Margarete wandte sich wieder ihrem Reservierungsbuch zu und tat so, als sei das Haus komplett ausgebucht. Sie wusste, dass dieser Eindruck entstand, je länger sie die großen Seiten hin- und herblätterte.

Das gab Zäk Gelegenheit, seinen Blick schweifen zu lassen. Er blieb an dem nächtlichen Landschaftsgemälde über der Rezeption hängen und trat einen Schritt näher, um das Bild eingehender zu betrachten. Zäk knuffte Toto in die Seite und deutete verschwörerisch mit dem Kopf auf das Bild. Toto bekam große Augen. „Do-Donnerwetter. Bl-Blauer Rei…?", aber bevor Toto seine Frage zu Ende bringen konnte, trat Zäk ihm derart heftig auf dessen nasse Slipper, dass er augenblicklich verstummte. Stattdessen wandte Zäk sich an Margarete. „Schönes Bild haben Sie da …"

Ohne von ihrem Buch aufzusehen antwortete sie nuschelnd: „Ist leider nur 'ne Kopie." – „Nach?" – „Kandinsky, ‚Sternennacht über dem Kochelsee'. Aber der Maler, also der Kopierer oder wie man so einen nennt, der ist inzwischen auch ganz schön bekannt. Wolfgang Bellagio ...."

Sie tat so, als habe ihre Recherche Erfolg gehabt, blickte Zäk keck an und bot ihm mit aufgesetztem Lächeln Zimmer 9 an, „mit Blick aufs Wasser". Zäk verzog das Gesicht. Margarete spürte, dass das Wort „Wasser" seinen Zauber verloren hatte, und korrigierte sich: „… also auf den See." Sie haute auf die Rezeptionsklingel und rief laut nach Marco.

Als Marco sich Zäks Gepäck schnappen wollte, fuhr der ihn genauso an wie vorher Leo: „Finger weg, Kleiner!" Er griff selber zu seinem Koffer, da hallte ein gellender Schrei von Toto durch die Lobby.

„Da-daaa ist sie wieder! Die Bestie! Auf dem Bi-Bi-Bild!" Tatsächlich war Giacomo auf den oberen Rand des Rahmens der „Sternennacht" geklettert und balancierte darauf entlang. Er wollte sich von dem erhöhten Beobachtungsposten aus einen

Überblick über die verworrene Lage in diesem menschlichen Tollhaus verschaffen. Von Totos Schrei aufgeschreckt, hielt er es jedoch für opportun, das Weite zu suchen, sprang vom Bild herunter und verschwand hinter einer Ecke.

Toto war vollkommen aufgelöst und zeigte den Flur entlang, in den sich Giacomo geflüchtet hatte. Die anderen sahen dem Tier suchend hinterher. Diesen unbeobachteten Augenblick nutzte Toto, ganz nebenbei die glänzende Rezeptionsklingel in seiner Jackentasche verschwinden zu lassen.

Da weder Giacomo noch einer der Drachen aus „Game of Thrones" in dem leeren Flur auszumachen waren, drehten sich die drei wieder um. Zäk wandte sich mit einem gequälten Gesichtsausdruck an Margarete. „Der kleine Dicke spinnt manchmal ein bisschen. Hören Sie nicht hin." Toto zog einen Flunsch, Margarete überreichte Marco den Schlüssel zu Zimmer 9, und Marco wies den beiden Gästen den Weg.

Auf der Treppe präsentierte Toto Zäk heimlich, aber voller Stolz sein neuerliches Diebesgut. Obwohl Zäk ihn gerade vor den anderen kaltlächelnd bloßgestellt hatte, wollte er sich mit seinem Freund versöhnen und raunte ihm verführerisch zu: „K-kleines Geschenk für d-dich. Da-damit kannst du mi-mich immer anklingeln, wenn du Lu-Lust auf mich hast." Er schaute den schwarzen Ganoven flehend an und drückte äußerst sanft auf die Messingklingel, sodass nur Zäk es hören konnte. Der war hin- und hergerissen zwischen Genervtsein und Rührung, denn verliebt in seinen Toto war er trotz dessen offensichtlicher Defizite schon. Auch wenn ihm der Hemdzipfel immer noch aus der Hose hing.

◆

Leo und Julia saßen erschöpft auf den Stufen der Eingangstreppe und beobachteten die Feuerwehrleute beim Zusammenräumen ihrer Utensilien. In beiden brodelte es, aber beide wussten auch, dass eine falsche Bemerkung tödlich sein könnte. Es war Gedanken-Mikado. Wer zuerst zuckte und etwas sagte, hatte in den kommenden Auseinandersetzungen bereits verloren. Um die Situation zu überspielen, räusperte er sich und bekam daraufhin einen Hustenanfall. Julia klopfte ihm auf den Rücken.

„Besser?", fragte sie. Das Eis zwischen ihnen schien langsam zu schmelzen. Leo nickte, schaute kurz zu Julia hinüber, wandte sich aber gleich wieder von ihr ab, weil er ahnte, was sie sagen würde.

„Ich will wirklich nur Ihr Bestes", wagte sich Julia aus der Deckung.

„Genau das werden Sie nicht von mir bekommen", konterte Leo bissig. „Ab morgen früh nehmen wir den Schaden auf und erstellen einen Businessplan, wie wir durch die Krise kommen. Und da kommt alles rein, Steuern, Schulden, Guthaben, Inventar, Brutto, Netto … Was meinen Sie, was allein das ganze Hotelsilber wert ist …"

„Erbsenzählen für ein Landei am Kochelsee. Mein Traum seit Kindheitstagen." Julia zeigte Leo ziemlich deutlich, was sie von seinen unternehmerischen Fähigkeiten hielt.

Leo wurde wütend, sein Ton wurde schärfer. „Mit Ihrer Berliner Hipster-Arroganz kommen wir hier bestimmt nicht weiter. Machen Sie doch ein-mal einen vernünftigen Vorschlag!"

Julia wollte gerade zu einem längeren Vortrag ansetzen, warum der Verkauf des Hotels die einzig praktikable Lösung sei, als einer der Feuerwehrleute mit einem Klemmbrett in Händen auf die beiden zutrat. Er stellte sich als „Oberbrandmoaster

Zapfinger" vor und redete wie ein Wasserfall in einem so starken Dialekt, dass man ihn in einem Film hätte untertiteln müssen.

„Griaß Gott mitanand. Könna Sie ma song, wa do etz fia unsan Einsatz mid zwanzig Mo und am Zuag zuaständig is? Oiso wa bekimmd nochhad d'Rechnung?

(Untertitel: „Grüß Gott miteinander. Können Sie mir sagen, wer da jetzt für unseren Einsatz mit zwanzig Mann und einem Zug zuständig ist? Also, wer bekommt nachher die Rechnung?" – Auf eine weitere Untertitelung verzichten wir diskret.)

Zapfinger schaute fragend zwischen Leo und Julia hin und her. Julia war ratlos, sie hatte kaum ein Wort verstanden. Leo grinste und spielte seine Überlegenheit als Einheimischer aus. „Er will wissen, wer die Rechnung kriegt."

„Da schau her, ein polyglottes Landei. Langweilig, aber praktisch." Leo ließ sich nicht provozieren, er blieb ganz ruhig. „Ich bin hier aufgewachsen, mehrsprachig."

Der Oberbrandmeister verfolgte mit zunehmender Ungeduld den kleinen Schlagabtausch der jungen Leute. Julia fragte Leo noch spitz, was damals bei ihm schiefgelaufen sei, da ging Zapfinger beherzt dazwischen. „Oisonocha, wer kriagt jetzat d'Rech…" – „Na, ich denk mal, er", unterbrach Julia den Feuerwehrmann.

Zapfinger war erleichtert. „Sauba. De kriagn S' donn zuagschickt. Zoibar in zwoa Wochn ohne Obzüge, Mehrwertschdeia is inklusive. Wonn Sie dann bitte do …" Er hielt Leo das Klemmbrett hin. Leo überflog die Zahlen und stieß einen erstaunten Pfiff aus. Dann unterschrieb er widerwillig und bekam von Zapfinger einen Durchschlag als Quittung überreicht.

„Servus – ach, und 'sis etz eastamoi im Kella grod a Providi… Herschoftszeidn, wia hoaßt des etz no moi? Provisoridum? Na, Sie wern's scho merkn. Pfiat enna." Er legte seine rechte Hand militärisch grüßend an seinen Helm und ging zu seinem Einsatzfahrzeug.

Der Löschzug verließ in geordneter Formation den Parkplatz des Hotels „Seeblick". Leo starrte sorgenvoll auf die Quittung der Feuerwehr.

Julia war klar, dass der Wasserschaden und der Feuerwehreinsatz dem Unternehmen den Todesstoß versetzt hatten. Sie kannte die Bilanzen der letzten Jahre zu gut, um sich Illusionen hinzugeben. Zudem hing ihre Provision davon ab, dass das Verkaufsgeschäft abgeschlossen wurde. Und sie wusste genau, wer als potentieller Käufer in der Pole-Position wartete. Jetzt war Taktik angesagt. Julia wurde ungewöhnlich sanft im Ton und fragte Leo, ob er noch immer sicher sei, den baufälligen Kasten behalten zu wollen.

Ihr Gesäusel tat seine Wirkung. Leo ging nicht erneut in die Abwehr, sondern versuchte, sachlich zu bleiben. „Wie sieht's denn aus mit 'ner Gebäudeversicherung?", fragte er beinahe zaghaft. Die gebe es durchaus, antwortete Julia, das Dumme sei nur, dass der Typ, der Leos Vater versichert hatte – sie sagte „Typ" in einem Ton, der unmissverständlich klarmachte, dass sie den Herrn überhaupt nicht mochte –, leider auch der einzige in Frage kommende Käufer des Hotels sei. „Und wenn der Wind von dem Unfall bekommt …"

„Farkas???", entsetzte sich Leo, „Oh nee …"

Julia spielte die Verwunderte. „Ach, Sie kennen diesen reizenden Menschen?" – „Ja", antwortete Leo knapp. – „Von früher?" – „Ja." Leo hatte einfach keine Lust, an Farkas zu denken.

„Ist aber kein Einheimischer, oder?", bohrte Julia nach – „Nein", kam es noch knapper zurück.

„Haben Sie Erfahrung im Melken von Kühen?" – „Wie bitte?" – „Na, als Landbewohner kennen Sie doch das alte Prinzip: ‚Melken oder gemolken werden'."

„Könnten Sie bitte mal für ein paar Minuten Ihren Mund halten? Ihre dämlichen Sprüche helfen uns auch nicht weiter", knurrte Leo beleidigt.

Aber Julia dachte nicht daran aufzuhören: „Jetzt wird Farkas Sie melken ..."

Ihre Blicke trafen sich erneut. In diesem Moment konnten sich beide beim besten Willen nicht vorstellen, dass ihre Zusammenarbeit noch zu retten wäre. Allenfalls durch einen gemeinsamen Feind.

✦

Ein schwerer Geländewagen rollte über das Rasenstück neben dem Parkplatz des Hotels, begrub einige frisch aufgeblühte Gänseblümchen unter seinen extrabreiten Stollenreifen und hielt neben Julias Auto an. Es war einer dieser überdimensionierten SUVs, die seit einigen Jahren öffentlich als „asoziale Umweltverpester" diskreditiert wurden. Julias kleiner Peugeot sah daneben aus wie ein Spielzeugauto.

Der Mann, der dem mattschwarz lackierten Boliden entstieg, war, trotz seines ungarischen Namens, ein Bilderbuch-Wiener von ausgesuchter Gemeinheit, die er freilich geschickt in beinahe musikalischem Charme verpackte. Wenn er wollte, konnte er aber auch seine Maske fallen lassen. László Farkas (zur Erinnerung: „Laslo Farkasch") war ein sportlicher Mann mittleren Alters. In Kleidung, Körpersprache und Habitus wirkte er wie eine österreichische Schmalspurausgabe von Donald Trump.

Er verschloss sein Auto, das dies mit einem unerfreulichen kurzen Hupen quittierte, zückte sein Zigarettenetui, entnahm eine Zigarette und entzündete sie mit einem goldenen Dunhill-Feuerzeug. Um sich selber aufzumandeln, murmelte er auf dem Weg zum Haus: „Oiso, pack' mas."

Leo und Julia, die derweil mit zwei Bechern Kaffee an dem kleinen Verandatisch vor dem Haus saßen, standen auf und gingen Farkas entschlossen entgegen.

Julia begrüßte den ungebetenen Gast mit geheuchelter Freundlichkeit. „Herr Farkas, wie schön. "

Noch ehe Leo Farkas begrüßen konnte, setzte der im typischen Wiener Singsang seine erste Duftmarke: „Aha, der Sprössling ist endlich da. Ich hätt' dich eigentlich heut Vormittag beim Notar erwartet." Bevor Leo antworten konnte, fuhr Farkas ihm übers Maul: „Scho recht. Die Karten san jetzt eh neu g'mischt. Geh'n ma rein?"

Farkas schlenderte zufrieden durch die zu einer Nasszelle mutierte Lobby und stieß dicke Rauchwolken aus. An einer Wand warf die durchfeuchtete Tapete Blasen. Er zog an einer der Stoßkanten, sodass ein größeres Dreieck der Tapete hässlich herabhing. „Na, bravo ... Kaum isser zurück, scho gibt's a potschert-ruinöse Burli-Katastrophen."

Leo bat Farkas, seine Zigarette auszumachen, im Hotel sei Rauchen grundsätzlich verboten. Farkas schnipste seine Kippe auf den Boden, wo sie in einer kleinen Pfütze zischend erlosch. „Das wer'n ma auch ändern. Also, Leo. Ich weiß, dass du's mit Geld net so hast. Da kommst' scho ganz nach deinem Papa. Oiso, i mach dir a Angebot. I nehm dir des Häusl ab, die Schulden vom Papa sind gestrichen und du kriegst – samma net kleinlich – Dreihunderttausend obendrauf. Ist des a Sach?"

„Was für Schulden?", fragte Leo.

„Was für a Sach??", fragte Julia.

Farkas baute sich direkt vor Leo auf. Da er kleiner war, musste er leicht nach oben schielen, deshalb trat er gleich wieder einen halben Schritt zurück. „I hab deinem Papa 400.000 geliehen. Euro, net Schilling. Als Anzahlung für den Kauf. In bar. Hatten wir so besprochen. Mit Handschlag. In dem jetzigen Zustand ist das natürlich die komplette Kaufsumme."

Mit einem flehenden Seitenblick zu Julia gab Leo Farkas Contra: „Das Gebäude ist ja gottseidank gegen Wasserschäden, Rohrbrüche und Feuer versichert, Herr Farkas."

Farkas genoss es, sein Gegenüber zu verunsichern und in die Ecke zu drängen. Er hatte als junger Mann beim Boxclub „Wiener Linien" relativ erfolgreich geboxt und wusste, wie man einen K. o. vorbereitete. „Von *der* Versicherung kannst gradmal das Parkett neu verlegen lassen. Na, Schluss mit folsche Hoffnungen – des Häusl ist reif für an Abriss."

Leo wurde bleich. Der Treffer hatte ihn voll erwischt. Aber nicht nur ihn, denn mit den letzten Worten von Farkas war Margarete aus der Küche getreten. „Abriss??", empörte sie sich.

Leo ging zu ihr und beruhigte sie. „Keine Angst, Tantchen, das Hotel bleibt. Jetzt erst recht."

Farkas grinste. Er war sich seiner Sache sicher. Auf dem Weg zu seiner Monsterkarosse drehte er sich nochmal zu Leo um, der mit Julia auf der kleinen Veranda stehengeblieben war. „Ein besseres Angebot wirst eh nicht kriegen, Leo, auch wann'st di noch so aufpudelst. Außerdem hab ich an mündlichen Vorvertrag mit deinem Herrn Papa. Der wusste scho, warum er net wollte, dass der Laden einem Träumer wie dir in die Hände fallt. Also, mach ka G'wirkst, dann mach ich auch keins."

Er drückte die Fernbedienung für das Türschloss, das Auto hupte erneut kurz. Farkas bestieg den sehr hoch liegenden Fahrersitz und startete seinen Achtzylinder. Er dreht eine Runde über die Kiesauffahrt, blieb direkt vor Leo und Julia stehen und ließ sein Fahrerfenster herunter. „Und nicht, dass du auf die Idee kommst, irgendwas zu mauscheln. I hab das Haus mit allem Inventar gekauft. Antiquitäten, Silber, Geschirr ... Habe die Ehre. Baba." Er gab Vollgas und rauschte in einer Staubwolke davon.

Leo schaute Julia fragend an, sie hielt seinem Blick stand. „G'wirkst? Ich bezweifle, dass Farkas einen Vertrag hat. Den sollte ich nämlich für Ihren Vater aufsetzen."

Das „Burli" lachte. „Und ich weiß, warum ich den als Junge schon immer ‚Fuck-Arsch' genannt habe."

Die Suche nach den Versicherungspolicen des Hotels erwies sich als mühsam, schweißtreibend und schmutzig. Selbst Julia hatte wieder Gummihandschuhe an, als sie gemeinsam mit Leo die Aktenberge durchwühlte und alles auf den Kopf stellte. Sie kam sich vor wie eine Archäologin auf der Suche nach dem Goldschatz des Priamos.

Leo hatte seinem Vater zwar immer vorgeworfen, das schöne alte Haus zu vernachlässigen, ja nachgerade verfallen zu lassen, aber dass sein alter Herr keine halbwegs brauchbaren Versicherungen abgeschlossen hatte, bezweifelte er dann doch. Julia war sich da nicht so sicher. Sie wusste aus bitterer Erfahrung, dass Johannes Sailer in Geldsachen etwas eigen gewesen war. Ihre Hauptsorge war indessen – nach der desolaten Lage der Dinge –, beim Verkauf selbst gänzlich leer auszugehen, sollte Farkas seine finsteren Absichten umsetzen.

Beim Öffnen eines besonders eingestaubten Aktenordners wurde Leo still. „Fuck-Arsch hat leider recht." Er hatte die Police für die Gebäudeversicherung gefunden, und die Zahlen sahen nicht gut aus. Die Deckungssumme war seit über 30 Jahren nicht mehr angepasst worden und lautete noch auf D-Mark. Das Hotel war hoffnungslos unterversichert.

Er entnahm dem Ordner die Police und ging damit vorwurfsvoll zu Julia. „Finden Sie nicht, dass Sie das hier als Generalbevollmächtigte kennen sollten? Ich meine, was für eine Generalbevollmächtigte sind Sie eigentlich, wenn Ihnen nicht mal die wichtigsten Unterlagen Ihres Unternehmens bekannt sind, hä? Könnte es vielleicht sein, dass Sie Ihren Ferienjob nicht so richtig ernst genommen …" Ehe Leo seinen Satz vollenden konnte, riss Julia ihm die Police aus der Hand. Sie fühlte sich in ihrer Berufsehre gekränkt und wurde laut.

„Wissen Sie eigentlich, wie das hier drinnen aussah, als ich angekommen bin? Hä? Dagegen ist es jetzt penibel aufgeräumt. Ihr Vater war mit seinem eigenen Chaos heillos überfordert. Vielleicht wäre es schlauer gewesen, dem alten Herrn mal unter die Arme zu greifen, wenn Ihnen das Hotel, wie Sie ja nicht müde werden zu betonen, so sehr am Herzen liegt."

Leo war sprachlos.

Julia atmete nach ihrer kurzen Suada heftig aus. Sie wollte gerade einen Blick auf die Police werfen, da klingelte ihr Handy. Sie nahm den Anruf entgegen und lauschte besorgt ihrem Gegenüber. Nachdem sie bestätigt hatte, dass sie in etwa dreißig Minuten vor Ort sein könne, beendete Julia das Telefonat und wandte sich entschuldigend an Leo. Sie habe ihm ja bereits erzählt, dass sie bei der Bergrettung sei. Jetzt würden zwei Kletterer im Karwendel vermisst. „Ich würd ja liebend gerne weiter mit Ihnen streiten, muss Sie aber leider alleinlassen. Sorry."

Trotz ihrer permanenten Frechheiten hatte Leo einen Höllenrespekt vor Julias Engagement bei den Bergrettern, auch wenn er sich nicht vorstellen konnte, dass jemand freiwillig in Hubschrauber und Felswände stieg. Er wünschte Julia zähneknirschend Glück bei ihrem Einsatz. Sie reichte ihm die Versicherungspolice zurück, streifte die Gummihandschuhe ab und eilte aus dem Büro.

✦

Leo stellte verwundert fest, dass er zum ersten Mal seit seiner Ankunft allein im Arbeitszimmer seines Vaters war. Er stand auf, ging langsam zum Fenster und sah hinüber zum Parkplatz. Julia stieg in ihrer Klettermontur in ihr Auto, schaltete die Scheinwerfer ein und fuhr hinaus in die Abenddämmerung.

Er holte sich aus der Küche ein Glas Rotwein und einen Apfel, den er zusammen mit einem Frühstücksmesser und einer

Gabel auf einen kleinen Teller legte. Auf dem Rückweg vermied er es, sich länger als unbedingt nötig in der modrig müffelnden Lobby aufzuhalten und ging zügig zurück ins Büro. Dort war der Wasserschaden noch am geringsten. Abgesehen von der hässlichen rostroten Stelle an der Stuckdecke waren das Zimmer und sein Inhalt gottlob weitgehend verschont geblieben.

Leo öffnete das Fenster, er liebte den Geruch des Abends am See. Dann ging er zum väterlichen Schallplattenregal und schaltete den alten, sehr gepflegten Dual-Plattenspieler an. Auf dem Plattenteller lag eine der Lieblingsplatten des alten Herrn: „Sail Along Silv'ry Moon", eine Saxophonschnulze aus den 50er-Jahren, gespielt von Billy Vaughn. Leo wischte mit einer Schallplattenbürste die dünne Staubschicht von der Vinylscheibe und senkte den Tonarm ab. Er lauschte kurz der Musik, dann setzte er sich an den Eichenschreibtisch, knipste das Licht an und nahm endlich den Brief seines Vaters zur Hand, in dem immer noch der Schildpatt-Brieföffner seines Großvaters steckte.

Bevor er den Brief öffnete, fiel Leos Blick auf eine Reihe gerahmter Fotos, die halbverdeckt zwischen den Aktenstapeln standen. Eines davon zeigte ihn als Kind, zusammen mit seinen Eltern und dem Hovawart Ruppi, seinem geliebten Hund und Spielkameraden.

Leo fiel wieder ein, wie er von seiner Mutter gelernt hatte, in die von ihm geliebten Äpfel nicht einfach hineinzubeißen, sondern sie vorher geschickt mit Messer und Gabel zu zerlegen. Er versuchte, sich an ihre Stimme zu erinnern.

„Schau, Leo, so ist das viel schöner. Hast du mir nicht gesagt, dass du es gar nicht magst, wenn deine Finger kleben?" Er erinnerte sich auch daran, dass er ihre Frage mit einem heftigen Nicken beantwortet hatte und sie ihm daraufhin liebevoll über den Kopf strich. „Du bist halt unser kleiner Ästhet." Das Wort war ihm unbekannt gewesen, aber seine Mutter erklärte es ihm und nahm einen Apfel in die Hand.

Leos Mutter hatte feingliedrige Hände gehabt, und es war dem Jungen ein Vergnügen gewesen, ihr dabei zuzusehen, wie sie mit äußerstem Geschick, ja geradezu Eleganz jegliches Obst zerlegte und für ihn mundgerecht zubereitete.

Mit dem abgegriffenen Hotelbesteck zerschnitt Leo den Apfel in vier gleich große Teile und entfernte das Kerngehäuse. Als er die vier Teile und die Kerne auf dem Teller liegen sah, kam ihm eine Theaterszene in den Sinn, die er vor Ewigkeiten in München gesehen und die ihn tief bewegt hatte. Es war das Schlussbild aus Ibsens „Peer Gynt", in dem der greise Titelheld eine Zwiebel entblättert und sein Leben als eine endlose Abfolge von Schalen ohne Kern empfindet: „Das hört ja nicht auf! Immer Schicht noch um Schicht! Kommt denn der Kern nun nicht endlich ans Licht?"

Leo starrte vor sich hin. Sein Kern lag vor ihm auf dem Teller, daneben die vier Apfelscheiben als Symbole für die Dinge, die ihn gerade bewegten, und die so gar nicht zueinander passen wollten.

Da war einerseits seine Arbeit als Ballondesigner, an der sein Herz hing, verbunden mit einer gewachsenen Loyalität gegenüber der Firma, für die er immerhin seit drei Jahren arbeitete. Vielleicht war es nicht die ganz große Erfüllung seiner künstlerischen Träume, aber es war ein gut bezahlter Job, den er direkt nach seinem Studium angetreten hatte. Er gab ihm Stabilität und Sicherheit.

Seine wilde Zeit als freier Graffiti-Künstler hatte nach einem grauenvollen Desaster mit dem Tod seines besten Freundes Thom ein abruptes Ende gefunden, aber an Thom wollte Leo jetzt nicht denken. Das Designstudium in Halle, das Prinzip der geraden Linien und der optischen Aufgeräumtheit hatten ihm geholfen, sein schreckliches Trauma zu bewältigen.

Andererseits lag ihm aber auch das Hotel am Herzen, der alte, unaufgeräumte Familienbetrieb. Leo wusste, dass er sich für eine der beiden Apfelscheiben entscheiden musste. Beides zusammen war nicht zu haben.

Die zwei anderen Apfelscheiben machten mit ihrer glänzenden roten Schale auf sich aufmerksam. Er fragte sich, wer eigentlich besser zu ihm passen würde – die vielleicht etwas zu lebenslustige, ewig gutgelaunte Conny oder die energiegeladene Julia, die ihn trotz ihrer aggressiven Anmaßungen doch schwer beeindruckt hatte. Obendrein konnte er den kleinen braunen Fleck in ihrem grünen rechten Auge nicht vergessen.

Leo wollte sich nicht entscheiden. Er ließ die Apfelviertel vorerst liegen, trank einen Schluck Rotwein und nahm den Brief und den Brieföffner zur Hand.

Giacomo war auf seinem allabendlichen Spaziergang, als er Musik aus dem Büro hörte. Das Stück erinnerte ihn an den alten Herrn Sailer, der in seinen letzten Wochen nicht nur Marco, sondern auch ihm gegenüber immer sehr freundlich gewesen war.

Der Marder kletterte zum erleuchteten Fenster und schlüpfte hinter Leos Rücken ins Büro. Fasziniert beobachtete er, wie Leo mit einer fremdartigen Waffe einen Umschlag öffnete und ihm ehrfurchtsvoll eine stark vergilbte Schwarz-weiß-Fotografie sowie einen handgeschriebenen Brief entnahm.

Giacomo kletterte lautlos auf eine Stehlampe, lugte über Leos Schulter und ärgerte sich über die Ungerechtigkeit der Natur. Wie gerne hätte er gelesen, was in dem Brief stand, aber das war ihm leider verwehrt. Er konnte zwar Tonfälle und Gefühle von Menschen präzise deuten, aber Sprechen, Verstehen oder gar Lesen, das hatte der liebe Gott für Marder bedauerlicherweise nicht vorgesehen, von einigen wenigen Worten wie zum Beispiel „Tanzbär" abgesehen.

Dennoch spürte Giacomo instinktiv, dass der Brief etwas Besonderes sein musste. Nach all dem Chaos, das den Tag über im Hotel geherrscht hatte, war ihm nicht entgangen, dass der Haussegen gewaltig schief hing. Dass er jetzt Zeuge eines stillen, beinahe innigen Moments wurde, beruhigte ihn zutiefst. Wenigstens konnte er einen Blick auf das Foto erhaschen.

Es war ein privat geknipstes Familienporträt aus den letzten Tagen des Zweiten Weltkriegs: Leos Urgroßeltern, sein Großvater und seine Großmutter mit dem Neugeborenen Johannes auf dem Arm posierten vor der Rezeption. Über dem Schlüsselbord hing die „Sternennacht". Leo lächelte und überflog die Rückseite, auf der einige handschriftliche Zeilen standen. Sie waren in Sütterlin abgefasst, eine Schrift, die er leider nicht entziffern konnte. Er schob das Foto zurück in den Umschlag. Dann wandte er sich dem Brief zu.

„Lieber Leo, ich weiß, dass wir beide uns immer gegenseitig Vorwürfe gemacht haben … wegen dem Tod deiner Mutter …", Leo lächelte über die alte Genitivschwäche seines ansonsten literarisch gebildeten und eloquenten Vaters, „… dabei bin ich derjenige, der allein die Schuld daran trägt. Ich hätte das schreckliche Unglück verhindern müssen. Bitte verzeih mir. Wenn Du dies liest, bin ich vielleicht nicht mehr am Leben, dennoch habe ich die Hoffnung nie aufgegeben, Dich noch einmal zu sehen und Dich in meine Arme zu schließen. Ich liebe Dich von ganzem Herzen, Dein alter Vater."

„Hätt'st du mir auch mal früher sagen können", schniefte Leo, wischte sich eine Träne aus dem Auge und trank einen kräftigen Schluck Rotwein. Vielleicht hätte er die Geister der Vergangenheit vertreiben können, wenn er sich hemmungslos betrunken hätte, aber das wollte er nicht. Noch viel weniger wollte er an seine Mutter und an Thom denken. Er nahm noch einen Schluck. Als er das Glas absetzte und sich zurücklehnte, entdeckte er Giacomo neben sich auf der Stehlampe. Der

Marder hielt den Kopf schief und brachte Leo zum Lachen. Dann hüpfte er auf den Schreibtisch.

„Hallo, mein Freund … Ich weiß, das ist nicht nett von mir, dass du wieder ausziehen musst, aber die Vorschriften … Das verstehst du doch, hm?" Giacomo legte die Stirn in Falten. Bürokratische Vorschriften gingen eindeutig über sein Verständnis hinaus, zumal sie im Zweifelsfall gegen ihn auszulegen wären.

Leo nahm einen auf dem Tisch liegenden Golfball in die Hand und rollte ihn zu dem Marder. Giacomo stoppte den Ball und kullerte ihn gekonnt zurück. Zur Belohnung erhielt er von Leo einen Apfelschnitz. Leo steckte sich das zweite Viertel in den Mund und rollte den Ball erneut dem Marder zu. Wieder gelang es ihm, den Ball anzuhalten. Als Leo nicht sofort eine weitere Belohnung herausrückte, linste Giacomo zum Obstteller. Leo verstand den Wink und reichte dem kleinen Sportskameraden das dritte Apfelviertel hinüber, während er selbst den Rest verspeiste. Jetzt kickte Giacomo den Ball heftiger zurück, das Spiel schien im Spaß zu machen. Der Ball stieß einen angelaufenen Silberrahmen mit einer Werbepostkarte vom Hotel in besseren Zeiten um. Leo nahm das Bild zur Hand und hielt es seinem neuen Freund hin.

„Was meinst du? Hotel behalten oder verkaufen?" Giacomo zuckte mit den Schultern, eine Geste, die erfahrungsgemäß bei Menschen immer gut ankam. Leo betrachtete nachdenklich die ausgeblichene Karte, derweil Giacomo sich ungefragt über das Kerngehäuse hermachte.

Auf dem handkolorierten Bild standen rechts und links vor dem Eingang des Hotels üppige Tontöpfe mit Palmen, ein livrierter Portier öffnete den Wagenschlag eines endlos langen Maybach-Zwölfzylinders, und zwei Pagen kümmerten sich um das umfangreiche Gepäck der hocheleganten Gäste.

Traumverloren schwärmte Leo dem Marder von den herrlichen Zeiten vor, als das Hotel „Seeblick" regelmäßig die versammelte gute Gesellschaft Münchens beherbergte – vor dem Zweiten Weltkrieg. Er erzählte von seinem Großvater, der seinerseits das Haus bereits in zweiter Generation geführt hatte. Und das alles sollte man einem windigen Schlawiner in den Rachen werfen? Giacomo schüttelte kauend den Kopf, als habe er jedes Wort verstanden.

Leo beugte sich zu ihm vor und befreite ihn von seinem Halsband. „Eigentlich liebe ich ja Herausforderungen, aber ... Pass auf, ich verrat dir jetzt ein großes Geheimnis, das darfst du aber niemandem weitererzählen, okay? Niemandem!"

Der Marder stellte die Ohren auf. Leo fuhr fort: „Ich hab tierische Höhenangst. Seitdem ich gleich zweimal etwas erlebt habe, wo ... ach, das verstehst du eh nicht. Jedenfalls kann ich nicht mal auf einen Stuhl steigen, ohne dass mir schwindlig wird. Capito?" Giacomo schluckte den letzten Bissen herunter und zog die Brauen zusammen. Er hatte nicht die leiseste Ahnung, was Leo ihm gerade anvertraute.

✦

Als Julia einige Stunden später auf den Parkplatz fuhr, stellte sie den Motor ab und legte ihre Stirn für einen Augenblick erschöpft aufs Lenkrad. Dann riss sie sich zusammen, nahm ihren Rucksack mit dem Klettergeschirr vom Rücksitz und stieg aus. Da im Büro noch Licht brannte, schaute sie kurz durchs Fenster. Leo war in dem Schreibtischsessel seines Vaters eingeschlafen und schnarchte.

Julia betrat in voller Montur das Zimmer und räusperte sich. Leo schreckte hoch. Er fühlte sich ertappt.

Bevor er eingeschlafen war, hatte er sich fest vorgenommen, Julia in ihre Schranken zu weisen und ihr unzweideutig klarzumachen, wer der Herr im Haus war. Er war wild entschlossen gewesen, gegenüber seiner „Generalbevollmächtigten" den unnachgiebigen Chef zu spielen und ihre Kompetenzen weitgehend zu beschneiden. Während er sich mit geschlossenen Augen die Einzelheiten seiner rigiden Maßnahmen ausmalte, hatte ihn der Schlaf übermannt.

„Oh, Sie sind schon wieder da?" Er räusperte sich, schaute auf seine Uhr und war erstaunt, wie lange er geschlafen hatte.

„Und? Alles in Ordnung?"

Julia ließ sich in den ledernen Sessel auf der anderen Seite des Tischs fallen. Sie deutete auf das halb volle Rotweinglas „Darf ich?" Leo nickte, Julia trank das Glas in einem Zug aus. „Nicht so gut." Sie starrte zu Boden.

„So schlimm?", fragte Leo zaghaft, „Was ist passiert?"

„Einen haben wir in der Dunkelheit schwerverletzt gefunden. Der andere …" Julia erzählte Leo, dass die Chancen für den zweiten Bergsteiger, die Nacht in der eiskalten Wand zu überleben, gleich null waren. Am Morgen würde ein Hubschrauber aufsteigen und nach der Leiche suchen.

Das Thema ging Leo naturgemäß außerordentlich nah. Es war aber nicht nur der leichte Schwindel, der ihn beim Gedanken an steile Felswände befiel, besonders bewegte Leo der tiefe Ernst, der die sonst so dreiste Julia plötzlich ergriffen hatte. Sein Vorhaben, Julia von oben herab zu behandeln und ihr gegenüber so unfreundlich wie nur irgend möglich aufzutreten, fiel wie ein Kartenhaus zusammen. In ihrer Trauer strahlte sie eine Würde aus, die er bisher nicht bei ihr wahrgenommen hatte. Er dachte wieder an seine eigene Geschichte, wollte jetzt doch mehr über Julia erfahren und fragte, ob ihr so etwas schon öfter passiert sei. Julia nickte. „Man gewöhnt sich halt nicht dran." Sie ahnte nicht, wie gut Leo sie in diesem Punkt verstand. „Außerdem verlier ich nicht gerne. Sind Sie wenigstens vorangekommen?"

Er mochte ihr nichts von dem Brief seines Vaters erzählen, dennoch hatte er das dringende Bedürfnis, die Situation aufzulockern und fragte sie, ob sie etwas essen und trinken wolle. Julia hatte bohrenden Hunger, gestand Leo aber: „Ich kann zwar fast alles, Berge hochklettern, Menschen und Gletscher retten, Verträge aufsetzen, manchmal auch Bilanzen fälschen, nur kochen …?"

Leo triumphierte als hätte er einen fetten Stich beim Skat gemacht. „Meine Pasta ist legendär!"

Das gemeinsame Hantieren in der Küche – Kochen konnte man es beim besten Willen nicht nennen – tat Julia gut. Sie entkorkte eine Flasche Weißwein und stellte zwei Gläser dazu, Leo durchsuchte die Schränke. „Sie wissen doch sicher, wo der Nudeltopf versteckt ist."

Dass es für Nudeln einen extra Topf geben sollte, war Julia neu. Aber Leo stieg sehr wohl in ihrer Achtung, als er mit derart detailliertem gastronomischem Fachwissen aufwartete. Er durchwühlte weiter das Kochgeschirr und stieß auf Margaretes Depot von Ginflaschen.

Das Unvermögen seiner Tante, den Versuchungen des Alkohols zu widerstehen, hatte Leo seit Jahren bedauert. Zuerst hatte er es noch lustig gefunden, weil sie im angetrunkenen Zustand amüsant und schlagfertig war und vor allem die beste Witzeerzählerin, die er kannte. Je einsamer sie jedoch mit den Jahren wurde, desto schwieriger wurde es.

Seit einiger Zeit trank sie nicht mehr nur in Gesellschaft, sondern auch, wenn sie in ihrer Kemenate hinter der Küche auf ihrem winzigen Fernseher massenhaft nächtliche Reality-Shows im Privatfernsehen konsumierte – das meiste davon im Tiefschlaf.

„Wie kommt's? Die macht an sich einen ganz patenten Eindruck", sagte Julia. Leo wiegte den Kopf.

„Irgendwie ist die arme Margarete auch ein Opfer von meinem Vater und meinem Großvater. Als der starb, hinterließ er das Hotel schön altmodisch patriarchalisch seinem Erstgeborenen. Er war davon überzeugt, dass nur ein Mann das Haus verantwortungsvoll würde führen können."

Julia zog die Augenbrauen hoch. „Das haben wir ja gesehen. Und wieso ist sie dann hiergeblieben?"

Während er in der Küche weiter nach dem Nudeltopf suchte, erzählte Leo einer aufmerksam zuhörenden Julia Margaretes traurige Lebensgeschichte.

Die jüngere Schwester seines Vaters, ein spätes Kind aus der zweiten Ehe von Ludwig Sailer jun., bekam nach dessen Tod ein Wohnrecht auf Lebenszeit im Hotel und richtete sich in ihrem Dasein zweiter Klasse ein. Sie machte eine Ausbildung an der Hotelfachschule und war entschlossen, ihrem Bruder tatkräftig unter die Arme zu greifen, zumindest so lange, bis sie eine gute Partie aus den besseren Münchner Kreisen gefunden hätte – zugegebenermaßen ein sehr altmodischer Lebensplan, der dann auch gründlich in die Hose ging.

Johannes Sailer ließ sich von seiner Halbschwester in geschäftliche Dinge freilich nicht reinreden und schränkte Margaretes Zuständigkeiten im Hotel nach und nach weiter ein.

„Irgendwann war sie nur noch für die Honneurs zuständig und für die spätabendliche Unterhaltung der besoffenen Gäste an der Bar. Ihre Witze waren zwar immer noch gut, aber …"

„Aber?" Julia merkte, wie nahe Leo Margaretes Schicksal ging.

„Sie ertränkte den Kummer über ihr unerfülltes Leben im Alkohol. Die Hoffnung, eines schönen Tages noch einen Partner für den Lebensabend zu finden, hat sie bis heute nicht begraben. Und Margarete ist zäh."

„Bisschen traurig", fand Julia.

„Sehr sogar." Er schaute auf das Etikett einer der Ginflaschen. „Na, zumindest trinkt sie keinen billigen Fusel, sondern was Gutes", stellte er anerkennend fest. Er grinste Julia an. „Wie sagte mein Vater immer: ‚Let the evening be Gin!'"

Wie auf Stichwort trat Margarete in die Küche. Der Lärm der Nudeltopfsuche hatte sie aus ihrem Fernsehschlaf geweckt. Mit zugekniffenen Augen erfasste sie intuitiv die Situation. Leo fragte sie, was die Batterie von Ginflaschen zwischen dem Kochgeschirr verloren habe.

Da sie nichts mehr hasste, als ihre Trunksucht rechtfertigen zu müssen, ging sie unverzüglich in die Offensive. „Gin ist ein uraltes Hausmittel. Ich putz damit die Fenster, gieß ihn in Vasen, dass die Blumen frisch bleiben ... man kann damit Schuhe putzen, quietschende Türscharniere entquietschen ...“ Margarete begriff schnell, dass ihre Ausflüchte bei Leo und Julia nicht zogen. Sie begriff auch, dass ihre Anwesenheit in der Küche gerade nicht unbedingt erwünscht war, und fand es klüger, sich wieder zu verdrücken. Sie ging zu einer Blumenvase, nahm einen kräftigen Schluck daraus, sodass die darin befindlichen Blumen ihren gelben Pollenstaub auf ihre Haare verteilten, und verschwand, leise mit sich selbst sprechend, in ihrem Hinterzimmer. „Ich kann auch ohne Spaß Alkohol haben …“

Leo hatte den Nudeltopf gefunden, ging zur Spüle und schob ihn mit professioneller Eleganz unter den Wasserhahn. Als er den Hahn aufdrehte, fielen nur zwei einsame bräunliche Tropfen heraus. Julia versuchte die Situation zu retten. „Wie praktisch, müssen wir nicht abspülen.“ Sie hielt Leo aufmunternd ein Glas Wein hin. „Schluck Wein? Der ist auch schön trocken.“

Er stöhnte leise auf, er hätte es wissen müssen. Immerhin hielt das von „Oberbrandmoaster“ Zapfinger angekündigte „Provisoridum“ im Keller bis zur endgültigen Reparatur dicht.

Nachdem die beiden in der Speisekammer Dosenravioli entdeckt hatten und die Büchsen geöffnet waren, hielt Leo Julia seine Dose zum Anstoßen hin. „Ich heiße Leo.“ – „Ach was … Julia.“ Sie stieß mit ihm an, beide mussten über die Kläglichkeit ihrer Situation lachen. Irgendwie war das Eis zwischen ihnen jetzt doch gebrochen. Julia hatte das Gefühl, Leo reinen Wein einschenken zu müssen, zu verlieren hatte sie nach Farkas' vehementem Auftritt eh nichts mehr. Das Duzen ging ihr noch etwas schwer von der Zunge, aber sie gab sich Mühe.

„Ich muss Ihnen … äh, dir … was gestehen." Leo horchte auf und parkte seine Gabel in der Raviolidose. „Dein Vater wollte das Hotel verkaufen … und ich will es auch. Ich brauch die Provision." Julia war erleichtert, dass sie Leo endlich die Wahrheit gesagt hatte. Der hakte nach: „Welche Provision?" Er stellte sein Weinglas ab, griff in seine Hosentasche und begann, sich nervös mit einem Zahnstocher zu piksen, der sich dort zufällig fand.

„Ich hab bei deinem Vater eine üppige Provision rausgehandelt … wenn ich den Verkauf durchziehe. Da war das Haus allerdings noch deutlich trockener. Und ich brauch das Geld, weil ich, wenn ich hier fertig bin, erst für drei Monate nach Paris gehe und dann nach New York. ‚The city that never sleeps'", fügte sie unsicher lächelnd hinzu. Nach dem Desaster mit dem Rohrbruch war sie nicht mehr so zuversichtlich, ob sich ihre Pläne würden realisieren lassen.

Julias Geständnis machte Leo zornig, nur hatte er nicht mehr die Kraft, schon wieder einen Streit mit seiner wichtigsten Mitarbeiterin vom Zaun zu brechen. Der Tag war lang und anstrengend gewesen. Er zerknickte heimlich den Zahnstocher in seiner Hosentasche und machte gute Miene zum bösen Spiel.

„New York … willst du da auf Wolkenkratzer klettern?" Die kleine Spitze konnte er sich nicht verkneifen, aber Julia blieb sachlich. Sie erzählte ihm, dass sie im Zusammenhang mit ihrer Masterarbeit ein Praktikum bei der UNESCO ergattert hatte. „Um die Gletscher zu retten", ergänzte sie.

Weil Leo mehr von Julias Plänen wissen wollte, beschlossen sie, ihr erstes gemeinsames Dinner auf der hinteren Hotelterrasse mit Blick auf den nächtlichen See fortzusetzen.

Auf dem Weg durch die Lobby ärgerte Leo sich, als sein Blick auf die von Farkas halb abgerissene feuchte Tapete fiel. Er versuchte, das herabhängende Stück wieder anzudrücken, merkte aber, dass das vergebliche Liebesmüh war. Also zog er an dem Tapetenzipfel und löste ihn bis hinunter zur Fußleiste ab. Dabei kam eine in die Wand eingelassene Metallklappe zum Vorschein. Leo bat Julia, sein Weinglas und seine Raviolidose zu halten und machte sich an der Klappe zu schaffen.

Sie balancierte die zwei Weingläser und die beiden Dosen und beobachtete neugierig seine Versuche, die Verriegelung der Klappe zu öffnen.

Es kostete Leo einiges Geschick, doch schließlich gelang es ihm unter Zuhilfenahme der Spitze eines Hotel-Regenschirms, die festsitzende Klappe zu öffnen. Was er dahinter fand, versetzte ihn – und Julia – in größtes Erstaunen. Es war ein stark verschmutztes flaches, etwa 50 mal 70 Zentimeter großes rechteckiges Paket aus mehreren Lagen Packpapier, das außen zusätzlich durch eine Tasche aus Wachstuch geschützt wurde. Auf dem Paket klebte ein Zettel mit einer Notiz in derselben filigranen Sütterlinschrift, die Leo von der Rückseite des Familienfotos aus dem Schreibtisch kannte: „Vorsichtig öffnen!" Gemeinsam entzifferten die beiden die altmodische Warnung.

Leo legte den mysteriösen Fund auf den Rezeptionstresen, pustete lockeren Mörtel, Putzreste und Spinnweben herunter, zog das Paket aus der Wachstuchhülle und öffnete es zaghaft an einer Ecke. Zunächst kam ein verzierter Bilderrahmen zum Vorschein. Leo riss das Packpapier ein Stück weiter auf, bis die Ecke eines Gemäldes sichtbar wurde: Vor einem dunkelblauen Himmel erstrahlten ein paar goldene Sterne. Julia trat hinzu und schaute ihn mit offenem Mund an. Gerade wollte Leo das Paket gänzlich aufreißen, da klingelte es an der Eingangstür. Hinter der ornamental geschliffenen Glasscheibe der Tür wurde eine rot-orangene Silhouette sichtbar.

Eilig schob Leo das Paket mit dem Bild zurück in sein Versteck, schloss die Klappe und versuchte, die am Boden liegende Tapete wieder anzupappen. Als dies misslang, bat er Julia, sich vor die Klappe zu stellen und die störrische Tapete an ihren Platz zu drücken. Julia tat ihr Bestes, das eben entdeckte Geheimnis zu verbergen, was mit zwei Gläsern und zwei Dosen in den Händen nicht gerade einfach war.

Es klingelte erneut. Leo fuhr sich durch die Haare, räusperte sich, ging zur Tür und öffnete sie. Draußen stand ein Monteur im Klempner-Overall mit einer großen Werkzeugtasche: „Grüß Gott, ich bin der Notdienst."

✦

Toto lag gelangweilt dösend auf dem Bett und spielte mit einem dünnen Blasrohr aus Edelstahl, Zäk saß am Tisch und durchforstete auf seinem iPad hochkonzentriert das Internet. Plötzlich hörte Toto aus dem Bad ein spratzendes Geräusch. Zäk ließ sich nicht stören, aber Toto ging hocherfreut nach nebenan und sah, wie am Handwaschbecken rostiges Wasser aus dem Hahn lief. Eigentlich war Toto froh, dass er mit Verspätung seine nachmittägliche Verführungsszene fortsetzen konnte, andererseits fand er das braune Wasser ziemlich eklig.

Zäk zischte Toto mürrisch zu, dass nach einer Sperrung immer braunes Wasser aus den Hähnen komme und widmete sich wieder seinem iPad.

Toto ging zur Wanne und ließ das Wasser so lange ablaufen, bis es klar wurde. Dann verstöpselte er die Wanne, spritzte begeistert Schaumbad hinein und rief ins Nebenzimmer: „Wollen wir ein bisschen p-plantschen? Mit schön viel B-Blasen?"

Zäk antwortete ihm nicht. „Puschel, du nervst gewaltig, halt endlich mal dein Maul!" Toto bekam schmale Augen und setzte sein Blasrohr an. Ein kräftiger Luftstoß beförderte einen millimeterdünnen Stahlpfeil in Richtung Zäk, wo das Projektil eine fette, blauschimmernde Schmeißfliege durchbohrte, die neben dem iPad spazieren ging. Zäk fuhr wütend auf. „Bist du irre? Vollidiot!" Toto grinste. „Ich k-kann auch gefährlich sein, nicht nur d-du. Und m-manchmal sind meine Pfeile v-vergiftet." Sein gelungener Schuss gab ihm enormes Selbstbewusstsein. Er hatte die Machtverhältnisse erst einmal egalisiert.

Toto ließ das warme Wasser laufen und ging nach nebenan zu seinem Freund, um ihm über die Schulter zu schauen. Auf dem Tablet war das Bild zu sehen, das in der Lobby über der Rezeption hing. Zäk präsentierte Toto stolz seinen Fund. „Von wegen Kopie. Hier: ‚Kandinsky – Sternennacht über dem Kochelsee – seit dem Zweiten Weltkrieg verschollen.' Wer's glaubt, wird selig."

„D-du meinst, d-das da unten ist ein echter Ka-Kandinsky?", stammelte Toto fassungslos. Zäk nickte vielsagend. „Was denn sonst?" Toto geriet in Verzückung. Hätte es im Hotel „Seeblick" noch einen Roomservice gegeben, hätte er umgehend eine Flasche Champagner geordert, um den Coup zu feiern. Toto schwärmte davon, das Bild zu klauen, es zu verkaufen und von den zu erwartenden Millionen mit seinem Geliebten ein sorgenfreies Leben in Monte Carlo zu führen. Der ursprüngliche Plan der beiden, auf ihrer Flucht aus Salzburg – wo sie eine Galerie ausgenommen hatten – nochmal eben in eines der ländlichen Museen Oberbayerns einzusteigen, war unvermutet obsolet geworden. Sie waren ja quasi bereits drin.

Der Klempner verließ das Hotel, nicht ohne Leo eine weitere gesalzene Rechnung in die Hand zu drücken. Leo und Julia warteten, bis der Notdienstwagen den nächtlich daliegenden Parkplatz wirklich verlassen hatte, dann holten sie das geheimnisvolle Bild wieder aus seinem Versteck. Sie brachten es ins Büro und legten es auf den Schreibtisch.

Leo griff zum Brieföffner seines Großvaters, hielt einen kleinen Moment inne und löste das Bild vorsichtig aus seiner Verpackung. Was wenige Minuten später vor den beiden lag, übertraf ihre Erwartungen. Es handelte sich um eine zweite Version des Bildes aus der Lobby, mit dem kleinen Unterschied, dass die Sterne hier golden und nicht silbern glänzten.

Leo nahm eine große Lupe zur Hand, wischte die fleckige Linse frei und suchte das Gemälde nach einer Signatur ab. Da er auf der Vorderseite nichts fand, wandte er sich der Kehrseite zu. „Ich werd irre …!"

Er kroch mit der Lupe förmlich in das rohe Leinen der Rückseite hinein, hielt kurz den Atem an und las: „Nr. 69. Für meinen Freund … Ludwig ‚Sigi' Sailer, 3.7.1914 …" Dann überreichte er Julia stumm die Lupe.

„Wassi…ly … Kan…dins …", las sie stockend. Leo ergänzte: „…ky! Das ist das verschwundene Original … oder?"

Während Julia mit den Schultern zuckte und das Bild staunend und ehrfurchtsvoll mit ganz neuen Augen ansah, griff Leo nervös zu seinem Handy und wählte eine Nummer. Julia wollte wissen, wen er um diese Uhrzeit noch anrief.

„Die Galerie Ziegelstein." Julia war beeindruckt, wen Leo alles kannte.

Jeder in München wusste, Ziegelstein war die erste Adresse für hochpreisige Kunst des 20. Jahrhunderts. Julia hatte mit ihrem Vater früher gelegentlich Ausstellungen in der kleinen, feinen Berliner Dependance der Galerie besucht. Der Biologieprofessor liebte die Klassische Moderne und hätte schrecklich gerne eines der Bilder, mit denen Ziegelstein handelte, gekauft, doch dazu reichte sein Einkommen leider nicht aus.

Leo lauschte in sein Handy und erzählte Julia, dass der Galerist ein alter Freund seines Vaters sei. Als Ziegelstein sich am anderen Ende der Leitung aus einem lauten Münchner Künstler-Bistro meldete, kündigte Leo ihm an, dass er eine äußerst aufregende Entdeckung gemacht habe.

✦✦✦

3. JULI 1914 – FREITAG

In Leos Familie gab es eine pikante Geschichte, die sein Urgroßvater Ludwig Sailer sen. seinem Großvater Ludwig Sailer
jun. an dessen 21. Geburtstag erzählt hatte, dieser wiederum
seinem Sohn Johannes Sailer, also Leos Vater, an dessen 21.
Und zu guter Letzt erzählte sie Johannes Leo an dessen 18. Geburtstag, denn die Volljährigkeit war 1975 von 21 auf 18 Jahre
herabgesetzt worden:

Zur Glanzzeit des Hotels vor dem Ersten Weltkrieg genoss
nicht nur die Münchner Hautevolee die luxuriöse Idylle am
Kochelsee, auch der damals schon berühmte expressionistische
Maler und Mitbegründer der Künstlergemeinschaft „Der Blaue
Reiter", Wassily Kandinsky, suchte das romantische Hideaway
gerne auf. Die Kulturgeschichte ist voll von großen Künstlern,
die in ihrem Privatleben alles andere als moralisch vorbildlich
waren. Kandinsky, der bis heute Menschen in aller Welt durch
seine kühnen Farb- und Formkombinationen in seinen Bann
schlägt und dessen Bilder inzwischen viele Millionen wert sind,
machte da keine Ausnahme.

Kandinsky war kein Kind von Traurigkeit. Die Tatsache, dass
er in Russland verheiratet war, hielt ihn nicht davon ab, sich in
München mit seiner Malerkollegin Gabriele Münter zu verlo-
ben. Aber auch diese Verlobung hielt ihn nicht davon ab, pa-
rallel zu Münter eine leidenschaftliche Affäre mit einer 30 Jahre

jüngeren Muse, seinem Modell Nina, zu haben. Die schönsten Stunden dieser Affäre hatten sich, so die Familienlegende der Sailers, im Hotel „Seeblick" zugetragen.

Dass es sich bei der besagten Nina um Nina Nikolajewna Andreevskaja handelte, wie im Familienkreis gern kolportiert wurde, ist eher unwahrscheinlich. Kandinsky hatte seine spätere zweite Frau erst 1916 kennengelernt. Er mochte indes den Namen Nina, der sich so zärtlich in „Ninotchka" verwandeln ließ, so gerne, dass er eigentlich alle seine Geliebten Nina nannte. Die Sailers scherzten, frei nach Morgensterns „Möwenlied", dass Kandinskys Geliebte alle aussähen, als ob sie Nina hießen.

Der Maler konnte sich auf die Diskretion seines Freundes Ludwig Sailer, Leos Urgroßvater, verlassen. Und er konnte sich darauf verlassen, immer das schönste Zimmer des Hotels, die später sogenannte „Kandinsky-Suite", zu bekommen. Weder erfuhr Gabriele Münter jemals von den Dirty Weekends ihres Verlobten noch die damalige Münchner Schickeria, die ihre Stadtsalons gerne mit Kandinskys hypermodernen Bildern schmückte und ihm dadurch ein mehr als anständiges Auskommen sicherte.

Bei einem seiner letzten Besuche vor dem Ersten Weltkrieg brachte Kandinsky Leos Urgroßvater ein großes und ein sehr kleines Paket mit zum Kochelsee. Während Nina die Suite bezog, begaben sich die Herren auf einen Cognac ins Raucherzimmer. Kandinsky scherzte mit seinem Freund: „Das große oder das kleine Paket?" Ludwig Sailer zögerte kurz und entschied sich für das große Paket. Als er es auspackte, kam ein herrliches Bild aus Kandinskys früher gegenständlicher Periode zum Vorschein, die farbentrunkene „Sternennacht über dem Kochelsee".

„Es gehört dir", sagte Kandinsky. Ludwig fand, dass er das Bild nicht annehmen könne, es war – selbst damals – einfach zu wertvoll. Aber Kandinsky bestand auf seinem Geschenk. Es erschien ihm angemessen für die vielen unvergesslichen Nächte, die er in der Suite im zweiten Stock des Hotels mit seiner Geliebten genossen hatte. Ludwig Sailer schaute sich das Bild nochmal genauer an und stellte grinsend fest: „Jeder goldene Stern eine Liebesnacht, oder? Ich kenn dich doch …" Kandinsky lächelte verschmitzt und überreichte dem Hotelier das kleine Päckchen. Es enthielt eine bahnbrechende Erfindung, die Kandinsky von einer Reise zu seiner letzten Ausstellung in Wien mitgebracht hatte. „Sigi – beste Gummi-Spezialität".

Ludwig bestaunte das in einer Blechdose zusammengerollte Kondom, er hatte so etwas noch nie gesehen. Kandinsky erläuterte ihm die Wiener Novität. „Angeblich absolut wasserdicht. Aber ich mag halt keinen Sigi über meinem Pinsel …" Er lachte anzüglich und verabschiedete sich, weil Nina bereits im großen Doppelbett der Suite auf ihn wartete. Eine letzte kleine kunsttheoretische Zweideutigkeit wollte Kandinsky, der schon die Treppe in die erste Etage erklomm, noch loswerden: „Du weißt ja, eine Linie verliert die ihr innewohnende pulsierende Spannung erst, wenn sie sich in der Berührung mit einem Punkt auflöst – und der Punkt kann auch gerne ein kleines schwarzes Dreieck sein …"

Ludwig kicherte, verschloss die Blechdose mit dem Kondom und rief Kandinsky feixend hinterher: „Wünsche wohl zu schlafen!"

DONNERSTAG – MORGEN

Den makellos restaurierten Oldtimer Citroën DS, von den Franzosen liebevoll „Déesse" genannt – Göttin – hatte Hans Ziegelstein sich selbst, mit einer großen roten Schleife drumherum, zu seinem 60. Geburtstag geschenkt. Mit der schlüpferblauen Design-Ikone aus den 50er-Jahren wollte er bei seinen Künstlern und den Sammlern Eindruck schinden, auch wenn dem Auspuff jedes Mal beim Anlassen eine peinliche schwarze Wolke entfuhr. Die „beleidigte Schildkröte", wie die Deutschen das Auto in all ihrer Boshaftigkeit abfällig nannten, glitt sanft und hydropneumatisch gefedert auf den Hotelparkplatz.

Der kurzsichtige Galerist war ganz in Schwarz gekleidet, trug den obersten Hemdenknopf geschlossen und linste durch eine Brille mit rotem Gestell, die er regelmäßig in die Stirn schob, wenn er ein Kunstwerk zu begutachten hatte. Für sein Alter gab er sich ein bisschen zu modisch-jugendlich – das glaubte er seinen Kunden schuldig zu sein.

Im Gegensatz zu Leo, der gleich nach der Entdeckung des Bildes und der Reparatur des Hauptwasserhahns in einen todesähnlichen Schlaf gefallen war, hatte Ziegelstein nach Leos Anruf das Bistro sofort verlassen und sich die halbe Nacht damit um die Ohren geschlagen, die gängigen Online-Datenbanken nach aktuellen Preisen für Frühwerke von Kandinsky zu durchforsten. Was er dort fand, erregte ihn dermaßen, dass er kaum ein Auge zugetan hatte.

Er war noch vor dem Klingeln seines Weckers aufgewacht und wäre am liebsten unverzüglich raus zum See gefahren, hielt es aber für opportun, sich zu rasieren, rasch unter die Dusche zu springen und wenigstens ein spartanisches Frühstück zu sich zu nehmen. Ziegelstein witterte das Geschäft seines Lebens und wollte ausgeschlafen wirken.

Er stieg aus seiner „Déesse", fuhr sich durch die Haare und ging zum Hotel, wo Leo und Julia auf der kleinen Veranda neben dem Eingang auf ihn warteten.

Julia hielt sich bedeckt und gratulierte Ziegelstein nur knapp zu seinem „coolen Oldtimer", was der mit einem gönnerhaften „Tja" quittierte. Leo hingegen begrüßte den Galeristen überschwänglich und bedankte sich, dass er so früh morgens an den See herausgekommen war.

Ziegelstein rieb sich die Augen – es war wirklich nicht seine Zeit – und raunte Leo euphorisch zu: „Ich bitt' Sie, bei einem Kandinsky …!"

Als die drei die Lobby betraten, schwankte ihnen eine gutgelaunte Margarete entgegen. „Grüß Gott, Herr Ziegelstein, sind Sie auch mal wieder da?"

„Herr Ziegelstein wollte nur unseren falschen Kandinsky anschauen", wiegelte Leo ab und öffnete die Tür zu seinem Büro. Bevor sie eintreten konnten, mischte sich Margarete erneut ein. „Gell, der ist schon was wert, oder? So ein schönes Bild."

Leo schüttelte den Kopf und knuffte Ziegelstein verschwörerisch in die Seite. Der warf einen Kennerblick auf die Kopie über der Rezeption und spitzte die Lippen. „Na ja, für eine Kopie … vielleicht so Hunderttausend …" Er wusste, dass die Kopie von Wolfgang Bellagio stammte, der später als Maler eine halbwegs ansehnliche Karriere gemacht hatte.

„Was? So viel?", staunte Margarete.

„Das behältst du fei bitte für dich, Tantchen. Außerdem, bei den Kunstpreisen ist ja immer viel heiße Luft drin.“

Margarete versiegelte mit zwei Fingern ihren Mund wie mit einem imaginären Reißverschluss. „Ich schweige wie ein Grab.“ Sie warf noch einen bewundernden Blick auf das Hunderttausend-Euro-Bild, bevor sie sich ihrem Rezeptionsbuch zuwandte.

Julia, Leo und Ziegelstein verschwanden im Büro.

Unter allen Anzeichen der Heimlichkeit verschloss Leo hinter sich die Tür. Er wollte unter keinen Umständen, dass Margarete unversehens hereinplatzte und den Kandinsky sah, der noch immer offen auf dem Schreibtisch lag. „Bitte“, er deutete auf das Bild und trat mit Julia auf die eine Seite des Tisches, Ziegelstein schob sich, innerlich erregt, die rote Brille in die Stirn und beugte sich von der anderen Seite über das Schmuckstück.

Die Inspektion des Kunstwerkes folgte einem strengen Ritual, bei dem Ziegelstein alle seine Sinne und seine gesamte Expertise einsetzte. Er strich vorsichtig über die Oberfläche der Leinwand und des Rahmens, er beugte sich zu dem Bild herab und schnüffelte daran, dann widmete er sich ausführlich der Rückseite, auf der er endlich auch die Signatur Kandinskys, die Widmung an Ludwig „Sigi“ Sailer und die „Nr. 69“ ausmachte.

„Signaturen auf der Rückseite eines Bildes sind eher ungewöhnlich, kommen aber durchaus vor. Und die Nummerierung ist in der Tat eine Marotte von Kandinsky gewesen. Wo haben Sie denn das Juwel gefunden?“

„In der Wand der Lobby“, erwiderte Leo geheimnisvoll.

Ziegelstein versuchte seine Erregung durch einen schlechten Witz zu kaschieren. „Der eine Kandinsky *an* der Wand und der andere *in* der Wand.“ Er lachte als Einziger und gab sich locker, dabei ratterten in seinem Kopf bereits die Dollarzeichen wie in einem Spielautomaten. Ziegelstein war bewusst, dass er einen großen Fang an Land gezogen hatte – falls man ihn mit dem Verkauf des Bildes betrauen würde.

Julia hingegen fühlte sich bei dem Witz an Fabians peinlichen Heiratsantrag erinnert und wurde instinktiv reserviert gegenüber dem Galeristen. „Was meinen Sie, ist der echt?", fragte sie ihn direkt.

„Also, wenn Sie mich fragen …" – „Ja, hab ich gerade gemacht." Ziegelstein wollte keinesfalls gierig wirken und schob seine Brille wieder auf die Nase. „Es ist sehr wahrscheinlich, dass das ein Original ist. Die Widmung spricht dafür und wäre im Zweifelsfall hilfreich bei eventuellen Restitutionsforderungen … wobei, wer oder was ist eigentlich mit ‚Sigi‘ gemeint?"

Leo zuckte die Schultern. „Das kann nur ein Spitzname meines Urgroßvaters gewesen sein."

„Wahrscheinlich, ja. Trotzdem … man müsste die beiden Bilder einmal nebeneinanderstellen." Er wandte sich an Leo. „Meinen Sie, das wäre möglich? Ich meine, wegen Ihrer Tante."

Leo dachte kurz nach, dann ging er in die Lobby und trat an die Rezeption. Julia und Ziegelstein folgten ihm bis zur Bürotür.

„Tantchen, darf ich dich kurz stören?" Margarete schaute ihn mit glasigen Augen an. „Was gibt's denn, Leolein?"

„Wärst du wohl so nett, uns ein Fläschchen Champagner aus dem Keller zu holen?"

„Ich glaube, den haben wir nicht mehr. Dein Vater hat irgendwann beschlossen, die Restbestände mit seinen Damen zu vernichten. Seitdem gibt's nur noch deutschen Sekt."

„Bist du sicher? Vielleicht findest du ja noch eine Flasche, irgendwo ganz hinten im Regal oder ganz oben oder unten. Musst halt ein bisschen suchen. Champagner wär schon schön."

„Verstehe, wegen der heißen Luft." Sie legte den Zeigefinger verschwörerisch an den Mund. „Ich geh mal suchen." Damit entschwand sie beschwingt zur Kellertreppe.

Leo schob den Stuhl hinter dem Tresen an die Wand und stieg darauf. Schon bei diesem Schritt merkte er, dass er sich zu viel zugetraut hatte. Er hielt sich am Schlüsselbrett fest und stemmte sich mit einem Fuß am Rezeptionstresen ab, aber das Bild hing zu hoch. Mit geschlossenen Augen unternahm er den todesmutigen Versuch, auf den Tresen zu steigen, was ihm eine leichte Übelkeit bescherte. Als er die Augen wieder öffnete, drehte sich plötzlich die gesamte Lobby wie ein Karussell auf dem Oktoberfest. Mit zugekniffenen Augen erkannte er in der schiefen Tür zu seinem Büro Julia und Ziegelstein.

„Alles okay?", erkundigte sich Julia.

Mit letzter Kraft hangelte sich Leo nach unten. Demonstrativ fasste er sich an sein linkes Knie. „Herr Ziegelstein, wenn Sie vielleicht … mein Knie … bitte … schnell!"

Ziegelstein kräuselte die Augenbrauen. „In Ihrem Alter? Gut, Herr Sailer, ausnahmsweise …" Er ging hinter die Rezeption und kletterte widerwillig über den Stuhl auf den Tresen. Da er kleiner war als Leo, musste er sich gewaltig strecken, um den unteren Rand des hölzernen Rahmens ergreifen zu können. Er ruckelte an dem Bild, aber es ließ sich nicht ohne Weiteres abhängen.

Während Ziegelstein sich mit dem falschen Kandinsky abmühte, erschienen, von den dreien unbemerkt, Zäk und Toto oben auf der Treppe. Zäk begriff sofort, was er sah, und hielt Toto zurück. Sie gingen hinter einem Bauernschrank in Deckung und beobachteten das Geschehen.

In einem letzten verzweifelten Versuch gelang es Ziegelstein schließlich, den Bellagio von seinem Haken zu lösen. Dabei rieselten kleine Steinchen, Mörtel und Spinnenweben auf den Galeristen herab. Er musste husten und überreichte Leo das eingedreckte Bild, wobei er ihm eine Staubwolke ins Gesicht blies. „Genau deshalb macht so etwas normalerweise der Eigentümer. Bitte sehr …"

„Vielen Dank, Herr Ziegelstein" sagte Leo artig und blies die restlichen Putzkrümel vom Rahmen des Bellagio. Ziegelstein stieg vom Tresen herab, zog ein gebügeltes fliederfarbenes Taschentuch aus seinem Jackett, fächelte sich damit miesepetrig ab und säuberte seine schmutzigen Hände.

Aus ihrem Versteck sahen Zäk und Toto, wie Julia, Leo und Ziegelstein mit dem Bild im Büro verschwanden und die Tür hinter sich deutlich hörbar abschlossen. „Ziegelstein", murmelte Zäk bedeutungsvoll.

Toto verstand nur Bahnhof. Aber Zäk klärte ihn auf. „Das ist *der* Galerist in München. Ganz dicker Fisch …" – „Do-Do-Donnerw-wetter!"

◆

Ziegelstein hatte sein Jackett über einen Stuhl gehängt und die Ärmel seines Hemdes hochgekrempelt. Er stand vor den beiden nebeneinander aufgebauten Gemälden und lobte die Qualität der Kopie. „Wirklich meisterhaft, bis auf die Farbe der Sterne. Wenn die nicht auf dem einen golden und auf dem anderen silbern wären, könnte selbst ich keinen Unterschied feststellen, und das will was heißen." Er lachte eitel und schob nochmal seine Brille in die Stirn.

„Eine endgültige Expertise kann ich natürlich erst abgeben, wenn beide Bilder gereinigt sind. Da kommen manchmal die abenteuerlichsten Sachen zum Vorschein."

Julia hielt sich zurück. Ihr war der selbstverliebte Galerist von Anfang an unsympathisch gewesen. Sie fand seine geleckte Art widerlich und überlegte, ob es wirklich ein guter Schachzug von Leo gewesen war, ihn in die Sache einzuweihen.

Im Gegensatz zu seiner Generalbevollmächtigten war Leo über seinen Fund und Ziegelsteins offensichtliche Begeisterung für das Bild hocherfreut. Er witterte Morgenluft für sein

Projekt, dem Hotel wieder zu altem Glanz zu verhelfen. „Und, was meinen Sie, wie viel man …" Er wagte den Satz nicht zu Ende zu sprechen, sodass eine peinliche Pause entstand. In die Pause hinein klopfte es an der Tür. Leo ging hin, drehte den Schlüssel und öffnete die Tür einen winzigen Spalt. Draußen stand Margarete mit einer angestaubten Flasche Veuve Clicquot und vier Gläsern auf einem Mahagonitablett.

„Ta-daa! Man muss nur gründlich wühlen, dann findet man in diesem Haus die köstlichsten Tropfen." Damit präsentierte sie Leo ihren Fund. Er kicherte in sich hinein. Dass seine Tante eine besondere Begabung im Verstecken und Auffinden geistiger Getränke hatte, war ihm nicht neu. Als Margarete mit dem Ellenbogen die Tür aufdrücken wollte, hielt Leo dagegen. „Später, Tantchen, fang ruhig schon mal an."

„Wie, alleine?"

„Sollte dir doch nicht schwerfallen …"

Margarete grinste ihren Neffen an. „Du kleiner Schelm. Hast mich durchschaut, was? Bis gla-heich." Sie zog fröhlich ab in Richtung Ausgang.

Leo atmete auf, verriegelte die Tür wieder und ging zurück zu Ziegelstein. „Also, was meinen Sie, wie viel ist das gute Stück wert?"

Ziegelstein drucks te herum. Er war sich nicht sicher, ob es besser war, die Wahrheit vorerst für sich zu behalten oder gleich mit dem großen Knall rauszukommen. Einen derart spektakulären Fund hatte die Kunstwelt seit Jahren nicht gesehen, da galt es, taktisch vorzugehen. Und bei Leo, dessen pubertäre Eskapaden er noch gut in Erinnerung hatte, war mit allem zu rechnen. Er entschied sich für die Attacke, um gleich klarzumachen, dass er der einzig denkbare Partner für den Deal war.

„Also, unter Freunden …", er machte eine bedeutungsvolle Pause, „… ein echter Kandinsky aus der frühen, gegenständlichen Periode, zehn bis zwölf Millionen …" Lauernd wartete er Leos und Julias Reaktionen ab.

Julia pfiff leise durch die Zähne, blieb aber ruhig. Leo war für einen Moment sprachlos, dann hauchte er: „Zehn Millionen Euro?"

„Oder sogar Pfund. Jedenfalls keine Drachmen." Erneut gackerte Ziegelstein dümmlich über seinen schlechten Witz. Leo musste sich setzen.

„Wieso Pfund?", fragte Julia betont arglos. Sie ahnte, was der Galerist antworten würde. Der zog sein Jackett an, knöpfte es vorne zu und wurde offiziell.

„Lieber Herr Sailer, wir haben es hier, sollte sich das Bild tatsächlich als echt erweisen – woran ich im Übrigen nicht den geringsten Zweifel habe –, mit einem außergewöhnlichen Kunstwerk zu tun. Und so was verkauft man am besten in London oder New York, da werden einfach die höchsten Preise erzielt. Natürlich muss man die internationale Kunstwelt auf eine solche Weltsensation vorbereiten, also richtig heiß machen." Ziegelstein geriet in Fahrt. „Erst einmal eine große Ausstellung in meiner Galerie – ,70 Jahre in der Wand, A Star Is Born: der eingemauerte Kandinsky und sein Doppelgänger!' – oder so ähnlich. Große Presse, Artikel in allen internationalen Kunstzeitschriften, Fernsehen, Internet, social media, darüber würden sicher alle ausgiebigst berichten. Ja, so in etwa könnte das laufen. Dann lockt man auch die ganz potenten Käufer an, aus den Staaten und aus Asien."

Während seiner Suada tauschten Leo und Julia einen verstohlenen Blick. Es war nicht zu überhören, dass Ziegelstein sich selbst im Mittelpunkt all dessen sah, was er gerade ausmalte. Der Kandinsky schien für ihn nur Beiwerk zu sein, nur Mittel zum Zweck. Ziegelstein merkte, dass seine Bewerbung um das Bild nicht den gewünschten Eindruck hinterlassen hatte und ruderte zurück. „Sie wollen das Bild doch verkaufen, oder?"

„Ja, schon …", entgegnete Leo zögerlich. „Ist halt alles ein bisschen neu. Gestern war ich noch pleite und heute bin ich Millionär."

Ziegelstein wurde leutselig. „Leo, ich darf doch Leo sagen, Sie müssen sich um nichts kümmern. Ich nehm die Sache für Sie in die Hand, dann sind Sie auf der sicheren Seite." Er legte Leo eine Hand auf die Schulter und hielt ihm die andere zum Einschlagen hin. Der verbindliche Ton gefiel Leo schon besser. Er begann, Vertrauen zu dem alten Bekannten seines Vaters zu fassen.

„Darf man denn so ein Bild einfach ins Ausland bringen?" Julia spielte die Naive, obwohl sie genau wusste, dass der Kandinsky unter das Ausfuhrverbot für national wertvolle Kulturgüter fiel.

„Sie können das Bild natürlich auch in Deutschland verhökern. Aber mehr als eine, maximal zwei Millionen sind da nicht drin. Das wollen Sie nicht wirklich, Leo, oder?" Instinktiv arbeitete Ziegelstein daran, einen Keil zwischen Leo und Julia zu treiben. In erster Linie galt es, Leo zu überzeugen. Mit Julia würde er schon irgendwie fertigwerden.

Der arme Leo war mit der Situation komplett überfordert. Einerseits wollte er Ziegelstein nicht vergraulen, andererseits war es vielleicht nicht verkehrt, kritische Fragen zu stellen. Aber musste Julia gleich so offensichtlich in die Eisen gehen? Er fragte sich, ob seine Generalbevollmächtigte sich nicht zu sehr in seine Angelegenheiten einmischte, und bekam das Gefühl, dass er sie ausbremsen musste.

Julia ihrerseits merkte, dass sie mit Ziegelstein Klartext reden musste, bevor der mit Leo einen Deal abschloss, womit der Verkauf des Hotels aller Voraussicht nach in weite Ferne rücken würde. Sie begann zu dozieren: „Soweit ich weiß, ist die Ausfuhr von Kunstgegenständen, die als ‚national wertvolles Kulturgut' gelten, ab einem bestimmten Wert verboten, oder irre ich mich da? Ich hab das irgendwo gelesen, Stichwort ‚Kulturgutschutzbehaftung‘ …“

„Woher wollen Sie das denn wissen, Sie neunmalkluge Spaßbremse?“, fiel Leo ihr ins Wort. – „Waren wir nicht beim Du?“, konterte Julia lächelnd.

„Okay, *du* neunmalkluge Spaßbremse. Woher willst *du* das denn wissen?“ – „Zwei Semester Kunstgeschichte im Nebenfach. Regelmäßige Zeitungslektüre, und in New York kenn ich mich ein bisschen aus.“ Das saß. Julia machte Leo unmissverständlich klar, dass sie fest entschlossen war, in der Angelegenheit ein Wörtchen mitzureden. Der ging nicht auf sie ein und rückte näher an Ziegelstein heran. „Sie hat einen Hang zu schlechten Nachrichten.“

„Wissen Sie, mein Kind …“, wandte sich Ziegelstein jovial an Julia, „… in der Presse wird viel geschrieben, aber der Kunstmarkt kennt Mittel und Wege …“ Julia musste sich zusammenreißen, Ziegelstein nicht ans Schienenbein zu treten. Wie kam dieser selbstgefällige Schnösel dazu, sie als „sein Kind“ zu bezeichnen?

Leo sprang dem Galeristen bei und versuchte, Julia von dessen Professionalität und Seriosität zu überzeugen – die Galerie „Z“ sei seit Jahrzehnten eine der ersten Adressen in München, und ihr Inhaber werde wohl wissen, wie man mit der besonderen Situation umzugehen habe. Julia schaute Ziegelstein skeptisch an, der lenkte ein.

„Sicher, Sie haben nicht ganz Unrecht, Frau Dehne. Das Gesetz besagt tatsächlich, dass Kunstwerke, die älter als 75 Jahre und mehr wert sind als dreihunderttausend Euro, eine Ausfuhrgenehmigung benötigen. Ist das Werk allerdings von überragender nationaler kultureller Bedeutung, wie Sie ja sehr zutreffend erwähnten, wird die Ausfuhr – in der Regel, was nicht heißt, dass man das nicht umgehen kann –, sagen wir … knifflig. Ein Kandinsky aus der Zeit des Blauen Reiters und seiner Beziehung zu Gabriele Münter, ausgerechnet hier in der Gegend, das könnte mühsam werden. Aber …"

„Aber das Bild gehört mir! Das ist ja quasi eine Enteignung!", empörte sich Leo. Julia nickte mitleidig. Sie war gespannt, wie Ziegelstein die Kurve kriegen würde.

Weder Leo noch Julia konnten ahnen, dass es in Ziegelstein während seines ausführlichen Vortrags gearbeitet hatte. Je länger er die beiden Bilder betrachtete, desto klarer entstand vor seinem geistigen Auge ein Plan …, den er jedoch als einen seiner notorischen Scherze tarnte, um Leos und Julias Reaktionen zu testen.

„Ja, das mit der Enteignung, das sehen wir Galeristen und der Kunstmarkt, also, wir sehen das im Prinzip genauso. Das Gesetz ist eigentlich kriminell." Ziegelstein begann plötzlich zu feixen und deutete auf den Bellagio. „Sie könnten natürlich die Kopie in London versteigern lassen, die kriegen Sie ja raus, und sich das Original hier an die Wand hängen …"

Leo und Julia zeigten keinerlei Reaktion. „Sorry, kleiner Scherz." Deutlicher wollte der Galerist noch nicht werden. Zumindest hatte er in die Köpfe der beiden jungen Leute die Idee gepflanzt, dass man mit dem Doppelgängerbild etwas drehen könnte …

✦

Margarete war bereits bei ihrem zweiten Glas Champagner. Sie fragte sich zwar, was Leo und Ziegelstein so ewig miteinander zu besprechen hatten, aber solange sie eine perlende Witwe im Glas hatte, war ihr alles recht.

Das Einzige, was sie ein wenig störte, war der Staub, den die zwei Autos aufwirbelten, die auf den Parkplatz gefahren kamen.

Farkas' SUV und Furtwangers bescheidener Kleinwagen parkten nebeneinander. Farkas stieg aus, zündete sich eine

Zigarette an und ging zum Inspektor, der sichtlich nervös war. „Dürfte ich wohl auch eine haben?", bat er seinen heimlichen Boss.

Farkas kräuselte die Stirn. „Zahl ich Sie so schlecht, dass Sie sich keine eigenen leisten können?" Widerwillig zog er sein Zigarettenetui aus der Tasche und hielt es Furtwanger hin. Der Inspektor griff zu und fragte kleinlaut: „Danke, hätten Sie wohl auch Feuer?"

Angeödet zückte Farkas sein goldenes Dunhill-Feuerzeug und gab dem Inspektor Feuer. „Aber rauchen können S' alleine?"

Furtwanger, der die beißende Ironie in Farkas' rhetorischer Frage nicht verstanden hatte, antwortete beflissen: „Ja, natürlich …" Der Wiener verdrehte die Augen und fragte sich, warum er ausgerechnet so einen Idioten bestochen hatte. Aber wer außer Furtwanger hätte Leo so schön unter Druck setzen können?

„Also, hören S' gut zu, Furtwanger. Sie nehmen lediglich eine kleine Wasserprobe, und das Ergebnis ist dann wohl eindeutig …" Furtwanger dienerte unterwürfig. „Selbstverständlich, Herr Farkas."

Dann kramte Farkas ein uraltes Billighandy aus einer Manteltasche und überreichte es dem Inspektor. „Für Sie, damit ich Sie erreichen kann." Auf dem Weg zum Hotel schaute Furtwanger enttäuscht auf das zerschrammte Handy.

Als Farkas Margarete mit dem Champagner auf der kleinen Veranda sitzen sah, fragte er sie, ob's was zu feiern gäbe. Margarete war aufgeräumter Stimmung und blitzte ihn an. „Herr Farkas, wie nett. Wenn Sie mir was auf Wienerisch sagen, bekommen Sie auch ein Glaserl."

„Hoit dei Goschen, du schierches Luada", nuschelte der Wiener in einem derart starken Akzent, dass Margarete ihn nicht verstand. Dennoch geriet sie wegen des österreichischen

Singsangs in Verzückung. Sie nahm die Flasche zur Hand, doch bevor sie eingießen konnte, war Farkas mit Furtwanger schon bei der Eingangstür des Hotels angelangt.

Farkas schnipste seine Zigarette in den Kies und fuhr den Inspektor an: „Rauchverbot!" Furtwanger schnipste seine Zigarette hinterher – er hätte sie lieber zu Ende geraucht –, dann gingen sie hinein.

Margarete stellte die Champagnerflasche wieder auf das Tablett. „Kein Wort verstanden ... aber so charmant ... Luada ...", wiederholte sie mit verklärten Augen und trank ihr Glas auf ex.

An der Rezeption instruierte Farkas seinen unfreiwilligen Adlatus, in der Küche zu verschwinden. Die Gelegenheit sei günstig, um in Abwesenheit der alten Schachtel heimlich eine Wasserprobe zu entnehmen. Furtwanger gehorchte und verschwand nach nebenan.

Allein in der Lobby sah Farkas sich zufrieden um. Der Wasserschaden hatte ihm perfekt in die Karten gespielt. Er entdeckte das abgelöste Tapetenstück, schlug es ganz von der Wand weg und sah die dahinter eingelassene Klappe. Neugierig öffnete er sie und sah hinein. Eine einsame Küchenschabe kam ihm entgegen. „Is des grauslich, bäh ..."

Farkas schloss die Klappe wieder, zerquetschte dabei die Schabe, ging zur Rezeption und schaute sich suchend auf dem Tresen um. „Net amal a Klingel ham's hier." Dann brüllte er laut im ordinärsten Ottakringer Dialekt durch die Lobby: „Bädienong!"

Wenig später erschien Leo. Er stellte sich so in den Türspalt, dass Farkas nicht ins Büro hineinsehen konnte. „Herr Farkas. Was gibt's?"

Farkas versuchte es auf die charmante Tour. „Und? Hast es dir überlegt?"

„Es wäre nett, wenn wir beim ‚Sie' bleiben könnten", gab Leo zurück. – „Na gut, haben *Sie* es Eana überlegt?"

Leo drehte sich in der Bürotür nach hinten und rief Julia zu sich, wobei er peinlichst darauf achtete, dass Farkas weder Ziegelstein noch die beiden Bilder im Büro zu Gesicht bekam. Julia trat heraus, und Leo setzte ein falsches Lächeln auf. „Frau Dehne kennen Sie ja. Alle geschäftlichen Angelegenheiten besprechen Sie am besten mit ihr. Ich habe zu tun." Damit verschwand er im Büro und schloss hinter sich ab.

„Na wunderbar, vom Regen in die Traufe", dachte Julia und ging aufgeräumt auf Farkas zu. Wie war das noch mit dem Schicksal und den Männern, mit denen sie es zu tun bekommen sollte? Das Schicksal meinte es wahrlich nicht gut mit ihr. Das Panoptikum männlicher Großmannssucht, das sich ihr im Hotel „Seeblick" präsentierte, war kaum zu überbieten.

Farkas war inzwischen aufgefallen, dass das Bild über der Rezeption nicht mehr an seinem Platz hing. „Wo ist denn des fesche Bildel mit den schönen Sternderln abgeblieben?", fragte er scheinheilig.

„Das wird gereinigt und geschätzt", antwortete Julia wahrheitsgemäß. In einer ihrer Wirtschaftsvorlesungen hatte sie einen sehr brauchbaren Tipp bekommen: ‚Die Wahrheit als Geschäftstrick'. Je wahrer eine Lüge war, desto glaubwürdiger klang sie.

Farkas erinnerte Julia eindringlich daran, dass das Bild zum Inventar des Hauses gehörte.

„Ich denke unablässig an nichts anderes, Herr Farkas. Sonst noch was?"

Ehe Farkas antworten konnte, kam zu Julias Verwunderung Inspektor Furtwanger mit einem wassergefüllten Glasröhrchen in der Hand aus der Küche. Sie fragte den Beamten, was er in ihrer Küche zu suchen habe.

„Vermutlich etwas, was Sie zu verbergen haben. Habe die Ehre. Baba." Mit dieser knappen Erklärung verließen Farkas und Furtwanger eilig das Hotel.

Margarete ärgerte sich über den grußlosen Abschied von Farkas, der dem Inspektor auf dem Weg zu den Autos zuraunte: „Oiso, alles klar?", was Furtwanger mit einem servilen „Alles klar, Herr Farkas" bestätigte. Dann stiegen sie in ihre Autos und fuhren los. Margarete genehmigte sich noch ein Schlückchen.

Leo, der den lautstarken Abgang der beiden mitbekommen hatte, steckte seinen Kopf aus der Bürotür. „Ist er fort?"

„Gott sei Dank." Julia wedelte mit einem Hotelprospekt die Luft vor sich weg. „Und dieses penetrante Parfum … Er hatte übrigens Herrn Furtwanger im Schlepptau. Der kam plötzlich mit einem Wasserröhrchen aus der Küche. Ich schätze, dass er irgendwas gesucht hat, was den Hygienevorschriften widerspricht. Aber was haben die beiden Pappnasen denn miteinander zu tun?"

Leo zog einen Flunsch. Er hatte keine Ahnung. „Wenn du das nicht weißt, als Generalbevollmächtigte …" Julia stöhnte genervt auf: „Wollen wir das vielleicht mal lassen? Was habt ihr denn in Sachen Kandinsky besprochen? Wird er verkauft? Und wenn ja, wann und wo? Und für wie viel?"

Leo schloss die Bürotür hinter sich, ging zu Julia und begann zu flüstern, weil er nicht wollte, dass Ziegelstein ihn hörte. „Ziegelstein hat mehrfach darauf hingewiesen, man sollte den günstigen Umstand, dass es eine so gelungene Kopie gibt, irgendwie ausnutzen."

„Fein, und wie?" – „Das hat er nicht gesagt, aber …" Leo wurde noch leiser. „Ich hab eine Idee."

„Na, das ist doch zur Abwechslung mal was Positives. Und?"

„Ist vielleicht noch ein bisschen unausgegoren, aber irgendwie lässt mich der Gedanke nicht los, dass ich kalt enteignet werden soll. Dabei könnten wir das Geld so gut gebrauchen."

„Das ist jetzt aber nicht wirklich eine Idee", gab Julia zu bedenken.

„Sei doch nicht immer so negativ …!" Leo setzte eine bedeutungsvolle Miene auf. „Also, hör zu: Wir lassen den Bellagio von Ziegelstein als Kopie begutachten … also offiziell bestätigen, dass das ein Fake ist. Dann tauschen wir die Bilder aus, schicken den echten Kandinsky nach London oder New York, sagen aber bei der Ausfuhr, es sei die Kopie. Die darf ja ausreisen. Also, quasi mit Falschheits-Zertifikat. Hm?" Er strahlte Julia triumphierend an.

Die schaute sehr skeptisch. „Ist wirklich noch sehr unausgegoren."

„Wieso? Die Farben der Sterne sind so ähnlich, das merkt kein Schwein, wenn wir da was drehen."

„Farkas hat jedenfalls gemerkt, dass das Bild nicht mehr an der Wand hängt. Ich hoffe, ich konnte ihn beruhigen."

„Solange mir das Hotel gehört, gehören mir auch die beiden Bilder. Und wenn du dichthältst und wir die Sache zusammen durchziehen, kriegst du deine Provision. Von mir – und wir fahren zusammen nach New York."

„Da schau her", dachte Julia, „der Mann hat Mut. Baggert mich einfach an, während um ihn herum die Luft brennt." Sie war sich nicht sicher, ob sie ihn richtig verstanden hatte und fragte zaghaft: „Meinst du das ernst?"

Leo setzte einen Erdmännchen-Blick auf, den er sich von Giacomo abgeschaut hatte. „Alleine schaff ich das nicht."

In Julia arbeitete es. Es war das erste Mal, dass Leo eine kleine Tür zu seiner Seele geöffnet hatte. Sie zögerte kurz, dann ging sie auf seinen Vorschlag ein. „Gar nicht so blöd für'n Landei. Und Ziegelstein macht da mit?"

Ziegelstein stand noch immer im Büro vor den beiden Sternennächten. Er hatte zwischenzeitlich in seiner Galerie angerufen und seine Assistentin Josephine gebeten, mit reichlich Knackfolie zum See herauszukommen, es seien zwei kostbare Bilder in die Stadt zu transportieren.

Als Leo und Julia ihm den abenteuerlichen Plan eröffneten, fiel es ihm schwer, seine innere Begeisterung vor den beiden zu zügeln. Es war ihm tatsächlich gelungen, Leo exakt dorthin zu manipulieren, wo er ihn haben wollte. Offiziell zierte sich Ziegelstein wie ein kleiner Junge vor der ersten Schulstunde, aber nach und nach gab er seinen scheinbaren Widerstand auf.

„Also, was Sie da vorhaben … Nein, tut mir leid, Leo, das, äh … das kommt nicht in Frage. Das war nur ein Scherz. Das wäre ja geradezu … kriminell …"

„Haben Sie nicht vorhin gesagt, das Gesetz sei kriminell?" Leo schaute ihn fragend an.

„Wenn das rauskommt, riskiere ich meinen guten Ruf."

„Und wenn nicht, verdienen wir alle zusammen eine Stange Geld."

Julia wunderte sich, mit welcher Chuzpe Leo Ziegelstein zu überzeugen versuchte. Weder sie noch Leo merkten, dass es genau das war, was Ziegelstein wollte.

Je länger die Verhandlungen mit dem Galeristen dauerten, desto mehr meldeten sich bei Leo allerdings Zweifel, ob sein Vorhaben wirklich das Richtige war. Immerhin gehörte das Bild zur Geschichte seiner Familie und zur Geschichte des Hauses. Sollte man es aus reiner Geldgier irgendeinem anonymen Sammler überlassen, der es für alle Zeiten der Öffentlichkeit entziehen würde? Aber Leo wischte die Zweifel beiseite. Noch war nichts entschieden. Auf jeden Fall war er stolz darauf, den Kandinsky, um dessen Verschwinden in der Familie so viele Gerüchte kursierten, wiedergefunden zu haben.

Er stellte eine Frage in den Raum, auf die er eigentlich keine Antwort erwartete: „Preisfrage: Was würde mein Großvater wohl machen?"

Ziegelstein brauchte nicht lange nachzudenken und erwiderte: „Auf jeden Fall würde er mir eine fürstliche Courtage zahlen …"

Leo reagierte nicht auf Ziegelsteins flapsige Bemerkung. Er betrachtete lange die beiden Gemälde auf dem Schreibtisch seines Vaters.

Während Ziegelstein einen Anruf seiner Assistentin entgegennahm, die sich nach dem Weg zum Hotel erkundigte, und der Galerist sich in einer umständlichen Wegbeschreibung verhedderte, blieb es Julia nicht verborgen, dass in Leo etwas vorging. „Ist was?", fragte sie ihn leise.

„Neinnein, ich hab' nur darüber nachgedacht, was für eine irre Geschichte dieses Bild hat, einfach unglaublich …"

◆◆◆

FRÜHJAHR 1945

Am 7. März 1945 hatten die Alliierten den Rhein bei Rema-
gen überquert, am 30. April war München komplett in den
Händen der Amerikaner. Von der bayerischen Hauptstadt aus
stießen sie nach Süden vor. Einerseits zog es sie nach Berchtes-
gaden, wo oberhalb der Stadt Hitlers berüchtigter „Berghof"
wie ein Adlernest thronte, andererseits gab es auch am Kochelsee lohnende Ziele für die US-Soldaten.

Das lauschige Schlösschen Aspenstein, mit herrlichem Blick
hoch über dem Kochelsee gelegen, war seit 1936 im Besitz des
„Reichsjugendführers" Baldur von Schirach, der Anfang 1945
als „NSDAP-Gauleiter" und „Reichsstatthalter" in Wien seiner
fragwürdigen Tätigkeit nachging, bevor er in Tirol unter dem
Namen Richard Falk untertauchte und zunächst als tot galt.

Die Amerikaner beschlossen, sich Kochel und Umgebung
etwas näher anzusehen. Zwar fanden sie von Schirach nicht,
dafür besetzten sie das unweit des Hotels „Seeblick" gelege-
ne Schlösschen und richteten dort das Hauptquartier der
10. US-Panzerdivision ein.

Ludwig Sailer sen., Leos Urgroßvater, der sich dank le-
benslanger sportlicher und erotischer Aktivitäten trotz seiner
80 Jahre bester Gesundheit erfreute, erwartete ungeduldig
die Ankunft der Befreier, als solche empfand er die Amerikaner.

Mit den Nationalsozialisten hat sich der unerschrockene Geist schon früh angelegt. Spätestens im Juli 1937, als die Ausstellung „Entartete Kunst" in den Münchner Hofgarten-Arkaden eröffnet wurde, ließen sich seine Freundschaften mit den verfemten Künstlern nicht mehr verheimlichen. Einige von ihnen verloren ihre Professuren an Kunsthochschulen, und in ihren Ateliers fanden sich verdächtig viele der bei den Malern so beliebten „Sailer-Künstlerpinsel". Es dauerte nicht lange, bis die Beamten der Reichskulturkammer herausfanden, dass Leos Urgroßvater die verbotenen Künstler unterstützte, indem er sie gratis mit seinen Pinseln versorgte. Grund genug für Hitlers Behörden, die Sailer'sche Pinselmanufaktur im Herbst 1937 zu schließen. Ludwig sen. war in den folgenden dunklen Jahren stolz auf seinen kleinen Akt des Widerstands gewesen und wurde nicht müde, im Familienkreis mit dem offiziellen, mit einem dicken Hakenkreuz verzierten Schließungsdekret zu wedeln. „Das hat man davon, wenn man in dieser Barbarei zu seinen Künstlerfreunden steht."

Umso ärgerlicher war es für Ludwig, dass sein Sohn, Ludwig Sailer jun. in schöner Regemäßigkeit hochgestellte Parteigenossen im Hotel empfing, die sich – darin den inzwischen im Exil gestrandeten Malern nicht unähnlich – ebenso gerne an der Sonnenterrasse und dem Blick auf den Kochelsee ergötzten.

Ludwig jun. hatte es geschafft, durch Freundschaften zur lokalen NS-Elite vom Militärdienst befreit zu werden, das Hotel wurde kurzerhand als „kriegswichtig" eingestuft und diente zwischenzeitlich sogar als Erholungsheim für verwundete deutsche Soldaten.

Für die „braune Pest", die sich in seinem Haus tummelte, hatte Ludwig sen. nur Verachtung übrig. Seinem Sohn gegenüber zitierte er gern Max Liebermann: „Ich kann gar nicht so viel fressen, wie ich kotzen möchte." Der Sohn war politisch pragmatischer, nicht zuletzt deshalb, weil er frisch verheiratet war und seine Frau noch in den letzten Kriegstagen mit einem gesunden Jungen niederkam, Leos späterem Vater.

1945 war das Verhältnis zwischen den beiden Ludwigs bereits seit Längerem schwer belastet. Der alte Gründer des Hotels hatte strenge moralische Grundsätze, sein Sohn hingegen, der das Haus seit 1938 führte, drehte sein Fähnchen gern nach dem Wind, und der blies nun mal seit zwölf Jahren streng von rechts. Der Junior war kein überzeugter Nazi gewesen, hatte es aber für opportun gehalten, früh in die Partei einzutreten und sich damit die Sicherheit eingehandelt, sein Hotel weiter betreiben zu können.

Während Ludwig jun. den Endsieg weiterhin für möglich hielt, war Ludwig sen. spätestens nach der Invasion der Alliierten in der Normandie im Juni 1944 klar, dass der Spuk des „Tausendjährigen Reichs" demnächst ein Ende haben würde. So sehr den Senior die Geländegewinne der Alliierten freuten, so sehr war er doch darüber besorgt, was mit seinem Haus geschehen würde, insbesondere mit dessen kostbarstem Inventarstück, der „Sternennacht über dem Kochelsee" von Kandinsky, wenn die Soldaten bei ihnen einfielen. Von Westen her kamen die Amerikaner, von Osten näherten sich die Russen. Wie sollte er wissen, welche der beiden Seiten Bayern befreien würde? Und beide, das war allgemein bekannt, waren auf der Suche nach Kunstwerken.

Ludwig sen. fasste einen Entschluss, den er vor seinem Sohn jedoch zunächst geheim hielt.

Er bat den jungen Maler Wolfgang Bellagio zu sich heraus an den See. Bellagio war unter den Nazis geduldet. Er galt als akademischer Künstler, vor allem aber als exzellenter Porträtist. Nicht wenige der Münchner Nazigrößen ließen von sich und ihren Familien Bellagio-Porträts anfertigen.

An einem sonnigen Nachmittag im März 1945 nahm der alte Sailer mit seinem Gast auf der Terrasse Platz und eröffnete ihm sein Ansinnen. „Sie wissen ja, dass in der Halle unseres Hauses ein Bild hängt …"

Bellagio hatte das Bild oft gesehen und mochte es. Was er nicht ahnte, war, wer es gemalt hatte. Zu seinem größten Erstaunen erfuhr der junge Maler, dass es von Kandinsky stammte.

„Glücklicherweise hat er es vor seiner abstrakten Phase gemalt, deshalb konnten wir es hängen lassen, selbst als die hohen Tiere im Haus ein und aus gingen. Wenn die gewusst hätten, dass sie sich unter einem ‚Entarteten' vergnügten …" Der Gesichtsausdruck, der Ludwigs Satz begleitete, ließ keinen Zweifel aufkommen, was er von den „hohen Tieren" hielt.

Bellagio zog die Augenbrauen hoch. Er verehrte Kandinsky über alle Maßen und wollte sich das Bild gleich nochmal ansehen. Ludwig hielt ihn zurück. „Sie können das Bild noch sehr ausführlich in Ihrem Atelier betrachten."

Der Maler verstand nicht gleich, aber Ludwig fuhr fort: „Ich möchte Sie bitten, eine Kopie davon anzufertigen."

Ludwigs Plan war so einfach wie genial. Er wollte den Kandinsky gegen das Duplikat austauschen und den heranrückenden Soldaten im Zweifelsfall eine Lügengeschichte auftischen – er habe das Original vor Jahren verkauft und sich aus reiner Sentimentalität eine Kopie über die Rezeption gehängt.

In Wahrheit hatte er für das Original ein seiner Meinung nach „wasserdichtes" Versteck ausgemacht. Wie wasserdicht es war, bewies es bis zu seiner späten Entdeckung durch Leo und Julia. Das Versteck hatte eine Geschichte, die in das letzte Jahr vor Ausbruch des Krieges führt.

In der Ehe zwischen Ludwig sen. und seiner Gattin Gertrud gab es damals einen ewigen Streitpunkt. Ludwig war ein Verehrer schöner Frauen, was Gertrud nicht entgangen war. Der Hobbyfotograf Ludwig behauptete zwar, ein rein künstlerisches Interesse an weiblicher Schönheit zu haben, aber Gertrud wusste es besser.

114

Als Ludwig eines Abends aushäusig war, es war im Sommer 1938, ging sie in sein Kontor und fand im Regal hinter der dicken alten Familienbibel ein ornamentiertes, in schweres braunes Leder gebundenes, großformatiges Album mit einem aufwendig in den Buchrücken geprägten Titel: „Gallerie schöner Frauen".

Mit zitternden Händen zog Gertrud den schweren Folianten aus dem Regal, legte ihn auf den Schreibtisch und öffnete ihn. Was sie sah, bestätigte ihre schlimmsten Befürchtungen.

Das altmodische Fotoalbum enthielt nicht nur züchtige Porträts einiger Damen, die Gertrud durchaus als Gäste des Hauses präsent hatte, im hinteren Teil fanden sich Dutzende von Aktfotos, die teilweise mit persönlichen Widmungen an ihren Gatten versehen waren.

Als Ludwig an diesem Abend beschwingt nach Hause kam, stellte ihm seine Frau ein Ultimatum: „Entweder das Weiberalbum verschwindet oder ich. Du hast die Wahl!" Wie nicht anders zu erwarten, entschied sich Ludwig für Gertrud, denn er liebte seine Frau von ganzem Herzen.

Trotzdem schien es ihm ein zu großer Liebesdienst, das über Jahre zusammengestellte und liebevoll gepflegte Album zu vernichten. Er ließ einen Maurer und einen Tischler kommen, die ein tresorartiges Geheimfach gegenüber der Rezeptionstheke in die Wand einbauten. Das Fach war groß genug für das inkriminierte Album und bot zusätzlich noch Platz für sonstige Geheimnisse, die Ludwig vor seiner Gertrud hatte.

Am nächsten Tag waren die Handwerker fertig. Vor die metallene Klappe des Geheimfachs wurde eine kleine, beinahe unsichtbare Tapetentür mit Federmechanismus gesetzt, schließlich die Wand so geschickt neu tapeziert, dass die Klappe nur wahrnehmen konnte, wer um ihre Existenz wusste. Am Ende schob man eine Kommode vor die Stelle. So waren Ludwigs Geheimnisse vor den Augen seiner Frau sicher, er selbst jedoch konnte, wann immer ihm nachts danach war, seine „Gallerie schöner Frauen" aus dem Versteck ziehen und sich in erotischen Erinnerungen ergehen.

Solange der Kandinsky während der letzten Kriegstage in Bellagios Atelier Modell stand, log Sailer sen. seiner Frau und seinem Sohn vor, er habe das Bild vorübergehend in einem Aktenschrank eingeschlossen, weil er befürchtete, es könne in den Wirren des Endkampfes beschädigt werden. Sollte sich herausstellen, dass in der Gegend um den Kochelsee keine heftigen Kämpfe stattfinden würden, plante Ludwig angeblich, das Bild an seinen Platz zurückzuhängen.

Etwa eine Woche, nachdem er Bellagio mit der Kopie beauftragt hatte, erschien der mit dem fertigen Duplikat im Hotel. Ludwig hielt die beiden Bilder nebeneinander und war äußerst angetan von der Akkuratesse der Arbeit. Es war kaum ein Unterschied zu sehen. Selbst der Rahmen, den ein mit Bellagio befreundeter Rahmenmacher in aller Eile nachgebaut hatte, ließ keinen Unterschied zum Original erkennen.

Ludwig fiel gleichwohl auf, dass der Kopist die Sterne nicht golden, sondern silbern gestaltet hatte. Es war dies dem Umstand geschuldet, dass Bellagio in der Mangelwirtschaft des Kriegsendes schlichtweg die goldgelbe Farbe ausgegangen war.

Aber Ludwig störte sich nicht an dieser Kleinigkeit. „So kann ich die beiden Bilder gut auseinanderhalten", scherzte er. Er bat den jungen Künstler, das Bild auf der Rückseite zu signieren, so wie es auch Kandinsky mit dem Original gehalten hatte. Bellagio setzte seinen Namen auf die Rückseite der Leinwand.

Ludwig sen. und Bellagio hängten den falschen Kandinsky an die Wand über der Rezeption, ohne dass Gertrud und Ludwig jun. der Bildertausch aufgefallen war. Bellagio bekam ein anständiges Honorar für seine Arbeit und zog zufrieden von dannen.

In der darauffolgenden Nacht machte sich der Senior an die Arbeit. Er nahm das „Weiberalbum" und seine restlichen Geheimnisse aus dem Wandtresor, in dem sie die Kriegsjahre überdauert hatten, warf einen letzten, sehnsüchtigen Blick auf seine ehemaligen Geliebten und entsorgte das kompromittierende Material im Küchenmüll des Hotels.

Danach verpackte er den Kandinsky samt Rahmen sorgfältig in Wachstuch, legte ihn mit dem Warnhinweis „Vorsichtig öffnen!" liebevoll in sein Versteck, schob den rostigen Eisenriegel vor die Metallklappe und schloss die davorliegende Tapetentür.

Befriedigt ging Leos Urgroßvater in sein Büro. Er nahm das einige Tage zuvor aufgenommene Familienfoto und einen Füllfederhalter zur Hand. Auf der Rückseite verfasste er einige Zeilen in altmodischer Sütterlinschrift, ein später Protest gegen Hitlers „Normalschrifterlass" von 1941, in dem angeordnet worden war, die bis dahin üblichen sogenannten „Judenlettern" durch die modernere lateinische Handschrift zu ersetzen.

Bei der Niederschrift murmelte Ludwig sen. vor sich hin: „Hiermit schenke ich meinem Enkel Johannes Sailer, geboren am 24.2.1945 in Kochel am See, das umseitig abgelichtete Bild ‚Sternennacht über dem Kochelsee'." Er ließ die Tinte trocknen und steckte das Foto in einen Briefumschlag.

Mit dem erleichternden Gefühl, gute Arbeit geleistet zu haben, löschte der alte Sailer die Lichter im Büro und wollte gerade zu Bett gehen, als sein Sohn mit einer schweren Holzkiste in der Lobby erschien. „Ich brauch deine Hilfe, Papa."

Selbst Ludwig jun. war, trotz seines unerschütterlichen Glaubens an den Endsieg, nicht entgangen, dass es für ihn und seine Parteifreunde langsam eng wurde. Er hatte deshalb eine ähnliche Idee wie der Alte gehabt und das komplette kostbare Familiensilber, sowie alle Wertgegenstände, die wasserfest waren, in eine Kiste gepackt, die er in einer nächtlichen Geheimaktion im See versenken wollte. Da die Kiste sehr schwer war und er obendrein mit jeder Art von Booten auf Kriegsfuß stand, bat er seinen Vater, ihm beim Versenken des Schatzes zu helfen.

In einer hellen Vollmondnacht ruderten die beiden mit der Kiste hinaus auf den See. Ludwig jun. peilte zwei große Buchen am Ufer an, zog im Geiste eine Linie zwischen ihnen und bat seinen Vater, exakt an die Stelle zu rudern, an der sich die Mitte dieser Linie befand.

Der Senior staunte über die navigatorischen Fähigkeiten seines Sohnes. Am Ziel angekommen, ergriffen die beiden Sailers die Kiste und ließen sie hinab ins Wasser. Leos Großvater fühlte sich wie der Held eines seiner Lieblingsbücher aus der Jugend, „Der Schatz im Silbersee".

Als sie das Ruderboot vertäut hatten, beschlossen sie, trotz der von den Amerikanern verhängten nächtlichen Ausgangssperre noch einen Spaziergang zu machen. Wer sollte sie dabei schon erwischen?

Ludwig jun. hatte das dringende Bedürfnis, sich mit seinem Vater auszusprechen. Die nahende Niederlage hatte ihn seiner falschen Ideale beraubt, jetzt ging es darum, sich in einer ungewissen Zukunft einzurichten.

Die beiden Ludwigs spazierten im ernsten Gespräch am Ufer des Kochelsees entlang. Ludwig jun. verteidigte gegenüber seinem alten Herrn seine fragwürdige Haltung zum braunen Regime. Er habe Verantwortung für seine Frau und seinen gerade geborenen Sohn, dem er das Hotel einmal übereignen wolle. Er gab allerdings zu, dass man sich den Nazis nicht so hemmungslos an den Hals hätte werfen dürfen, und schluckte den bitteren Vorwurf des Opportunismus herunter, den sein Vater ihm machte. Dennoch hatte er keine Ahnung, was er hätte anders machen sollen. Kleinlaut versuchte er eine Annäherung an seinen Vater: „Wenigstens haben wir bei der Rettung des Familienschatzes mal wieder zusammengearbeitet."

Ludwig sen. war gerührt über die Zerknirschtheit seines Sohnes. War das vielleicht der richtige Zeitpunkt, den Junior in das Geheimnis des ausgetauschten und versteckten Kandinsky einzuweihen? Es kostete ihn einige Überwindung, dann gab er sich einen Ruck. „Ich muss dir etwas gestehen, Ludwig. Du weißt, von wem das Bild über der Rezeption ist, oder?"

Der Filius gab zu, dass er seinen Parteifreunden wohlweislich verschwiegen hatte, dass das expressionistische Bild von einem verfemten Künstler stammte. Auch er wusste, dass das Bild nach dem verlorenen Krieg im Zweifel eine gute Lebensversicherung darstellen könnte. „Kandinsky", antwortete er beinahe flüsternd.

Sein Vater lächelte vielsagend. „Bis heute Nachmittag, ja."

Ludwig jun. stutzte. Was wollte sein Vater ihm damit sagen?

„Ich habe eine Kopie anfertigen lassen. Das Original befindet sich an einem sicheren Ort. So sehr mich der Erfolg der Alliierten freut, das Bild sollte doch eher in der Familie bleiben."

Ludwig jun. deutete die Tatsache, dass sein Vater in dieser Sache so viel Familiensinn bewies, als endgültigen Versuch einer Versöhnung. „Und? Wo hast du es versteckt?", fragte er gespannt.

„Pass auf, du kennst doch die …" er wollte noch sagen „Wand mit der Bauernkommode", aber dazu kam es nicht mehr. Ein scharfes amerikanisches „Hands up!" unterbrach abrupt Ludwigs Geständnis. Gleichzeitig wurde unweit der beiden in die Luft geschossen.

Auf dem Uferweg traten den Sailers zwei uniformierte G.I.s entgegen. Vater und Sohn rissen die Arme in die Höhe, wobei der Vater aufgrund einer Arthrose seinen rechten Arm nur halb hoch bekam. Es sah aus wie ein verunglückter Hitlergruß.

„I said ‚Hands up!' you dirty Nazi-Schweinehund!", fuhr der eine Soldat den Alten an, der sich über die Beleidigung empörte.

„I am not a Nazi and I am not a Schweinehund. Im Gegenteil, meine Fabrik haben sie mir geschlossen, weil ich die Künstler … Moment, ich hab die Urkunde dabei …“

Seit der Ankunft der Amerikaner in Bayern trug Ludwig in kluger Voraussicht das Schließungsdekret seiner Manufaktur immer bei sich. Es sollte ihn im Zweifelsfall von dem Verdacht freisprechen, ein Parteigänger Hitlers gewesen zu sein. Jetzt wurde es ihm zum Verhängnis.

Ludwig sen. griff mit seiner Rechten in sein Jackett. Der zweite Soldat sah dies und schoss ohne zu zögern. Die Kugel traf den Gründer des Hotels „Seeblick“ direkt in den Kopf. Eine weitere Kugel traf die Schulter seines Sohnes, der auch zu Boden ging.

Leos Großvater Ludwig kniete sich verzweifelt neben den sterbenden Senior, der das Geheimnis um das Bilderversteck mit ins Grab nehmen würde.

Während der eine Amerikaner Ludwig jun. festhielt, untersuchte der andere die Brusttasche des Alten und zog die Urkunde der Reichskulturkammer hervor. Er entfaltete sie und hielt sie dem Sohn vor die Augen. „You see, Häckenkroiz!“

Triumphierend reichte er dem anderen G.I. den Wisch. Der schaute das Dokument lange an und wurde blass. Er war als deutscher Emigrant zur US-Armee gekommen und verstand, was er las.

„Oh, my god …“

Nachdem er seinem Kameraden erklärt hatte, dass der Mann, den sie gerade erschossen hatten, alles andere als ein Nazi gewesen war, waren die beiden Soldaten tief betroffen über ihren fatalen Irrtum. Angesichts der strikten Ausgangssperre fühlten sie sich aber nicht schuldig an dem tragischen Unfall. Schließlich waren überall im untergegangenen Dritten Reich noch viele versprengte Volkssturmleute und „Werwölfe“ unterwegs.

Die drei Schüsse hatten auch eine in einem hohlen Baumstamm ansässige Marderfamilie aufgeschreckt, die noch an diesem Abend beschloss, ihr lauschiges Wohnquartier am See aufzugeben und es an einen weniger umkämpften Ort zu verlegen. Es ist nicht auszuschließen, dass es sich bei der Familie um direkte Vorfahren von Giacomo handelte.

✦ ✦ ✦

DONNERSTAG – NACHMITTAG

Mit einem dicken Packen Knackfolie in der Hand stieg Josephine Dewawa aus ihrem hellgrünen Fiat 500.

Leo, Julia und Ziegelstein traten aus der Tür. Der Galerist verabschiedete sich. „Ich meld mich. Alles Gute … und nicht erwischen lassen, wie wir in Kunstkreisen gerne sagen." Er ging laut lachend zu seiner Assistentin, um ihr gestenreich Instruktionen zu geben.

Josephine stopfte die Knackfolie wieder in ihr Auto, stieg ein und fuhr um die Ecke zum Hintereingang des Hotels.

Zäk hatte aus seinem Zimmer die Ankunft des Fiat beobachtet und ärgerte sich, dass der Wagen hinter einer Hausecke aus seinem Sichtfeld verschwand.

„Irgendwas läuft da …", mutmaßte er. Toto nickte. „Wenn d-du das sagst, w-wird's schon stimmen …" Er trat neben Zäk ans Fenster und schaute ebenfalls nach draußen.

Ziegelstein fuhr ab. Leo und Julia drehten sich zu Margarete um, die den Champagner beinahe komplett alleine ausgetrunken hatte. Sie verteilte für die beiden jeweils eine einsame Träne in die Gläser.

„Hunderttausend Euro! Prost!", trompetete sie und leerte ihr Glas.

Leo war überzeugt, dass seine Tante ein Sicherheitsrisiko darstellte. „Ja, Tantchen, das vergisst du aber bitte sofort wieder."

„Wieso?", protestierte sie fröhlich. „Mit dem Geld renovieren wir's Hotel, und ich bring den Laden als neue Chefin in Schwung. Nochmal Prost! Oh ..." Sie merkte, dass sie ihr Glas bereits ausgetrunken hatte. Leo schaute sie mitleidig an. „Ja ... vielleicht ... so ähnlich ..."

In der Lobby gab Leo Marco ein paar seltsame Instruktionen bezüglich zweier Bilder, die zur Reinigung erlittener Wasserschäden zu einem Spezialisten gebracht werden sollten. Leo würde die Bilder einpacken und Marco sollte dafür sorgen, dass sie mit Knackfolie und Bettdecken gegen mögliche Transportschäden gesichert würden, möglichst ohne dass Margarete ihn dabei sieht. Marco wunderte sich über den Aufwand, stellte aber keine Fragen. „Okay, Chefe, ische mache molto perfetto."

Als es an der Hintertür klingelte, verließ Marco die Lobby, während sich Leo mit Julia ins Büro zurückzog. Dort schoben sie den Kandinsky wieder in seine Wachstuchhülle und verklebten diese provisorisch mit Paketband. Dann stellten sie die beiden Bilder in der Küchentür ab und hüllten den Bellagio in ein Leintuch.

„Wird schon schiefgehen.", sagte Leo.

Josephine wartete mit ihrer Knackfolie im Arm am Hintereingang. Sie wurde ungeduldig und klingelte erneut. Die Tür öffnete sich, und Marco stand ihr mit zwei Plumeaus in den Händen gegenüber. Er sah Josephine hinter der Knackfolie und war augenblicklich in sie verliebt.

„Passierte mir selten, dass isch eine so schöne Frau mit zwei Bettdecken begrüßen muss. Ciao. Ische bin Marco." Unter abenteuerlichen Verrenkungen klemmte er sich beide Plumeaus unter den linken Arm und streckte ihr seine Rechte hin. Josephine, die ihr Gegenüber ebenso sympathisch fand, schob ihre Hand unter der Knackfolie hervor und stellte sich vor. „Josephine Dewawa."

„Die Wauwau?" – „Dewawa. Mein Vater stammt aus Südafrika."

Marco bat sie herein und führte sie in einen Nebenraum der Küche, wo sie vorsichtig begannen, die beiden Bilder in die Knackfolie einzupacken.

Der Italiener wollte keine Zeit verlieren und ging aufs Ganze. „Ah, Sudafrika. Die Land mit die piu bellissime ragazze von die Welt. Warste du schon mal in Venezia?"

„Nein, wieso?" Josephine war überrascht über Marcos Tempo bei der Annäherung, ließ es aber geschehen. Sie war jung, sie war frei, und Marco gefiel ihr.

„Musste du komme misch besuchen. Ische bin die große geheime Start-up fur Venezia. Willste du meine Geheimnis sehen?" Auch wenn Marco ihr fast ein bisschen zu dreist erschien, ließ sie sich dennoch auf sein Spiel ein. Neugierig war sie allemal. „Okay …"

Marco zückte sein Handy und startete seine App. „Vedi, ,Grab-a-Gondola', iste Uber fur die Gondole! Meine Idea! Wenn du kommste nach Venezia zu die Biennale, isch habe immer eine Gondola fur disch und deine schone braune Auge. Braune wie die Canal Grande."

Vielleicht war es doch etwas zu viel, was der liebestolle Südtiroler Ziegelsteins schöner Assistentin zumutete. Sie trat auf die Bremse, erinnerte ihn an den Grund ihres Besuches und deutete auf die zwei verpackten Bilder. „Okay, aber jetzt müssen die beiden hier erstmal ins Bett. Mein Chef hat gesagt, wir sollen uns nicht dabei beobachten lassen."

„Hate meine Chefe auch gesagt. Iste die Bette schon zubereitet." Er ergriff die beiden Plumeaus und legte sie so sanft und zärtlich um die Bilder, als decke er zwei gerade eingeschlafene Kinder zu. Dass er dabei an etwas ganz anderes dachte, was niemand beobachten sollte, behielt er für sich. Josephine lächelte wissend.

In einem Wäschewagen, der von den beiden Plumeaus komplett gefüllt war, schob sie mit Marco die Bilder zu ihrem Auto. Sie verstauten die Kunstwerke im Innern des Wagens, dabei plusterten die Plumeaus sich auf und quollen aus dem Schiebedach des kleinen Flitzers.

Marco verabschiedete sich mit einem charmanten „Ciao bella …" und sah dem abfahrenden Wagen hinterher. Als Josephines Hand winkend zwischen den Plumeaus im Schiebedach erschien, winkte Marco traumversunken zurück. „Madonna mia …"

Oben am Fenster stand Zäk, inzwischen mit einem Fernglas bewaffnet. Er fokussierte Josephines Fiat und las auf der Heckklappe den Schriftzug „www.ziegelstein-gallery.com". „Da schau her …"

✦

Ein paar Stunden später ging Leo zu Bett und ließ den ereignisreichen Tag noch einmal vor seinem geistigen Auge Revue passieren. Er fragte sich, inwieweit er Julia, vor allem aber, ob er Ziegelstein trauen konnte. Julia war immerhin so ehrlich gewesen, ihm zu gestehen, warum sie ein so starkes Interesse am Verkauf des Hotels hatte, und er hatte ihr in Sachen New York ein ziemlich eindeutiges Angebot gemacht.

Aber Ziegelstein? Ärgerlicherweise kannte Leo außer dem eitlen Galeristen niemanden, den er nach dem Fund des Kandinsky hätte zu Rate ziehen können.

In jedem Fall war es gut, dass das Bild aus dem Haus und somit dem Zugriff von „Fuck-Arsch" entzogen war. Leo löschte beruhigt das Licht und fiel in einen traumlosen Schlaf.

In Julias Kopf ging es ähnlich zu. Sie hatte nicht die leiseste Ahnung, wie sie das finden sollte, was in den letzten 24 Stunden auf sie eingestürmt war. Abgesehen von Leo und Marco fühlte sie sich umzingelt von höchst fragwürdigen Exemplaren der Gattung Mann.

Sie hatte das ungute Gefühl, dass sich die abgerockte Geisterbahn, an die sie bei ihrer Ankunft im Hotel „Seeblick" denken musste, langsam in Bewegung setzte. Julia beschloss, auf der Hut zu sein. Wirklich trauen konnte man in diesem Irrenhaus niemandem.

Margarete war weit entfernt davon, sich zu so später Stunde noch Gedanken zu machen. Sie schlief tief und fest vor ihrem Fernseher und schnarchte.

Und die beiden Ganoven? Die lagen friedlich löffelnd in ihrem Doppelbett und träumten von dem großen Fisch, den sie in den nächsten Tagen an Land ziehen würden.

Über dem Kochelsee schien der Vollmond, in der Ferne war ein einsames Käuzchen zu hören. Giacomo schlummerte auf seinem Strohlager in dem offenen Käfig im Vorratskeller und träumte von Nüssen, Schinken und Wachteleiern.

♦♦♦

FREITAG

Am nächsten Morgen war die Stimmung beim gemeinsamen Erklimmen der Aktenberge deutlich entspannter.

Leo kam mit zwei Tassen Kaffee ins Büro. „Einmal mit einem winzigen Schuss Milch und ohne Zucker." Julia registrierte mit Wohlwollen, dass er sich das gemerkt hatte. Sie fühlte sich geschmeichelt.

„Ich hab mich als Kind am liebsten bei den Kellnern rumgetrieben. Bitte sehr, Mademoiselle …" Er servierte ihr formvollendet ihren Kaffee und setzte sich hinter den Schreibtisch.

„Und, was ist dein Eindruck von Ziegelstein?", fragte er Julia mit aufrichtigem Interesse.

„Einerseits eiskalt und nicht besonders helle, andererseits geschäftstüchtig, raffiniert – hoffentlich –, großer Kenner der klassischen Moderne und des Marktes, aber leider zu narzisstisch, altersarrogant und nebenbei ein unangenehmer Macho."

Das Porträt des „alten weißen Mannes" war treffend. Leo ließ sich durch Julias nassforsche Beschreibung des Galeristen nicht einschüchtern. Er öffnete sich.

„Ich hab nochmal nachgedacht. Vielleicht ist dieses Gesetz gar nicht so blöd …" – „Dass du das Bild nicht ausführen darfst?" – „Ja. Nachher landet es im Safe von irgendeinem Oligarchen, wo es kein normaler Mensch je wieder zu sehen bekommt … und Ziegelstein macht den großen Reibach."

Julia zog die Augenbrauen hoch. „Wieso? Ich dachte, den machen wir. Und Ziegelstein liefert nur die Expertise … Dann schwirr ich ab nach Paris und New York und du sanierst dein Hotel."

„Paris, New York … da willst du echt hin?"

„Was denn sonst? Erstens sitzt da die UNESCO, und die wollen unbedingt meine hervorragende Expertise zum Thema Gletscherschwund haben, außerdem sind das die geilsten Städte der Welt."

Leo schaute zu Boden. „Ich weiß nicht …"

„Magst du die etwa nicht?"

„Ich …", druckste Leo herum. „Ich war noch nie da. Ich steh mehr auf … das hier." Er machte eine hilflose Geste und deutete aus dem Fenster.

„What?" Julia konnte es kaum fassen, dass ein erwachsener Mann noch nie in New York, geschweige denn in Paris gewesen war. „Eine Kreuzung aus Udo Jürgens und Landei, du bist echt die Härte."

„Aber … in so 'ner großen Stadt, da geht man doch verloren, da ist man nur noch ein Stück Masse …"

„Du vielleicht, ich blühe da auf. Kennst du den Film, wo dieser irre Franzose auf einem Drahtseil von einem Turm des alten Word Trade Centers rüber auf den anderen balanciert?"

„Möcht ich, ehrlich gesagt, lieber nicht sehen. Ich hab dich ganz anders eingeschätzt. Ich dachte, du bist mehr so naturverbunden. Wegen der Berge und der Gletscher. Hab ich mich wohl getäuscht …"

Julia sah ihn an. Es war ihr schon wichtig, dass er keinen falschen Eindruck von ihr bekam. „Weißt du, die Großstadt ist einfach die ultimative Ergänzung zur Stille und Einsamkeit im Hochgebirge. Hier die Ruhe, da das totale Chaos. Ich brauch beides."

„Schade …"

Julia staunte. War das der Versuch, sich von ihr zu distanzieren oder hatte Leo genau das Gegenteil vor? Sie war verunsichert, weil ihr Leos Offenheit mehr bedeutete, als sie sich zugestehen wollte. „Bist du jetzt enttäuscht?"

„Neinnein. Ich dachte nur, du bist ein anderer Typ …"

„Ein anderer Typ? Was für'n Typ dachtest du denn?"

„Abgesehen von ein paar Charakterschwächen, verbunden natürlich mit … also auch mit Charakterstärken, irgendwie schon … mein Typ." Leo hielt kurz die Luft an. Er war selbst verblüfft über seinen Mut, Julia so eindeutig klar zu machen, dass er sie mehr als nur nett fand. Da sie nicht gleich antwortete, entstand eine kleine peinliche Pause, in der Leo fürchtete, sich zu weit vorgewagt zu haben. „Entschuldige, vergiss es", wiegelte er ab.

Eigentlich hatte sich Julia über Leos Vorstoß gefreut, jetzt war sie ein bisschen frustriert, wollte das aber nicht zeigen und wurde sachlich. „Schadet ja nichts, wenn man sich sympathisch findet. Ich meine, rein geschäftlich. Oder?"

„Ich dachte, ich bin ein langweiliges, hartgekochtes Udo-Jürgens-Landei?"

„Aber mit einem echten Kandinsky." Julia grinste ihn frech an.

„Ach, daher weht der Wind. Du bist hinter der Kohle her." Leo grinste frech zurück.

„Jetzt hör mir mal bitte zu, Leo …" Bevor Julia weitersprechen konnte, steckte Margarete ihren Kopf durch die Bürotür.

„Leo, da ist ein Fräulein Conny von der Ballonfabrik."

„Was will die denn hier?" Leo schaute zwischen Julia und der Tür hin und her. Bevor Margarete antworten konnte, drängelte sich Conny an Leos Tante vorbei ins Büro.

„Hallo, Leo. Tut mir leid, dass ich so reinplatze, aber es ist dringend." Sie ging zu ihm und umarmte ihn mit einer Hand. In der anderen trug sie einen kleinen Alukoffer.

Leo schluckte und rettete sich in Förmlichkeit: „Frau Huber, Assistentin der Geschäftsführung bei ‚Klinger.Balloons‘, Frau Dehne, die Generalbevollmächtigte meines verstorbenen Vaters. Was ist denn so dringend?“

Die beiden jungen Frauen schauten sich prüfend an und begrüßten einander kühl. Conny packte ihren Musterkoffer auf einen Sessel und wandte sich an Leo. „Eilauftrag. Kurzfristig reingekommen. Sag jetzt nicht, dass du keine Zeit hast.“

„Ich, äh …“ Leo war perplex. Natürlich hatte er eigentlich keine Zeit, nur konnte er Conny nicht einfach wieder wegschicken. „Geht’s ein bisschen präziser?“, fragte er zögernd.

Conny fixierte Julia. „Sorry, würden Sie uns netterweise kurz alleinlassen?“

Julia wunderte sich über Connys Direktheit und setzte ein gekünsteltes Lächeln auf.

„Ich hab draußen eh noch zu tun …“ Bevor sie ging, flüsterte sie Leo ins Ohr: „Und tut mir leid, dass ich das mit Udo Jürgens und dem Landei gesagt habe …“ Sie wurde wieder offiziell: „Kannst dich ja melden, wenn ihr fertig seid.“

Julia ging dicht an Conny vorbei. „Hat mich gefreut, Sie kennenzulernen.“

Conny schaute Julia hinterher, als sie das Büro verließ. „Generalbevollmächtigte deines Vaters?“, fragte sie anzüglich.

„Ja. Und Julia ist jetzt meine rechte Hand im Hotel. Du siehst ja, was hier alles zu tun ist“, spielte er auf die vielen nach wie vor unsortierten Aktenberge auf dem Boden an.

„Na, umso besser, dass sie draußen ist.“ Leo verstand nicht, was Conny damit meinte. „Glaub mir, du willst auch nicht, dass deine rechte Hand sieht, was hier drin ist“, fuhr sie fort.

Sie nahm ihren Musterkoffer und legte ihn auf Leos Schreibtisch, ohne ihn jedoch zu öffnen. Leo schaute sie fragend an. Conny brauchte einen Moment, um mit ihrer Mitteilung herauszurücken. Alle Forschheit war plötzlich von ihr gewichen. „Tja … also …“

„Warum so geheimnisvoll? Ist unser Firmenballon geplatzt?“, drängelte Leo.

Conny nahm ihren ganzen Mut zusammen und ratterte ihren Spruch herunter, bis sie gegen Ende des Satzes ins Stocken geriet. „Wir brauchen superschnell einen Entwurf für eine Latex-, also eine Gummi-Fabrik, also … na ja, die wollen ein … Heißluft … Kondom.“ Sie schaute Leo skeptisch an. Der war sich nicht sicher, ob er richtig gehört hatte.

„Du meinst einen Ballon?“

„Ja, genau. Ein Ballon-Kondom. Also, beziehungsweise einen Kondom-Ballon.“ Sie schloss die Augen, erleichtert darüber, dass sie es herausgebracht hatte.

Leo war baff. In seiner Karriere als Ballondesigner waren schon die seltsamsten Wünsche an ihn herangetragen worden, von einer naturgetreuen Nachbildung des verstorbenen Lieblingsdackels bis zum Bodybuilder-Ballon, aber das schlug alles. „Ein Kondom-Ballon???“

Jetzt, wo sie die schlimmste Peinlichkeit überstanden hatte, fing sich Conny wieder und wurde geschäftsmäßig. Schließlich zählte sie Leo noch voll und ganz zu den Mitarbeitern von „Klinger.Balloons“. „Mann, das ist *der* führende Hersteller in Deutschland. Ein richtig dickes Ding für uns.“

„Und die wollen, dass ich einen Heißluftballon entwerfe, der wie ein Kondom aussieht?“

„Klinger ist ein Fan von deinem coolen Farbfeeling und deiner schnörkellosen Linienführung, sonst hätte er dich bestimmt längst gefeuert“, schaltete Conny auf professionelles Gesülze um.

„Und jetzt soll ich ein schnörkelloses Kondom designen … herzlichen Dank.“

Giacomo war gerade bei seinem täglichen Workout im Park, als er eine ihm fremde weibliche Stimme aus dem Büro hörte.

Er kletterte auf den Sims des geöffneten Fensters und schaute neugierig hinein. Was er erblickte, irritierte ihn. Etwas Vergleichbares hatte er noch nie in seinem Leben zu Gesicht bekommen.

Er beobachtete, wie die fremde Frau zu Leos Schreibtisch ging, auf dem noch immer der Golfball von dem nächtlichen Spiel lag, und einen Koffer öffnete. Mit dem Aufklappen des Deckels erhoben sich im Kofferinnern wie von Geisterhand einige knapp 20 cm hohe schmale Türmchen, die in bunte Hüllen gekleidet waren und oben kleine Zipfelchen trugen. Giacomo leckte sich das Maul. Irgendwie sahen die verkleideten Stangen köstlich aus. Gespannt sah er weiter zu.

Conny stand neben ihrem Musterkoffer mit einer beachtliche Sammlung von Kondomen. Einige waren lose, einige verpackt und einige waren auf runde, sanft gekrümmte Plastikstangen aufgezogen. Sie verfiel in einen Verkäuferton.

„Unser Kunde hätte am liebsten was in Pink, mit so Nippel-Noppen. Zum Beispiel in der Art hier: ‚Raupräservativ Koralle‘.“ Sie zeigte auf eines der Kondome in Neon-Pink. Leo musste sich beherrschen, nicht loszulachen, blieb aber sachlich.

„Aha. Ein richtig dickes Ding … mit Nippel-Noppen, gleichzeitig cool und schnörkellos, ich ahne, was du meinst.“

„Du bist der Designer. Und natürlich nicht aufgerollt, sondern in Aktion. Also … voll ausgefahren“, fügte Conny leicht errötend hinzu.

„Aber das Material schon weich … und nicht, äh … versteift?“ Leo gefiel es, Conny in Verlegenheit zu bringen. Es war eine kleine Rache für ihre wiederholten Versuche, ihn mit kryptischen Andeutungen an die Nacht nach der letzten Faschingsparty der Firma zu erinnern, Andeutungen, auf die er nur ungern einging. Diesmal ließ sie sich nicht aus der Ruhe bringen.

„Selbstverständlich versteift. Schaffst du das bis morgen früh?"

„Morgen früh? Ich … ich bin jetzt eigentlich Hotelbesitzer."

Conny sah sich mit großen Augen um. „Wie? Das gehört alles dir?" Leo nickte. Conny ging einen Schritt auf ihn zu. „Wow! Bist ja 'ne richtig gute Partie …"

„Neenee … das ist eher ein Haufen Arbeit und mega viel Stress."

„Mag ja sein, aber das ist ein Riesenkasten, und in der Lage … der muss doch ein Vermögen wert sein!"

Leo wies beiläufig darauf hin, dass das Haus in renoviertem Zustand, schuldenfrei, mit vielen Gästen und ohne Wasserschaden sicher viel wert sei, aber so …?

Conny ließ sich in ihrer Begeisterung nicht bremsen. Eigentlich hatte ihr Leo schon länger gefallen, als Hotelbesitzer mit unverbaubarem Seeblick, gefiel er ihr noch viel besser. Sie wurde richtig flirtig, auf einmal fiel alle Scham von ihr ab. „Also: pink, Nippel-Noppen, steif … Ich helf dir auch. Kann ich über Nacht hierbleiben, Herr Hoteldirektor? Du hast doch gerade gesagt, dass du freie Zimmer hast?"

Giacomo beobachtete, wie Leo Conny aus dem Büro führte. Kaum hatten sie den Raum verlassen, hüpfte er von der Fensterbank auf den Schreibtisch und näherte sich behutsam dem geöffneten Musterkoffer. Er beäugte die seltsamen länglichen Dinger und wagte sich vorsichtig in deren Nähe – es könnten ja Mäuse- oder Marderfallen sein. Er schnüffelte an den aufgezogenen Kondomen, konnte aber außer einem unangenehm künstlichen Bananenaroma keinen eindeutigen Geruch feststellen. Als die Tür wieder aufging, sprang er vom Tisch herunter und versteckte sich.

Leo kam herein, klappte den Koffer zu, klemmte ihn unter den Arm und verschwand wieder.

In der Lobby drückte Leo Conny den Koffer in die Hand, nahm einen Zimmerschlüssel vom Haken und zeigte zur

Treppe. „Erster Stock, das zweite Zimmer links. Aber lass bitte niemanden deinen Koffer sehen."

Conny klapperte mit dem Schlüssel herum. „Danke. Bist ein Schatz. Bis später." Sie drückte ihm ein Küsschen auf die Wange, das einen zartroten Lippenstiftfleck hinterließ. Mit wiegenden Hüften stieg sie die Treppe hinauf. Oben drehte sie sich noch einmal zu Leo um, bevor sie im Flur der Beletage verschwand.

Leo schüttelte halb gestresst, halb verträumt den Kopf und brummte: „Raupräservativ Koralle ..."

„Was sagst du?" Ohne dass Leo es bemerkt hatte, stand Julia plötzlich neben ihm, hinter ihr die offene Küchentür.

„Äh ... nichts", stammelte Leo.

„Ist die Dame schon wieder weg?", erkundigte Julia sich angelegentlich. Leo schluckte. Offenbar hatte Julia nicht mitbekommen, dass Conny gerade ihr Zimmer bezog.

„Nein, die ..." – „Hübsches Kind", sagte Julia. Leo versuchte, das Gespräch auf eine objektive Ebene zu lenken.

„Julia, das ist eine Kollegin. Die bleibt bis morgen früh. Rein dienstlich. Ich hab immer noch einen Job."

„Rein dienstlich, aha. Worum geht's?"

Leo drehte sich ein wenig zur Seite und senkte die Stimme. „Eine ... eine Art Geheimauftrag." Er ahnte nicht, dass Connys Lippenstiftfleck jetzt deutlich für Julia zu sehen war. Julia tat so, als sei ihr nichts aufgefallen.

„Verstehe. Fesselballons zur Feindaufklärung. Streng geheime Kommandosache des NATO-Hauptquartiers." Leo fand Julias Insistieren lästig und wurde unfreundlicher. „So was Ähnliches. Ich darf einfach nicht darüber reden. Das ist im Kond... äh, im ... im Ballongewerbe so üblich. Ich muss bis morgen früh was entwerfen."

„Dann hab ich frei?" – „Wieso?" – „Bisschen klettern ... Ich hätte dich ja gerne mitgenommen ..."

„Ach, lass mal, ich weiß gar nicht, ob Klettern so mein Ding ist." („Bloß keine Schwäche zeigen", dachte Leo).

„Man kann übrigens sehen, *was* dein Ding ist." Julia deutete ungerührt auf den verräterischen Fleck auf Leos Wange und ging zur Eingangstür. „Schönen Tag noch, Landei …"

Leo trat hinter die Rezeption, schnappte sich einen Schlüssel und spiegelte sich in dessen blankem Messingschild. Er grinste und rief Julia hinterher: „Vielleicht bin ich ja doch nicht so langweilig!", aber da war sie bereits draußen. Genervt wischte sich Leo den Lippenstift von der Wange.

✦

Eine halbe Stunde später saß Leo mit einem großen Becher Kaffee allein am Schreibtisch. Giacomo hatte sich nach der unheimlichen Begegnung mit den für ihn unverständlichen phallischen Gebrauchsmustern wieder in sein provisorisches Domizil im Keller zurückgezogen.

Leo räumte die Arbeitsfläche frei und legte einen Zeichenblock vor sich hin.

Draußen fuhren zwei Autos weg. Julia hupte kurz zum Abschied, sie wusste, dass Leo aus dem Fenster lugen und ihr hinterhersehen würde.

Während ihr Wagen das Grundstück verließ, öffnete Zäk, im Schritt-Tempo fahrend, sein Cabrioverdeck. Toto ließ sich den sanften Wind um die Ohren wehen – es sollte nach einer sommerlichen Spritztour um den Kochelsee aussehen.

Leo starrte auf seinen Zeichenblock. Wie konnte er sich in seiner verfahrenen Situation in eine kreative Stimmung versetzen? Vielleicht hätte ihm ein kleiner Spaziergang gutgetan, aber seine Erfahrung sagte ihm, dass es das Beste war, einfach auf die Inspiration zu warten. Wenn er lange genug dasaß und entspannt grübelte, würde ihm schon was einfallen. Er lehnte sich in den schweren alten Ledersstuhl seines Großvaters zurück und dachte nach.

„Tja … leicht gebogen oder gerade? … Neon-Koralle …"

Irgendwie schoss ihm das Problem quer, dass er die Sache mit Conny nie richtig geklärt hatte. Das Dumme war nur, dass er sich an die Nacht nach der Faschingsparty beim besten Willen nicht erinnern konnte. Ganz im Gegensatz zu Conny, die mehrfach behauptet hatte, es sei ein wilder One-Night-Stand gewesen – eigentlich so gar nicht Leos Ding –, aber natürlich mit Kondom, darauf hätte sie geachtet. Vermutlich war es nicht die „Koralle" gewesen, eher ein schlichtes, funktionales Teil.

Warum hatte er damals auf der Party nur so viel getrunken? Wollte er die Dämonen besiegen, die ihn immer wieder plagten? Laut Conny sei er noch nie so engelsgleich die Treppen auf und ab geschwebt. Auch daran konnte sich Leo nicht erinnern. Letztlich war ihm die Sache nur noch peinlich. Er hatte das unangenehme Gefühl, Conny etwas von sich preisgegeben zu haben, ohne genau zu wissen, was es war.

Leo beugte sich wieder über sein Zeichenpapier und warf mit ein paar lockeren Strichen mehrere Umrisse von Kondomen in unterschiedlichen Erektionsphasen auf das Blatt. Dann knüllte er den Entwurf zusammen und feuerte ihn in den Papierkorb.

Dabei bemerkte er die leicht geöffnete Schublade, zog sie ganz auf und holte noch einmal den Umschlag mit dem verblichenen Familienporträt hervor. Zu dumm, dass er die Schrift auf der Rückseite nicht entziffern konnte.

Er klappte seinen Laptop auf und googelte „Sütterlin". Das Ergebnis war ernüchternd. Außer dem Hinweis darauf, dass Hitler die Schrift abgeschafft hatte, fand Leo eine Anzeige. Eine Gruppe von „Senior*innen" bot überkorrekt ihre Dienste zur Konvertierung der altertümlichen Handschrift an, alternativ dazu gab es die Möglichkeit, Sütterlin als Computerschrift zu installieren. Leo lud die Schrift herunter und fand überdies einen Hinweis auf eine Sütterlin-App für sein Smartphone. Wenn er irgendwann mehr Zeit hätte, wollte er sich den unleserlichen Zeilen widmen, die, so vermutete er richtig, noch von seinem Urgroßvater stammten. Vorerst hatte er Wichtigeres zu tun.

✦

Die Galerie Ziegelstein befand sich in einer dieser gemütlichen Münchner Altbaustraßen mitten im ehemaligen Künstlerviertel Schwabing, das schon länger hauptsächlich von Millionären bewohnt wurde. Vereinzelte Künstler konnten sich die exorbitanten Mieten nur noch leisten, wenn sie entweder einen Uraltmietvertrag besaßen oder selbst durch ihre Kunst reich geworden waren.

Das Firmenschild seiner Galerie, einen abstrakten Ziegelstein mit einem großen goldgelben „Z" darauf, hatte sich Hans Ziegelstein in den 90er-Jahren von einem befreundeten Bildhauer in Emaille brennen lassen. Es war mittlerweile selbst von nicht unbeträchtlichem Wert und hing – nach mehreren Diebstahlversuchen – von vier Ringen aus Titan gesichert neben seinem Schaufenster. Ziegelsteins „Déesse" parkte, vor saurem Regen und anderen Wetterunbillen geschützt, unweit der Galerie in einer Tiefgarage, deren Miete die einer durchschnittlichen Münchner Zweizimmerwohnung überstieg.

Der Galerist hatte es geschafft. Er war seit Jahren die erste Adresse in der bayerischen Landeshauptstadt, wenn es um Kunst der Klassischen Moderne ging. Seit dem letzten Herbst drückte ihn allerdings der Schuh, weil er sich bei einem internationalen Geschäft mit einem fernöstlichen Sammler verhoben hatte.

Was war geschehen? Ziegelstein hatte einen wunderschönen Franz Marc aus einer Privatsammlung angeboten bekom-

men. Es handelte sich um eine frühe Version seiner „Füchse".
Da das Angebot aus der Schweiz stammte, konnte er das Bild,
ohne Exportschwierigkeiten zu bekommen, Peter Kwon anbieten, einem ihm bekannten Sammler in Seoul. Kwon, der
seinen europäischen Vornamen der Tatsache verdankte, dass
der Lieblingsfilm seines Vaters Disneys „Peter Pan" war, gehörte zu den reichsten Männern Südkoreas – sein Vermögen
verdankte er einer von ihm entwickelten Technik zur Hal-
bierung des Energieverbrauchs bei Flachbildschirmen. Ziegelsteins gründliche Recherchen hatten ergeben, dass der
zweitliebste Film von Kwons Vater „Cap und Capper" war, in
dem ein junger Fuchs die Hauptrolle spielt. Da Peter Kwon
ein Geschenk für den 80. Geburtstag seines alten Herrn suchte, konnte Ziegelstein für den Marc einen Phantasiepreis auf-
rufen, ohne dass Kwon ihn auch nur im Geringsten runter
zu handeln versuchte. Von dem Deal erfüllte sich der Galerist einen langgehegten Wunsch, er kaufte sich ein Haus auf
Capri.

Alles wäre gutgegangen, hätte sich nicht kurze Zeit später
herausgestellt, dass das Bild ursprünglich einer jüdischen Ban-
kiersfamilie in Berlin gehört hatte. Als sie vor den Nazis in die
USA flohen, mussten sie ihre Kunstsammlung zurücklassen.
Ihre Nachfahren, die in New York lebten, erfuhren von Zie-
gelsteins Coup und engagierten einen Kunstanwalt, um ihre
Eigentumsrechte an dem Bild zu reklamieren. Für Vater und
Sohn Kwon war es eine Frage der Ehre, die unrechtmäßig er-
worbenen „Füchse" unverzüglich zu restituieren. Franz Marcs
Gemälde ging nach Manhattan, und Ziegelstein, der offen-
sichtlich nicht gründlich genug recherchiert hatte, musste den
Koreanern alles zurückzahlen.

Da er sein Haus auf Capri gekauft hatte, als er noch glaubte,
im Geld zu schwimmen, war er bereit gewesen, dafür einen
vielfach überhöhten Preis zu zahlen. Jetzt musste er die Im-

mobilie weit unter Wert abstoßen. Er war zum ersten Mal in seinem Leben so gut wie pleite.

Seit dieser bitteren Niederlage arbeitete Ziegelstein daran, seinem angekratzten Renommee sowie seinem geschrumpften Bankkonto wieder zu altem Glanz zu verhelfen.

Im Hinterraum der Galerie lagen der Kandinsky und der Bellagio auf einem großen Arbeitstisch. Neben dem Tisch stand eine Art Servierwagen mit diversen Fläschchen sowie einem Glas mit Pinseln, Wattebäuschen und öligen Lappen.

Ziegelstein, der in seinem weißen Kittel aussah wie ein Restaurator – er hatte das Handwerk früher einmal erlernt –, wischte ein letztes Mal über den Kandinsky und trat einen Schritt zurück. Die Bilder waren oberflächlich gereinigt, die unterschiedliche Farbigkeit der Sterne trat nun umso deutlicher hervor.

Der Galerist säuberte sich die Hände und zog den Kittel aus. Er stellte das Original mit den goldenen Sternen neben dem Tisch auf den Fußboden zu einigen anderen Bildern und warf ein Tuch darüber. Dann zeigte er auf den Bellagio und wandte sich an seine Assistentin Josephine. „Die Kopie wird nachher abgeholt. Die geht zum StMWK."

„Zum was bitte?" – „Staatsministerium für Wissenschaft und Kunst. Der Fahrer weiß Bescheid. Und bitte beide gut verpacken. In die Kisten. Ich hab noch einen Termin. Ciao."

Josephine nahm den Bellagio vom Tisch und ging damit ins noch weiter hinten liegende Lager. Dort stellte sie das Bild neben zwei gleich große, senkrecht stehende, unbeschriftete Transportkisten, die innen dick mit Schaumstoff ausgeschlagen waren. Sie öffnete eine der Kisten und probierte aus, wie sie das Bild am besten hineinschieben konnte.

Ziegelstein warf sich ein Jackett über, richtete sein Einstecktuch und verließ telefonierend das Geschäft. Durch die gerade noch geöffnete Tür schlüpfte Toto in die Galerie, ohne dass die

Kontaktklingel erneut ausgelöst wurde. Er hatte draußen lange auf den Augenblick gewartet, in dem er unbemerkt ins Innere gelangen konnte.

Lautlos schlich Toto durch den vorderen Ausstellungsraum und sah sich suchend um. Im Durchgang zum Hinterraum entdeckte er das nur teilweise verhüllte, am Boden stehende Bild von Kandinsky. Toto hielt den Atem an und näherte sich dem Objekt seiner Begierde. Er schob das Tuch ein Stück zur Seite und betrachtete das Bild genauer. Da er auf der Vorderseite keine Signatur ausmachen konnte, kippte er das Bild leicht an und inspizierte die Rückseite. Dort fand er schließlich, wonach er gesucht hatte. In geschwungenen Lettern war das Werk auf der rohen Leinwand von Kandinsky signiert und datiert. Toto konnte es kaum fassen. Er musste sich sehr beherrschen, nicht laut aufzujubeln und hauchte: „Wo-wow …"

Josephine hatte den Bellagio gerade in die Kiste geschoben und den Deckel mit zwei Schnappverschlüssen verriegelt, da klingelte es. Sie zog aus ihrer Weste ein schnurloses Telefon hervor und säuselte: „Galerie Ziegelstein, Dewawa, was kann ich für Sie tun? … Nein, gerade raus … Ja, richte ich gerne aus. Vielen Dank."

Toto hatte sich beim ersten Telefonklingeln zum Ausgang gerettet und öffnete die Tür so gut getimt, dass die Kontaktklingel in der Sekunde ertönte, als das Telefon zum zweiten Mal läutete. Pfeilschnell hechtete er nach draußen.

Josephine, die den heimlichen Besucher nicht bemerkt hatte, kam aus dem Lager in den Hinterraum, griff sich den Kandinsky und trug auch ihn ins Lager.

✦

In einer Seitenstraße neben der Galerie wartete Zäk rauchend in seinem Auto. Als er Toto um die Ecke rennen sah, warf er sofort seine Zigarette weg. Er hatte seinem Freund seit Langem versprochen, mit dem Rauchen aufzuhören. In Momenten höchster Anspannung fiel es ihm freilich schwer, sein Versprechen zu halten.

Toto sprang ins Cabrio und brauchte eine Weile, um zu Atem zu kommen. Zäk wurde ungeduldig. „Was ist?"

„Geil! Das Bi-Bild ist echt! Von Ka-Ka…"

„Bist du dir ganz sicher?", hakte Zäk nach.

„Hundertpro! Hinten am Bi-Bild war die Si-Signatur von Ka-Kandinsky!"

„Bingo!" Zäk strahlte, drückte Toto ein Küsschen auf die Backe, startete den Motor und fuhr schwungvoll los. Als er um die Ecke bog, wäre er beinahe mit Marco kollidiert, der in einem hellgrauen Kleintransporter angefahren kam und direkt vor der Galerie parkte.

Marco stieg aus und ging in froher Erwartung zum Schaufenster. War heute sein Glückstag? Hatte Leo mitbekommen, wie sehr Marco sich schon bei der ersten Begegnung in Josephine verguckt hatte? Egal, auf jeden Fall nahm Marco sich vor, die Galerie nicht ohne ein Date mit Josephine zu verlassen.

Er kontrollierte in der Schaufensterscheibe sein Aussehen und fuhr sich dynamisch mit den Fingern durch die Haare. Offensichtlich mit sich zufrieden betrat er die Galerie.

Im Lager hatte Josephine inzwischen den Kandinsky in die zweite Transportkiste geschoben und ebenfalls die Schnappverschlüsse geschlossen.

In der Mitte der Kiste befand sich oben ein kreditkartengroßes Sichtfenster für die Beschriftung. Ziegelsteins Assistentin wollte gerade das dazugehörige Label mit dem Text „Wassily Kandinsky – Sternennacht über dem Kochelsee" in das Fenster schieben, als sie die Klingel der Eingangstür hörte. Sie legte das Kandinsky-Label auf der Kiste ab und stand auf. Außer dem Text war auf dem Label eine kleines Schwarz-weiß-Foto des Gemäldes abgedruckt.

Marco hatte im Ausstellungsraum niemanden angetroffen. Er öffnete und schloss schwungvoll die Eingangstür, bis seine Angebetete aus dem Hinterraum erschien und ihm ein Lächeln aufs Gesicht zauberte. „Ciao, Bella." Er ging auf Josephine zu und wollte sie umarmen. Immerhin ließ sie ein Küsschen rechts und eins links zu. Marco empfand dies als Etappensieg.

„Ich wusste gar nicht, dass du der Fahrer bist, der das Bild abh…" – „Isch habe die Chefe auf Knien angefleht, dass isch es mache darf. Weil isch musste disch wiedersehen!"

„Bist du mit der Gondel da?", fragte Josephine kokett. Sie wollte seinen Humor testen, und er bestand.

„Nein, iste zu trocken, die Klimawandel, ah!" Er hatte hinten im Lager die beiden Plumeaus aus dem Hotel erspäht und eilte zu ihnen. Josephine folgte ihm verdutzt und fragte sich, was er wohl vorhatte. Belustigt sah sie zu, wie er die Plumeaus auf dem penibel sauberen Pirelli-Boden ausbreitete und sich darauflegte.

„Allora, wo bin isch?" – „Äh, im Bett?" – „Falsch, isch binne aufe Wolke sieben … und isch warte auf dir."

So sehr Josephine Marcos Liebeswerben amüsierte, Sex am Arbeitsplatz ging ihr doch ein bisschen zu weit. „Vielleicht ein andermal. Was ist, wenn Herr Ziegelstein plötzlich zurückkommt …", wiegelte sie ab.

Marco ließ nicht locker. Er stand auf, nahm eines der Plumeaus, breitete es wie einen großen Flügel hinter sich aus und wedelte wild damit herum. „Isch möchte mit disch fliegen, wie die Vögeln …"

„Ich dachte, wir wollten gondeln?", kicherte Josephine.

„Wir flögeln nach … Venezia!" Er wedelte noch stärker mit dem Plumeau und erzeugte dadurch einen starken Windstoß, der zwei kreditkartengroße Zettel verwehte – den einen, den Josephine auf der Kandinsky-Kiste geparkt hatte, und einen weiteren, gleich großen, der auf dem Regal darüber lag.

Auch die zweite Transportkiste, die für die Kopie, hatte oben ein Sichtfenster. Noch waren beide Fenster leer, die zwei Label, die durch Marcos Balztanz zu Boden geweht wurden, lauteten: „Wassily Kandinsky – Sternennacht über dem Kochelsee" und „Wolfgang Bellagio – Sternennacht über dem Kochelsee". Die schwarz-weißen Briefmarkenbilder auf den Zetteln sahen identisch aus.

Während Marcos kleiner Liebessturm abebbte, landete das Kandinsky-Label bei der Kiste mit dem Bellagio, das Bellagio-Label hingegen oben auf der Kandinsky-Kiste, ungefähr dort, wo Josephine das richtige Label abgelegt hatte. Ein dummer kleiner Zufall. Oder hatte Gott Amor seine Finger im Spiel und beschlossen, die Dinge durcheinanderzuwirbeln?

Josephine jedenfalls wurde erst einmal sachlich: „Flögeln, machen wir gerne. Irgendwann. Aber erst die Arbeit, okay? Dann das Vergnügen. Hilfst du mir?" Sie nahm Marco seinen Flügel ab und legte ihn neben das andere Plumeau.

„Ihr Sudafrikanerinnen seid so schön … und so deutsch. Was soll ische machen?"

Josephine erklärte ihm, dass die Kisten noch gelabelt werden müssten. Sie hatte das Wechselspiel der Zettel nicht bemerkt und schob das Bellagio-Label in das Sichtfenster der Kandinsky-Kiste.

Marco hob das zu Boden gesegelte Kandinsky-Label auf und schob es verträumt in das Fenster der Bellagio-Kiste.

Josephine griff zu einem Schraubenzieher und drehte eine kleine Schraube zur Sicherung des Labels in den Blechrahmen des Sichtfensters. „Schräubchen rein … und fertig." Sie gab Marco das zweite Schräubchen. Der sah sie verliebt an und drehte die Schraube mit den Fingern und seinem Daumennagel in seine Kiste.

„Schraubschen rein …"

Wenig später trug Marco die „Bellagio"- gelabelte Kiste mit dem originalen Kandinsky darin zu seinem Auto und verstaute sie auf dem Beifahrersitz. Josephine trug die Plumeaus. Als er ihr die Bettdecken abnahm, schaute er ihr noch einmal lange in die Augen. „Und wann machen wir die Vergnugen?"

Sie beugte sich über die beiden Federbetten zu ihm. „Schaumermal ..." Damit gab sie ihm ein Küsschen auf den Mund und entschwebte in die Galerie. Marco stand eine kleine Ewigkeit lang verzaubert mit den Plumeaus in den Händen neben seinem Auto. Dann stopfte er die Bettwäsche auf die Rückbank, sprang ans Steuer und fuhr rasant davon.

Josephine sah ihm durch das Schaufenster lächelnd hinterher.

◆◆◆

FREITAG – BLAUE STUNDE

Leos Schreibtisch war übersät mit den unterschiedlichsten Entwürfen für Kondom-Heißluftballons. Es sah aus wie eine Sammlung von Ideenskizzen zu einem pornographischen Comic. Leo legte seine Stifte zur Seite, rieb sich die Augen und nahm die letzte Skizze zur Hand. Er stand auf, knipste die Arbeitslampe aus und ging zum Fenster. Draußen tauchte die langsam untergehende Sonne den Park und den See in ein warmes Abendlicht. Leo schloss das Fenster und verließ sein Büro.

Vor der Treppe in den ersten Stock hielt er kurz inne, als hinter ihm Marco mit den Plumeaus die Lobby betrat.

„Chefe, alles erledigt, die Bild ist abgeliefert bei die StM… also bei die Mysterium. Und danke nochemal … diese Giuseppina machte mir … ohlala."

Leo verbarg die Kondom-Zeichnung hinter seinem Rücken. „Gut, dass das geklappt hat, Marco. Schönen Abend." Er drehte sich um und hielt die Zeichnung wieder vor seine Brust. Die Treppe zu erklimmen, fiel ihm nach wie vor nicht leicht, aber langsam schien er sich daran zu gewöhnen.

Marco schaute seinem Chef hinterher. „Fruh zu Bett … Buona notte! Die fruhe Vogeln und die Wurmen …" Dann verschwand er fröhlich Richtung Kellertreppe. „Giacomolino, ische komme. Große Neuischkeite von die Schraubschen!"

Kam es Leo nur so vor oder ging es wirklich immer besser mit der Treppe? Er redete sich selber ein, dass er Fortschritte gemacht hatte. „Na bitte, geht doch, man muss nur wollen." Derart in seinem Selbstbewusstsein gestärkt, ging er zur Tür von Connys Zimmer und klopfte leise an. „Conny?"

„Momentchen", hörte Leo ihre Stimme von innen. Das Momentchen verging sehr schnell, die Tür öffnete sich, und Conny stand vor ihm. Sie hatte sich ihres Businesskostüms entledigt und in Schale geworfen, wobei die Schale mehr sichtbar machte, als sie verhüllte. Es war eine raffinierte Mischung aus casual streetwear, Badebekleidung und Unterwäsche, die viel freie Haut zeigte und Connys körperliche Vorzüge zur Geltung brachte. Die Botschaft war deutlich und Leo dafür nicht unempfänglich. Vor allem trug sie ein kunstvoll zerrissenes St. Pauli-T-Shirt mit Totenkopf – wohl wissend, dass die Hamburger Kiezkicker schon immer Leos Lieblingsverein waren.

„Oh, stör ich?" („Warum begegnen mir eigentlich in letzter Zeit alle Frauen, mit denen ich geschäftlich zu tun habe, in Reizwäsche?", fragte sich Leo.)

„Im Gegenteil", entgegnete Conny selbstbewusst, „komm rein. Hey, du hast ja schon was fertig. Ich wusste, du bist fix." Sie hatte die Zeichnung, die er zusammengerollt in der Hand hielt, entdeckt. Leo wollte Conny seinen Entwurf zwischen Tür und Angel zeigen, aber sie zog ihn ins Zimmer und gab der Tür mit einem ihrer High Heels einen Schubs, bei dem sie jedoch nicht vollständig ins Schloss fiel.

„Zeig her", bat sie ihn. Leo legte die Papierrolle auf den ausladenden Biedermeier-Sekretär neben dem Fenster, auf dessen Schreibfläche Connys geöffneter Musterkoffer lag.

Sie entrollte die Skizze des Kondom-Ballons und begutachtete sie, unterdessen schaute Leo durch die geöffnete Balkontür nachdenklich nach draußen, wo die Sonne gerade hinter dem See versank.

Conny nahm die Zeichnung und ging damit auf den Balkon, um sie in die letzten Sonnenstrahlen zu halten. Das Blatt wurde von hinten beleuchtet, der Kondom-Ballon schillerte in Regenbogenfarben. „Komm, schau mal."

Leo blieb in der Tür stehen. „Ich seh das ganz gut von hier aus. Weißt du, ich dachte … die Regenbogenfarben … weil das ja nicht nur Männer und Frauen und so weiter betrifft. Nur … ob diese Kondomfirma das auch so sieht …"

„Sehr cool. Und sehr zeitgemäß. Gefällt mir. Klinger wird's mögen. Er will übrigens unbedingt, dass du am Sonntag bei der Präsentation dabei bist. Bist du doch, oder?"

„Diesen Sonntag?" Leo spürte, wie er sich innerlich bereits von seinem Job als Designer verabschiedet hatte. Seine Metamorphose zum Hotelbesitzer hatte schon begonnen.

„Diesen Sonntag wird möglicherweise ein bisschen schwierig", druckste er herum. Conny kam wieder herein, deponierte die Zeichnung neben ihrem Musterkoffer, legte ihre Arme auf Leos Schultern und bezirzte ihn. „Ich hab mir bei Klinger den Mund fusselig geredet, dass er dich nicht feuert. Und ich bin am Sonntag da. Den ganzen Tag – und auch noch länger …"

Erneut spukten ihm die unscharfen Bilder der Nacht nach dem Faschingsfest im Kopf herum. Er besann sich sehr wohl darauf, dass er um viertel vor sieben auf Connys Sofa mit einem höllischen Kater aufgewacht war und sie steif und fest behauptet hatte, sie hätten granatenhaften Sex miteinander gehabt. An den hatte Leo allerdings null Erinnerungen. War da wirklich was gewesen oder hatte sich Conny das alles ausgedacht, um seiner habhaft zu werden? Sicher, Conny war bildhübsch, aber Leo hatte eine sehr eigene Vorstellung davon, wie die Partnerschaft zwischen Mann und Frau auszusehen hätte.

Er hatte die fixe Idee, dass eine Liebesbeziehung nur dann funktionieren würde, wenn man sich vorstellen konnte, mit der Angebeteten ein ganzes Wochenende in einem Fahrstuhl eingeschlossen zu sein, ohne dass es einem langweilig würde. Nicht, dass er das wirklich hätte ausprobieren wollen. Es war ein Gedankenexperiment, das eine Extremsituation beschrieb, in der Art des berühmten metaphorischen Pferdestehlens. Mit Conny konnte er sich weder das Wochenende im Aufzug noch das Pferdestehlen vorstellen. Sie hatte die Prüfung eindeutig nicht bestanden. Jetzt ging es darum, seine Kollegin mit der bitteren Wahrheit zu konfrontieren, ohne sie zu verletzen, denn das wollte er auch nicht.

„Ja, danke dir sehr für deinen Einsatz bei Klinger, nur …“, er nahm ihre Hände von seinen Schultern und wollte zur Tür, aber Conny hielt ihn zurück.

„Hey, komm, ich weiß doch, dass du auf mich stehst“, insistierte sie.

Da war es wieder, das Faschingssyndrom. Er hatte das Gefühl, nicht verführt, sondern zu etwas gezwungen zu werden, ein Gefühl, dass ihm extrem gegen den Strich ging.

„Weißt du, du bist wirklich eine tolle Frau, total sexy … auch das Pauli-Shirt, wirklich sehr cool … aber …“

„Ja?“ – „… aber irgendwie, also damals, also, wenn da wirklich was war … in der Nacht … also rein physisch … aber im Moment … man soll ja auch Privates und Geschäftliches nicht miteinander vermischen … also, bei mir ist einfach die Luft ra…“

Conny zog ihn weg von der Tür zum Bett. Er stolperte über die Bettkante. Im Nu lag er rücklings auf der Matratze, und sie kniete sich ohne große Umstände direkt über ihn.

„Wie gesagt, irgendwie ist bei mir die Luft …“, versuchte sich Leo ein letztes Mal zu wehren, aber Conny legte ihren Zeigefinger auf seinen Mund und begann, ihn am Hals zu küssen.

„Die Luft … hältst du jetzt einfach mal an.“

Während Conny in ihrem Zimmer eisern ihr Ziel verfolgte, betrat Julia, von ihrer Klettertour verschwitzt, die menschen-

leere Lobby. Sie warf einen beiläufigen Blick ins Büro. „Leo?"
Als sie keine Antwort bekam, zuckte sie die Schultern und
ging in die Küche, um sich eine Flasche Mineralwasser zu
holen.

Conny küsste Leo immer wilder, knöpfte sein Hemd auf und
rutschte langsam nach unten. Leo fühlte sich nicht gut bei der
Sache. Er wollte nicht zu etwas gedrängt werden, wonach ihm
im Moment so gar nicht war, und flüchtete sich in ein Gespräch
über Kunst und Kultur.

„Weißt du eigentlich, dass Kandinsky hier früher öfter abge-
stiegen ist?" – „Wer?", hielt Conny kurz in ihren Bemühungen
inne.

„Kandinsky, der Maler. Er hatte eine Geliebte, ach, was sag
ich … mehrere … und mein Urgroßvater, der hat ihm im Hotel
für seine heimlichen Liebesnächte …"

„Nicht dein Ernst, oder?" Sie machte sich an dem Reißverschluss seiner Hose zu schaffen.

„Dochdoch. Stell dir vor, die haben hier 1914 ihre Dirty
Weekends miteinander verbracht, und einen Monat später
stand die Welt in Flammen. Das glaubt man doch nicht …"

„Mann, bist du verklemmt." Conny meinte Leo, nicht den
Reißverschluss. Aber Leo wehrte sich weiter.

„Kann ich vielleicht nochmal einen Blick in den Musterkoffer werfen?"

„Nicht nötig." Conny nahm ein verpacktes Kondom vom
Nachttisch und riss die Verpackung mit den Zähnen auf.

„Ah!" Leo griff zu dem Kondom, rollte es ab und setzte es
an die Lippen. Conny sah fassungslos zu, wie er das Kondom
aufblies. Als es etwa einen halben Meter lang war, verknotete
Leo die Öffnung und schaute sein Werk prüfend an.

„Das Problem ist, dass die Dinger manchmal so bauchig auf-
quellen, wenn Luft drin ist. Oder meinst du, dass das bei der
rosa Koralle anders sein könnte?"

Conny merkte, dass sie nicht weiterkam, wenn sie sich auf sein Spiel nicht einließ. Früher oder später würde er schon die Waffen strecken. Sie stand auf, ging zum Sekretär, holte ihren Koffer und nahm neben Leo auf dem uralten Bett Platz, das ihr Hinsetzen mit einem jämmerlichen Quietschen und Knarzen quittierte.

„Boah, in diesem Laden ist wirklich alles kaputt", ereiferte sich Leo.

„Wie?" Conny hatte das Quietschen gar nicht bemerkt.

„Das Bett quietscht."

„Na und?"

„Ich könnte Schmieröl oder ein bisschen Gin …"

„Ja, Gin wär vielleicht nicht verkehrt …", stöhnte Conny, die es rätselhaft fand, dass Leo auf ihre Verführung so gar nicht eingehen wollte – ein Verhalten, das ihr bei anderen Männern bisher nicht begegnet war. Der Verzweiflung nahe rollte sie eines der Kondome von seiner Haltestange und blies es ebenfalls auf.

„Siehst du, die reagieren ganz unterschiedlich. Das ist jetzt viel schlanker", konstatierte Leo und wählte mit Kennerblick aus der Sammlung ein weiteres Testkondom. Er holte tief Luft und pustete. Da ihm ein bisschen schwindelig wurde, setzte er das Kondom kurz ab.

Conny nutzte die Atempause, um Leo davon zu überzeugen, dass es an der Zeit sei, seinen Widerstand endgültig aufzugeben. „Ich dachte, bei dir ist die Luft raus?" Sie umarmte ihn fest und küsste ihn leidenschaftlich auf den Mund. Das Kondom entglitt seinen Fingern und segelte knatternd auf den Fußboden.

Leo war einer Panikattacke nahe, etwas Ähnliches kannte er von seinen Anfällen von Höhenangst und Klaustrophobie. Er schloss halb ohnmächtig die Augen und sah plötzlich Kandinsky mit seiner Nina beim Liebesspiel auf einem wilden

Faschingsfest vor sich, wie in einem grellen expressionistischen Farbfilm. Kandinsky und Nina waren nackt, ihre Körper in schreienden Farben angemalt, ein Bild des Chaos und der Ekstase. Leo fühlte sich wie auf einem Drogentrip. Die Kamera befreite sich von dem Liebespaar, flog durch die caligarihaft schrägen Räume des Hotels seines Urgroßvaters, schoss durch ein Fenster, um letztlich in einem Farbrausch über den See zu fliegen und im Sonnenuntergang zu verglühen. Als Leo aus seiner Trance erwachte, stand Julia in voller Klettermontur in der Tür und räusperte sich.

Sie war auf dem Weg zu ihrem Zimmer an Connys Tür vorbeigekommen und hatte von innen Stimmen, das quietschende Geräusch des Bettes und das lautstarke Entweichen der Luft aus dem Kondom gehört. Da die Zimmertür einen Spaltweit offenstand, hatte sie hineingelugt.

Was sie sah, machte sie einigermaßen sprachlos: Leo und die halbnackte Conny hielten beide aufgeblasene Kondome in den Händen und küssten sich. Leos Reißverschluss und sein Gürtel waren geöffnet. Sein Hemd war aus der Hose gerutscht.

„Entschuldigung. Ich wollte nicht stören, aber die Tür stand offen …"

Leo fuhr herum und starrte Julia mit zerzausten Haaren an. Es war einer der peinlichsten Momente seines bisherigen Lebens.

„Ich … ich habe Conny nur meinen Entwurf gezeigt und wir haben Testballons … rein geschäftlich …" Mehr als diesen hilflosen Versuch, die Situation zu erklären, brachte er nicht heraus. Julia schaute auf Leos offenen Reißverschluss.

„Ja, das sieht man."

„Nein, das ist überhaupt nicht so … wie du denkst. Wir …" Er folgte Julias Blick, zog blitzschnell seinen Reißverschluss zu und stopfte sich zerstreut das Hemd in die Hose. Conny saß noch immer im Schneidersitz neben ihm. Julia deutete auf den

Musterkoffer, die beiden aufgeblasenen „Luftballons" und das schlaffe Kondom zu ihren Füßen.

„Na, wenigstens mit Kondom ..."

Conny fand es an der Zeit, sich einzumischen. „Deine Freundin?", fragte sie Leo. „Ich dachte, man soll Privates und Geschäftliches nicht miteinander vermischen ..."

„Mach ich doch nicht. Frau Dehne ist meine Generalbevollmächtigte."

„Für alles?", konterte Conny dreist. Julia beendete das unangenehme Treffen.

„Lasst euch nicht stören." Damit machte sie auf dem Absatz kehrt, verschwand im Flur und donnerte die Tür hinter sich zu.

Sekunden später erschien Leos Kopf in Connys Zimmertür. „Julia, warte doch!", rief er ihr hinterher. Aber so leicht wollte sie es ihm nicht machen, schon gar nicht direkt vor dem Zimmer, in dem er sich eben noch mit dieser Tussi vergnügt hatte. Julia verschwand in ihrem Zimmer, das schräg gegenüber lag.

Kaum war sie allein, da ärgerte sie sich, dass sie nicht souveräner mit der Situation umgegangen war. Spürte sie, dass ihr „Chef" ihr mehr bedeutete, als sie sich zugestehen wollte? Und wollte sie das?

Leo folgte Julia barfuß über den Flur. Hinter ihm erschien Conny und warf ihm seine Schuhe samt Socken hinterher. Leo bedankte sich knapp, ließ die Schuhe aber liegen und klopfte zaghaft an Julias Tür. Von innen war ihre Stimme zu hören: „Ich hab heute frei, Chef!"

So wollte Leo sich nicht abspeisen lassen. „Julia, bitte ..."

Sie riss wütend die Tür auf. „Ich weiß nicht, ob du in deinem verschrobenen Hirn überhaupt irgendwas mitkriegst! Und dann auch noch mit so einer aufgetakelten ... Schnepfe! Fick dich!" Damit schlug sie ihm die Tür vor der Nase zu.

Von schräg gegenüber winkte Conny mit einem der aufgeblasenen Kondome und sagte: „Oder vielleicht lieber mich?"

Leo stand wie ein begossener Pudel vor Julias Zimmertür. Er ging langsam den Flur entlang und sammelte seine Schuhe und seine Socken zusammen, ein Bild des Jammers. Als er Conny sah, die siegesgewiss in ihrer Tür stand, muffelte er sie an: „Guck nicht so blöd!" Wütend warf auch sie die Tür zu. Dabei geriet ihr der Kondom-Ballon in den Weg und zerplatzte mit einem lauten Knall.

✦

Ziegelstein verschloss sorgfältig von innen seine Galerie. In diesem besonderen Moment wollte er ungestört sein.

Er trat im vorderen Ausstellungsraum vor ein gläsernes Kunstwerk, bei dem die Worte: „this is not a mirror" in einen Spiegel geätzt waren, betrachtete sich, zog einen kleinen Kamm aus der Tasche und kämmte sich liebevoll die gegelten Haare. Dann steckte er den Kamm ein und schwebte singend durch den Hinterraum ins Lager (zu der Melodie von „Chicago, Chicago – that Toddlin' Town") „Kandinsky, Kandinsky – dada dadadam, dada dadadam …"

Als zelebrierte er eine heilige Handlung, streifte Ziegelstein weiße Baumwollhandschuhe über und öffnete die Schnappverschlüsse der Transportkiste mit dem Label: „Wassily Kandinsky – Sternennacht über dem Kochelsee". Andächtig zog er das darin befindliche Bild heraus und tänzelte damit zurück in den Hinterraum der Galerie. Dort stand eine Piccoloflasche Champagner bereit. Ziegelstein lehnte das Bild auf seinem Arbeitstisch an die Wand, entkorkte genüsslich den Champagner und goss sich ein Glas ein. Er zückte sein Handy, öffnete seinen obersten Hemdenknopf und machte mit erhobener Champagnerflöte, hochgeschobener Brille und einem übertriebenen Siegerlächeln ein Selfie von sich und dem vermeintlichen Kandinsky.

Dann stellte er das Glas ab, knöpfte sein Hemd wieder zu, schob die Brille zurück auf die Nase und machte ein weiteres Selfie als „seröser Galerist".

Ziegelstein leerte sein Glas und wandte sich verliebt seinem Schmuckstück zu. Er nahm das Bild in die Hände und führte es zu einem innigen Kuss langsam näher. Kurz bevor seine Lippen die Leinwand berührten, gefror sein Blick. Er hielt das Bild von sich weg, linste über seinen Brillenrand und zwinkerte mit den Augen, weil er nicht sicher war, ob er richtig gesehen hatte. Aber es gab keinen Zweifel: Die Sterne auf dem Bild waren silbern, nicht golden – er hielt die Kopie in der Hand, die er eigentlich im Ministerium wähnte.

Ziegelstein eilte ins Lager, schob den Bellagio in die Kiste und kontrollierte erneut den Zettel in dem verschraubten Sichtfenster. „Wassily Kandinsky – Sternennacht über dem Kochelsee'! Das ... das gibt's doch nicht ..."

Seine eben noch empfundene Euphorie wich einer totalen Panik. Schweißperlen traten auf Ziegelsteins Stirn. „Ganz ruhig", redete er sich selber zu.

Er ging zurück zu seinem Arbeitstisch, leerte die Piccoloflasche und suchte hektisch in seinem Handy nach einer Telefonnummer. Das Handy stellte er auf laut, tigerte erneut ins Lager und inspizierte zur Sicherheit noch einmal das Bild.

Aus dem Handy erklang eine eintönig leiernde Automatenstimme. „Grüß Gott, hier ist das StMWK, das Bayerische Staatsministerium für Wissenschaft und Kunst. Sie rufen leider außerhalb unserer Geschäftszeiten an. Diese sind am Montag von ..."

Verzweifelt drückte Ziegelstein den Anruf weg und schaute auf seine Uhr. Langsam wurde ihm klar, was passiert war. „Fuck! Fuck!! Fuck!!!"

Ziegelstein versuchte, sich zu sammeln und überlegt vorzugehen. Als Erstes eilte er erneut ins Lager und verschloss die

Schnappverschlüsse an der Kandinsky-Kiste mit dem darin befindlichen Bellagio. Dann suchte er seine Autoschlüssel und verließ vollkommen kopflos die Galerie. Er war bereits einige Meter von der Tür entfernt, als ihm einfiel, dass er in der Eile vergessen hatte abzuschließen, also hetzte er zurück und sperrte ab.

Die schlüpferblaue „Déesse" schlummerte in der Tiefgarage und hatte offensichtlich keine Lust mehr auf eine abendliche Ausfahrt. Ziegelstein unternahm mehrere Versuche, den Motor zu starten. Erst als die Batterie kurz davor war schlapp zu machen, meldete sich der alte Vierzylinder mit einer schwarzen Qualmwolke. Ziegelstein donnerte mit quietschenden Reifen aus der Garage.

♦

Leo hatte ganz andere Probleme. Er ging unruhig in seinem Büro auf und ab und übte theatralisch eine Entschuldigung: „Liebe Julia, das war nicht in flagranti, das war eher … Ich bin da total unschuldig reingerutscht. Es ist auch nicht so, dass ich auf diesen Typ Frau, also aufgetakelte Schnepfe … ach, Scheiße!"

Während er mit seiner Unzufriedenheit kämpfte und einen kleinen Zettel mit weiteren Entschuldigungsfloskeln vollkritzelte, ging die angelehnte Tür auf. Conny, die offenbar alles gehört hatte, erschien, komplett angezogen mit ihrem Kondomkoffer in der Hand.

„Aufgetakelte Schnepfe! Du bist so was von … hhggrühhlwszt!!!" Mehr brachte sie in ihrer Wut nicht heraus.

Leo fuhr herum. „Mann, darum geht es doch gar nicht."

„Ach ja? Hast du nicht gesagt ‚rein physisch'? Ich fand's damals sogar sehr physisch. Und ich will dir mal eins sagen, mein Lieber. Wenn ich will, habe ich an jeder Hand zehn – und alle von einer anderen Sorte als du! Rein physisch."

155

Leo zuckte mit den Schultern und stammelte: „Ja, dann ..."‚ aber Conny ließ ihn nicht zu Wort kommen und pfefferte seine Komdom-Zeichnung auf den Boden. „Den Entwurf kannst du dir sonstwo hinstecken oder deiner ‚Generalbevollmächtigten' übers Bett hängen. Ach ja, Klinger wird nicht amused sein. Trau dich ja nicht, nochmal in der Firma aufzutauchen!" Damit rauschte sie mitsamt ihrem Musterkoffer türenknallend ab.

„Conny ...!" Leo fühlte sich ungerecht behandelt und wollte ihr folgen, da klingelte sein Handy. Am anderen Ende war Ziegelstein und erzählte wirres Zeug von einer Katastrophe, die passiert sei. Leo hatte für seinen Galeristen keinen Nerv und versuchte ihn abzuwimmeln. „Das ist gerade ganz schlecht, Herr Ziegelstein, ich habe ..."

Ziegelstein ließ sich nicht abwimmeln. Mit dem Telefon am Ohr raste er in seinem Oldtimer durch die Münchner Innenstadt und brüllte in sein Handy: „Das ist mir egal! Sie bewegen jetzt Ihren Arsch postwendend in die Salvatorstraße, zum Bayerischen Staatsministerium für Wissenschaft und Kunst!"

„Die haben doch längst geschlossen, oder?", fragte Leo irritiert.

„Genau deshalb", keifte Ziegelstein zurück. „Wir müssen das Bild wieder aus dem Ministerium ... rausholen!"

Ziegelstein redete weiter wirres Zeug, dass Kandinskys Befreiung allerhöchste Priorität habe und Ähnliches – immerhin begriff Leo, dass irgendeine fatale Verwechselung der Bilder stattgefunden haben musste und fragte den Galeristen, wie das habe passieren können.

„Woher soll ich das wissen?", bellte Ziegelstein, der einem entgegenkommenden Auto nur im letzten Moment ausweichen konnte. Er verlangte von Leo erneut, unverzüglich in die Stadt zu kommen und niemandem davon zu erzählen. Als er das Gespräch beendete, überfuhr er mit 80 Sachen eine rote Ampel und wurde geblitzt.

$$\blacklozenge \blacklozenge \blacklozenge$$

FREITAG – NACHT

Vom fahlen Licht einer Straßenlaterne beleuchtet stand der alte Citroën in einer dunklen Seitengasse hinter dem Ministerium, ein Bild wie aus einem Werbeprospekt aus den 50er-Jahren.

Ziegelstein saß am Steuer und futterte einen Hamburger aus einer Pappschachtel. Er hatte nicht viel Übung darin, deshalb quoll bei jedem Zubeißen eine Melange aus Ketchup, Gurkenscheiben und Mayonnaise vorne aus dem für Ziegelsteins kleinen Mund viel zu großen Monster heraus. Er leckte sich seine besudelten Finger ab und wollte erneut zubeißen, als ein Taxi hinter ihm hielt. Ziegelstein erschrak und ließ beinahe sein Essen fallen. Er lugte in den Rückspiegel und sah, wie Leo dem Taxi entstieg.

Statt der 161,30 Euro auf der Uhr gab Leo dem Taxifahrer mit einem freundlichen „Stimmt so" 170 Euro, „… und bitte eine Quittung."

Der Taxifahrer bedankte sich überschwänglich und fragte Leo, ob er warten solle, um ihn später wieder raus an den See zu fahren. Leo winkte dankend ab und schaute dem abfahrenden Auto hinterher, bevor er zu Ziegelstein ans Fahrerfenster trat und ihm mit der Taxiquittung zuwedelte.

Der Galerist hatte gerade den letzten Bissen heruntergewürgt, putzte seine Finger und kurbelte das Fenster runter.

„Für Sie." Leo drückte Ziegelstein die Quittung in die Hand und wies auf dessen Auto. „Also, zu so 'ner Veranstaltung würde ich ja nicht mit dem eigenen Auto vorfahren. Und dann noch mit so 'nem auffälligen …"

Ziegelstein fasste das in seiner endlosen Eitelkeit als Kompliment auf. Er steckte die Taxiquittung ein und stieg aus.

Gemeinsam gingen sie um den mächtigen Gründerzeitbau herum. Ziegelstein weihte Leo flüsternd in die Details seiner Überlegungen ein. Er war schon oft im Ministerium gewesen und war genauestens informiert, wo die Kunstwerke gelagert wurden, die zur Begutachtung für den Export eingereicht worden waren.

„Ich hab schon mal die Lage gepeilt. Wir haben Glück. Beim Depot im zweiten Stock ist ein Fenster nur angekippt. Das sollte leicht zu öffnen sein. Wir holen das Bild raus und niemand wird etwas merken."

„Wie bitte?"

„Niemand wird etwas merken."

„Das hab ich verstanden. Ich meine, was Sie davor gesagt haben … das mit dem Fenster", insistierte Leo.

„Angekippt. Wir haben Glück." Sie waren um die Ecke des Gebäudes getreten und hatten jetzt einen guten Blick auf die überladene Fassade mit dem strukturierten Bossenputz vor den unteren Stockwerken. Ziegelstein deutete auf ein Fenster im zweiten Stock. „Das da."

Leo kam ins Grübeln. „Hab ich doch richtig gehört. Wie wollen Sie denn da raufkommen?"

„Wieso ich?", fragte Ziegelstein mit gespielter Arglosigkeit. Er hatte keinerlei Lust, sich die Finger selbst schmutzig zu machen, geschweige denn sich in Gefahr zu begeben. „Sie klettern da rauf. Dann befreien Sie Ihren Kandinsky aus der babylonischen Gefangenschaft und …"

„Im zweiten Stock???" Leo bekam beinahe einen hysterischen Anfall. „Sind Sie noch ganz dicht? Wenn da einer von uns beiden raufklettert, dann sind das *Sie.*"

Ziegelstein wurde intensiver. Er musste seine Stimme zügeln, um nicht zu laut zu werden. „Moment mal, Sie haben mich in diese Geschichte reingequatscht. Und Sie sind der Eigentümer des Bildes, Sie haben also nichts zu befürchten. Stellen Sie sich mal vor, wenn ich erwischt werde. Ich hab einen Ruf zu verlieren. Die vom Ministerium sind doch nicht blöd. Wenn die sehen, dass das der echte Kandinsky ist und ich denen was von 'ner Kopie erzählt habe ..."

Leo schüttelte den Kopf.

Der Galerist legte seinen Arm um Leo und schlug einen väterlichen Ton an. „Leo, wenn wir unser Schmuckstück da nicht rausholen, wird es Montag früh entdeckt werden, und das wollen wir beide nicht, oder? Ihr Vater, Ihr Großvater und vor allem Ihr Urgroßvater würden in ihren Gräbern rotieren, also bitte ..."

Leo schaute ängstlich auf die Fassade. Langsam wurde er weich. So schwer konnte das nun wirklich nicht sein, und mit der Treppe im Hotel war es ja schon viel besser geworden. Ziegelstein hatte Leo fast überredet.

„Schauen Sie, der dicke Putz, das ist wie eine Treppe, da spazieren Sie ganz gemütlich rauf. Mit dem Regenrohr als Geländer. Dann gehen Sie auf dem breiten Sims rüber zum Fenster und hebeln es auf. Wissen Sie, was das Großartige an alten Autos ist? Die hatten noch ein vollständiges Bordwerkzeug. Hier ..." Er präsentierte Leo einen überdimensionierten Schraubenschlüssel. „Wenn Sie das Fenster damit nicht aufkriegen, fress ich einen Besen. Oder meinetwegen auch den Schraubenschlüssel." Er lachte, wie er es immer tat, wenn er einen seiner schlechten Scherze gemacht hatte.

„Ausgeschlossen. Das schaff ich nie!", unternahm Leo einen letzten Versuch, aber Ziegelstein ließ nicht locker.

„Wieso? Sie sind doch gut in Schuss! Machen Sie einfach die Augen zu und denken Sie an die zehn Millionen."

Leo schluckte. Nach einer kleinen Pause nahm er Ziegelstein entschlossen den Schraubenschlüssel ab und steckte ihn in seinen Gürtel. Bevor er das Regenrohr ergriff, drehte er sich nochmal zu dem Galeristen um. „Eins sag ich Ihnen. Wenn die Sache schiefgeht, dann …"

„Was soll denn da schiefgehen?", fragte Ziegelstein. „Ich hab vollstes Vertrauen zu Ihnen."

Todesmutig ergriff Leo das Regenrohr und setzte den rechten Fuß in eine Aussparung im florentinischen Bossenputz. Er zog sich einen halben Meter hoch und wurde mutiger. Auch der linke Fuß fand einen guten Halt im Putz. „Nicht nach unten sehen …", beschwor Leo sich selbst. War es der Mut der Verzweiflung oder einfach die Tatsache, dass er Ziegelstein beweisen wollte, wer eigentlich der Boss war – Leo verspürte plötzlich einen nie gekannten Willen und kletterte ein paar Stufen höher. Der Galerist sah ihm begeistert zu, klatschte lautlos in die Hände und hielt Leo beide erhobenen Daumen hin.

„Super, Leo, geht doch!", rief er dem Kletterer wider Willen aufmunternd zu, aber der traute sich nicht, nach unten zu sehen und war gänzlich anderer Meinung.

„Das ist zu hoch, das ist echt viel zu hoch …"

Ziegelstein rümpfte die Nase. „Zwei Meter?"

Leo hing tatsächlich nur zwei Meter über dem Boden. An einer Abzweigung des Regenrohrs, in dessen Nähe zusätzlich ein Blitzableiter die Fassade zierte, griff er beherzt hinter das Rohr, um sich weiter hochzuziehen. Er blinzelte nur einen winzigen Augenblick nach unten, da passierte es. Das Regenrohr, die ausufernde Fassade, das Straßenpflaster, alles begann zu schwanken, und mittendrin tanzte Ziegelstein mit einer trüben Straßenlaterne einen wilden Ausdruckstanz, der in den 20er-Jahren in jedem Varieté Furore gemacht hätte. Leo wusste nicht mehr, wo oben und wo unten war. Er wusste nur, dass die Erinnerung an Thom plötzlich sein ganzes Denken beherrschte.

◆◆◆

2. SEPTEMBER 2006 – SAMSTAG

Eigentlich waren Leo und Thom schon ein bisschen zu alt für solche Aktionen. Aber sie hatten sich vor Jahren in einem pubertären Anfall von antibürgerlichem Protestgehabe geschworen, irgendwann einmal ein riesiges Graffiti auf die Großhesseloher Brücke zu sprayen, hoch über der Isar bei München Grünwald. Sie wollten mit einem politisch provokanten Slogan die Gäste der sehr beliebten und sehr teuren Isar-Floßfahrten ärgern.

Die Herausforderung beim Projekt „Brücke-Provokation" war, dass Leo seit dem frühen Tod seiner Mutter unter einer traumatischen Höhenangst litt, ein Thema, über dass er selbst mit seinen engsten Freunden nicht sprach. Er hatte zahlreiche Traumatherapien hinter sich gebracht, alles vergebens. Die „Seelenklempner" hatten nur gut an ihm verdient.

Das Brückenprojekt war schon beinahe in Vergessenheit geraten, da spielten den beiden Jungs zwei Zufälle in die Karten. Einerseits hatte Leo herausgefunden, dass seine Höhenangst komplett verschwand, wenn er bekifft war, zudem erfuhren die beiden voller Freude von der Auslosung des damaligen DFB-Pokals.

Der von ihnen vergötterte Fußball-Regionalligist FC St. Pauli war in der 1. Runde des Wettbewerbs dem übermächtigen und von den beiden Freunden zutiefst verachteten „Bonzen-Verein" Bayern München zugelost worden. Das Spiel war auf Samstag, den 9. September, angesetzt. Am Sonntag davor, das wussten Leo und Thom, würden noch ein paar zünftige Isar-Flöße unter der berühmten Eisenbahnbrücke hindurchschippern.

Verschärfend kam hinzu, dass die zwei geplanten St.-Pauli-Totenköpfe auf der „Selbstmörderbrücke" nicht nur die reiche Schickeria auf den Flößen fuchsen würden – auch die Ultras von Bayern München hatten sich vor einigen Jahren unpassenderweise selbst den Namen „Schickeria" verpasst.

„Ein Totenkopf für die Schickeria und der andere für die andere Schickeria", freute sich Thom. „Und dazwischen ein geiler Spruch!", ergänzte Leo. Damit war die Aktion eine beschlossene Sache.

Leo und Thom packten reichlich Spraydosen in ihre Rucksäcke und trampten nach Bad Tölz, wo sie die Regionalbahn Richtung Großhesselohe nahmen. Es erübrigt sich anzumerken, dass sie schwarzfuhren, das gehörte zur Berufsehre der Sprayer. Kurz vor ihrer Ankunft fuhr der Zug in 31 Metern Höhe über die Isar. Leo und Thom schauten hinunter auf den Fluss und klatschten sich ab. Kontrolliert wurden sie nicht.

In Solln mussten sie in die S-Bahn umsteigen und eine Station zurückfahren, um zum Isartalbahnhof in Großhesselohe zu gelangen. Von da aus war der Weg zur Brücke nicht mehr weit.

Im Rahmen des Neubaus der Brücke in den 80ern hatte man den Fußgängerweg unter die Gleise verlegt und vergittert, um der bei Todeswilligen beliebten Brücke ihren Schrecken zu nehmen. Ein Sprung in die Isar war nur noch möglich, wenn man vorher mit einem Bolzenschneider das Gitter durchtrennte.

Bevor sie sich auf den Weg machten, hatten die beiden den Fahrplan der Bahn gewissenhaft studiert. In den Nachtstunden zwischen drei und vier Uhr fuhren keine Züge über die Brücke, sie hätten Ruhe für ihre Aktion. Bis dahin war also noch genug Zeit für ein Picknick mit Blick ins romantische Isartal und einen anschließenden fetten Joint.

Um kurz nach drei liefen sie über die Eisenbahngleise oberhalb des Fußgängerkäfigs zur Mitte der Brücke. Thom stichelte ein bisschen gegen seinen Freund, ob er auch sicher sei, seine Höhenangst im Griff zu haben. Leo setzte sich auf das Brückengeländer, sah furchtlos hinunter, breitete seine Arme aus und rief: „Ey, Digga, I'm the king of the world!"

Von der Mitte der Brücke aus ließen sie sich mühelos ein paar Meter herab, um ihr Werk zu beginnen. Dafür hatten sie sich mit Bergsteigerseilen und -karabinern ausgestattet.

Sie klinkten die Karabiner ein, führten die Seile hindurch und knoteten sich kichernd an Füßen und Bauch fest. Die Stimmung war großartig, die beiden Freunde hielten es vor Lachen kaum aus.

Wenig später hingen sie wie zwei Bungeespringer an ihren im Rausch um die Füße geknüpften Seilen kopfüber vom Brückengeländer herab. Sie schüttelten ihre Spraydosen und jubelten siegesgewiss. Es war zwar nicht ganz einfach, den umgedrehten Dosen Farbe zu entlocken, doch nach einigen Versuchen gelang auch dies.

Die Totenköpfe, samt der dazugehörigen gekreuzten Knochen, waren schnell gesprüht. Jetzt galt es, die Buchstaben in die richtige Reihenfolge zu bringen, was ihnen über Kopf und in ihrem Zustand nicht leichtfiel. „Fuck Bayern – St. Pauli forever!" war die verabredete Losung, eingerahmt von den zwei Totenköpfen, dem Fansymbol der Kiezkicker.

Leo war für den ersten Teil verantwortlich und sprühte ein rot leuchtendes „Fuck" an die Eisenträger. Thom kümmerte sich um den Regionalligisten und kam flotter voran.

Als Leo mit dem Wort „Bayern" fertig war, hielt er Thom feixend seine Hand zum Abklatschen hin. Thom schaukelte zur Seite und klatschte Leo ab. Er bewegte sich etwas zu heftig, sodass sich der Knoten seines Halteseils lockerte. Thom schwang zurück, setzte die Farbdose an und begann zu sprühen

„for…", dann löste sich das Seil an seinem Gürtel und drohte oben durch den Karabiner zu rutschen. Thom schrie auf und versuchte, das Seil zu halten, aber es entglitt ihm.

Seine Spraydose fiel ihm aus der Hand und nahm das „… ever" mit in die Tiefe.

Leo griff vergeblich nach dem wild tanzenden Seil, erwischte jedoch nur Thoms linken Fuß. „Ich hab dich", rief er seinem Freund zu. Aber er ahnte, dass seine Kräfte nicht ausreichen würden, um den viel zu schweren Thom zu sich heraufzuziehen.

Thom versuchte, sich nach oben zu beugen und Leos andere Hand zu greifen, kam aber nicht an sie heran. Seine Augen erstarrten in Todesangst.

„Ich … Thom …!" Leo gelang es, mit beiden Händen Thoms Bein am nackten Knöchel zu packen. Seine Handflächen wurden schweißnass und seine Muskeln begannen zu zittern.

Mit einer letzten, verzweifelten Bewegung versuchte Thom, eine Brückenstrebe zu ergreifen, dabei rutschte sein Bein aus Leos Händen.

Leo musste mit ansehen, wie sein bester Freund ihn verließ. Dessen angsterfüllte Augen und Thoms stummer Schrei würden ihn sein Leben lang nicht mehr loslassen.

Thom klatschte in die rauschende Isar und war auf der Stelle tot.

Leo war wie gelähmt. War das nur ein böser Traum, eine Halluzination durch zu starkes Haschisch oder hatte er gerade zum zweiten Mal in seinem Leben einen geliebten Menschen durch einen Sturz in den Abgrund verloren?

Erst langsam löste sich seine Starre. Obwohl sich die Brücke und der Fluss plötzlich wie wild zu drehen schienen, gelang es Leo mit letzter Kraft, sich hinauf zum rettenden Geländer zu ziehen. Dort oben saß er zusammengekauert und von Schuldgefühlen gepeinigt, bis ihn in den frühen Morgenstunden ein Bahnbeamter fand und von ihm das ganze Ausmaß der Katastrophe erfuhr.

Die Polizei lieferte das Häufchen Elend bei seinem Vater ab, der wenig Verständnis für Leos Schmerz hatte und ihn mit Vorwürfen überhäufte. Dass sein Sohn gerade zum zweiten Mal ein schweres Trauma davongetragen hatte, interessierte ihn wenig. Die im Rausch überwunden geglaubte Höhenangst kehrte in Leos Seele zurück, schlimmer als je zuvor.

Für Leo begann nach dem Unfall eine Zeit des Umbruchs. Er brauchte lange, bis er den Tod seines besten Freundes verarbeitet hatte.

Eines Tages ging er an dessen Grab und schwor Thom und sich, ab heute alles anders zu machen. Keine Joints mehr, kein Alkohol, keine Ekstasen und keine Graffiti.

Leo ließ sich die Haare abschneiden, wurde extrem ordentlich und holte sogar sein Abitur nach. Anschließend bewarb er sich für ein Designstudium an der eher konservativen Kunsthochschule Burg Giebichenstein in Halle.

Er wurde mit Kusshand angenommen und stürzte sich in die Arbeit. Eine Spraydose nahm er nie wieder zur Hand, und seine „psychedelischen" Abstraktionen auf Häuserwänden mochte er nicht mehr ansehen. Jedes Ornament war ihm fortan ein Verbrechen, er erklärte Kasimir Malewitschs „Schwarzes Quadrat" zu seinem absoluten Lieblingsbild. Nur gerade Linien und klare, schlichte Formen, so dachte Leo damals, könnten ihn retten.

IMMER NOCH FREITAG – NACHT

„Ein Freund, ein guter Freund, das ist das Beste, was es gibt auf der Welt …", trällerte Toto vor sich hin, während er auf dem Bett lümmelte und sein Blasrohr putzte. Toto hatte ein Faible für alte deutsche Filme, besonders für die aus der großen Zeit zwischen der Einführung des Tonfilms und der Machtergreifung der Nazis. Manchmal träumte er sich in eine dieser alten Komödien hinein, als Willy Fritsch oder genauso gerne als Lilian Harvey.

„Brauchst du noch lange?", zischte Zäk, der eine kleine lederne Werkzeugtasche mit filigranem Einbrecherwerkzeug packte.

„Bin gleich fertig", säuselte Toto, „… Et voilà!" Er schaute prüfend durch das Rohr aus Edelstahl und schob einen winzigen Pfeil hinein.

Zäk warf einen skeptischen Blick auf das Blasrohr. „Und das hinterlässt wirklich keine Spuren? Ich hab keine Lust, dass meine ganze Vorarbeit umsonst war. Nie vergessen, ich bin das Gehirn, du bist der Hirni."

„1A-A-Amazonas-Indio-Gift! Wi-wirkt nach einer Sekunde und man schläft für ein paar Stunden wie ein Bä-Bär! F-falls uns jemand stört, versetzen wir ihn mit meinem Bl-Blasrohr in Ti-Tiefschlaf."

Zäk wollte ausnahmsweise einmal nett sein und machte seinem Freund ein Kompliment. „Ja, mein Süßer, wenn du auch sonst nichts kannst, blasen kannst du …" Er schaute auf seine Uhr. „Abflug in zehn Minuten. Pünktlich."

Drei Zimmer weiter stand Julia an ihrem Waschtisch und putzte sich die Zähne. Sie hatte sich in der Zwischenzeit etwas beruhigt und ärgerte sich darüber, dass sie durch ihren Wutanfall so viel von sich offenbart hatte. Das nächste Mal würde sie souveräner reagieren.

Ihre elektrische Zahnbürste war gerade damit beschäftigt, die obere Zahnreihe einzuschäumen, als ihr Handy klingelte. Sie spuckte aus und ging ran. Es war Ziegelstein.

„Herr Ziegelstein, was kann ich für Sie tun?"

Ziegelstein stand auf der nächtlichen Straße vor dem Kultusministerium und flüsterte in sein Handy. Schräg über ihm hing Leo in einer grotesken Verrenkung zusammengekrümmt am Fallrohr, seine Jacke hatte sich am Rohr verheddert und war eingerissen, er klemmte fest – ein Bild des Jammers.

„Sie müssen sofort herkommen. Es ist ein Notfall, sonst würde ich so spät nicht anrufen. Herr Sailer hat sich beim Klettern …"

„Der ist geklettert?" Julia konnte es nicht glauben.

Anstatt zu antworten hielt Ziegelstein Leo das Handy hin. Der jammerte keuchend hinein: „Julia, bitte, ich hänge fest. Es geht nicht vor und nicht zurück! Bitte komm … schnell!"

Ziegelstein nahm sein Handy wieder ans Ohr. „Sie sind doch Bergretterin, wie mir Herr Sailer sagte. Nun retten Sie ihn doch bitte!"

„Auf welchen Berg ist er denn geklettert?", fragte Julia eher belustigt. Es gefiel ihr, dass sie Leo zappeln lassen konnte.

„Das erklären wir Ihnen alles, sobald Sie hier sind."

„Haben Sie schon versucht, seine reizende Kollegin zu kontaktieren? Wie wär's, wenn die ihn rettet? Oder ist die nur für horizontale Probleme zuständig?" Julia fand sich ziemlich lässig.

Ziegelstein verstand überhaupt nicht, worum es ging. Er wandte sich an Leo. „Frau Dehne schlägt alternativ Ihre horizontale Kollegin vor."

Leo winkte verzweifelt ab. „Nein, Julia soll kommen, bitte, bitte! Rette mich!"

„Sie hören ja selbst, Frau Dehne, es ist wirklich ernst. Herr Sailer ist kurz davor zu kollabieren. Also, Salvatorstr. 2 in München."

„Und bring deine Ausrüstung mit!", rief Leo.

Ziegelstein lauschte in sein Handy, dann drückte er das Gespräch weg. „Sie kommt. Aber *Sie* bringen ihr bei, was wir hier vorhaben."

Mit letzter Kraft widersprach Leo dem Galeristen. „Wieso, das war Ihre Idee."

In diesem Augenblick riss seine Jacke ein Stück weiter ein. Leo erschrak und sackte zwanzig Zentimeter tiefer. Sein Schlüsselbund rutschte ihm aus der Jackentasche und schlug laut klirrend auf dem Straßenpflaster auf. Ziegelstein schaute sich besorgt um, ob niemand etwas gehört hatte, und hob die Schlüssel auf. Leo klammerte sich noch verzweifelter an das Regenrohr.

Als Julia in voller Bergsteigermontur und mit geschultertem Rucksack die Treppe zur Lobby hinunterging, traf sie auf Zäk und Toto, die mit ihrer Werkzeugtasche ebenfalls auf dem Sprung waren, das Hotel zu verlassen. Zäk musterte sie. „So spät noch klettern?"

„Klar, bei dem Mond. Und Sie?" Julia gefiel, dass sie ihre alte Lockerheit wiederhatte.

„Spa-pazieren", stotterte Toto, und Zäk ergänzte: „Sternennacht über dem Kochelsee. Gibt's was Schöneres? Nach Ihnen, Gnädigste …"

Er hielt Julia galant die Tür auf, man ging gemeinsam nach draußen.

Leo hing noch immer am Fallrohr, mittlerweile mit dem Kopf nach unten wie eine Fledermaus. Zwei Meter unter ihm standen Julia und Ziegelstein. Julia konnte sich ein Lachen nicht verkneifen.

„Deswegen ruft ihr die Bergrettung?"

„Können wir das vielleicht später ausdiskutieren?", fragte Leo kopfüber.

Mit ein paar beherzten Zügen schwang sich Julia an der Fassade nach oben, um Leo zu befreien. Sie hielt sich mit einem professionellen Bergsteigergriff an dem Regenrohr fest, legte ihm mit der freien Hand ein Rettungsgeschirr an und sicherte ihn mit einem Seil und Karabinern.

„Helm?", fragte sie schmunzelnd.

„Ja, bitte", kam es kläglich zurück.

Julia klinkte einen Helm ab, der an ihrem Gürtel baumelte, und setzte ihn Leo auf. Leo war an sich kein unattraktiver Mann, mit dem roten Helm auf dem Kopf sah er allerdings selten dämlich, gleichzeitig aber auch extrem erleichtert aus. Er bedankte sich leise. Julia sah ihn scharf an und zeigte mit zwei Fingern auf ihre Augen. „Und jetzt: Blickkontakt."

Leo schaute unsicher zwischen Julia und dem Zweimeter-Abgrund hin und her. „Was ist, wenn ich abstürze?"

„Hier bin ich! Und so was baut Heißluftballons …", versuchte Julia, seine Aufmerksamkeit auf sich zu lenken. Sie griff in ihre Chalk-Tasche am Gürtel, ließ die Leine durch ihre Finger gleiten und seilte Leo langsam ab, der vor Angst die Augen schloss.

Als er unten ankam, erschrak er. „Bin ich unten?"

Julia sprang von der Fassade herunter und landete neben Leo. Blitzartig zog sie ihr Rettungsseil hinter dem Regenrohr hervor und befreite Leo aus seinem Geschirr.

„Danke, Julia, danke, das war so was von … Und nochmal wegen vorhin … Du hast das missverstanden. Da war nichts, also wirklich rein gar nichts …"

Julia ignorierte Leos Versuch einer Entschuldigung, packte ihre Utensilien in ihren Rucksack und fragte die beiden: „Was treibt ihr hier eigentlich?"

Leo nahm seinen Helm ab, überreichte ihn Julia und schaute Ziegelstein auffordernd an. Der schaute ebenso auffordernd zurück. Schließlich nahm Leo all seinen Mut zusammen und begann, ein Teilgeständnis zu stammeln. „Es ist … wegen des Bildes … in der Galerie ist was Saublödes passiert. Nicht wahr, Herr Ziegelstein?"

„Ja. Versehentlich wurde statt der Kopie der Kandinsky ins Ministerium geliefert. In der falschen Kiste … sozusagen. Und jetzt ist er da oben."

Julia schaute Ziegelstein fragend an. „Wie? Der Kandinsky in der Kiste vom Bellagio?? Was …"

„Wie auch immer …", unterbrach er sie und deutete auf das angekippte Fenster im zweiten Stock. Julia schaute nach oben, begriff aber immer noch nicht, worum es ging.

Leo beugte sich zu ihr. „Wir müssen den da wieder rausholen", flüsterte er ihr eindringlich ins Ohr, „bevor die ihn Montag früh entdecken. Und du bist doch so toll im Klett…"

„Moment mal, ich soll einen echten Kandinsky aus dem Kunstlager des Ministeriums klauen?", fuhr sie dazwischen.

Ziegelstein versuchte zu vermitteln. „Klauen ist juristisch nicht ganz korrekt, Frau Dehne. Das Bild gehört ja Herrn Sailer."

„Genau", ergänzte Leo erleichtert und übertrieben arglos. „Wir holen es nur zurück. Und dann packen wir dafür das richtige Bild, also die Kopie, also den Bellagio, schwuppdiwupp in seine dazugehörige … richtige Kiste. Und bekommen am Montag die Ausfuhrgenehmigung."

Ziegelstein stierte plötzlich verunsichert zu Boden, biss sich auf die Lippen und stammelte: „Das, äh, müsste allerdings …"

Leo hatte Ziegelsteins Verunsicherung nicht bemerkt und wedelte wie ein Zauberkünstler zufrieden mit den Händen. „Bellagio – Bellagio-Kiste – alles paletti." Er schaute Julia siegessicher an. Die schaute zu Ziegelstein. Der verzog peinlich berührt das Gesicht und räusperte sich. „Das … ähm … wir müssten für den Austausch allerdings vorher … nochmal für ein paar Minuten … in meine Galerie …"

Leo glaubte nicht richtig gehört zu haben. „Sagen Sie bitte nicht, Sie haben die Kopie nicht dabei …"

Statt einer Antwort lächelte Ziegelstein verlegen. „Na ja, ich hab mir das genau überlegt", log er, „allein schon wegen des Lichts und um ganz sicher zu …"

Julia verdrehte die Augen. „Ihr Freaks!"

◆

Toto war äußerst geschickt mit den winzigen filigranen Edelstahl-Haken, die ihm Zäk aus der Werkzeugtasche anreichte. Obwohl das Türschloss der Galerie Ziegelstein relativ neu war, gelang es Toto in kürzester Zeit, es zu öffnen. Er gab Zäk das Werkzeug zurück und umfasste gespannt den Türknauf, der sich mühelos drehen ließ. Toto war sehr stolz. „Ich ka-kann eben nicht nur b-blasen …"

Zäk klopfte ihm anerkennend auf die Schulter. „1A, Puschel." Dann schlüpften sie in die Galerie.

Im Schein einer Taschenlampe durchsuchten sie erst den Hinterraum der Galerie, fanden aber außer der leeren Piccoloflasche und der ausgetrunkenen Champagnerflöte nichts. Zäk wollte Toto gerade eine Szene machen, da fiel dessen Blick auf die im Lager am Boden stehende Kandinsky-Kiste. „Da, da-das isser."

Sie näherten sich der Bilderkiste und leuchteten auf das Etikett. „Wassily Kandinsky – Sternennacht über dem Kochelsee", las Zäk und konnte vor Begeisterung gar nicht an sich halten. Er ballte die Fäuste und boxte vor sich in die Luft, wie ein Fußballer, der in der letzten Minute der Verlängerung das entscheidende Tor in einem Finale geschossen hatte. „Toto, ich nehm alles zurück. Du bist ein Genie!" Er nahm Totos Kopf in die Hände und drückte ihm einen schmatzenden Kuss auf die Stirn.

Toto beugte sich mit einem erfreuten „Ka-Ka…" zu der Kiste hinunter und wollte sie packen, aber Zäk hielt ihn fest. „Nicht die ganze Kiste, du Idiot! Wir nehmen nur das Bild, damit keiner was merkt."

„Schlau … d-du bist auch ein Genie." Sie öffneten die zwei Schnappverschlüsse und zogen den Bellagio vorsichtig aus der Kiste. Dann verschlossen sie die Kiste wieder sorgfältig, löschten das Licht ihrer Taschenlampe, schlichen im Dunkeln rasch aus der Galerie und sperrten sogar hinter sich ab.

✦

Leo stand mit Ziegelstein Julia gegenüber und beendete gerade seinen letzten Versuch, sie zur Mitarbeit bei dem heiklen Vorhaben zu überreden. „Glaub mir Julia, du bist unsere einzige Chance. Außerdem bin ich dein Chef", fügte er unsicher hinzu.

Der Witz kam bei Julia gar nicht gut an, aber sie hatte nachgedacht. Wenn die Beamten des Ministeriums am Montag den originalen Kandinsky entdeckten, könnte sie sich ihre Provision und somit ihr Praktikum bei der UNESCO in die Haare schmieren. Und was sollte schon passieren? Leo war ja tatsächlich der rechtmäßige Eigentümer des Bildes. Sie wandte sich an Ziegelstein. „Okay, wenn Sie mir versprechen, dass Sie die Kopie sofort herholen, bin ich ausnahmsweise dabei."

Erleichtert rannte der Galerist zu seiner beleidigten Schildkröte und warf den Motor an. Diesmal gelang es auf Anhieb. Er gab Gas und verschwand in einer schwarz-blauen Wolke in die Münchner Nacht.

Julia baute sich vor Leo auf. „Und wehe, du hast mir über diese Conny nicht die Wahrheit erzählt …"

„Julia, wenn das hier vorbei ist, dann … und wenn das Hotel erstmal wieder … dann … dann könnten wir vielleicht ganz in Ruhe …" – „Über meine Provision reden?", gab sie überlegen zurück. Insgeheim jubelte sie darüber, wie sehr sie über den Dingen stand.

Während Leo um eine Antwort rang, legte Julia mit sicheren Griffen ein Seil um das Regenrohr und kletterte behände wie Spider-Man die Fassade empor.

Leo winkte ihr mit Ziegelsteins Schraubenschlüssel hinterher, aber sie war bereits an dem Kippfenster angekommen und begann, mit einem Kletterhaken die Fensterverriegelung zu öffnen. Leo war perplex, wie ein Mensch sich derart sicher in der Senkrechten bewegen konnte. Seine Bewunderung für Julia stieg ins Grenzenlose.

Nachdem sie das Fenster geöffnet hatte, stieg Julia tatsächlich in das Kunstlager des Bayerischen Staatsministeriums für Wissenschaft und Kunst ein. Hätte ihr vor einer Woche jemand gesagt, dass sie in ihrem Leben so etwas tun würde, hätte sie denjenigen glatt für verrückt erklärt. Sie zog einige Meter Seil ins Zimmer, führte es um einen Heizkörper herum und ließ beide Enden wieder aus dem Fenster.

Mit der Taschenlampe ihres Handys beleuchtete sie den dunklen Lagerraum. In großen Regalen waren die unterschiedlichsten Kunstgegenstände ordentlich abgelegt und beschriftet. Mittelalterliche Bierkrüge fanden sich ebenso wie moderne Bronzeplastiken und chinesisches Porzellan. An einer Wand lehnten die Bilder. Julia brauchte nicht lange, um die falsch gelabelte Kiste mit dem Kandinsky zu finden. „Wirklich Freaks", murmelte sie, als sie das Label „Wolfgang Bellagio – Sternennacht über dem Kochelsee" las.

Ziegelstein war viel zu durcheinander, um zu bemerken, dass sein Schlüssel in der Eingangstür der Galerie leicht hakte. Er stürzte atemlos durch den Ausstellungsraum und den Hinterraum und packte die verschlossene Kandinsky-Kiste, in der er den Bellagio vermutete. Dass sie leichter war als noch vor Stunden, fiel ihm in seiner Erregung nicht auf. Zumindest versäumte er diesmal nicht, sein Geschäft gleich abzuschließen.

Julia hatte mit großem Geschick aus ihrem Seil eine Art Flaschenzug gebastelt, an den sie die Bilderkiste mit dem Kandinsky gehängt hatte. Vorsichtig seilte sie die kostbare Fracht aus dem Fenster nach unten ab, wo Leo ängstlich um sich blickte, ob sie niemand beobachtete.

„Aufpassen, Leo, vorsichtig, ganz langsam …", warnte sie ihn, als die Kiste dicht über ihm schwebte. Sie traute ihrem Chef beim Pferdestehlen nicht viel zu, aber Leo stellte sich erstaunlich geschickt an.

„Okay, ja, weiter, noch ein kleines Stück … Ich hab sie. Julia, du bist großartig! Danke! Also, mit dir könnte ich so was glatt öfters ma…"

Er wurde durch Ziegelsteins Ankunft unterbrochen. Der Galerist hatte die Kandinsky-Kiste in Händen und war komplett außer Atem. Er keuchte nur heiser: „Hier." Damit stellte er die Kiste ab und setzte sich erschöpft darauf.

Julia lugte oben aus dem Fenster. „Was wird das da unten? Frühstückspause? Es wäre schön, wenn ich hier bald wieder rauskäme!" Sie verschwand vom Fenster, um keinesfalls gesehen zu werden.

„Sekunde!", rief Leo ihr leise zu, band die Bellagio-Kiste los, öffnete sie und zog den Kandinsky heraus. Er vergewisserte sich, dass die Sterne golden waren und umklammerte das Bild innig. „Los, geben Sie mir die Kopie", drängte er Ziegelstein.

Der erhob sich stöhnend und öffnete die Schnappverschlüsse seiner Kiste. Was er sah, ließ ihn erstarren. Die Kiste war leer. „Ach du Scheiße …", hauchte er. „Wo …?" Er ließ sich entgeistert auf die Bellagio-Kiste fallen.

Leo schaute zunehmend nervöser zwischen dem kostbaren Original in seiner Hand, der offenen Kandinsky-Kiste und dem Fenster im zweiten Stock hin und her. Julia hatte augenscheinlich vom Fehlen des zweiten Bildes noch nichts mitbekommen.

Ziegelstein bekam es mit der Angst zu tun, was ihn aber scheinbar inspirierte. „Egal." Er sprang von seiner Kiste auf, verriegelte die Schnappverschlüsse und rief nach oben: „Moment, ist gleich soweit!" Dann nahm er die leere Bellagio-Kiste und band sie unten an Julias Seil.

„Aber ...", protestierte Leo flüsternd. – „Psst!", zischte Ziegelstein und wandte sich wieder an Julia, die oben im Fenster erschien. „Alles okay, Bild ist drin!" Er schaute Leo mit schmalen Augen an. „Geben Sie her." Der Galerist nahm dem verdutzten Leo den Kandinsky ab und schob ihn vorsichtig in die dazugehörige, nunmehr richtige Kiste. Er atmete erleichtert aus, nahm auf der Kiste als Wachhund Platz und wischte sich den Schweiß von der Stirn.

Leo war schockiert über Ziegelsteins dreiste Lüge. Er rüttelte ihn an den Schultern. „Wo ist der Bellagio?"

Ziegelstein zuckte mit den Achseln und antwortete mit wirrem Blick: „Keine Ahnung."

Es war Julia anzumerken, dass sie über ihre Beteiligung an der nächtlichen Aktion mehr als unglücklich war. Als sie die Bilderkiste herauf zog, betete sie unablässig kleine Flüche und Beleidigungen vor sich hin: „Männer … Vollidioten … Amateure … nicht zu fassen …" Dennoch folgte sie den Anweisungen des geldgeilen Galeristen, nicht ahnend, dass er – und Leo – sie schamlos belogen hatten.

Sie stellte die Kiste genau an den Ort, an dem sie vorher gestanden hatte und wollte gerade zurück zum Fenster gehen, da hörte sie hinter einer Tür den Gesang eines Mannes. Atemlos blieb sie stehen und spitzte die Ohren. Ein dunkler Bariton schmetterte sehr falsch und sehr bayerisch den Beginn des zweiten Aktes aus „Lohengrin" – *„Erhebe dich, Genossin meiner Schmach! Der junge Tag darf hier uns nicht mehr seh'n."* – Die Stimme gehörte offenbar einem Wachmann auf seinem Rundgang. In der Milchglasfüllung der Tür wurde der Schein seiner Taschenlampe sichtbar. Als der Lichtschein wieder verschwand und der Wachmann sich zu entfernen schien, tastete sich Julia im Dunkeln zum Fenster. Dabei stieß sie versehentlich an die Bilderkiste, die umkippte und aufsprang. Der Gesang des Wachmannes brach ab, der Lichtschein seiner Lampe erschien erneut in der Milchglastür. Durch die trübe Beleuchtung konnte Julia gerade noch sehen, dass die Kiste leer war, dann ergriff sie die Flucht, während der Wachmann jenseits der Tür mit seinem Schlüsselbund klapperte und fortfuhr – *„Du fürchterliches Weib, was bannt mich noch in deine Nähe?"*

Julia seilte sich blitzartig vom Fenster ab und sprang die letzten Meter nach unten. „Los, weg hier!", befahl sie den beiden Männern, während sie ihr Kletterseil barg.

Leo und Ziegelstein bugsierten den Kandinsky in den Citroën. Der Galerist betete, dass die alte Göttin anspringen möge. Sein Gebet wurde erhört, er gab Gas und raste los, gefolgt von Leo und Julia in ihrem Peugeot.

Der Wachmann hatte endlich den richtigen Schlüssel für die Tür gefunden und in dem Lagerraum das Licht angeschaltet. Die nächsten Zeilen seines Gesanges blieben ihm im Halse stecken – *„Warum lass ich dich nicht allein und fliehe fort …"*

Zu seinem großen Befremden fand er nicht nur ein offenes Fenster, sondern auch eine umgestürzte, leere Bilderkiste, die Indizien schienen eindeutig. Als Erstes eilte er zum Fenster und prüfte, ob er noch jemanden auf der Straße sah, aber außer einer schwarzen Katze war um diese Zeit niemand mehr unterwegs. Der Wachmann machte ein Handyfoto von dem geöffneten Fenster, dann schloss er es und inspizierte die Bilderkiste. „Aha, ‚Wolfgang Bellagio – Sternennacht über dem Kochelsee‘.“ Er machte ein weiteres Foto von der Kiste, stellte sie ordnungsgemäß an ihren Platz, schaute auf seine Uhr und notierte auf einem kleinen Block, den er in seiner Uniform bei sich trug, die Uhrzeit. Dann rief er die Polizei an.

„Ja, grüß Gott, entschuldigt’s die späte Störung, Kollegen, hier Landsberger, Xaver, Wachdienst vom StMWK, München … Was? … Ach so, Staatsministerium für Wissenschaft und Kunst. Bei uns wurde vermutlich eingebrochen … Jawohl, es fehlt ein Bild. Vermutlich …“

✦

Julia konnte sich nicht erinnern, jemals so wütend gewesen zu sein. Sie fühlte sich benutzt, belogen und betrogen. Am meisten aber ärgerte sie, dass sie Leo vertraut hatte. Sie konnte ja nicht wissen, dass auch Leo nur ein Spielball von Ziegelsteins Interessen war. Und letztlich war auch der nur ein armes Würstchen, das versuchte, seine gepflegte Haut zu retten.

„Lauter Lügen!“, tobte sie, als sie hinter Ziegelstein durch die Stadt rasten. „Erst vögelst du wie ein Weltmeister mit deiner Kollegin rum und erzählst mir, da war nichts. Dann überredest du mich, für dich ein Bild zu klauen … was natürlich kein Diebstahl ist, weil das Bild ja dir gehört und weil man ja ein anderes, bedauerlicherweise nicht vorhandenes Bild dafür dalässt … Und ich bin so bescheuert, dir das alles zu glauben!“

Sie machte eine kleine Atempause, die Leo zu seiner Verteidigung nutzte. „Ziegelstein hat mich reingelegt, außerdem klärt sich das bestimmt gleich auf, also das mit der Kopie … Die muss ja in der Galerie sein."

„Meinetwegen, aber das nächste Mal kletterst *du* da hoch und bringst sie zurück!"

Ziegelstein fuhr seinen Oldtimer nicht einmal in die Garage, sondern parkte ihn direkt vor der Galerie, so sehr war er in Eile. Mit zitternden Fingern schloss er die Tür auf und ging hinein. Leo und Julia folgten ihm. Leo setzte sich auf die Kandinsky-Kiste und gähnte, er war mittlerweile zu müde, um klar denken zu können.

Ziegelsteins hektische Suche nach dem gestohlenen Bellagio glich einer Mischung aus archaischem Fruchtbarkeitstanz und dem Balzverhalten papuanischer Paradiesvögel, die, um ein Weibchen zu beeindrucken, ganze Urwaldlichtungen penibel umpflügen und säubern. Der Galerist hüpfte in seiner Verzweiflung durch die Räume, ordnete alles, was irgendwo herumlag und das verschwundene Bild hätte verdecken können, und raufte sich die Haare. Zwischendurch hielt er, dramaturgisch sehr überzeugend, kurz inne, überlegte, wo er noch suchen könnte und düste anschließend ähnlich ekstatisch durch den Ausstellungsraum, den Hinterraum und das Lager.

Schließlich ließ er sich entkräftet in seinen Schreibtischstuhl fallen. „Weg! Einfach weg. Das gibt's nicht!" Er hätte zu gerne einen Schluck Champagner getrunken, musste jedoch enttäuscht feststellen, dass sein Glas leer war.

Leo blickte besorgt auf das Häufchen Elend und hielt mit beiden Händen die Kiste unter sich fest. „Vielleicht nehmen wir den Kandinsky doch lieber mit", raunte er Julia zu.

Julia raunte zurück: „Damit Farkas ihn konfisziert? Ich fürchte, der ist sogar hier sicherer."

Leo stand auf, bat Julia, sich auf die Kiste zu setzen und ging zum fassungslosen Galeristen. „Herr Ziegelstein, können Sie denn garantieren, dass der Kandinsky bei Ihnen wirklich sicher ist? Ich meine …"

„Leo", unterbrach der ihn weinerlich, „wie lange kennen wir uns jetzt? Ich werde das Bild persönlich bewachen. Versprochen. Und am Montag bekommen wir so Gott will gleich früh morgens einen Anruf vom Ministerium, tja, und dann sage ich denen einfach, dass meine Mitarbeiterin vergessen hat, das Bild einzupacken. So was kann ja mal passieren. Und die sollen uns die leere Kiste einfach zurückschicken. Einbruch hin oder her, haben wir nichts mit zu tun. Danach sehen wir weiter, da fällt mir schon was ein."

Leo gähnte erneut und drehte sich fragend zu Julia um. Die machte ihm gestisch klar, dass es wahrscheinlich so am besten sei. Er zog Julia die Bilderkiste unter dem Hintern weg und stellte sie vor Ziegelstein hin. „Ich verlass mich auf Sie. Alles andere morgen, ich muss jetzt dringend ins Bett."

„Mit wem?", fragte Julia spitz.

Leo schaute sie mit müden Dackelaugen an. „Nimmst du mich mit?"

Während der nächtlichen Fahrt zum Kochelsee herrschte Funkstille in Julias Auto. Leo war gleich hinter der Münchner Stadtgrenze eingeschlafen. Julia empfand das beinahe als beleidigend. Wie konnte dieser Kerl sich nach alldem, was sie gerade für ihn getan hatte, einfach so in einen seligen Schlummer verabschieden? Die Wut stieg langsam wieder in ihr auf und entlud sich in einer rasanten Fahrt über die Landstraße.

Als sie nach einer guten Stunde auf dem Hotelparkplatz angekommen waren und Leo nach wie vor fest schlief, knallte sie die Fahrertür so heftig zu, dass Leo schlagartig aufwachte und einen Augenblick brauchte, um zu realisieren, dass sie zuhause waren. Julias Rucksack, den er als seitliches Kopfkissen benutzt hatte, fiel ihm in den Schoß.

Er legte den Rucksack auf die Rückbank, stieg aus und sah sich um. Julia war schon bei den Stufen zum Hotel angekommen. Leo lief ihr hinterher.

„Mensch Julia, da war nichts, wirklich!"

Er betrat direkt nach ihr die Lobby. Julia drehte sich zu ihm um. „Davon, dass du mir das immer wieder erzählst, wird's auch nicht besser."

„Aber was …?", greinte er.

„Hör mir gut zu. Bist du wach?" Leo nickte und gähnte. „Es ist ganz einfach. Schmeiß sie raus!"

„Wen?"

Es war zum Verzweifeln mit ihm. „Deine schnuckelige Kondom-Testerin!"

Leo wollte etwas sagen, aber Julia ließ ihn nicht zu Wort kommen. „Wenn ich zum Frühstück runterkomme und deine ‚Kollegin' läuft mir über den Weg, dann war's das mit uns. Privat und geschäftlich. Gute Nacht." Sie drehte sich auf dem Absatz um und ging zur Treppe.

Leo stand verloren in der Lobby und rief ihr hinterher: „Moment … die … die ist doch längst weg …"

Julia blieb stehen. Damit hatte sie nicht gerechnet. Leo trat auf sie zu und wurde eindringlich. „Ja, rauschender Abgang mit Türenknallen. Ich dachte, du hast das gehört." Er trat noch näher, nahm ihre Hände in seine und schaute ihr tief in die Augen. Der wunderschöne kleine braune Fleck in ihrem grünen rechten Auge ermutigte ihn zum Versuch einer Liebeserklärung. „Weißt du, eigentlich interessiere ich mich nur für … jedenfalls nicht für aufgetakelte Kondom … Test … Schnepfen. Ich bin nur nicht so gut in … in so Liebes … dingen …"

Für eine Sekunde wurde Julia weich und schaute Leo mitleidig an. „Wenn ich dich so sehe, bin ich fast geneigt, dir zu glauben …"

„Was soll ich denn noch tun?", brachte Leo mit letzter Kraft winselnd heraus.

„Schlaf dich erstmal aus." Damit ging sie die Treppe hinauf. Ohne dass Leo es sehen konnte, grinste sie in sich hinein und flüsterte: „Geht doch …"

Wenigstens hatte sie das letzte Wort behalten. Dass Leo ihr noch etwas zurief, hörte sie nicht mehr, dafür war er einfach zu leise.

„Danke …", seufzte er. Am liebsten hätte er sich in einem der verschlissenen Sessel in der Lobby schlafen gelegt, aber er schaffte es gerade noch, die Treppe zu bewältigen, stolperte in sein Zimmer und fiel angezogen aufs Bett.

◆◆◆

SAMSTAG

Am folgenden Morgen lag Ziegelstein, die Kandinsky-Kiste fest umklammernd, schnarchend auf seinem Schreibtisch. Er trug noch immer die Sachen vom Vortag. An seinem Kragen hatte sich durch einen nächtlichen Schweißausbruch ein schmaler feuchter Rand gebildet.

Josephine kam pünktlich um neun Uhr gut gelaunt zur Galerie und wunderte sich, dass ihr Schlüssel in der Eingangstür hakte. Noch mehr wunderte sie, dass direkt vor der Galerie die „Déesse" geparkt war.

Am meisten aber wunderte sie, dass sie Ziegelstein auf der Kiste schlafend vorfand. Normalerweise kam ihr Chef nie vor elf ins Geschäft.

Sie inspizierte das Türschloss, fand nichts Auffallendes und ging zu Ziegelstein, um ihn zu wecken.

Ziegelstein schreckte hoch und schaute Josephine mit glasigen roten Augen an. „Wo ist das Bild?"

„Welches Bild?" Josephine hatte keinen blassen Schimmer, wovon er sprach. Ziegelstein las verwirrt das Label auf der vor ihm liegenden Kiste und klappte den schmalen Deckel auf. Erleichtert stellte er fest, dass der Kandinsky noch da war. Sie begann sich Sorgen um ihn zu machen und deutete auf die Kiste. „Sie meinen den Kandinsky …?"

„Quatsch. Ich meine den Bellagio, die Kopie!" Langsam wurde er wach. „Oder hab ich das alles nur geträumt?" Wie in

Trance verschloss er die Kiste und stellte sie senkrecht hinter seinen Schreibtisch.

„Ich mach Ihnen erstmal einen schönen starken Kaffee." Josephine ging nach nebenan und warf die aufwendige, chromblitzende italienische Espressomaschine an. Sie betätigte mehrere Hebel und Drehventile, beobachtete das kleine runde Manometer und antwortete ihrem Chef beiläufig: „Den Bellagio hat Herr de Luca gestern ins Ministerium gebracht. Wir sollten …"

„Halt!", unterbrach Ziegelstein sie. „Wer hat was wann wohin?"

„Herr de Luca, Marco de Luca aus dem ‚Seeblick', der hat das Bild gestern im Ministerium abgeliefert. Hat er mir jedenfalls gesagt."

„Im Ministerium steht eine leere Kiste. Und das Bild aus der Kiste ist weg. Obwohl es vorher da war. Und zwar hier drin …" Ziegelstein klopfte auf die neben ihm stehende Kiste.

Während die Espressomaschine aufheizte, kam Josephine zurück und warf einen Blick auf die Kiste. „Nee, hier ist der Kandinsky drin, steht ja auch drauf. Und hinten im Lager …", sie linste beiläufig über ihre Schulter, „… da ist gar kein Bild mehr. Kann ja auch nicht."

Ziegelstein rollte wie ein Wahnsinniger aus einem Stummfilm die Augen und riss sie weit auf. „Dann ist die Kopie geklaut worden!"

Josephine zog es vor, sich der Zubereitung eines dreifachen Espresso zu widmen. Weniger hielt sie angesichts des Zustands ihres Chefs für unverantwortlich. Sie betätigte das Mahlwerk, da klingelte das Telefon. Josephine ging ran und säuselte geschäftsmäßig: „Galerie Ziegelstein, Dewawa, was kann ich für Sie tun? – Oh, Moment …" Sie deckte den Hörer ab und zog die Augenbrauen hoch. „Ein Herr Heinz. Von der Polizei."

„Geben Sie her", befahl Ziegelstein. Er räusperte sich, versuchte, gefasst zu klingen und sagte mit öliger Stimme: „Ziegelstein …"

Am anderen Ende der Leitung saßen sich zwei Polizisten in ihrem seit Jahren nicht mehr renovierten Büro im Polizeipräsidium an zwei zusammengeschobenen Schreibtischen gegenüber. Die Wandfarbe, die an einigen Stellen bereits abblätterte, stammte noch aus der Zeit, als die Uniformen braun und grün waren und war mit sicherer Geschmacklosigkeit auf die Kleidung der Beamten abgestimmt.

Das giftgrüne Plastiktelefon stand für beide erreichbar auf einem ausziehbaren Metallgestell mit Scherengitter. Peter Heinz hielt den Hörer in der Hand und stellte sich vor: „Polizei München, Heinz."

„Heinz?", fragte Ziegelstein irritiert zurück, „und weiter?"

„Nix weiter. Polizeikommissaranwärter Heinz. Spreche ich mit Herrn Ziegelstein? Von der gleichnamigen Galerie?"

„Ja, Heinz." Ziegelstein schaute fragend zu Josephine, die zuckte die Achseln. Unsicher wandte er sich wieder seinem Hörer zu. „Soll ich wirklich ,Heinz' sagen, also ,Du'?"

Heinz schaute zu seinem Kollegen Döllermann und machte eine Geste, als habe er es mit einem Irren zu tun. „Heinz, Peter", schnaubte er in den Hörer.

Ziegelstein machte zu Josephine, die den starken Kaffee in eine kleine Tasse laufen ließ, die gleiche Geste. „Vielleicht verraten Sie mir einfach, worum es geht, Herr Peter."

„Nein, Heinz! Mein Name ist Polizeikommissaranwärter Peter Heinz! Heinz ist mein Zuname! Hätten wir das endlich geklärt, Herr, äh … Ziegelstein?"

„Hans, Hans Ziegelstein. Ja. Was gibt's denn, Herr Peter … Heinz?"

„Bei uns ist heute Nacht eine vermutliche Diebstahlmeldung eingegangen."

„Ah ja? Was ist denn … weggekommen?" Ziegelstein spielte den Ahnungslosen.

„Gestohlen wurde vermutlich ein Ölgemälde mit dem Titel … Franz …"

„Franz?", fragte Ziegelstein.

„Nein, Franz …" Er winkte seinem Gegenüber, ihm ein Exemplar der Diebstahlmeldung zu reichen und putzte seine Lesebrille. Döllermann nahm eine Akte aus dem Ablagekorb und reichte das Dokument über den Schreibtisch. Heinz las ab: „Moment … Ja, hier, ‚Sternennnacht über dem Kochelsee‘."

Döllermann verglich Heinz' Aussage mit seiner Kopie der Diebstahlmeldung und nickte gewichtig mit dem Kopf. Dann trank er einen Schluck dünnen Filterkaffee aus einem Becher mit dem Aufdruck „I ♡ München" und schaute interessiert zu seinem Kollegen.

„Das Bild ist von dem Maler … Moment … Wolfgang Bel-la-gi-o."

„Bellagio, jaja", korrigierte Ziegelstein die fehlerhafte Aussprache des Polizisten. Er lauerte darauf, welche Details er noch erfahren würde und zermarterte sich das Hirn, wie er die Angelegenheit möglichst unauffällig hinter sich bringen konnte.

Heinz brummelte weiter in seinen Telefonhörer. „Die dazugehörige Transportkiste wurde seltsamerweise nicht entwendet, die ist noch im Ministerium. Mit dem Namen Ihrer Galerie darauf. Die zuständigen Stellen im Ministerium meldeten uns auch, dass Sie die Kiste eingereicht hätten. Ist das richtig?"

Ziegelstein dachte sich, es sei am besten, die Sache erst einmal zu verkomplizieren. „Das ist … teilweise richtig, ja. Vermutlich." Heinz stellte den Lautsprecher seines Telefons an, dass Döllermann mithören konnte. „Teilweise vermutlich?"

„Das Bild ist nicht von mir, also gemalt hat es ohnehin ein Maler, aber der Eigentümer ist ein Kunde von mir, ich hatte das Bild nur in Kommission", fuhr Ziegelstein fort.

„Moment," unterbrach Heinz ihn. Er griff zu einem Bleistift und machte sich Notizen, unterdessen spannte Döllermann eine Seite in seine Dienstschreibmaschine ein und tippte mit zwei Fingern einzelne Stichworte. „Also, der Herr Bel-la-gi-o ist ein Kunde von Ihnen. Und um was für eine Kommission handelt es sich genau? Wer ist da noch mit dabei?"

Ziegelstein grinste und legte nach. „Der Kunde ist Herr Leo Sailer aus Kochel am See. Und ‚Kommission‘ ist bei uns Galeristen ein gebräuchlicher Begriff, wenn jemand uns als Makler braucht, um ein Kunstwerk zu veräußern."

„Aha … Makler …", Heinz notierte „Makler", langsam wurde es ihm zu kompliziert.

„Im Grunde genommen ist die Sache ganz einfach, Heinz, es ist hier in der Galerie beim Verpacken des Bildes ein klitzekleines Missgeschick passiert …"

„Ein Missgeschick?"

„Ja, meine Assistentin, die unterzuckert gern, und die hat doch glatt vergessen, das Bild in die Kiste zu packen!" Ziegelstein lachte laut auf. Obwohl Josephine empört den Kopf schüttelte, fuhr er fort: „Die Diebstahlmeldung ist also damit quasi hinfällig. Sie können die Sache als erledigt betrachten." Er hielt Josephine einen erhobenen Daumen entgegen.

Döllermann ließ sich von Heinz den Hörer geben. „Grüß Gott, Herr Ziegelstein, hier Polizeioberwachtmeister Franz Döllermann. Ich hätt da noch a Frage: Ist das Bild also noch bei Ihnen?"

Ziegelstein schluckte. „Was? Äh, nein … äh … das, äh …"

„Weil, wenn Ihre unterzuckerte Assistentin doch vergessen hat, es einzupacken, dann könnten Sie das Bild ja ans Ministerium nachliefern. Oder nicht?", hakte Döllermann nach.

„Ja, vermutlich … Nur irgendwie scheint sie das Bild heute früh … ver… verlegt zu haben. So was passiert schon mal … Dem … dem Ministerium geben wir natürlich gleich Bescheid

… Also, Heinz, äh … Herr, äh … Franz, alles bestens. Alles gut. Vor allem, bitte keine Anzeige." Er drückte das Gespräch weg, ließ den den Hörer fallen wie eine heiße Kartoffel und atmete tief durch.

Heinz und Döllermann schauten mit professionellem Kriminologenblick auf ihren Telefonhörer. Heinz griff sich vielsagend an die Nase.

Döllermann bestätigte nickend die Geste seines Kollegen. „Genau, das stinkt. Das schauen wir uns mal näher an."

Nachdem Leo bei der nächtlichen Heimfahrt auf Julias Rucksack gut und fest geschlummert hatte, schlief er im weiteren Verlauf der Nacht äußerst unruhig. Wilde Träume plagten ihn. Alles, was ihm tagsüber und abends durch den Kopf gegangen war, vermengte sich in seinen Traumbildern auf geradezu expressionistische Weise: Thom, Kandinsky und Conny fuhren mit Ziegelsteins „Déesse", wundersamerweise in einer Cabrio-Version mit Rechtslenkung, um den Kochelsee und nahmen Julia als Hippie-Anhalterin mit, die rechts einstieg und sich ans Steuer setzte. Als sie weiterfuhren, wurden sie von Leos Eltern scharf überholt und beinahe in einen Unfall verwickelt, weil just in diesem Moment Farkas und Furtwanger ihnen auf der engen Landstraße in Farkas' SUV entgegenkamen. Zu den Bildern dirigierte Wilhelm Furtwängler Beethovens dramatische „Coriolan"-Ouvertüre und trank anschließend mit der Münchner Nazi-Prominenz Skiwasser auf der Terrasse des mit Hakenkreuzfahnen geschmückten Hotels „Seeblick". Als ein SS-Mann Furtwängler die Hand drücken wollte, lehnte der Dirigent dankend, aber bestimmt ab.

Um seinen Träumen zu entfliehen, war Leo sehr früh aufgestanden und hatte sich, in der Hoffnung, doch noch einen halbwegs brauchbaren Kondom-Ballon zu entwerfen, an seinen Schreibtisch gesetzt. Leider wollte ihm nichts gelingen.

Gegen zehn Uhr gähnte Leo, nahm die über den Tisch verstreuten Entwürfe, knüllte sie zusammen und warf sie in den großen Papierkorb. Dann verließ er das Büro und ging in die Küche, um sich einen frischen Kaffee zuzubereiten.

Zur gleichen Zeit schlenderte Julia gutgelaunt und ausgeschlafen den oberen Flur entlang. Als sie am Zimmer von Zäk und Toto vorbeikam, hörte sie eine Kinderstimme durch die Tür – obwohl, eigentlich klang es mehr nach Micky Maus. Sie blieb kurz stehen, schenkte der Sache aber keine Beachtung.

Julia kam die Treppe in die Lobby herunter und traf Leo an der Rezeption, wo er mit einem großen Kaffeebecher in der Hand gedankenverloren, ja beinahe verliebt die leere Stelle über dem Schlüsselbord betrachtete.

„Und, ausgeschlafen? Ich hab geschlafen wie ein Bär", sagte sie munter.

„Ich hab kein Auge zugetan. Wilde Träume …"

„Au, spannend. Erzähl." Aber Leo dachte nicht daran, Julia derart tiefe Einblicke in sein Seelenleben zu gewähren. Er hatte das Gefühl, dass er ohnehin schon zu weit gegangen war.

„Das willst du nicht wirklich hören." Er machte eine bedeutungsvolle Pause, dann wurde er grundsätzlich. „Sag mal, fändest du das nicht auch irgendwie großartig, wenn da oben der echte Kandinsky hinge?"

„Ups. Change of plans?" Mit allem hatte Julia gerechnet, nur nicht damit. „Erstens: Können wir uns das leisten? Und zweitens: Was wird dann aus meiner Provision? Und mit uns beiden in New York?"

Leo setzte sich in einen der Sessel, Julia nahm neben ihm Platz. Er zögerte, bevor er Julia in seine Skrupel einweihte. Er wollte sie auf keinen Fall verschrecken. Im Gegenteil, es war ihm wichtig, dass sie ihm bei seinen Plänen zur Seite stand und seine Entscheidungen mittrug – wie auch immer diese Pläne aussehen würden und was auch immer mit dem Bild und mit dem Hotel geschehen würde. So viel Respekt hatte sie sich in den letzten Tagen bei ihm erarbeitet. „Ich fürchte, dass wir ein Riesending mit dem falschen Kandinsky abziehen und am Ende gehen wir beide in den Knast und Ziegelstein und Farkas kassieren ab."

Julia staunte über Leos plötzlichen Sinneswandel. Natürlich wusste sie, dass er nicht noch einmal in eine so dramatische Hängepartie wie letzte Nacht geraten wollte, aber deswegen gleich alle Optionen in den Wind schreiben? „Farkas stecken wir beide doch locker in die Tasche", ermutigte sie ihn.

„Und Ziegelstein?" Leo war nach dem nächtlichen Desaster nicht mehr so sicher, dass der Galerist der richtige Partner für sie war.

„Ich fürchte, der ist deine Baustelle." Julia schob Leo bewusst die Verantwortung für die Folgen zu, zumindest, soweit sie den Galeristen betrafen. Schließich war Leo der Eigentümer des Bildes. Außerdem wollte Julia unbedingt herausfinden, ob er genügend Charakter hatte, auch ohne sie zu einer Entscheidung zu gelangen.

Während Julia und Leo in der Lobby gemeinsam über das Schicksal des Hotels und des Bildes, aber auch über ihre eigene Zukunft nachgrübelten, versuchten Zäk und Toto in ihrem Zimmer, das Beste aus ihrem abendlichen Raubzug zu machen. Zäk wusste sehr wohl, dass ein gestohlener Kandinsky auf dem illegalen Kunstmarkt so gut wie unverkäuflich war, zumal in Zeiten, wo das Thema Restitution ein Dauerbrenner in den Feuilletons der großen Zeitungen war. Also schlug Zäk Toto eine Methode vor, die neuerdings immer beliebter wurde: „Artnapping".

„Was ist das denn?", fragte Toto.

„Kidnapping. Ohne Kinder, dafür mit Bildern."

Toto war etwas schwer von Kapee: „Bilder von Kindern? Nee, s-so was m-mach ich nicht."

Zäk verzweifelte an der offenbar zu gering ausgebildeten kriminellen Phantasie seines Lebensgefährten. „Mann, wir entführen die Bilder und kassieren von der Versicherung oder von wem auch immer ein Lösegeld. Das ist fast legal. Und unsere kleinen Salzburger Freunde in Öl …", er klopfte auf den Koffer mit dem eingepackten Diebesgut, „lassen wir uns auch fürstlich auslösen. Das ist hundertmal besser als die ewigen Verkaufstouren mit diesen blöden Hehlern."

„O-oder mit d-den ru-russischen Sa-Sammlern." Toto begriff langsam Zäks Strategie.

„Genau", raunte der, „für einen Kandinsky fehlt uns eh der richtige Abnehmer. Das Schätzchen ist für unsere Klientel vermutlich ein paar Nummern zu groß."

„Ge-genial!", begeisterte sich Toto. Der Groschen war endlich gefallen. „Wir na-nappen den."

Die beiden Gauner saßen nebeneinander auf dem Doppelbett, hinter ihnen lag an die Kopfkissen gelehnt der geklaute Bellagio. Toto drehte das Ventil einer Heliumflasche mit einem roten Gummischlauch auf. Zäk griff zum Schlauch und nahm einen langen Atemzug aus dem Mundstück. Er probierte ein letztes Mal die Wirkung aus und sprach mit derselben Micky-Maus-Stimme, die Julia zuvor im Flur gehört hatte. „Test, zwo, drei. Totos Schwanz ist superklein, ich bin genial und sehr gemein."

„Ich wi-will auch m-mal!", protestierte Toto und nahm seinem Kumpan den Schlauch weg. Er sog das Helium ein und begann wie Minnie-Maus zu singen. „Zäk ist schlau und To-Toto auch und Zäk hat einen dicken … äh … Schl-lauch!" Er fiel vor Minnie-Maus-Lachen beinahe vom Bett, aber Zäk wurde ernst, griff zum Telefon und legte den Zeigefinger verschwörerisch auf Totos Mund. Als sich am anderen

Ende Josephine meldete, atmete Zäk erneut von dem Gas ein.

„Hallo, Galerie Ziegelstein?", piepste er. „Also, ich mach's kurz. Hier sind Gustav Gans und Kater Karlo aus Entenhausen …" Toto sah ihn entgeistert an, Zäk nahm noch einen Schluck vom Helium und piepste weiter: „Wir haben einen waschechten Kandinsky, und ich denke, der ist Ihnen bestimmt so zwei Milliönchen wert, oder?" Zäk keuchte. Ihm war zum Ende seines Satzes beinahe das Helium ausgegangen. Gespannt lauschten die beiden Diebe in den Hörer.

In der Galerie schaute Josephine verdattert ihr Telefon an. Sie hielt den Hörer zu und wandte sich flüsternd an Ziegelstein. „Hier ist ein Kind aus Entenhausen am Telefon und behauptet, unseren Kandinsky zu haben. Ich glaube, da will uns jemand verarschen."

„Lautsprecher!", befahl Ziegelstein seiner Assistentin. Sie gehorchte und begann die Verhandlungen. „Jetzt hör mir mal zu, mein Kleiner, du brauchst doch so ein olles Bild gar nicht. Du kannst bestimmt ganz toll selber malen … viel schöner als dieser doofe Kandinsky."

Aus dem Lautsprecher ertönte wieder Zäks Helium-Stimme. „Hören Sie, ich meine das ernst!"

Josephine ließ sich nicht aus der Ruhe bringen. „Gib mir mal deine Mammi. Die muss nämlich besser auf dich aufpa…" – „Zwei Millionen oder der Kandinsky wandert in den Schredder!", brüllte Zäk über den Lautsprecher, sodass am Ende die Helium-Stimme brach und in seinen gewohnten Bariton umschlug.

Ziegelstein fand es an der Zeit, die Sache selbst in die Hand zu nehmen. Er griff zum Hörer und wurde sehr ruhig und souverän. „Hören Sie, ich weiß nicht, wer und wo Sie sind, aber das Bild, das Sie mir letzte Nacht gestohlen haben, ist gar nicht echt, Sie Amateur. Ist nur 'ne Kopie, komplett wertlos!"

Damit beendete er das Telefonat und strahlte Josephine zufrieden an. „Wollen doch mal sehen, ob die sich nochmal melden."

Josephine konnte die Kaltblütigkeit ihres Chefs kaum glauben, hatte aber Bedenken. „Brauchen wir die Kopie nicht fürs Ministerium?"

Ziegelstein fühlte sich ertappt und schnappte ein. „Das lassen Sie mal meine Sorge sein, mein Kind."

Zäk war es vor Toto unendlich peinlich, dass sein Erpressertrick mit dem Helium missglückt war. Toto verzog das Gesicht. „Wa-was meint der mi-mit Ko-Kopie? Ich ha-hab die Signat-tur doch selbst gesehen. Ka-Kandinsky. Hier."

Er griff hinter sich, nahm das Bild auf den Schoß, drehte es um und suchte die Rückseite nach Kandinskys Signatur ab. Ungläubig stellten die beiden fest, dass nicht der große Meister das Bild signiert hatte, sondern ein ihnen unbekannter Maler namens Bellagio. „Be-Be-Bel-l…", stotterte Toto.

„… lagio", ergänzte Zäk. „Scheiße! So eine verfickte Scheiße! Die ha'm uns reingelegt!"

„A-aber … ich bi-bin hundertpro si-sicher, da-dass da Ka-KaKaKaKa…" – „Kandinsky!!!" schrie Zäk ihn an. – „Ge-genau, dr-rraufstand."

Zäk tippte Toto mit dem Zeigefinger an die Stirn. „Mann, begreifst du das nicht? Wahrscheinlich gibt's *zwei* Bilder! Ich sag dir, die ziehen irgendein Ding durch. Die wollen irgendwem die Kopie als echt andrehen."

„W-wer?" Toto fiel es manchmal schwer, den Hirnwindungen seines Lovers zu folgen.

„Na, dieser kriminelle Hotel-Leo und der Warmduscher Ziegelstein! Wenn das hier 'ne Fälschung ist, dann hat der auch das Echte!"

Toto fühlte sich durch die Bezeichnung „Warmduscher" tief getroffen, schließlich liebte auch er nichts mehr, als warm zu duschen. Er traute sich aber nicht, Zäk zu kritisieren, und fragte schmollend: „Und nu-nun?"

Ohne zu antworten schob Zäk den Bellagio in einen Kopfkissenbezug und ging zur Tür. „Komm!"

Sie verdufteten mit dem Bild aus ihrem Zimmer.

An der Treppe zur Lobby angekommen, hielt Zäk Toto zurück. „Du gehst vor und guckst, ob keiner guckt."

„Okay." Ängstlich um sich blickend stieg Toto die Treppe hinab. Als er an der Rezeption angelangt war, kam Margarete aus der Küche.

„Boun giorno, Signor Toto. Alles fresco?"

„A-alles, ja", antwortete der total verunsichert.

„Was haben Sie denn heute Schönes vor?", wurde Margarete leutselig.

Toto schaute hilfesuchend zu Zäk, der machte oben auf der Treppe eine Geste, als wolle er Margaretes Kopf einschlagen. „Ein bi-bisschen die Zeit to-totschlagen", antwortete Toto.

„Na dann, viel Spaß beim Totschlagen", giggelte Margarete und verschwand wieder in der Küche.

Zäk stolperte mit dem verhüllten Bild unterm Arm die Treppe herunter. Als sie an der angelehnten Bürotür vorbeikamen, spitzten sie die Ohren. Von innen waren Leos und Julias Stimmen zu hören.

„Mein Vater kannte Ziegelstein seit einer Ewigkeit."

„Dein Vater war viel zu naiv für solche Typen."

Zäk fühlte sich in seinem Verdacht aufs Schönste bestätigt. Er zog Toto an der Bürotür vorbei zum Ausgang und zischte ihm zu: „Was hab ich gesagt? Alles Kriminelle. Aber wir sind besser."

„Weil wir g-geniale A-Artnapper sind." Er gab Zäk ein Küsschen. Dann verschwanden sie nach draußen.

Leo saß am Schreibtisch, Julia tigerte durch den Raum. „Ich trau dem Braten einfach nicht. Andererseits …"

„Julia, hältst du es wirklich für möglich, dass Ziegelstein die Kopie noch hat und uns über den Tisch ziehen will?"

„Eigentlich nicht. Der ist zwar alles andere als koscher, aber für so was ist der viel zu feige. Glaub mir, ich kenn solche Männer."

Leo wurde beinahe weinerlich, weil er noch immer keine Lösung für die alles entscheidende Frage hatte, wie sie weiter vorgehen sollten. „Ich bin mit meinem Latein am Ende. Hast du noch 'ne Idee?"

„Ich schlage vor, du fährst zu deinem netten Onkel Ziegelstein und sprichst ganz offen mit ihm über unser Problem. Vielleicht kommt ihr gemeinsam einen Schritt weiter. Dass die Kopie verschwunden ist, ist ja auch seine Baustelle."

Leo schaute nachdenklich zu Boden, aber Julia ging beherzt zu ihm und zog ihn aus seinem Stuhl. „Na los, worauf wartest du?"

„Und was machst du?", fragte er sie. Eigentlich wollte er sie bitten, ihn zu begleiten.

„Ich passe hier auf dein Hotel auf. Ist ja nicht vollkommen ausgeschlossen, dass dieser schmierige Schlawiner nochmal auftaucht und gleich die Abrissbirne mitbringt."

✦

In der Galerie herrschte dicke Luft. Ziegelstein telefonierte mit Leo, der in seinem Büro neben Julia stand und dem Galeristen unmissverständlich klarmachte, dass sie schleunigst miteinander reden müssten. Dabei ließ Leo wenig Zweifel daran, dass er sich alle Optionen offenhalten wollte.

„Leo, eigentlich ist doch alles prima gelaufen. Abgesehen von diesem klitzekleinen Malheur. Und das bringe ich gleich am Montag …"

„Klitzekleines Malheur?", unterbrach ihn Leo, „Ich bin beinahe abgestürzt und habe Todesängste ausgestanden! Das nennen Sie ein klitzekleines Malheur? Und was ist, wenn die Leute vom Ministerium Ihnen kein Wort glauben?"

Ziegelstein wand sich wie ein Regenwurm am Angelhaken. „Ich kenn die Brüder doch. Die sind froh, wenn sie weniger zu tun haben. Außerdem, warum sollten die denn Verdacht schöpfen? Die wissen doch noch gar nicht, dass das Bild verschwunden ist. Oh, Leo ich sehe gerade, dass Kundschaft kommt. Lassen Sie uns das nachher alles in Ruhe besprechen. Wann sind Sie hier?"

Leo kündigte seinen Besuch in etwa einer Stunde an, legte auf und schaute zu Julia. „Zufrieden?"

Julia nickte. „Zufrieden."

Einer plötzlichen Eingebung folgend, nahm Leo den Umschlag mit dem Brief seines Vaters und dem alten Familienfoto aus der Schublade und steckte ihn in seine Jackentasche.

Ziegelstein kam aus seinem Hinterraum nach vorne, wo Zäk und Toto gerade von Josephine freundlich hereingelassen wurden.

Die beiden Gangster waren extrem aufgebretzelt und beladen mit übermäßig vielen, zum Teil sehr große Shopping-Tüten. „Hallöchen!", begrüßte Toto Josephine, die kurz zu ihrem Chef schaute, als wolle sie sicher sein, dass er diese Art Kundschaft wirklich in seiner Galerie haben wollte. Ziegelstein zuckte fatalistisch mit den Schultern.

„Hallöchen …", antwortete sie trocken.

Zäk schob Toto zur Seite und machte einen auf dicke Hose. „Wir würden gerne ein paar Bilder kaufen. Für unser Penthouse."

„Irgendwas in Pi-Pink, was farblich gut pa-passt", ergänzte Toto. „Schätzchen, schmeiß doch mal den F-Fummel über."

Er griff in eine der Einkaufstüten und zog ein pinkfarbenes Jackett daraus hervor, in das er seinem Freund hineinhalf.

„Moment, das ist deins", protestierte Zäk.

„Deins, meins … unsere Mi-Milliönchen haben wir doch auch zusammenge-gelegt." Damit streifte er Zäk die Jacke vollständig über, der sich darin sichtlich unwohl fühlte. Er riss sich von Toto los und steuerte auf einen Stapel Bilder zu, die schräg aneinandergelehnt auf dem Boden standen.

Ziegelstein hatte bei der Erwähnung der „Milliönchen" aufgehorcht. Offensichtlich gab es auch noch Möglichkeiten, legal gute Geschäfte zu machen. Er zog ein Bild aus dem Stapel und hielt es neben Zäks pinkes Jackett. „So was in der Art vielleicht?"

„Wollen Sie mal schauen?", wandte sich Josephine an Toto.

Der hatte inzwischen die immer noch hinter dem Schreibtisch stehende Kandinsky-Kiste entdeckt und machte einige Schritte rückwärts in den Raum. „Ich brauch immer ein bi-bisschen Abstand. Gi-gibt's denn auch was in Gestreift?"

„Gestreift? Warten Sie …" Ziegelstein und Josephine durchstöberten die Bilder nach einem bestimmten Kunstwerk. Toto nutzte die Gelegenheit, um mit all seiner Geschicklichkeit die Schnappverschlüsse an der Kandinsky-Kiste blitzschnell und dennoch lautlos zu öffnen.

Die Galeristen hatten das Gesuchte gefunden und hielten gemeinsam ein großformatiges abstraktes Bild mit dunkellila Streifen in die Höhe. Ziegelstein dozierte: „Das ist jetzt nicht direkt pink, aber der Künstler hatte vorher eine kurze pinke Phase und hat nachträglich alle seine Bilder teils abgedunkelt, teils übermalt. Das Pink ist also quasi ein virtuelles Pink und verweist auf die Übermalungen, wie sie zum Beispiel auch Gerhard Rich…"

Zäk sah im Augenwinkel, dass Toto sich am Schreibtisch zu schaffen machte und unterbrach Ziegelstein. „Das ist ja hochinteressant … Könnte ich das vielleicht mal im Tageslicht sehen?"

„Selbstverständlich." Eilfertig trugen Ziegelstein und Josephine das Bild zum Schaufenster.

Toto nutzte den Moment der Ablenkung und zog den Bellagio aus einer seiner Shopping-Tüten, um ihn mit dem Original am Schreibtisch auszutauschen. Er hatte den Kandinsky bereits halb aus der Kiste gezogen, als Zäk ihn in einem sehr dringenden Ton davon abhielt. „Totolein, komm ganz schnell her! Das musst du sehen!"

Genervt ließ Toto den Kandinsky zurück in seine Kiste gleiten und trottete zu Zäk. Den Bellagio stellte er hinter den Schreibtisch, seine Shopping-Tüten nahm er mit. „Wa-was ist denn? Ich war gerade …", maulte er.

Zäk posierte neben dem gestreiften Bild und machte eine alberne Geste nach draußen, die Ziegelstein freundlich kommentierte. „Das ist perfekt. Also mit *dem* Jackett vor *dem* Bild, ich muss schon sagen … das ist der Hit auf jeder Par…" Weiter kam er nicht, denn Toto hatte Zäks Geste richtig verstanden und durch das Fenster nach draußen geschaut, wo Heinz und Döllermann gerade mit der leeren Bellagio-Kiste aus ihrem Einsatzwagen stiegen.

Toto schaltete sofort. „Ach so … Ne-nee, also das pa-passt nun gar nicht, dieser gestreifte Krempel. Scheußlich! Komm, Schatz, wir schauen woanders. Bye-bye und vielen Da-Dank." So rasch, wie sie gekommen waren, verschwanden die beiden aus der Galerie.

Ziegelstein und Josephine ließen das gestreifte Bild sinken und schauten den zwei Ganoven fassungslos hinterher. Sie erwachten erst aus ihrer momentanen Schockstarre, als Peter Heinz von draußen an die Schaufensterscheibe klopfte und eine fragende Geste machte, ob er und sein Kollege eintreten dürften.

Hinter ihm verschwanden Zäk und Toto hastig um eine Straßenecke.

Josephine ging zur Tür und öffnete sie. „Grüß Gott, was kann ich für Sie tun?"

Heinz und Döllermann betraten die Galerie. Ziegelstein erkannte die Kiste in Heinz' Händen und bekam einen Schweißausbruch.

„Polizeikommissaranwärter Peter Heinz und Polizeioberwachtmeister Franz Döllermann von der Polizeiinspektion München 11. Sind Sie der Hans Ziegelstein?" Ziegelstein blieb stumm. Ihm schwante nichts Gutes. „Haben wir vorhin miteinander telefoniert? Wegen dem Bild?"

„Des Bildes", verbesserte ihn Döllermann, „Es heißt ,wegen des Bildes'."

„Also wegen des Bildes. Das war ja wohl irgendwann mal hier drin, oder?" Heinz stellte die Bellagio-Kiste provozierend vor Ziegelstein hin.

„Wo haben Sie denn die Kiste her?", fragte der Galerist arglos.

Döllermann schlug einen strengeren Ton an. Er hatte sich vorher mit Heinz abgesprochen. Wenn er dieses Mal die von ihm höchst ungeliebte Rolle des „Bad Cop" spielen würde, dürfte er auf dem Rückweg in die Dienststelle im Einsatzwagen bei offenem Fenster eine Zigarette rauchen. „Die Frage ist nicht, wo wir die Kiste herhaben, die Frage ist, ob Sie gestern ein gestohlenes Bild in dieser Kiste im Ministerium eingereicht haben", knurrte er.

Döllermanns Ton schüchterte Ziegelstein ein. Dass man so mit ihm sprach, war ihm fremd. Er kam sich vor wie ein gewöhnlicher Verbrecher. Dabei war er doch mindestens ein ungewöhnlicher Verbrecher. „Passen Sie auf, Herr Dobermann …" hob er an, aber Döllermann ging gnadenlos dazwischen.

„Döllermann, Franz, Polizeioberwachtmeister."

„Gut, Herr Polizeioberwachtmeister. Die Sache lässt sich vermutlich ganz einfach aufklären." Döllermann bekam schmale Augen, Heinz schaute zwischen seinem Kollegen und Ziegelstein hin und her. Josephine ahnte, dass ihr Chef Zeit zum

Nachdenken brauchte und wandte sich freundlich an die Beamten.

„Kaffee, die Herren? Wir haben den besten Espresso von ganz Schwabing. Oder lieber was Geistiges? Champagner, Obstler, Cannabis?"

Die beiden Polizisten reagierten nicht auf sie. Josephine blieb cool. „Ich mach Ihnen einfach zwei schöne Espressi." Sie schnappte sich das gestreifte Kunstwerk und verschwand damit nach hinten.

„Sie haben heute früh am Telefon gesagt, das Bild sei ..." Döllermann schaute auf einen Notizblock, „verlegt worden. Ist es denn seitdem wieder aufgetaucht?"

Ziegelstein wand sich. „Wissen Sie, meine Herren, die Sache ist etwas komplizierter", versuchte er sich Zeit zu kaufen, während er angestrengt nachgrübelte, wie er die beiden Beamten wieder loswerden könnte. Jetzt griff Heinz ein. Er wurde überfreundlich.

„Herr Ziegelstein, wir wollen Ihnen doch nur helfen. Aber wir können Ihnen nur helfen, wenn Sie uns die Wahrheit sagen."

„Zweifeln Sie daran, meine Herren?"

„Wir nicht", fuhr Heinz fort, „aber vermutlich die Damen und Herren vom Ministerium."

„Äh, inwiefern? Ich meine, inwiefern vermutlich?" Um sich Luft zu verschaffen, öffnete Ziegelstein seinen Kragenknopf.

Heinz blieb sanft wie ein Märchenonkel. „Beim StMWK wurde gestern Nachmittag der Empfang einer verschlossenen Bilderkiste registriert, deren Inhalt am Montag von der zuständigen Abteilung katalogisiert werden sollte. Und nachts hat der Kollege Xaver Landsberger vom Wachdienst eine leere Kiste und ein offenes Fenster vorgefunden. Da ist jemand – vermutlich – ins Lager eingebrochen und hat Ihr Bild gestohlen. Warum erzählen Sie dann, das Bild sei gar nicht erst geliefert worden?"

Endlich kam Ziegelstein die rettende Idee. Er musste die simplen Beamten mit etwas Großem konfrontieren, dann würden sie bestimmt klein beigeben. Er ging zu seinem Schreibtisch, zog triumphierend den Kandinsky aus der dahinter stehenden Kiste und hielt den Polizisten das Bild vor die Nase. Dass die Schnappverschlüsse geöffnet waren, registrierte er in seinem Stress nicht.

„Na, was sagen Sie jetzt? Wir haben's wiedergefunden" Heinz schaute auf die kleine Schwarz-weiß-Reproduktion auf dem Label der Bellagio-Kiste vor ihm und fand dort exakt dasselbe Bild, das Ziegelstein in Händen hielt. Der trumpfte auf und senkte die Stimme. „Vielleicht verstehen Sie jetzt, worum es geht, meine Herren."

Heinz war beeindruckt und verwirrt, Döllermann blieb seiner Rolle treu. „Keineswegs."

Ziegelstein senkte das Bild, sodass sein Kopf dahinter hervorschaute. „Was Sie hier sehen, ist eine Sensation. Ein unbekanntes Meisterwerk. Und das soll es vorerst auch bleiben." Er zwinkerte den beiden zu. „Alles klar?" Er ging zurück hinter den Schreibtisch und schob den Kandinsky wieder in die Kiste. Dabei fiel sein Blick auf den Bellagio, den Toto dort abgestellt hatte. Ziegelstein blieb beinahe das Herz stehen. Er vergewisserte sich, dass die Polizisten von ihrem Standort aus weder den Bellagio noch die Kandinsky-Kiste sehen konnten und atmete durch.

Ohne auch nur die geringste Ahnung zu haben, wie das Bild wieder aufgetaucht war, spürte er sofort, dass der ursprüngliche Export-Plan damit weiterhin umgesetzt werden konnte. Natürlich nur, wenn die beiden Polizisten nichts von der Existenz der Kopie und der zweiten Kiste erfuhren.

Josephine kam mit zwei Espressotassen auf einem kleinen Tablett zurück und stelle es auf ein Tischchen mit Designersesseln, von denen aus man einen ungestörten Blick hinter Ziegelsteins

Schreibtisch hatte. „So, meine Herren, erstmal einen schönen Espresso, wie wär's?" Sie machte eine einladende Geste.

Ziegelstein verfiel in Hektik und fuhr sie an:. „Liebe Frau Dewawa, die Herren haben doch vorhin schon keinen Kaffee gewollt. Warum in Dreiteufelsnamen sollten sie wohl plötzlich ihre Meinung geändert haben?"

Heinz wollte gerade zu dem Tischchen gehen, als Ziegelstein Josephine in den Hinterraum drängte und Heinz in den Weg trat. „Es ist doch ganz einfach, meine Herren. Wenn die Öffentlichkeit und der Kunstmarkt erfahren, was für eine Sensation ich an der Angel habe, dann zieht das viel zu viel Aufmerksamkeit auf sich. Und damit meine ich nicht nur so freundliche, ehrliche Leute wie Sie beide. Was glauben Sie, wer sich in kürzester Zeit nachts in meiner Galerie zu schaffen machen würde, hä?"

Jetzt knickte auch Döllermann ein und raunte: „Ach so, dass Sie auf eine Anzeige verzichten wollen, das war dann eine Sicherheitsmaßnahme? Also quasi …"

Ziegelstein streckte Döllermann einen erhobenen Daumen entgegen. „Da sieht man mal, wie exzellent unsere Polizei ausgebildet ist. Es ist genauso, wie Sie sagten, Herr Polizeiober…"

„…wachtmeister", ergänzte Döllermann dumpf.

„Im Kunsthandel muss man leider manchmal zu verwirrenden Tricks greifen, um die Preise nicht total zu verderben und keine dunklen Gestalten anzuziehen."

„,Dunkle Gestalten' sagt man fei nicht mehr, Herr Ziegelstein, wir bevorzugen ,Menschen mit kriminellen Absichten' oder bei Vollzug ,Einbrechende'", belehrte Heinz den Galeristen.

„Ich sehe, Sie haben mich verstanden, Heinz. Also, Peter …", Ziegelstein legte den Zeigefinger auf seine Lippen, „… und kein Wort an die Presse. Mit dem Ministerium habe ich schon alles geregelt, die wissen Bescheid."

„Und warum sagen die uns das nicht?", wagte Döllermann eine letzte Frage.

„Warum wohl, Herr Polizeioberwachtmeister, warum wohl …"

„Was geschieht denn jetzt mit der leeren Kiste?", fragte Heinz.

„Die lassen Sie am besten hier. Dann ist die Sache erledigt. Die Anzeige vom Ministerium können Sie auch ad acta legen. Aber, ich möchte doch nicht verabsäumen, Ihnen nochmal besonders herzlich für Ihre Mühe und Ihre Sorgfalt zu danken, meine Herren."

Ziegelstein schob die Beamten weiter weg von seinem Schreibtisch und schüttelte ihnen dabei emphatisch die Hände. Er war überzeugt, eine gefährliche Klippe umschifft zu haben.

Heinz und Döllermann hatten zwar beide nicht begriffen, was eigentlich los war, aber Ziegelsteins Selbstsicherheit und die Präsentation des „unbekannten Meisterwerks" hatten ihre Wirkung nicht verfehlt. Die Polizisten waren schon bereit, den Fall abzuschließen, da hob Döllermann noch einmal an.

„Eine Sache verstehe ich immer noch nicht." Er deutete auf die Bellagio-Kiste, neben die Ziegelsteins sich gestellt hatte. „Wenn das Bild nicht in der Kiste war, was war denn dann in der Kiste? Und wer ist dieser Italiener?"

„Sie meinen den jungen Mann aus dem Hotel ‚Seeblick‘, der die Kiste abgeliefert hat?", fragte Ziegelstein.

„Nein, den Bello…, Herrschaftszeiten, wie heißt der nochmal?" – „Bel-la-gi-o", half ihm Heinz mit perfekter deutscher Aussprache.

„Genau der, gibt's den irgendwo, haben Sie von dem eine Anschrift, können wir den eventuell vernehmen?"

Ziegelstein musste nochmal ganz von vorne anfangen. „Bellagio, meine Herren, das … ich sag's frei heraus …", er senkte seine Stimme, „das wissen jetzt nur Sie und ich. Dieser Mann war eines der größtes malerischen Talente seiner Zeit, eine Legende, ist aber komplett in Vergessenheit geraten."

Heinz und Döllermann schauten sich ehrfürchtig an.

Ziegelstein merkte, dass seine Taktik aufging und flüsterte beinahe. „Wie gesagt, nur Sie beide und ich. Muss ja nicht jeder gleich wissen, was für ein Prachtexemplar ich in Kommission habe."

Heinz und Döllermann nickten.

„Also, diesen Bellagio, den gab es tatsächlich einmal. Angeblich hat der vor ewigen Zeiten sogar versucht, einen Kandinsky zu kopieren, weil der, auch angeblich, also vermutlich … verschwunden war."

„Aus dem Ministerium?", fragte Heinz interessiert.

„Nein, wegen der Nazis." – „Rechtsradikale?" – „Nein, damals, die echten. Und die Amerikaner, ‚Monument's Men' … Wie in dem Film von George Clooney … Sehr undurchsichtige Sache, die hat aber mit unserer Angelegenheit absolut nichts zu tun."

„George Clooney?", sinnierte Heinz still vor sich hin.

Döllermann nickte, ihm rauchte der Kopf. „Der mit dem Oscar? Wahnsinn …"

Der Galerist nickte und setzte die bedeutsamste Miene auf, die ihm zur Verfügung stand. „Wir verstehen uns, meine Herren?"

Heinz nickte.

„Und … ich kann mich darauf verlassen, dass das, was ich Ihnen anvertraut habe, unter uns bleibt? Also, keine Anzeige, keine Presse, kein Polizeibericht, gar nichts …?"

Heinz und Döllermann nickten. Döllermann steckte seinen Notizblock zurück in die Uniform.

Ziegelstein wurde vertraulich. „Ich muss schließlich auch meine Assistentin schützen, die verantwortlich für das ganze Durcheinander ist."

Döllermann hielt den Kopf schief. „Die Unterzuckerte."

Jetzt nickte Ziegelstein.

„Also dann, pack' mas …" Die beiden Beamten wollten gehen, da stieg draußen Leo aus seinem Auto und überquerte die Straße.

Ziegelstein wedelte vergeblich mit den Händen, um ihn durch die Schaufensterscheibe davon abzuhalten hereinzukommen. Die Polizisten öffneten die Tür und Leo betrat die Galerie. Als er die Beamten sah, zögerte er kurz, merkte aber, dass es zu spät war, um kehrtzumachen.

„Schmuckstück verpackt, Herr Ziegelstein?", fragte Leo mit gespielter Lockerheit. Die Polizisten blieben in der Tür stehen und warfen sich einen skeptischen Blick zu.

Ziegelstein trat die Flucht nach vorn an. „Das ist übrigens der Eigentümer der Bil… also *des* Bildes."

„Sailer, Grüß Gott", stellte sich Leo vor.

„Das sind Polizeikommissaranwärter Peter Heinz und Polizeioberwachtmeister Franz Döllermann von der Polizeiinspektion München 11. Richtig?"

Heinz und Döllermann nickten. Diesmal hielt Heinz Ziegelstein den erhobenen Daumen hin. „Super. Sie können bei uns anfangen."

Döllermann trat einen Schritt auf Leo zu. „Soso, Sie sind also der Eigentümer des vermutlich entwendeten Bildes?"

„Ja. Wieso?"

„Können Sie das beweisen? Der Herr Ziegelstein hat uns da so Sachen erzählt, da kann man nicht vorsichtig genug sein. Stimmt's, Herr Ziegelstein?"

„Jaja, schon, aber in diesem Fall …"

Leo überlegte kurz, dann zog er den Briefumschlag seines Vaters aus der Tasche und überreichte ihn Döllermann. Der gab ihn an Heinz weiter.

„Schauen Sie ruhig rein, meine Herren." Heinz öffnete das Kuvert, ließ das Foto an seinem Platz, zog den Brief heraus und begann vorzulesen: „Lieber Leo, ich weiß, dass wir beide uns immer gegenseitig Vorwürfe gemacht haben wegen dem Tod deiner Mutter …"

„Entschuldigen Sie, … muss das nicht heißen ‚wegen *des* Todes'?", fragte Döllermann zaghaft.

„Nein, hier steht ‚wegen *dem* Tod'", insistierte Heinz.

„Mein Vater hatte eine Genitiv-Schwäche."

„Ach, der auch?", polterte Döllermann.

„Wieso?"

Döllermann zeigte mit dem Daumen auf Heinz. „Wie mein Kollege hier."

Heinz ließ sich nicht beirren. Er hatte den Rest des Briefes überflogen und war von der Lektüre tief gerührt. Mit tränenerstickter Stimme fuhr er fort. „… dabei bin ich derjenige, der allein die Schuld daran trägt. Ich hätte das schreckliche Unglück verhindern müssen. Bitte verzeih mir. Wenn du dies liest, bin ich vielleicht nicht mehr am Leben …" Heinz konnte vor Rührung nicht weiterlesen und wollte Leo den Brief zurückgeben.

„Er ist kurz darauf gestorben." Leo schaute Heinz in die feuchten Augen. Der schniefte. „Aber eigentlich geht es mehr um die Schenkungsurkunde", fuhr Leo fort. Er tippte auf den Umschlag in Heinz' Hand. „Warten Sie, ich hab eine tolle App dafür gefunden."

Während Heinz seine Tränen trocknete, kramte Leo sein Handy aus der Tasche und startete seine „Sütterlin light"-App („In-App-Käufe"!). Er bat Heinz, das Foto aus dem Umschlag zu ziehen und umzudrehen, dann hielt er sein Handy darüber. Aber Heinz schob Leos Hand zu Seite.

„Sütterlin kann ich fließend." – „Echt?" Leo konnte es kaum fassen.

Döllermann mischte sich ein. „Wir hatten da mal einen Erpressungsfall mit einem 95-jährigen Erpresser, der hatte seine Drohbriefe alle in Sütterlin geschrieben. Einer im Kommissariat musste in den sauren Apfel beißen und die Briefe entziffern." Er drehte seinen Kopf anerkennend in Richtung Heinz.

„Ich hab das sehr gern gemacht", bekannte Heinz stolz mit belegter Stimme und begann die Zeilen von Leos Urgroßvater vorzulesen. „Hiermit schenke ich meinem Enkel Johannes Sailer, geboren am 24.2.1945 in Kochel am See, das umseitig abgelichtete Bild ‚Sternennacht über dem Kochelsee' – Ort, Datum, Unterschrift alles korrekt. Und der Enkel, des sind Sie?"

Leo staunte, dass Heinz exakt das vorlas, was seine App ihm übersetzt hatte.

Döllermann warf einen Blick auf das Familienfoto und schüttelte den Kopf. „Des kann der gar nicht sein. Dann wäre er nämlich viel älter."

Ziegelstein wollte die Polizisten immer noch loswerden und hielt Komplimente für den Königsweg, um sein Ziel schnell zu erreichen. „Wo er recht hat, hat er recht", kicherte er in sich hinein.

„Der Enkel war mein Vater. Ich bin sein Erbe. Leonard Sailer."

Döllermann musste sortieren. „Moment mal, wenn der Enkel des Erblassers der Vater ist und der Erblasser der Großvater des Erben, dann ist der Sohn der Urenkel. Ist das richtig? Sind Sie der Urenkel des Erblassers?" Leo nickte zögerlich, wobei es ihm schwerfiel, ein Grinsen zu unterdrücken.

„Können Sie sich ausweisen, Herr Sailer?"

Leo kramte seinen Führerschein aus der Brieftasche. „Reicht der Führerschein?"

„Führerschein sagt man fei nicht mehr, Herr Sailer. Die Fahrerlaubnis reicht uns aus." Heinz warf einen flüchtigen Blick auf die kleine Plastikkarte und reichte Leo seinen Umschlag zurück.

Döllermann wurde offiziell: „Herr Leonard Sailer, wollen Sie als rechtmäßiger Eigentümer einen vermutlich nicht stattgefundenen Diebstahl weiterhin zur Anzeige bringen?"

Ziegelstein machte Leo hinter Döllermanns Rücken heimlich ein ablehnendes Zeichen.

„Nö. Eigentlich wollte ich nur mein Bild abholen."

✦

So glatt, wie Leo es sich vorgestellt hatte, lief das anschließende Gespräch mit Ziegelstein nicht ab. Der Galerist war sichtlich stolz darauf, dass er die Polizisten mit seinem absurden Gequatsche hatte abspeisen können. Seiner Meinung nach könnte man den Coup vollkommen entspannt nach einer gewissen Wartezeit wiederholen. Leo hielt genau das für höchst fraglich.

„Lieber Herr Ziegelstein, mit Ihren Geschichten können Sie vielleicht zwei minderbemittelte Beamte einschüchtern. Die Kunstsachverständigen vom Ministerium sicher nicht. Der Deal ist geplatzt. Wir haben ja nicht einmal mehr die Kopie!"

Jetzt zog Ziegelstein sein As aus dem Ärmel. Er tänzelte selbstsicher hinter seinem Schreibtisch und griff nach unten. „Irrtum, Leo, die Kopie ist hier." Wie ein Zauberer präsentierte er den Bellagio.

Leo riss die Augen auf. „Wo haben Sie die denn plötzlich her?"

Ziegelstein packte den Bellagio sanft in seine Kiste, die die Polizisten dagelassen hatten, und senkte die Stimme. „Sie wissen ja, wie die jungen Leute so sind. Als Josephine noch gestern Abend ihren Fehler bemerkte, hat sie es einfach versteckt. Ganz hinten unten. Im Lager."

Leo zog das Bild nochmal halb aus der Kiste und überprüfte die Signatur auf der Rückseite. „Umso besser, dann nehme ich beide Bilder mit. Und bis mir was Neues einfällt, bleiben die erstmal bei mir." Er schob den Bellagio zurück und schloss die Schnappverschlüsse.

Ziegelstein hielt die Vorstellung, den Kandinsky wieder hergeben zu müssen, für schlichtweg unerträglich. Er kämpfte um das Bild wie eine Löwenmutter um ihr Neugeborenes.

„Aber Sie müssen mir versprechen, dass Sie den Kandinsky nicht an eine andere Galerie geben. Also, wenn es mal so weit sein sollte. Deal?" Er hielt Leo die Hand hin.

„Deal." Leo hatte nicht den Nerv, Ziegelstein noch mehr zu enttäuschen und schlug ein.

Während Leo und Ziegelstein miteinander verhandelten, saßen keine 100 Meter weiter Zäk und Toto in ihrem Cabrio und beobachteten die Szene. Zäk hatte das pinke Jackett mit Toto getauscht und schaute mit einem kleinen Fernglas zum Eingang der Galerie. Toto wunderte sich, dass die beiden Polizisten immer noch an ihrem Streifenwagen standen und diskutierten. „Warum f-fahren die nicht weg?", fragte er Zäk.

„Siehst du doch, der eine raucht noch. Der Glückliche …"

„Ge-gesund ist das nicht." Toto konnte sich die kleine Spitze gegen seinen Freund nicht verkneifen.

Döllermann nahm einen tiefen Zug aus seiner Zigarette. „Aber einen Einbruch hat's vermutlich doch gegeben."

„Wer weiß …", antwortete Heinz, „aber ganz bestimmt nicht von dem Herrn Ziegelstein."

„Hast du verstanden, wieso dieser Legenden-Maler, wo der doch so berühmt war, heute gar nicht mehr berühmt ist?", ließ Döllermann nicht locker.

Heinz neigte den Kopf. „Ich hab nur verstanden, dass es bei Künstlern manchmal besser ist, nicht alles zu verstehen." Döllermann erstarrte vor Ehrfurcht angesichts der profunden philosophischen Eingebung seines Kollegen.

Als Toto Leo mit einer Bilderkiste aus der Galerie kommen sah, knuffte er Zäk in die Seite. Sie rutschten tiefer in ihre Sitze, und Zäk sah atemlos zu, wie Leo die Bilderkiste in seinem

Auto verstaute, zu seinem Handy griff und telefonierte. Auf die Entfernung war nicht zu verstehen, was Leo sagte.

„Josephine, hören Sie gut zu. Herr Ziegelstein soll den Kandinsky zum Hoffenster bringen. Ich bin gleich da … Warum? Hier steht immer noch die Polizei. Die müssen ja nicht alles wissen." Leo stieg in sein Auto, fuhr los und bog um die Ecke.

Zäk startete den Motor und rollte leise hinterher. Er sah, wie Leo in einer Seitenstraße in eine Hofeinfahrt bog und parkte seinen Wagen gegenüber, sodass er den Hof einsehen konnte.

Josephine öffnete das Hoffenster. Hinter ihr erschien Ziegelstein mit dem Kandinsky in den Händen. Er streichelte das Bild wie eine Geliebte. „Auf Wiedersehen, mein Liebling, bis bald."

„Sparen Sie sich Ihre Gefühle, Herr Ziegelstein. Kaufen Sie sich lieber eine neue Alarmanlage. Sie hören von mir", beendete Leo kühl den tränenreichen Abschied.

Ziegelstein küsste die Leinwand und ließ das Bild mit todtraurigen Augen in die von Josephine hochgehaltene Kiste gleiten. Gemeinsam schoben sie die Kiste nach draußen, wo Leo sie entgegennahm und den Deckel schloss.

Zäk beobachtete, wie Leo auch die zweite Bilderkiste in seinem Auto verstaute. Er reichte Toto das Fernglas.

„Wie ich schon richtig sagte: Es gibt zwei Bilder. Und in einer Stunde sind beide in unserem Hotel. Bingo!"

„U-und wi-wie finden wi-wir raus, welches das Ri-Richtige ist?"

„An der Signatur, du Trottel!"

✦

Auf seiner Fahrt hinaus an den Kochelsee hörte Farkas im Radio die Nachrichten. Was ihm zu Ohren kam, versetzte ihn in höchste Erregung.

„Es ist 17 Uhr. Täglich gut informiert mit Bayern 1. Hier sind die Nachrichten des Bayerischen Rundfunks, mit Sabine Holzhauser. – München: Der heute Morgen vom Kultusministerium irrtümlich gemeldete Gemäldediebstahl hat sich aufgeklärt: Das Bild ist auf mysteriöse Weise in einer Münchner Galerie wieder aufgetaucht. Die Polizei stellte daraufhin die Ermittlungen ein. Dass es sich bei dem gestohlenen Bild um ein Original von Wassily Kandinsky handeln soll, wurde vom Ministerium und dem Galeristen dementiert. Unterammergau: …"

Farkas schaltete das Radio aus und gab Gas. „Hatten mer mal wieder den richtigen Riecher g'habt", murmelte er zufrieden vor sich hin.

Diesmal stellte er seinen SUV direkt vor dem Eingang des Hotels ab, als wollte er signalisieren, dass er als neuer Eigentümer Sonderrechte beanspruchte.

Innerlich gestärkt betrat er die Lobby, in der Margarete hinter der Rezeption gerade die Schlüsselfächer abstaubte. Sie hörte, dass die Tür aufgegangen war und drehte sich um.

„Herr Farkas, wie nett … Was führt Sie zu uns?"

Ohne Margarete zu begrüßen, deutete Farkas auf die leere Wand über der Rezeption. „Ist des Bildel noch immer in der Reinigung?"

Margarete verdrehte verzückt die Augen. „,Bildel', wie süß … eine dolle Geschichte, Herr Farkas. Das Bildel war erst gestohlen, aber jetzt ist es wieder da. Kam sogar im Radio. Der Herr Sailer holt's gerade aus der Stadt. Wollen S' auf ihn warten? Vielleicht in der Bar?"

„Never say no to a free drink", dachte sich Farkas und ließ sich von Margarete zur verwaisten Bar des Hotels führen.

Giacomo, der sich gerade durch die wenigen verbliebenen Flaschen schnüffelte, die vor einer verspiegelten Wand hinter der Theke standen, konnte gerade noch fliehen, als die beiden den Raum betraten. Er ging unter einem Barhocker in Deckung und gab sich seiner neuen Lieblingsbeschäftigung hin: der wissenschaftlichen Erforschung des menschlichen Paarungsverhaltens aus der Sicht des oberbayerischen Gebirgsmarders.

Im schummrigen Licht, das durch die zugezogenen Vorhänge fiel, mixte Margarete für Farkas und sich zwei Gin Tonic mit extra viel Gin und stieß mit ihm an. „Ich mag ja die Wiener sehr, Herr Farkas. Und zwar nicht nur die Würschtel … Diese Sprache, dieser Singsang, so elegant. Sagen Sie doch nochmal was, bitte! Für mich …"

„Madl, wann's du mir des Bildel b'sorgst, donn wird des Haisel hier bold wieder richtig fesch."

„Aaah, bezaubernd", jubelte sie, „Prost! Ich heiße Margarete!"

„Laszlo", brummte Farkas düster und nahm einen kräftigen Schluck. Anders als betrunken würde er die Situation nicht überleben.

Giacomo wunderte sich, dass seine Versuchspersonen keine erkennbaren Anstalten zur Paarung unternahmen. Da die Dynamik seiner „Laborratten" auf der Stelle zu treten schien, verließ er frustriert die Bar.

Als Giacomo über den Parkplatz spazierte, sah er, wie Leo und Marco an Leos Golf standen und zwei Holzkisten ausluden. Leo ging mit seiner Kiste zum Haus, Marco folgte ihm mit der anderen. Der Marder lehnte sich an einen Baumstumpf und sah zu. Ein ihm flüchtig bekannter Biber hatte ihm einmal erzählt, dass roh verarbeitetes Holz zu den größten Köstlichkeiten der Bergwelt gehörte, aber das ist eine andere Geschichte. Jedenfalls weckten die unbehandelten Kisten Giacomos Neugier.

Nachdem die beiden mit den Bilderkisten im „Seeblick" verschwunden waren, machte er einen Purzelbaum und schob auf dem Weg zum Hotel sein tägliches Workout ein.

Leo stellte seine Kiste neben einem Regal ab, als Marco das Büro betrat. Leo bat ihn, die zweite Kiste danebenzustellen und legte den Brief seines Vaters zusammen mit dem „Foto-Testament" in die Schreibtischschublade. Jetzt, da alles geregelt schien und aller Stress von ihm abfiel, übermannte ihn eine tiefe Müdigkeit. Schließlich steckte ihm auch die vergangene Nacht noch in den Knochen. Er verabschiedete sich gähnend von seinem Faktotum. „Also, das Bild kommt wieder über die Rezeption. Capito?"

„Capito, commendatore. Subito."

Julia saß auf ihrem Bett und kicherte vor sich hin. Sie las in einem ihrer liebsten Bergsteigerbücher: „100 Gipfelkreuze, die Sie sehen müssen, bevor Sie abstürzen", als es an ihrer Tür klopfte und Leo gleich darauf seinen Kopf durch den Türspalt steckte. „Halt dich fest, ich hab beide Bilder.", gähnte er. „Darf ich reinkommen?"

„Klar. Wie hast du denn das hingekriegt?" Julia legte ihr Buch beiseite.

„Angeblich hat Ziegelsteins Assistentin irgendwie Mist gebaut. Zufrieden?"

Sie klopfte auf ihre Matratze, damit er sich neben sie setzte. „Sehr. Und wie hat er reagiert?"

Leo nahm auf dem Bett Platz, lächelte Julia mit müden Augen sanft an und sagte: „Sehr verliebt." Er imitierte Ziegelsteins Stimme: „Auf Wiedersehen, mein Liebling …"

„Sehr verliebt … Auf Wiedersehen … mein Liebling …?" Julia war irritiert über die Emotionalität, derer Ziegelstein anscheinend fähig war, und schaute fragend zu Leo. Der war mitten in seinem Satz erschöpft hintenübergekippt und lag in tiefem Schlaf versunken quer über Julias Bett. Als ihm ein lautes Schnarchen entfuhr, zog Julia ernüchtert einen Flunsch.

Marco hatte inzwischen im Büro beide Bilder aus ihren Kisten geholt und sie nebeneinander auf den breiten unteren Teil des großen Bücherregals gestellt. Er betrachtete die Bilder und war begeistert von der Reinigung, die sie erfahren hatten. „Ah, bello, geputzte goldene Sterne, goldene wie die Mosaici in die Basilica di San Marco a Venezia."

Mit seinem natürlichen Sinn für Schönheit griff der Italiener ohne weiter nachzudenken zum Kandinsky und ging damit in die Lobby. Giacomo schlüpfte ins Büro, knabberte kurz lustlos an der Kandinsky-Kiste und sah sich mit gerümpfter Nase den Bellagio an, der von der Reinigung noch ganz leicht nach Terpentin roch.

Ein zufriedenes Grinsen machte sich auf Marcos Gesicht breit, als er das Gemälde über der Rezeption aufhängte. Dass der Nagel, an dem es hing, sich dabei etwas gelockert hatte, war ihm nicht aufgefallen. Er hüpfte leichtfüßig vom Tresen und betrachtete zufrieden sein Werk.

Giacomo war ebenfalls in die Lobby gekommen und sprang seinem Herrchen auf die Schulter. Marco streichelte den Marder. „Giacomolino, das iste große Kunst, verstehst du? Und schön wie nie zuvor. Andiamo." Er ging mit seinem Haustier auf der Schulter zur Kellertreppe und verschwand nach unten.

Einen kurzen, nur der Schönheit und der Wahrheit dienenden Moment lang hing der echte Kandinsky an der Stelle, für die er gemalt worden war. Es war ein Moment, der in keinem kunstgeschichtlichen Werk des 20. und 21. Jahrhunderts jemals erwähnt wurde. Die Bilder der großen Meister aller Epochen waren in der Regel längst in private Sammlungen und staatliche Museen gewandert, kaum eines von ihnen hing noch an dem Ort seiner ursprünglichen Bestimmung. Leider dauerte dieser Moment nur kurz, er hätte eine längere Würdigung verdient gehabt.

Die kulturhistorisch bedeutende Minute wurde brutal durch Farkas und Margarete beendet, die aus der Bar in die Lobby torkelten. Margarete hatte sich selbst und ihr Gegenüber reichlich mit Gin Tonic abgefüllt, jetzt versuchte er, an der frischen Luft wieder nüchtern zu werden.

Als er an der Rezeption vorbeikam, fiel ihm das Bild an der Wand ins Auge. „Da ist ja des Bildel!" Er drehte sich zu der verdutzten Margarete um. „Kannst es glei wieder abhängen und einpacken. I nehm's mit." Er baute sich vor dem Bild auf und stützte sich wie ein alternder Gorilla am Rezeptionstresen ab.

Margarete näherte sich ihm von hinten und widersprach zärtlich. „Neinneinnein, mein Dickerchen, da muss ich erst mit Leo sprechen."

„Und wann I nochamal so richtig geil Wienerisch sprech'? I kann auch Ottakringerisch, dös is ganz hoart", versuchte Farkas seinen fragwürdigen Joker auszuspielen, aber Margarete blieb standhaft und schüttelte den Kopf.

„Hmhm, das ist Chefsache. Lass uns einfach das ‚Bildel' ein Momenterl zusammen genießen."

Der Kunstsinn, den Margarete in ihrem alkoholisierten Zustand entwickelte, war überraschend. Sie schmiegte ihren Kopf an Farkas' Schulter und versenkte ihren Blick in den Kandinsky. Farkas wurde ungeduldig, sah aber keinen Weg, ihr Spiel nicht mitzuspielen.

Julia kam die Treppe herab und amüsierte sich darüber, die beiden wie ein junges, turtelndes Pärchen zu sehen, das zum ersten Mal in einem Museum ein bewegendes gemeinsames Kunsterlebnis hatte – zumindest wirkte es so auf sie.

„Hallo, Herr Farkas", zerstörte sie die falsche Idylle.

Erstaunlicherweise reagierte Margarete schneller als Farkas. „Wissen Sie, wo Leo steckt? Der Herr Farkas wollte ihn bitten, ob er das Bildel gleich mitnehmen könnte", fragte sie Julia mit schwerer Zunge und schaute anschließend Farkas stolz an.

Julia wollte Farkas unter allen Umständen von Leo fernhalten. „Der schläft, tief und fest."

Margarete drehte den vom Alkohol benommenen Farkas gut gelaunt zu sich herum und teilte ihm voller Vorfreude

mit: „Dann müssen Sie, also du, wohl hierbleiben, bis er auf-
wacht."

„Das kann dauern." Julia war bei den beiden angekommen
und verschwand diskret in der Küche. Dass an der Wand statt
des Bellagio der Kandinsky hing, war ihr nicht aufgefallen.

Margarete strahlte. „Also mindestens bis morgen früh, Laszlo.
Du bekommst auch ein besonders schönes Zimmer." Sie löste
sich vom Objekt ihrer Begierde, schwebte hinter die Rezeption
und nahm schwungvoll einen Schlüssel vom Schlüsselbord.

Farkas ahnte, was auf ihn zukam.

✦

Mit dem Wiener im Schlepptau betrat Margarete Connys ehe-
maliges Zimmer. Das Bett war noch von Connys missglücktem
Verführungsversuch zerwühlt. Margarete beförderte Farkas in
einen Sessel und beeilte sich, die Zudecke über die Laken zu
werfen. Farkas hielt sich den Kopf und atmete schwer. Durch
die offene Balkontür wehte eine angenehme spätnachmittägli-
che Brise herein, die Abendsonne tauchte die flatternden Gardinen in ein goldenes Licht.

„Ich mach nur rasch das Bett. Schau, der schöne Sonnenuntergang, fast wie in der Karibik. Vom Balkon hat man sogar
einen Blick auf den See."

Farkas erhob sich schwerfällig aus dem Sessel. Ihm war leicht
übel, deshalb fand er Margaretes Tipp mit dem Balkon gar
nicht verkehrt. Er ging nach draußen und schüttelte sich wie
ein nasser Hund.

Margarete öffnete einen Schrank mit frischer Bettwäsche. Als
sie sah, dass Farkas sich auf das Balkongitter stützte und zum
See schaute, schloss sie den Schrank wieder und begnügte sich
damit, Connys Lotterbett notdürftig zurechtzuzupfen und die
Tagesdecke wieder darüberzubreiten.

„Fertig!", trompetete sie in Richtung Balkontür.

Farkas drehte sich unwillig um und setzte sich langsam in Bewegung. Ihm war klar, dass der Weg zum Bild im Zweifelsfall nur über Margarete führte, und trat schweren Herzens seinen Canossagang zum Bett an.

Auf dem Weg zu einer erwartungsfrohen Margarete passierte Farkas den Biedermeier-Sekretär. Was er dort sah, verwirrte ihn: Auf der ausgeklappten Schreibplatte lag eine Text-Collage, gestaltet mit Kondomen aus Connys Musterkoffer. Die verschiedenfarbigen, kunstvoll drapierten Präservative ergaben das Wort: „ARSCH!" (mit Ausrufezeichen!).

Farkas blinzelte und schaute Margarete mit glasigen Augen an. „Oarsch? Interessant. Ist des euer Liebeszimmer?"

„Wenn du das möchtest, Laszlo …" Margarete war dem plumpen Charme und der grobschlächtigen Männlichkeit von Farkas komplett erlegen. Er ähnelte aufs Haar einer der Hauptfiguren aus ihrer Lieblingsoper, dem „Ochs von Lerchenau" aus dem „Rosenkavalier". Sie schloss langsam die Augen, hörte vor ihrem inneren Ohr einen herübergewehten Strauss-Walzer, wähnte sich im siebten Himmel und kommandierte sanft: „Küss mich."

Farkas blieb halb fasziniert, halb verschüchtert bei dem Kondom-Kunstwerk stehen. In ihm stieg ein höchst unwohliges Gefühl auf. Selbst wenn er es gewollt hätte, wäre er für Margarete kein potentes Gegenüber gewesen, denn wann immer er unter Druck stand – und er stand mächtig unter Druck –, versagte ihm die Biologie ihre Dienste, ein Problem, von dem er nicht wusste, ob es mit seinem fortgeschrittenen Alter zu tun hatte oder mit seiner ungesunden Lebensweise. Er wusste nur, dass er Margarete um jeden Preis abwimmeln musste.

Margarete, die die Kondome nicht gesehen hatte, öffnete die Augen, ging zu Farkas und fiel ihm um den Hals. Er wehrte sich nach Kräften.

„Margarete, bitte! Ich muss auch dringend noch ein paar Fotos machen."

„Ach, so einer bist du. Na, dann schieß los", signalisierte sie frech ihr Einverständnis. Sie legte sich lasziv aufs Bett und posierte mit offenem Mund und geschlossenen Augen.

Farkas griff zu seinem Zigarettenetui, holte sich eine Zigarette heraus und ließ das Etui zuschnappen. Margarete schlug die Augen wieder auf und nörgelte: „Jetzt willst du rauchen? Vorher?"

„I rauch immer vorher. Gibt an bessern Blutdruck", stammelte er.

Margarete blinzelte ihn verliebt an. „Ach ja … aber bitte draußen." Damit kuschelte sie sich in leiser Vorfreude in die Kissen.

Er trat erleichtert auf den Balkon und zündete sich die Zigarette an. Fürs Erste war es ihm geglückt, Margarete zu entkommen. Nachdem er fertig geraucht hatte, warf er die Kippe achtlos in den Garten und schaute prüfend ins Zimmer. Margarete hatte ihr Gesicht ins Kopfkissen gedrückt.

Farkas wollte die Gelegenheit nutzen, aus dem Zimmer zu fliehen, aber ein aus dem Bett hervorschnellendes Bein brachte ihn kurz vor Erreichen der Tür zu Fall. Er plumpste schwer auf den Boden, schrie vor Schmerz auf und knetete sein Sprunggelenk. „Was soll des?", fragte er Margarete empört, bekam aber keine Antwort.

Das hervorschnellende Bein war nur eine unfreiwillige Zuckung beim Einschlafen gewesen. Leos Tante war in ihrer verunglückten erotischen Pose weggenickt und schnarchte laut.

Julia wunderte sich über das Gerumpel aus dem ersten Stock, als sie mit einem Kaffeebecher aus der Küche kam. Sie widmete sich dem Reservierungsbuch an der Rezeption, da betraten Zäk und Toto die Lobby.

Ihre Shopping-Tüten hatten sie nicht mehr dabei, aber Toto trug stolz das pinke Jackett. Auch wenn die Sache mit dem Kandinsky bisher noch nicht geklappt hatte, allein wegen des Jacketts hatte sich die Shopping-Tour in die Stadt für ihn gelohnt.

Zäk sah das Bild über dem Schlüsselbord und fragte Julia im kultivierten Ton eines Kunstinteressierten: „Sagen Sie, von welchem Maler war nochmal dieses herrliche Bild?"

„Bellagio, Wolfgang Bellagio", entgegnete Julia ohne hinzusehen und überzeugt davon, die Wahrheit zu sagen. Sie hatte wirklich keine Lust auf ein Gespräch über das Bild, das ihr und Leo so viel Ärger gemacht hatte. Außerdem überlegte sie seit der letzten Begegnung mit Farkas fieberhaft, wie sie verhindern konnte, dass er oder Ziegelstein Leo den Kandinsky abluchsten.

„Ah ja, hochinteressant. Ein alter Italiener offenbar."

Julia schaut Zäk mitleidig an und überreichte ihm den Zimmerschlüssel. Toto zückte währenddessen sein Handy und schoss ein Foto von dem Kandinsky. „Ein to-tolles Bild."

Zäk ging zu einem Postkartenständer neben der Rezeption, in dem er eine leicht verblichene Farbpostkarte der „Sternennacht" entdeckte. Er nahm die Postkarte aus dem Drehständer und legte sie auf den Tresen. „Und die Postkarte bitte. Auf die Zimmerrechnung."

Julia trug die 50 Cent in das alte Rechnungsbuch ein und wünschte den beiden Freunden einen schönen Abend. Dass das Haus für Buchhaltung und Reservierungen immer noch keinen Computer hatte, erstaunte sie schon lange nicht mehr.

Zäk und Toto gingen die Treppe nach oben, als ihnen ein zerzauster Farkas entgegenhumpelte, der sich hektisch umsah.

„Herr Farkas, alles in Ordnung bei Ihnen?", fragte Julia.

„Ich brauch den Schlüssel zu dem Zimmer mit dem Wasserschaden. Für die Versicherung."

„Gern, Zimmer 7, erste Etage. Bleiben Sie über Nacht?" Julia nahm den Schlüssel vom Schlüsselbord.

„Hoffentlich nicht", grunzte der Wiener, nahm Julia den hingestreckten Schlüssel ab und humpelte nach oben.

Julia stöhnte, als müsste sie sich übergeben und wedelte vor ihrer Nase die Fahne weg, die er hinterlassen hatte. Dass ausgerechnet dieser Widerling Leo das Hotel inklusive dem Kandinsky abgaunern wollte, empörte sie und forderte ihren Kampfgeist heraus. Sie griff zu ihrem Kaffeebecher und zog sich ins Büro zurück, wo neben den beiden Bilderkisten die Bellagio-Kopie stand, deren silberne Sterne von der untergehenden Sonne warm angestrahlt wurden.

Julia ließ sich in einem Sessel nieder. Ihr kam eine Idee, die sie mit Leo besprechen wollte, sobald er wieder aufgewacht war. Zufrieden trank sie einen Schluck Kaffee und schaute aus dem Fenster.

Kaum hatten Zäk und Toto ihr Zimmer betreten, setzte sich Zäk hin und wurde geschäftig. „Gib mir mal dein Handy!", befahl er Toto. Der reichte ihm sein Handy und fläzte sich aufs Bett.

„Wollen wir nicht lieber ein b-bisschen …", versuchte Toto seinen Freund zu animieren, aber Zäk ließ sich nicht stören. Er verglich hochkonzentriert Totos Handyfoto des Kandinsky mit der Postkarte.

„Es sind die Sterne … Es sind die verfickten Farben der Sterne – guck hier, silbern, golden." Er griff nach seinem iPad und gab in die Suchmaske ein: „Kandinsky – Sternennacht über dem Kochelsee".

Toto stand auf und ging zu ihm. Er schaute auf die Bilder und kratzte sich am Kopf. „A-aber w-welches ist der Ka-Kandinsky?"

Er hatte seine hilflose Frage kaum beendet, da wurde Zäk im Internet fündig. „Zeitgenössische Kritiker lobten an dem frühexpressionistischen Gemälde Kandinskys die Leuchtkraft der goldenen Sterne, die bereits auf seine späteren Farbexplosionen hinzuweisen schienen. Hier." Er hielt Toto das iPad hin. Der staunte. „Farbexplosionen … geil …"

Farkas betrat erschöpft das feuchte Katastrophenzimmer Nummer 7. Als Erstes ging er ins Bad und drehte den Wasserhahn am Handwaschbecken auf. Er ließ die braune Brühe, die nach wie vor aus dem Hahn spratzte, ablaufen und wusch, als das Wasser klar war, sein Gesicht. Dann nahm er einen Zahnputzbecher, ließ ihn mehrfach volllaufen und kippte das Wasser in sich hinein.

Auf dem Rand der Badewanne sitzend grübelte er darüber nach, wie er sich aus seiner vertrackten Situation befreien könnte. Er wollte das Bild, dessen wahren Wert er noch nicht erahnte, unbedingt an sich bringen, bevor Leo es verkaufte und es seinem Zugriff entzog. Bedauerlicherweise führte der Weg zu dem Bild nur über die zudringliche Margarete. Ihren Wünschen nachzukommen war für Farkas jedoch ein unüberwindbares Hindernis. Andererseits beschlich ihn der Gedanke, Margarete könnte ihm als Verbündete im Kampf um Leos Erbe ganz allgemein gute Dienste leisten. Er beschloss, sie auf Sparflamme quasi platonisch weichzukochen.

Farkas zückte sein Handy und machte gelangweilt ein paar Aufnahmen von der notdürftig reparierten Armatur an der Badewanne. Er füllte das Zahnputzglas ein weiteres Mal und ging ins Zimmer. Es roch immer noch stockig und klamm. Farkas öffnete die Tür zum Balkon und ließ sich im Sessel neben der Balkontür nieder. Genüsslich trank er das Glas Wasser aus, als er zufällig im Papierkorb Zäks Zeitungsausschnitte sah, die Leo dort achtlos hineingeworfen hatte.

Farkas holte die Artikel aus dem Papierkorb und begann die gesammelten Berichte über die Raubzüge des Duos zu überfliegen. Er wurde neugierig und las die Artikel genauer durch. Ein

Ausschnitt bestand aus einem unscharfen Foto von Zäk und der Bildunterschrift: „Kunstraub". Ein anderer trug die Überschrift: „Trickbetrug: Bei Augsburger Vernissage verschwindet wertvoller Alter Meister". Er wollte gerade den darunterstehenden längeren Artikel lesen, da hörte er durch die offene Tür Zäks keifende Stimme: „Mann, wie oft muss ich dir das noch erklären? Hier: ‚Kandinskys Sternennacht ist 1945 spurlos verschwunden. Vermutlich wurde es im Krieg zerstört oder gestohlen.' Capito?"

Toto kapierte nicht wirklich. Wie sollte ein Bild, das vor über 75 Jahren zerstört wurde, plötzlich wieder auftauchen?

Farkas lauschte angestrengt dem Disput der beiden Freunde nebenan. Er steckte die Artikel in seine Jackentasche und betrat den breiten Balkon, der auch vor dem geöffneten Fenster des Nebenzimmers entlanglief. Atemlos stand der Wiener an die Wand gelehnt und erfuhr Dinge, die ihn deutlich mehr erregten als Margaretes Verführungskünste.

„Es spielt doch gar keine Geige, wie das Bild aufgetaucht ist! Hauptsache, es hängt wieder unten an der Wand."

Stolz steckte Toto sein Handy ein. „Und wer ha-hat's fotografiert? Dein kleiner di-dicker To-Toto!" Er hielt Zäk seine Hand zum Highfiven hin, aber der war schon im paramilitärischen Planungsmodus und gab Toto Anweisungen, wie vorzugehen sei.

„A: Du machst dein Blasrohr fertig; B: Wir checken die Fluchtwege aus; C: Wir setzen die Hotelmannschaft außer Gefecht, und D: Wir schnappen uns im Morgengrauen den Kandinsky. – Und dann …", er grinste, „ab nach Monte Carlo!"

„Z-zu Be-Befehl! Ich freu mich schon darauf, wenn du wieder so kna-nackig braun wirst! Und wenn wir endlich wieder ein bisschen Z-Zeit füreinander h-haben."

Farkas wagte einen Blick durch das Fenster und sah, wie Zäk eine Pistole einsteckte und Toto das Blasrohr aus seinem Koffer nahm. Insbesondere sah er, dass in dem anderen Koffer mehrere eingepackte kleinformatige Bilder lagen. Er merkte sofort, dass er es mit Profis zu tun hatte. Aber ein Profi war er auch.

Zäk zog ein dünnes Seil aus dem Kofferdeckel und klappte seinen Koffer zu. Als er auf den Balkon trat, hastete Farkas zurück ins Nebenzimmer. Zäk seilte vorsichtig seinen und Totos Lederkoffer nach unten ab. Er wollte nicht, dass sie bei ihrem Raubzug unnötigen Ballast mit sich herumtrugen.

Geräuschlos verließ Farkas Zimmer Nummer 7. Er huschte die Treppe hinunter und durch die menschenleere Lobby, um das Hotel zu verlassen. Vor der Rezeption blieb er stehen, um beiläufig einen triumphierenden Blick auf den Kandinsky zu werfen, der im blauen Dämmerlicht an der Wand hing. Er ballte seine rechte Hand zu einer heimlichen Faust zusammen.

Draußen drückte Farkas auf den Funkschlüssel seines Autos, das zu seinem nicht geringen Ärger den üblichen Quittungston von sich gab. Er öffnete die Beifahrertür und klappte das Handschuhfach auf, in dem ein unbeschreibliches Chaos herrschte: Berge von Strafzetteln kämpften mit Gummibärchen, die ihrer Tüte entflohen waren, mehreren Pillendosen, einer versteinerten Brezel und einem Wackel-Elvis um den besten Platz. Schließlich fand Farkas in dem Gewühl einen kleinen Revolver.

„Bei solchen Typen weiß man nie …" Er klappte die Trommel aus dem Revolver und blickte prüfend in die sechs leeren Patronenkammern. „Scheiße!" Verärgert wühlte er weiter.

✦

Leo hatte nicht lange geschlafen. Während der guten Stunde auf Julias Bett hatte er dafür umso lebhafter geträumt. Es war ein Albtraum, der ihn regelmäßig heimsuchte und der ihn

222

daran erinnerte, auf welch tragische Weise seine Mutter zu Tode gekommen war, als er elf Jahre alt war. Irgendwann würde er mit Julia auch darüber sprechen können.

Er hatte die seltsame Erfahrung gemacht, dass er Frauen, mit denen er sich zusammentat, nur wirklich nahe sein konnte, wenn er mit ihnen vorher über das traumatische Erlebnis und seine damit verbundenen Schuldgefühle gesprochen hatte. Und Leo war wild entschlossen, Julia nahe zu sein.

Da er Julia nicht mehr im Zimmer vorfand, ging er nach unten. Verschlafen wie er war, musste er sich wieder fester an das Geländer klammern, als er die Treppe zur Lobby hinabstieg. Er steuerte direkt in die Küche, um sich einen Kaffee zu machen und war froh, in der Kaffeemaschine noch die von Julia benutzte Glaskanne mit dem dampfenden Getränk vorzufinden.

Als Leo zurück in die Lobby kam, schaute Julia aus der Bürotür. „Ausgeschlafen?"

„Sorry! Ich wollte nicht einschlafen, ich war einfach … kommt nicht wieder vor, versprochen." Leo trank einen Schluck und stellte den Kaffeebecher auf den Rezeptionstresen. Dabei fiel sein Blick auf den Kandinsky an der Wand.

„Oh Gott!" Er verschluckte sich und bekam einen Hustenanfall. Julia ging zu ihm und klopfte ihm auf den Rücken.

„Besser?", fragte sie besorgt. Sein Husten klang wirklich nicht gut. Leo schüttelte den Kopf und zeigte unablässig auf das Gemälde. Als er wieder sprechen konnte, krächzte er heiser: „Marco hat das falsche Bild … Könntest du den Kandinsky bitte ganz schnell abhängen?"

„What? Das ist der Echte?"

Er nickte heftig und gestikulierte wie wild in Richtung Schlüsselbord. Julia konnte es nicht fassen, schwang sich aber auf den Tresen und griff beherzt zu dem „Kunstwerk von überragender kultureller Bedeutung". Da sie zu heftig an dem Hängedraht des Bildes zog, löste sich der Nagel in der Wand endgültig und fiel mit einem Placken durchfeuchteten Putzes zu Boden.

Leo, der unter keinen Umständen wollte, dass irgendjemand den echten Kandinsky zu Gesicht bekam, riss Julia das Bild aus den Händen und verschwand damit im Büro.

Nachdem er das Bild in seine Kiste geschoben hatte, hörte Leo, wie Julia in der Lobby mit Zäk sprach. Er fuhr sich durch die Haare und verließ das Büro.

„Herr Montana, was kann ich für Sie tun?", begrüßte Leo mit übertriebener Lockerheit seine Gäste.

Statt Zäk antwortete Toto: „Nix. Wir wo-wollten nur ein bi-bisschen …" – „Vögel", unterbrach Zäk ihn und zog seinen kleinen Feldstecher aus der Tasche.

„Genau, bi-bisschen Bi-Birdwa-watching. Ach, wo ist denn Ihr hübsches Bild geblieben?"

Leo suchte nach einer Antwort und schaute hilfesuchend von der nackten Wand zu Julia. Die bückte sich hinter den Tresen und hob den Nagel auf. „Der Wasserschaden. Die Wände sind feucht. Was meinst du, Leo, könnten wir es nicht einfach oben auf das Schlüsselbord stellen?"

„Super Idee, warum nicht …" Er verschwand kurz im Büro und kam mit dem Bellagio wieder heraus. Julia kletterte auf den Tresen, nahm Leo das Bild ab, stellte es auf den Schlüsselkasten und lehnte es schräg an die Wand.

Sie sprang vom Tresen und betrachtete das Bild. „Wenigstens sieht man jetzt nicht mehr die hässliche Stelle im Putz."

Eine gähnende Margarete und ein nervöser Farkas betraten gleichzeitig von beiden Seiten die Lobby. Als er die vielen Menschen sah, bremste Farkas seinen Schritt. Margaretes Gähnen ging in ein Flöten über.

„Ach, da bist du ja, du Nestflüchter. Kommst du?" Sie war auf halber Treppe stehengeblieben und lockte ihn mit dem Zeigefinger.

Um keinen Verdacht zu erregen, spielte Farkas den Unschuldigen. „Na gut, i bleib noch a bisserl …" Er folgte Margarete die Treppe nach oben.

Zäk und Toto schauten sich an, vor allem aber tauschten Leo und Julia einen ungläubigen Blick. Sollte sich da etwas anbahnen? Die Vorstellung erschien ihnen gleichermaßen obszön wie bedrohlich.

Als Margarete mit Farkas vor dem „Liebeszimmer" angekommen war, umarmte sie ihn und drückte ihren Unterleib an seinen.

Sie stutzte und hauchte im Tonfall von Mae West: „Oh, ist das eine Pistole in deiner Tasche oder freust du dich nur, mich wiederzusehen?"

„Des is a Revolver, Spatzerl", grummelte Farkas. „Geh'n ma eini?" Margarete lachte laut über seinen „Scherz", öffnete die Tür und schob ihren bewaffneten Lover hinein.

Julia wollte mit Leo allein sein und komplimentierte Toto und Zäk, die sich zur Tarnung noch Tipps für ihre Vögelbeobachtung geben ließen, mit einem freundlichen „Schönen Abend" nach draußen.

„Da-danke", antwortete Toto und verließ mit Zäk die Lobby.

Vor der Tür boxte er seinen Partner jubilierend in die Seite. „Wie ga-geil, so kommen wir noch besser ran!"

„Du Idiot", fuhr Zäk ihn an. „Hast du nicht gesehen, dass das die Kopie war?"

Toto war perplex. „A-aber w-wo ist d-dann das Original?"

Zäk reckte ein wenig den Hals, um von draußen in Leos Büro schauen zu können, sah aber nichts durch die halb zugezogenen Vorhänge. Dennoch war er sich sicher. „Da drin. Wo sonst, du Hirni?"

Er verpasste Toto eine Kopfnuss, ging zum nächsten Fenster und stellte sich auf die Zehenspitzen, um besser hineinsehen zu können. Als er seinen Fuß auf einen kleinen Mauervorsprung setzte, hörte er Josephines Fiat, der auf das Grundstück gefahren kam.

Toto zog Zäk geistesgegenwärtig vom Fenster weg. Sie verschwanden hinter der nächsten Hausecke, bevor Josephine sie sehen konnte.

Unter dem Balkon ihres Zimmers lasen sie die beiden von Zäk abgeseilten Koffer auf.

Im Büro fiel Leo erschöpft in einen der schweren ledernen Besuchersessel vor dem Schreibtisch. Julia nahm auf seiner Armlehne Platz und erzählte ihm von ihrer Begegnung mit Farkas.

„Ich werd das Gefühl nicht los, dass unser reizender Herr Farkas wild entschlossen ist, das Haus nicht ohne den Kandinsky zu verlassen."

„Hört das denn nie auf?", seufzte Leo. Der Dauerstress zermürbte ihn langsam.

„Wie ich deine wilde Tante kenne, lässt die den so schnell nicht aus ihren Fängen. Wir hätten also noch ein bisschen Zeit."

„Wofür?"

„Um einen Plan auszuhecken, wie wir Farkas die Kopie unterjubeln. Als er mich vorhin gefragt hat, ob er sein ‚Bildel' mitnehmen könnte, hing der Kandinsky an der Wand."

Die Erwähnung eines „Plans" ließ Leo einerseits aufhorchen, andererseits hatte er von Plänen inzwischen die Nase gestrichen voll. Ihm fiel ein alter Witz ein, den sein Vater gerne erzählte. „Wie bringt man Gott zum Lachen?", fragte er Julia.

„Wie bitte?" – „Man macht einen Plan." Leo lachte kurz, wenn auch mehr resigniert als amüsiert.

„Hast du gestern nicht was von legendärer Pasta erzählt?", versuchte Julia ihn auf andere Gedanken zu bringen.

„Wieso?"

„Kleiner Deal. Ich verrat dir meinen Plan, und du machst mir was zu essen. Das Wasser ginge wieder", säuselte sie verführerisch. Draußen in der Lobby rumpelte es.

„Giacomo! Giacomolino! Dove sei? Wo haste du disch versteckt?" Marco kam die Kellertreppe neben der Rezeption heraufgehetzt und suchte seinen kleinen Liebling hinter Sesseln und Pflanzenkübeln. „Ah …" Er hatte Giacomo entdeckt und nahm ihn in die Hand. „Du musste unten bleiben, nischte hier oben kommen."

Ein Schatten fiel auf die geätzte Glasfüllung der Eingangstür. Marco verbarg Giacomo hinter seinem Rücken, wobei er ihm bedeutete, ruhig zu sein. „Psst!" Er blickte ängstlich zur Tür. Als er jedoch sah, wer die Lobby betrat, machte sich ein Strahlen auf seinem Gesicht breit. „Giuseppina! Die Sonne gehte auf!"

Josephine frotzelte: „Die ist gerade untergegangen. Ist dein Chef da?"

„Ai!!!" Marco schrie auf, Giacomo hatte ihn hinter seinem Rücken in den Finger gebissen. Der Marder fühlte sich nicht genügend respektiert und wollte durch den Biss darauf hinweisen, dass der sichtbehinderte Platz hinter Marcos Rücken nicht im Geringsten seiner gewichtigen Stellung im Leben des Hotelfaktotums entsprach. Er beanspruchte für sich die Königsloge, und die war entweder auf Marcos Schulter oder auf seiner Hand, aber bitte vor dem Körper. Zaghaft holte Marco den Marder nach vorne und wartete gespannt auf Josephines Reaktion.

„Wer bist du denn, kleiner Mann?", bekundete sie augenblickliche Sympathie für den Nager. Giacomo dankte es ihr mit einem freundlichen Lächeln.

„Iste Giacomo, meine Amster."

„Das ist doch kein Hamster", protestierte Josephine.

„Doch, Langschwanz."

„Was ist lang?" – „Schwanz." Jetzt mussten beide kichern. Giacomo war sich nicht sicher, ob mit ihm oder über ihn gelacht wurde.

Leo hatte Marcos Schrei gehört. Er öffnete die Bürotür und sah Josephine. „Ach, hallo." Seine Begrüßung fiel eher reserviert aus. „Was gibt's denn?"

„Herr Ziegelstein ist untröstlich und lässt fragen, ob Sie's sich nicht nochmal überlegen wollen. Und ob es vielleicht doch möglich wäre, dass Sie am Montag gemeinsam zum Ministerium …", druckste sie herum und hielt ihm eine Dokumentenmappe hin. „Hier ist für alle Fälle der Export-Antrag für den Bellagio – und der Polizeibericht über die Einstellung der Ermittlungen."

„Darf ich mal sehen?", fragte Julia, die hinter Leo aus dem Büro kam. Sie blätterte die Polizeiakte anerkennend durch. „Immerhin scheint Ihr Chef die Polizei eingelullt zu haben." Sie reichte Leo die Akte. „Ich hab Hunger."

Leo überflog ebenfalls den Polizeibericht und antwortete Josephine höflich, aber bestimmt: „Ehrlich gesagt kann ich mir nicht vorstellen, wie das mit dem Ministerium gehen soll, aber ich ruf ihn morgen Abend gerne nochmal an." Damit verschwand er mit Julia in der Küche.

Josephine machte ein nachdenkliches Gesicht. „Ja, also … ich müsste dann mal los." Sie wollte gehen, da trat Marco ihr in den Weg.

„Ma, Giuseppina … Iste Samstagabend. Zetterday Nighte. Wir beide könnten trinken eine Wein, aus die Veneto, und isch zeige dir meine superduper App … und die Gondole …"

„Du hast hier 'ne Gondel?", fragte sie skeptisch.

„In meine Zimmer. Mit echte Stange von die Gondoliere, die Ruder, forte und lange …"

Josephine sah ihn verliebt an. Marcos eindeutige Zweideutigkeiten gefielen ihr. Der Junge wusste, was er wollte, und eigentlich wollte sie das Gleiche.

Leo bewegte sich mit traumwandlerischer Sicherheit zwischen Töpfen und Pfannen, und endlich kam auch der

Nudeltopf zu seinem Einsatz. Die Selbstverständlichkeit, mit der Leo seine Pasta mit geschälten Tomaten, Sardellenfilets, schwarzen Oliven und Kapern zauberte, blieb nicht ohne Wirkung auf Julia. Sie hatte viele Männer gekannt, die einen erstklassigen Geschmack bei der Wahl der richtigen Restaurants bewiesen hatten, aber ein Mann, der selber kochte und bei dem es in der Küche auch noch so verführerisch mediterran roch, das war neu für sie.

Julia blieb nichts übrig, als einen gut gekühlten Weißwein zu entkorken und in zwei Gläser zu gießen. Als sie auf einem Küchenstuhl Platz nahm und ihr Auge durch den Raum schweifen ließ, blieb ihr Blick an einem Bild hängen, das halb hinter einer Zimmerpflanze hervorschaute. Es handelte sich um eine gerahmte Ausgabe der Fernsehzeitschrift „Hörzu" aus den späten 60er-Jahren des vorigen Jahrhunderts.

„Ich glaub's nicht, Wahnsinn!" Julia näherte sich dem kostbaren Erinnerungsstück mit gespannter Ehrfurcht. Auf der Titelseite war das Hotel „Seeblick" abgebildet, darunter stand in geschwungener Schrift: „Schlager, Glück und Sonnenschein – großer Bericht über die Dreharbeiten am Kochelsee".

„Hier wurde mal ein Film gedreht?", fragte Julia den emsigen Koch.

„Ja, ‚Opas Kino'", antwortete Leo, der erleichtert war, dass Julia ihren groß angekündigten Plan vorerst noch für sich behielt, „aber außer Margarete hat sich in meiner Familie niemand gerne daran erinnert."

„Oh, was Schlimmes?"

„Wie man's nimmt. Der Film war ein Hit. Ein paar Monate vor den Dreharbeiten hatten meine Eltern sich kennengelernt. Dass mein Vater sie wenig später mit einer Schauspielerin betrog, führte dazu, dass meine Mutter, die die schmutzigen Details erst nach der Hochzeit erfuhr, zuerst überhaupt keine Kinder haben wollte. Dann hatte sie zwei Fehlgeburten … Ich kam erst zur Welt, als die beiden fast 20 Jahre verheiratet waren, gewissermaßen ein Nesthäkchen ohne Nest."

Julia nahm die „Hörzu" vorsichtig aus dem Wechselrahmen, der nicht nur das Titelblatt, sondern die komplette Ausgabe enthielt, und blätterte das Heft durch.

Im Rätselteil stieß sie auf die bis heute beliebte Rubrik „Original und Fälschung – Finde die 10 Unterschiede", in der zwei auf den ersten Blick identische Ansichten eines berühmten Gemäldes abgedruckt waren, die sich jedoch in zehn versteckten Details unterschieden.

Schon als Kind hatte Julia in den „Hörzu"-Exemplaren ihrer Großeltern erfolgreich die Fehler in den „Fälschungen" aufgespürt. Sie grinste in sich hinein. Plötzlich passte alles zusammen …

War es ein Wink des Schicksals, dass ihr dieses Rätselspiel und die alte „Hörzu" gerade jetzt in die Hände gefallen waren?

✦✦✦

SOMMER 1967

Eigentlich war Leos Großvater gar nicht darauf erpicht, dass in seinem Hotel ein Film gedreht werden sollte. Das Haus war einigermaßen glimpflich durch die schwere Nachkriegszeit gekommen und hatte in den Wirtschaftswunderjahren der 50er und 60er durchaus an sein altes Renommee aus der Zeit vor dem Zweiten Weltkrieg anknüpfen können. Auch war es Ludwig jun. gelungen, die dunkle Zeit, in der das Haus zum Treffpunkt der Münchner Nazi-Schickeria geworden war, mehr oder weniger vergessen zu machen. Aber es standen Renovierungen an, und größere Ausgaben waren nach wie vor nur schwer zu finanzieren.

Da wollte es eine glückliche Fügung, dass Horst „Hotte" Weinberger, ein ewig Zigarre rauchender Filmproduzent aus West-Berlin, Ludwig Sailer besuchte und ihm in blumigen Worten den Plot seines Filmprojekts erzählte – verbunden mit der Zusage, dass man das Haus nach Abschluss der Dreharbeiten gründlich renovieren würde und überdies eine stattliche Miete zu zahlen bereit sei. Der Produzent hatte keine Zweifel daran, dass der Film ein Riesenerfolg werden würde, so wie alle seine Produktionen zuvor.

Ludwig empfing Weinberger an einem sonnigen Nachmittag auf der Seeterrasse und lauschte dem enthusiastisch plaudernden Berliner.

„Also, lieber Sailer, meine Story passt zu Ihrem Hotel wie der Faust aufs Gretchen. Es geht um einen Hotelbesitzer, der eine missratene Tochter hat. Mit Ihrem Sohn gibt's ja, wie ich gehört habe, auch Probleme?"

„Mein Sohn wollte zur See fahren. Aber da er das Haus später einmal übernehmen wird, habe ich ihn dazu verdonnert, die Hotelfachschule in Lausanne zu besuchen."

„Lausanne, Donnerwetter", unterbrach Weinberger, „das kost ja auch 'ne Stange Geld."

Ludwig nickte. „Meine Tochter Gretel hat, glaube ich, nicht das Zeug dazu und ich kann natürlich nur eine Ausbildung finanzieren", beichtete er. Margarete entstammte seiner zweiten Ehe und hatte es gegen ihren großen Bruder Johannes immer schwer gehabt.

„Sehen Sie, das ist in meinem Film ganz anders und doch ganz ähnlich. Das Töchterchen nämlich, entzückend anzusehen und blitzgescheit – spielt übrigens die kleine Petra Martini, die müssen Sie mal im Petticoat sehen, ganz bezaubernd – also, wie dem auch sei, dieses einzige Kind unseres armen Hoteliers hat sich doch glatt in den Kopf gesetzt, Schlagersängerin zu werden", ratterte Weinberger wie ein Dampfplauderer mit zu viel Druck auf dem Kessel los, „... und warum?"

„Ja, warum?", fragte Ludwig. Er war schon interessiert, den Plot des dümmlichen Schlagerfilms zu erfahren.

„Weil sie sich in einen Rock-'n'-Roll-Sänger verliebt hat. Ausgerechnet! Also, was macht der Vater? Steckt sie zur Strafe in ein katholisches Internat. Ist ein bisschen wie bei Ihnen, oder?"

Ludwig war die direkte Frage von Weinberger peinlich, er wiegte den Kopf und verweigerte eine Antwort. „... und dann?"

„Na ja, also der junge, gutaussehende Rock 'n' Roller fährt mit seiner Vespa – Roller auf Vespa", „Hotte" lachte laut auf und klatschte sich auf die Schenkel, „zu dem Internat und organisiert mit den ganzen Mädels ein wildes illegales Konzert. Die Mädels drehen völlig durch, heiße Musiknummern, alles Rock 'n' Roll, alles vom Feinsten, und was soll ich Ihnen sagen, als das Konzert vorbei ist, ist das Hotelierstöchterchen verschwunden. Und wo isse? Auf dem Sozius der Vespa des jungen Musikers."

Ludwig blieb die Luft weg. Das Affentempo, das Weinberger vorlegte, überforderte ihn. Der Produzent ließ sich nicht bremsen und fuhr fort.

„Der Hotel-Papa ist natürlich außer sich, dass so ein hergelaufener Hallodri sein Prinzesschen entführt hat, und schaltet die Polizei ein. Die liefert sich mit dem flüchtigen Pärchen eine wilde Verfolgungsjagd durch die Berge. Mit Auto, Vespa und Motorbooten."

„Jesses", warf Ludwig ein, „klingt aufwendig."

„Aufwand ist mein zweiter Vorname, lieber Sailer. Ohne Aufwand keine Zuschauer. Die bleiben sonst vor der Glotze sitzen. Auf jeden Fall will es der Zufall beziehungsweise Dr. Hans Brachmann, unser genialer Drehbuchautor, dass am nächsten Morgen ein Musikproduzent aus Berlin im Hotel ‚Sonnenschein' eintrudelt, übrigens, wie findn Sie den Titel ‚Schlager, Glück und Sonnenschein'? Dufte, oder?"

„Vielleicht ein bisschen altbacken, aber …", gab Ludwig zögernd zu bedenken.

„Aber genau das wollen die Leute: Filme wie früher. Opas Kino lebt, und mein Streifen wird das beweisen, in Breitwand und Agfacolor. Äh, wo war ich stehen geblieben?"

„Musikproduzent", half Ludwig ihm auf die Sprünge. Er bestellte noch zwei Kännchen Kaffee und zwei Cognac, und Weinberger zündete sich eine neue Zigarre an.

„Genau. Der Musikus, also ‚Musikproduzentikus' macht ein paar Tage Ferien in dem schönen Hotel und hat eine Idee. Er lässt den Hoteldirektor kommen und setzt sich mit ihm auf die Terrasse. Also, genauso, wie wir zwei beiden jetzt hier gerade sitzen. Prösterchen."

Weinberger kippte seinen Cognac und kam immer mehr in Fahrt.

„Die wilde Verfolgungsjagd mit der Polizei geht natürlich unterdessen weiter, versteht sich. Also, der Musikproduzent, Peter Himmlisch, doller Name, oder? Also der Himmlisch erzählt dem Hotelier, dass er mit seinem untrüglichen Näschen einen jungen Mann entdeckt und unter Vertrag genommen hat. Eine absolute Sensation, eine Granate, die deutsche Antwort auf Elvis Presley!"

„Der Rock 'n' Roller, vermute ich." Ludwig schaute Weinberger herausfordernd an.

„Sie vermuten richtig. Wir bauen da natürlich ein paar Hürden ein. Dramaturgisch, also Verwicklungen, ein wildes Katz-und-Maus-Spiel, Liebesnacht im Einmannzelt beim Wasserfall et cetera pepe … Man muss das Publikum mit dem überraschen, was es erwartet, nicht wahr?"

Ludwig staunte über Weinbergers tiefsinnige Dialektik. Der setzte seinen Vortrag ohne Tempoverlust fort.

„Gut, zurück zur Geschichte. Der Schlagerproduzent Himmlisch will seinen Jungstar groß rausbringen und plant zur Veröffentlichung der ersten großen Langspielplatte seines Schützling eine Riesenparty, und die plant er wo? Na?"

„Im Hotel ‚Seeblick', äh, ich meine ‚Sonnenschein'?"

„Der Kandidat hat hundert Punkte. Zwar sagt der Hotelier, dass er Elvis Presley noch nie leiden konnte, sieht aber gleichzeitig, dass so eine Party mit viel Presse und so weiter eine satte Umsonst-Reklame für seine Bude ist und schlägt ein."

Weinberger hielt Ludwig die Hand hin, der wollte lieber wissen, wie der Film ausgeht.

„Ganz einfach. Unsere beiden Süßen singen miteinander noch ein romantisches nächtliches Liebeslied am Ufer eines Bergsees, da fängt die Polizei die zwei Flüchtigen ein und bringt das Töchterchen samt ihrem weißen Ritter zum Herrn Papa

Hotelbesitzer zurück. Und was soll ich sagen, als die beiden am nächsten Morgen in Handschellen zum Hotel geführt werden, erkennt der Musikproduzent seine Antwort auf Presley. Der Rest geht dann schnell, Handschellen weg, große Freude allerseits, die Party steigt am See, alle Internatsschülerinnen werden eingeladen und das Töchterchen darf sogar mit ihrem Angebeteten ein umjubeltes Duett singen. Happy End, Musik, Abspann, Schluss, Ende, Vorhang, Aus. Na, was sagen Sie?" Hotte Weinberger war vollkommen außer Puste.

„Schön für das Töchterchen, schlecht fürs Hotel. Wer führt das weiter, wenn das Mädel nur noch Schlager singt?"

„Die Frage, lieber Herr Sailer, werden sich die Hunderttausende junger Mädchen, die in den Film rennen sollen, sicher nicht stellen."

Weinberger machte Ludwig Sailer jun. noch am selben Nachmittag ein finanzielles Angebot, das dieser beim besten Willen nicht ablehnen konnte.

Bei den Vorbereitungen zum Dreh wurde die Lobby des Hotels, in der viele Szenen spielten, von der Filmfirma komplett übertapeziert. Auch die Klappe vor dem eingemauerten Kandinsky bekam eine neue Lage Tapete verpasst, sodass die Wahrscheinlichkeit, dass das Bild jemals entdeckt werden würde, immer geringer wurde.

Während der Dreharbeiten herrschte wildes Treiben im Hotel. Die Filmcrew und die Schauspieler wohnten im Haus und vergnügten sich in ihrer freien Zeit am See und in den Hotelbetten. Das einzige Zimmer, das die ganze Zeit über abgeschlossen war, war die „Kandinsky-Suite". Nicht einmal Produzent Weinberger bekam das schönste Zimmer des Hauses zu Gesicht.

Die kleine Gretel war Feuer und Flamme für den hohen Besuch in ihrem Zuhause. Sie lief jeden Tag mit einem Album zu den Schauspielern und hatte den Ehrgeiz, von allen Beteiligten

Autogramme zu bekommen. Weil sie mit ihren sechs Jahren so niedlich aussah, ergatterte sie sogar eine kleine Komparsenrolle als Internatsmädchen.

Leos Vater Johannes war gerade 21 geworden und hatte die größten Kämpfe mit seinem Vater bereits hinter sich. Er hatte seinen Traum, zur See zu fahren, aufgegeben, hatte schweren Herzens und mit mageren Ergebnissen die Hotelfachschule absolviert und würde früher oder später das Haus übernehmen.

Sein weitaus größeres Interesse galt der Damenwelt. Dass er seit einiger Zeit mit der klugen und schönen Luise liiert war und man bereits von einer möglichen Eheschließung sprach, hielt Johannes nicht davon ab, sich noch während der Dreharbeiten an Petra Martini, den weiblichen Jungstar des Films, heranzupirschen. Mit seinem jugendlichen Charme und seinem Unternehmungsgeist gelang es ihm, das Herz der umschwärmten Schauspielerin im Flug zu erobern. Er bot alles auf, was ihm das Hotel seines Vaters zur Verfügung stellte.

Eines Nachts entführte er Petra mit einem Motorboot auf die andere Seite des Sees, wo die Sailers eine kleine Fischerhütte besaßen, die gelegentlich von besonderen Gästen als „Honeymoon Hideaway" frequentiert wurde. Johannes verbrachte mit Petra eine wildromantische Mondscheinnacht in dem Bootshaus am Kochelsee und löste dadurch eine mittlere Katastrophe aus.

Was war passiert? Die romantische Nacht endete damit, dass Petra am nächsten Morgen Johannes sehr verliebt anschaute, um gleich danach vollkommen entgeistert auf ihre Uhr zu starren. Sie hatte an einem ihrer wichtigsten Drehtage hemmungslos verschlafen.

Aber damit nicht genug, denn auch das schöne Mahagoni-Motorboot war von der Filmcrew extra für eine Aufnahme bei Sonnenaufgang angemietet worden und wurde von der verzweifelten Ausstattungsabteilung schmerzlich vermisst.

236

Der Regisseur tobte, der Produzent tobte noch mehr und machte Johannes Sailer für den finanziellen Schaden, der durch den geplatzten Drehtag entstanden war, verantwortlich. Das Geld wurde am Ende von der Miete abgezogen, sodass die von Ludwig vorgesehenen Grundsanierungen, unter anderem der Wasserleitungen und der Bäder, ausblieben.

Für Johannes hatte seine kleine, wilde Affäre keine erfreulichen Folgen. Petra Martini warf ihm vor, egoistisch gehandelt und sie mit Alkohol abgefüllt zu haben und wollte nichts mehr von ihm wissen.

Für Leos Mutter Luise brach eine kleine Welt zusammen, als sie, wenn auch nur in Andeutungen, von dem „Flirt" ihres Freundes erfuhr. Nicht ahnend, was genau in der Nacht in der Fischerhütte passiert war, hielt sie gleichwohl zu Johannes, den sie über alles liebte. Ein paar Jahre später heirateten sie.

Zwischen Ludwig jun. und Johannes ist es jedoch nie wieder zu einer wirklichen Versöhnung gekommen. Ludwig starb nicht lange nach den Dreharbeiten zu „Schlager, Glück und Sonnenschein".

Der Film wurde trotz des Desasters ein großer Kassenerfolg, auch wenn die Kritik ihn gnadenlos verriss. In der „Hörzu" stand von all diesen dramatischen Verwerfungen selbstverständlich kein Wort.

SAMSTAG – NACHT

Julia las gierig den geschönten Bericht über die Dreharbeiten im Hotel „Seeblick". Besonders amüsierten sie die verblichenen Abbildungen von Petra Martini im Blümchenbikini.

Leo stand am Herd, nahm den Nudeltopf von der Flamme und ließ das Wasser abtropfen. Er gab einen letzten Rest Nudelwasser in eine große Pfanne, in der der Sugo köchelte und ließ die al dente gekochte Pasta in den vorbereiteten Sugo gleiten. Nachdem er alles gut miteinander verrührt hatte, leerte er die Pfanne in eine vorgewärmte Keramikschale neben dem Herd. „Fertig! ‚Spaghetti Puttanesca'! Oder wie mein Vater sagte: ‚Nuttennudeln'."

Julia lachte. Er hielt ihr die Schale hin, sie schnüffelte daran und war hin und weg. Bevor sie die Küche verließen, wollte Julia die „Hörzu" wieder in den Wechselrahmen spannen, aber Leo stellte die Nudelschale auf ein Tablett mit zwei Tellern, zwei Gläsern und Wein und drängte nach draußen.

„Lass mal, das ist ohnehin alles gelogen."

„Aha?", fragte Julia mit deutlichem Interesse an der Wahrheit.

„Mein Vater und mein Großvater haben sich bei den Dreharbeiten hoffnungslos und endgültig verkracht."

„Irre ich mich, oder liegt das mit den Vätern und den Söhnen bei euch in der Familie?"

Ohne zu antworten verließ Leo die Küche. Julia folgte ihm.

Zäk und Toto hatten in der Zwischenzeit ihr Gepäck in Zäks Auto verstaut und danach im Garten Stellung bezogen, um das Haus und die Bürofenster aus sicherer Entfernung zu überwachen.

Sie hockten hinter einem Buchsbaum, von wo aus sie den perfekten Blick auf das Objekt hatten. Zäk schaute durch sein Fernglas, Toto klopfte wie wild auf sein Blasrohr und versuchte hindurchzusehen. „Was ist da b-loß wieder …?" Dann versuchte er vergeblich, in das Rohr hineinzublasen, bis seine Backen fast platzten. „Ich verst-steh d-das nicht …"

Als Leo und Julia die Terrasse betraten, straffte sich Zäks Rücken. Er zischte Toto an und drückte ihn tiefer hinter den niedrigen Busch, um die Deckung nicht zu verlieren.

Julia und Leo nahmen an einem der schönen alten Holztische Platz, Leo verteilte die Pasta auf die Teller, Julia entzündete ein Windlicht. Das Setting für ein romantisches Candlelight-Dinner hätte nicht perfekter sein können.

Sie kostete von den Spaghetti und schnurrte verzückt: „Hm, Wahnsinn …"

Leo wurde nachdenklich. „Ja, endlich Ruhe." Er genoss es, dass der Name „Kandinsky" seit gut einer halben Stunde nicht mehr gefallen war, und hielt ihr sein Weinglas entgegen. „Also, die nächste Stunde bitte das K-Wort nicht mehr erwähnen, okay?" Julia nickte. Sie verzichtete zunächst darauf, ihn weiter mit ihrem Plan zu nerven, Farkas die Kopie anzudrehen, und stieß mit ihm an. Von Ruhe konnte indes nicht die Rede sein. Vom See her wehte ein penetrantes Froschkonzert herüber.

„Quak, quak, quak", fiel Julia in den Gesang der Frösche ein.

Leo verstand sehr wohl, dass sie ihn auf liebevolle Weise provozieren wollte, blieb aber souverän. „Die schönste Musik der Welt."

Das konnte und wollte Julia nun wirklich nicht so stehen lassen. Auch sie genoss die Magie der Sommernacht, aber die

Frösche als begnadete Musiker zu bezeichnen, ging ihr dann doch zu weit.

„Och, die New Yorker Philharmoniker oder die Stones im Central Park sind auch nicht soo schlecht", gab sie zu bedenken, „oder so 'ne richtig geile 50er-Jahre-Rock-'n'-Roll-Party unten am See, Motto: ,Schlager, Glück und Mondenschein'? Und auf einem riesigen Bettlaken zwischen zwei Bäumen läuft diese Wirtschaftswunderklamotte. Die Mädchen alle mit Petticoats und Tüten-BHs und die Jungs mit Glitzerjacketts, Röhrenhosen und schmalen Lederkrawatten, so richtig schön geschmacklos."

Sie fingen an zu kichern. Leo gefiel es, dass Julia, wenn auch nur aus Quatsch, Phantasien für das Hotel entwickelte. Es erinnerte ihn an die vergeblichen Versuche seiner Mutter, die alte Pinselmanufaktur nicht mehr als Scheune verfallen zu lassen, sondern sie als Ort für Musik und Literatur zu nutzen, wenn auch vielleicht nicht für nostalgische Mottopartys.

„Du hast mir die Frage von vorhin noch nicht beantwortet. Was war denn genau mit deinem Vater und deinem Großvater?"

„Willst du das wirklich wissen?" Leo war skeptisch, ob er Julia noch weiter in die bewegte Geschichte seiner Familie einführen sollte.

Sie beugte sich zu ihm vor, schaute ihn mit ihrem grünen Auge mit dem kleinen braunen Fleck sehr direkt an und raunte verführerisch: „Wenn ich es nicht wissen wollte, würde ich dich nicht danach fragen."

„Eigentlich hat mein Vater den Hotelbetrieb gehasst. Er wollte Kapitän werden und mochte eigentlich die Berge überhaupt nicht", begann Leo seine Erzählung, die bewies, dass die männlichen Mitglieder der Familie immer Probleme miteinander hatten, als läge ein Fluch auf den Sailers.

„Und die Frauen? Hatten die nichts zu sagen?", wollte Julia wissen und schaute bedeutungsvoll.

„Von meiner Urgroßmutter weiß ich nur, dass sie ziemlichen Zoff mit meinem Urgroßvater hatte, weil der ihr nicht immer treu war und seine Damen nicht nur hofiert, sondern auch noch fotografiert hat."

„Gibt's die Fotos noch?"

„Es gab wohl ein dickes Buch, das meine Urgroßmutter das ‚Weiberalbum' nannte, aber das soll im Krieg verbrannt sein. Wobei ... hier wurde gar nicht gekämpft."

Leo konnte nicht ahnen, dass das „Weiberalbum" Kandinsky in dem Wandtresor hatte Platz machen müssen, er kannte nur die offizielle Familienlegende.

„Schade", befand Julia und fragte nach Leos Großmutter.

„Die hab ich leider nie kennengelernt. Hat wohl einen Batzen Geld mit in die Ehe gebracht und ins Hotel gesteckt. Leider hatte sie davon nicht mehr viel. Sie ist mit vierzig an Krebs gestorben."

„Oh, das tut mir leid."

„Meinem Großvater tat es offensichtlich nicht leid. Er hat sehr bald eine erheblich Jüngere geheiratet. Die Mutter von Tante Margarete, also eigentlich Halbtante ... gibt's so was?"

„Ich glaub schon. Und weiter?"

„Sehr glücklich war meine liebe Stief-Oma – ich musste sie ‚Stimomelchen' nennen – wohl nicht, wie ich meinen Großvater einschätze. Der war auch kein Kind von Traurigkeit. Ich hab allerdings nur sehr verschwommene Erinnerungen an sie."

„This is a Man's World ...", sang Julia mit Pasta im Mund.

Leo nickte. „Du wirst es vielleicht nicht für möglich halten, aber ich entstamme einer langen Linie von notorischen Fremdgängern und Womanizern. Mein Vater machte da leider keine Ausnahme."

Julia schluckte die Spaghetti runter. „Das wird dann wohl dein Job sein."

„Schon erledigt. Mein Vater hielt mich sogar für einen To-talversager, weil ich mit 25 noch keine hundert Liebschaften hatte …"

„Finde ich jetzt eher sympathisch."

„Kannst du dir vorstellen, dass er sogar mir einmal eine Freundin ausgespannt hat?" Er schüttelte gedankenverloren den Kopf, als könne er es noch immer nicht fassen.

„Was hat denn deine Mutter dazu gesagt?"

Leo schluckte. „Müssen wir das jetzt … ich meine, es gibt doch noch andere Themen, oder?"

„Wie man's nimmt. ‚Kandinsky', sorry, das K-Wort ist streng verboten, über deine Mutter weiß ich nur, dass sie mit dem Hotel große Dinge in Sachen Kultur vorhatte, leider auch ver-boten, und …"

„Erzähl du doch mal was von deiner Familie", unterbrach Leo sie.

Julia dachte einen Moment nach, dann fiel ihr der Far-kas-Plan wieder ein. Sie musste Leo ihre Idee nur schonend beibringen, damit er nicht unwiderruflich einschnappte. Jetzt schien ein günstiger Zeitpunkt dafür gekommen zu sein. „Das Beste waren meine Großeltern. Und das Beste an meinen Groß-eltern war ihr Abo der ‚Hörzu'."

„Ach, deshalb bist du so ausgeflippt, als du das alte Heft in der Küche gefunden hast."

„Für mich gab es nichts Schöneres, als bei Oma und Opa auf dem Plüschsofa zu lümmeln und ‚Original und Fälschung' zu spielen."

„Original und Fälschung?"

Julia trank noch einen Schluck Wein. Sie merkte, dass sie Leo angefixt hatte und erzählte begeistert weiter. „Man musste zehn Unterschiede in zwei Bildern finden. Ich war super darin. Und hab auf die Weise alle berühmten Gemälde der Welt kennen-gelernt. Ich glaub, es war auch mal ein ‚K' dabei."

Leo schaute sie verliebt an. Dass sie auf seine Empfindlichkeit Rücksicht nahm, schmeichelte ihm.

„Wie sieht's aus? Hast du Lust?"

Gab es für Leo ernsthaft eine Möglichkeit, Julias Frage misszuverstehen? Er verschluckte sich an seinem Wein und hüstelte: „Lust … äh … worauf?"

Julia schaute ihn etwas zu lange an. Leo beugte sich vor und schloss die Augen. In diesem Moment landete von oben ein Netzstrumpf auf seinem Kopf. Leo schaute sich hektisch um, Julia begann zu lachen. „Die magnetische Anziehungskraft für alles Weibliche scheinst du jedenfalls von deinen Vorvätern geerbt zu haben."

Die Besitzerin des Netzstrumpfes stand eine Etage höher in der Balkontür und wandte immer eindeutigere Mittel an, um ihr Opfer ins Bett zu bekommen. Sie hatte den zweiten Netzstrumpf in der Hand und umgarnte Farkas damit. Dem fiel es unter diesen Umständen nicht leicht, sich auf seine momentane Aufgabe zu konzentrieren. Er sondierte von seinem erhöhten Beobachtungsposten das Terrain, schaute erst zum See, in dem sich das Mondlicht spiegelte, ließ seinen Blick über den Garten schweifen und checkte schließlich noch den Parkplatz des Hotels. Julia und Leo konnte er vom Balkon aus nicht sehen.

„Laszilein, zeigst du mir mal deinen ,Revolver', hä?" Margarete machte sich an seiner Hose zu schaffen. Farkas schob ihre Hand weg.

„Magst net lieba in den schönen Vollmond schau'n?", wienerte er.

Margarete öffnete den obersten Knopf ihrer Bluse. „Ich hab hier sogar zwei Vollmonde für dich, mein Schlawinerchen."

Unten im Gebüsch kämpfte Toto weiter mit seinem Blasrohr, während Zäk Leo und Julia fixierte.

„Wird das heute noch was?" drängelte Zäk.

Toto ging das dünne Stöckchen zu Bruch, mit dem er in seinem Rohr herumgebohrt hatte.

„Verstopft", lamentierte er.

„Mann, gib Gas!" Als Leo und Julia gutgelaunt aufstanden und ins Haus verschwanden, feuerte Zäk wütend sein Fernglas zu Boden. „Fuck! Fuck, fuck!"

„Es tut mir so leid, Zäkchen …"

Aber Zäkchen war nicht nach Verzeihung zumute. „Schnauze!", blaffte er eiskalt zurück. „Ich muss nachdenken!"

✦

Erwartungsvoll schlug Julia die Rätselseite der Fernsehzeitschrift auf. Zu Leos Enttäuschung war das Rätsel schon weitgehend gelöst, acht der zehn Unterschiede waren mit einem Kugelschreiber umkringelt.

„Solche Bilder in der Rätselecke von 1967?", staunte Leo und pfiff leise durch die Zähne. Das Bild, um das es ging, war ein Gemälde des französischen Empire-Malers Jacques-Louis David, eine für damalige Verhältnisse äußerst freizügige Darstellung von Amor und Psyche nach dem Liebesakt. Es war genau die Art Bilder, die Jahrhunderte später in Museen gelegentlich zu erregten Diskussionen zwischen Kunstliebhabern und Sittenwächterinnen führten.

„Ich hab die zwei letzten Fehler!", jubilierte Julia, die nur kurz auf die Bilder geschaut hatte. Sie nahm einen Stift zur Hand und umkringelte die beiden Abweichungen in der Fälschung.

Leo las das Kleingedruckte darunter: „Schicken Sie Ihr Ergebnis bis zum 19.8.1967 an unsere Redaktion. Sie haben die einmalige Chance, den Prachtband ‚Europäische Malerei des 19. Jahrhunderts' mit 367 Vierfarbdrucken der größten Meisterwerke zu gewinnen. – Da musst du dich aber ganz schön ranhalten."

„Ich hab eine Idee", sagte Julia mit kindlicher Begeisterung, „Wir spielen das in echt." Ihr Plan nahm Gestalt an.

„Wie, in echt?", wunderte sich Leo.

Zäk schaute konzentriert zum Hotel hinüber. Er sah, wie das Licht in der Küche aus- und das in der Lobby anging. Gleichzeitig änderte das Licht im ersten Stock seine Farbe. Das normale Kunstlicht bekam wie von Geisterhand einen verführerischen roten Schimmer. Zäk kratzte sich am Kopf.

Margarete hatte ein rotes Seidentuch über die Nachttischlampe gelegt und auf diese Weise eine ihrer Meinung nach erotische Atmosphäre geschaffen. Sie stand in Unterwäsche neben dem Bett und hatte Farkas' an seinem geöffneten Gürtel fest im Griff.

„Jetzt bist du dran, mein Spatzerl", drohte sie.

„Aber bitte nur mit Kondom", protestierte Farkas. Er riss sich los und floh unter dem Verlust seines Gürtels zum Sekretär mit dem „Arsch"-Kunstwerk. Kleinmütig schaute er auf Connys Musterkondome. „I glaub, da passt koana …"

In der Lobby kletterte Julia behände auf den Rezeptionstresen und reichte Leo den Bellagio herunter.

„Ich hab immer noch nicht verstanden, was du vorhast", warf Leo ein, spielte aber ihr Spiel mit.

„Wart's ab. Komm." Damit sprang sie vom Tresen und schob ihn ins Büro.

Zäk sah, wie hinter den zugezogenen Vorhängen des Arbeitszimmers das Licht anging und stieß Toto in die Seite, der gerade durch sein halbwegs entstopftes Blasrohr schaute, das ihm durch Zäks Stoß ins Auge gedrückt wurde. „Aua!"

Leo und Julia bekamen von dem munteren Treiben im und ums Haus nichts mit. Leo wollte Julia näcerkommen, Julia schwankte zwischen Pflicht und Neigung. Einerseits genoss sie Leos Avancen, andererseits arbeitete sie an ihrem Plan, Farkas übers Ohr zu hauen und den Kandinsky zu sichern.

Sie zog das Original aus der Kiste und stellte es auf das Sofa vor dem großen Bücherregal. Dann stellte sie die Kopie direkt daneben und drehte die Schreibtischlampe so, dass sie beide Bilder beleuchtete.

„Ich musste schon damals daran denken, als Ziegelstein sich die Bilder angesehen hat. Hast du einen Edding?"

„Was?" Leo begriff langsam, was sie vorhatte.

„Keine Angst, ich mach die Kreise nur auf die Kopie."

Leo schaute ungläubig, reichte ihr aber trotzdem mechanisch einen Marker. Julia lachte. „Dir kann man auch viel erzählen, wenn der Tag lang ist. Komm, setz dich. Wer zuerst was findet, hat gewonnen. Aber die Farbe der Sterne gilt nicht."

Sie schob die Besuchersessel vor das Sofa und sie setzten sich hinein. Wie zwei Kinder, die etwas Verbotenes taten, betrachteten sie die beiden Gemälde.

„Ah, ich glaub, ich hab was. Guck mal, hier, der Baum ist ein bisschen anders als bei Kandinsky, ups, sorry, K-Wort ..."

Leo überprüfte Julias Entdeckung und gab zu, dass der Baum tatsächlich um eine Winzigkeit anders war als im Original. Ansonsten war es äußerst schwierig, zwischen den Bildern Unterschiede zu finden. Bellagio hatte gut gearbeitet. Sie rückten ans Sofa heran, erneut kamen sich ihre Köpfe sehr nahe. Leo legte vorsichtig seinen Arm um Julia, sie ließ es geschehen. „Darf ich dir was zeigen?"

„Klar." Julia war gespannt, was Leo mit ihr vorhatte. Er ging zum Schreibtisch und holte den Brief seines Vaters aus der Schublade. Einen Moment zögerte er, dann reichte er Julia das Schreiben. Julia las es aufmerksam durch.

„Verstehst du jetzt, warum ich das Hotel erhalten will?"

Sie ließ den Brief sinken. „Nicht so ganz ... Was war denn mit deiner Mutter?"

Leo lehnte sich an das alte Eichenmöbel, an dem bereits sein Urgroßvater, sein Großvater und sein Vater gearbeitet hatten. „Sie ist verunglückt. Eine Katastrophe ... Meine Beziehung zu meinem Vater hat eigentlich bis zum Schluss darunter gelitten.

Wenn das nicht passiert wäre, und … und wenn mein Vater nicht unablässig hinter irgendwelchen meist sehr kostspieligen Damen her gewesen wäre, wären wir beide vielleicht besser miteinander klargekommen … dann wäre das Hotel wahrscheinlich in einem anderen Zustand, und ich würde seit ein paar Jahren hinter diesem Tisch sitzen."

Er war noch nicht so weit, Julia die ganze Tragödie um den Tod seiner Mutter zu erzählen.

In diesem Moment wurde ihm aber schlagartig klar, dass er die Verantwortung für den gewachsenen Familienbetrieb unter allen Umständen übernehmen wollte. Eventuell sogar zusammen mit Julia. Nur, wie sollte er ihr das beibringen?

„Kennst du eigentlich die ‚K'-Suite?", fragte er unsicher, um die Situation zu entspannen.

„Nee, was ist das?"

„Die Kandinsky-Suite."

Julia legte ihm einen ihrer schönen schmalen Finger auf die Lippen. „Hmhm … K-Wort!" Leo nahm ihren Finger weg.

„Die hat mein Vater dir nicht gezeigt?"

Julia schüttelte den Kopf.

„Dann war er auch nicht hinter dir her", sagte Leo nicht ohne Erleichterung. Er deutete auf die Bilder. „Das ist der Blick von da oben. Soll ich sie dir zeigen?"

Innerlich jubelte Julia, alles lief noch viel mehr nach ihrem Plan als erhofft. Und Leos Annäherungen gefielen ihr auch immer besser. „Mit Kandinsky?", fragte sie unschuldig.

Leo brauchte eine Sekunde, bis er begriff, was sie vorgeschlagen hatte. Dann nahm er den Kandinsky in die Hand. Diesmal schob er sie aus dem Zimmer.

Atemlos verfolgte Zäk das Lichterspiel hinter der Hotelfassade. Das Licht im Büro ging aus, dafür ging es in der Lobby kurz an und wieder aus, um wenig später in einem besonders großen Fenster im zweiten Stock aufzuleuchten. Hinter der

Gardine wurden zwei Gestalten sichtbar. „Was treiben die da drinnen?", fragte er eher sich als Toto.

Der pustete sein Blasrohr endgültig frei und war zufrieden. „Alles wi-wieder Ok-kay. Mu-muss nur n-noch laden." Er öffnete eine kleine Blechschachtel, in der wohlgeordnet seine Giftpfeile lagen.

Leo knipste das Licht in der Kandinsky-Suite aus und zog die Gardinen beiseite. Das helle Mondlicht schien durch die Fenster und tauchte die kleine Zimmerflucht in magisches Nachtblau. Er hielt das Bild in die Höhe, zeigte abwechselnd darauf und aus dem Fenster.

„Original – Fälschung – Fälschung – Original ... Ist die Kunst das Original oder die Fälschung?" Leo gönnte sich diesen kleinen philosophischen Exkurs, zumal selbst er von der Seelenverwandtschaft des gemalten und des natürlichen Bildes ergriffen war.

Es war eigenartig: Immer wieder landete Kandinskys Meisterwerk zufällig an beziehungsreichen Orten, als wollte der gute Geist der Kunstgeschichte mit den geldgierigen Menschen Katz und Maus spielen und ihnen einen Strich durch ihre kleinlichen Rechnungen machen.

Julia sah sich um und schlenderte staunend durch die Suite – ein großes, altmodisch eingerichtetes Schlafzimmer, ein Salon und ein opulentes Badezimmer mit frei stehender Wanne. Gegenüber vom Doppelbett, über das sich ein Baldachin spannte, befand sich eine Tür, die zu dem großen Balkon mit Seeblick hinausführte. Julia ließ ihre Hand über die Möbel gleiten, die zum größten Teil mit weißen Hussen verhüllt waren.

„Angeblich ist die Einrichtung seit Kandinskys Tagen unverändert geblieben, selbst in der Nazizeit", erzählte Leo. „Bisschen angestaubt, aber saugemütlich ... Als Kind war das mein absoluter Lieblingsort. Ich hab mich manchmal mit meinem Hund hier reingeschlichen und ihm Kunststücke beigebracht."

Leo stellte den Kandinsky auf einen der Sessel und öffnete die Balkontür.

„Kann ich verstehen, dass Kandinsky hier glücklich war …“, sagte Julia.

Leo lachte auf. „Ja, mit seinen Geliebten. Der war auch nicht besser als meine gesammelten männlichen Vorfahren. Und als Dank für die heimlichen Schäferstündchen hat er meinem Urgroßvater damals das Bild geschenkt. Nr. 69, sehr beziehungsreich. Tja, Fremdgänger unter sich …“

Julia schmiegte sich an ihn und schaute ihn lange an. „Du bist anders, oder?“

Statt einer Antwort führte er sie auf den Balkon. Sie blickten gemeinsam auf den See, und Leo legte vorsichtig seinen Arm um ihre Taille.

„Möchtest du nochmal runter zum See?“, fragte er sie.

„Nein.“

„Möchtest du noch'n Nachtisch?“

„Nein.“

„Noch'n Schluck Wein?“

„Nein.“

„Sagst du jetzt immer ‚nein‘?“

„Nein.“

„Okay … Wollen wir beide heute Nacht …“ Er machte eine winzige Pause, die Julia für ihre Antwort nutzte.

„Ja …“ In sicherer Erwartung eines Kusses schloss sie die Augen. Leo näherte sich langsam ihren Lippen. Als sie sich gerade berührten und Julia ihre Arme hob, um sie Leo um den Nacken zu legen, traf ein kleiner, im Mondlicht nahezu unsichtbarer Pfeil seinen Hals. Leo fasste sich an die Einstichstelle, taumelte an Julia vorbei ins Zimmer und sackte schnarchend auf dem Himmelbett zusammen.

Julia öffnete enttäuscht die Augen. Was sie sah, machte sie fassungslos. „Nicht dein Ernst …?“ Sie hockte sich neben Leo aufs Bett und schaute lange auf den Kandinsky. „Obwohl …" Eigentlich kam Leos temporäre Ohnmacht ihrem Vorhaben gut zu Pass.

Toto kriegte sich gar nicht mehr ein vor Stolz, dass er Leo selbst bei den ungünstigen Lichtverhältnissen gleich mit dem ersten Pfeil getroffen hatte. Er jonglierte mit seinem Blasrohr und sang flüsternd: „Ich bin der beste Bläser, der Beste, den es gibt … Hast du Lust?", fügte er verführerisch hinzu und griff Zäk an die Hose.

„Ist gut, Puschel, vielleicht später. Erst brauchen wir noch das Wiener Würstchen." Zäk schwenkte sein Fernglas auf das Fenster mit dem Rotlicht.

Toto war ein bisschen beleidigt und öffnete erneut seine Blechschachtel mit den Pfeilen. „Und wa-was ist mi-mit den M-Mädels?"

Zäk linste zum Rotlicht. „Mit denen werden wir auch so fertig."

Wenn er sich da mal nicht irrte. Margarete verfolgte mit eiserner Zielstrebigkeit ihre Absicht, Farkas zu verführen. Sie hatte Connys bunte Kondome zu einer Kette zusammengeknotet und wollte Farkas damit fesseln. „So was magst du doch bestimmt, Laszloleinchen", konstatierte sie siegessicher.

Damit hatte sie nicht einmal unrecht. Farkas war grundsätzlich keiner Variation des Liebesspiels gegenüber abgeneigt, nur nicht gerade in dieser Nacht, an diesem Ort, unter Druck und vor allem nicht mit dieser Frau.

„Ich kann so nicht!" Er riss sich die Gummifessel von den Händen und schmiss sie in den Papierkorb. Dann zog er sich die Hose, die Margarete ihm bereits in die Kniekehlen heruntergezogen hatte, wieder hoch. „Ich brauch was Stimulierendes", log er, wohl wissend, dass auch das nicht helfen würde. Er ging zum Bett, auf dem Margarete lümmelte, und nahm ihr seinen Gürtel weg.

„Blaue Pillen hab ich nicht auf Lager, aber mein Zaubermittel …", grinste sie ihn an und warf sich einen Hotel-Bademantel über.

„Des Bildel?" Farkas fand es einen Versuch wert, mal wieder daran zu erinnern.

„Des Bildel gibt's in der Früh – als Belohnung!"

Margarete verschwand aus dem Zimmer. Farkas atmete erleichtert auf und schloss hinter ihr ab. Er schaltete die Nachttischlampe aus, griff zu seinem Zigarettenetui und trat auf den Balkon.

Toto sah den Schein des Feuerzeugs als Erster. Er stieß Zäk in die Seite, der seinem Blick folgte. Oben schaute Farkas hinaus auf den See, streckte sich, zündete sich eine Zigarette an und lehnte sich rückwärts an die Balkonbrüstung.

„Worauf wartest du?", zischte Zäk.

Toto holte tief Luft und blies kurz und heftig in sein Rohr.

Eine Zehntelsekunde später fasste sich Farkas reflexartig an seinen Specknacken und sackte augenblicklich in sich zusammen.

Zäk und Toto klatschten sich lautlos ab. Zäk schaute auf seine Uhr. „Ich schätze, in zwei bis drei Stunden legen wir los."

Toto strahlte. Er hatte eine ziemlich genaue Vorstellung davon, wie er die Wartezeit mit Zäk im Gebüsch totschlagen würde. Er wollte gerade loslegen, da schaute Zäk zum Haus, wo im Büro das Licht wieder anging.

✦

Julia saß hochkonzentriert am Schreibtisch. Jetzt, wo Leo sie nicht mehr störte, konnte sie strategisch und effizient vorgehen. Ihr Ziel war präzise umrissen: Sie wollte unter allen Umständen verhindern, dass Farkas am Morgen mit dem Kandinsky abzog. So betrunken, wie Margarete den Wiener gemacht hatte, würde er auf Julias Scharade sicher reinfallen. Auf jeden Fall würden sie Zeit gewinnen, um den Kandinsky in Sicherheit zu bringen.

Was hatte sie vor? Sie wollte Farkas auf dem Schlüsselbord einen Brief hinterlassen, dass man „sein Bild" aus Sicherheitsgründen von dort entfernt hatte. Ohne Nagel an eine durchnässte Wand gelehnt – das sei kein Ort für ein kostbares Kunstwerk. Im Büro wollte sie den Bellagio in die Kiste mit dem Kandinsky-Label stecken und diese verschließen. Ihr würde schon etwas einfallen, um Farkas daran zu hindern, den Inhalt der Kiste zu überprüfen.

Julia ahnte ja nicht, wer noch hinter dem Kandinsky her war. Und Ziegelstein hatten sie im Griff.

Sie hatte das Schreiben an Farkas, unter das sie Leos gefälschte Unterschrift setzte, gerade beendet und in ein Kuvert gesteckt, da torkelte eine sichtlich angetrunkene Margarete ins Büro. Sie nahm in der Tür einen letzten Schluck aus einer Ginflasche und schaute Julia mit glasigen Augen an. „Was machen Sie denn so spät noch hier?"

Julia schob den Brief unter eine Akte und spielte die Unschuld vom Lande. „Ich konnte nicht schlafen, Vollmond, da dachte ich, ich geh noch ein paar Akten durch."

„Nur zu, Kindchen, lassen Sie sich nicht stören", nuschelte Margarete und steuerte auf den Schreibtisch zu. Gezielt öffnete sie eine der großen seitlichen Türen. Ihr Blick hellte sich auf. „Ich wusste es! Ich kann mir zwar nicht mehr so richtig viel merken, aber meine Gin-Verstecke, die …" Ohne ihr Geständnis zu beenden, griff sie beherzt in das Fach und zog eine jungfräuliche Flasche hervor. „Tüdelü", verabschiedete sie sich kokett von Julia.

Als sie auf dem Weg zur Bürotür den Bellagio und den Kandinsky nebeneinanderstehen sah, stutzte Margarete. Sie zwinkerte heftig mit den Augen. „Vielleicht sollte ich nicht so viel trinken. Ich seh schon alles doppelt. Tschüss, ihr beiden", winkte sie Julia zu und verschwand.

Julia fürchtete, dass jede weitere Störung ihren Plan gefährden würde. Sie schob als Erstes den Kandinsky in die Bellagio-Kiste. Dann wickelte sie den Bellagio mit Knackfolie ein und verklebte die Folie mit Paketband. Das fertige Paket schob sie in die Kandinsky-Kiste, verschloss diese und stellte sie in die Nähe der Tür. Schließlich nahm sie den Kandinsky mit der falschen Kiste unter den Arm, löschte das Licht und verließ ebenfalls das Büro.

In der dunklen Lobby klebte Julia mit einem Tesafilmstreifen „Leos" an Farkas adressierten Brief gut sichtbar oben an das Schlüsselbord. Dabei achtete sie darauf, dass Margarete, die in der Küche hantierte, die Bilderkiste nicht sah, und schlich erleichtert mitsamt dem verpackten Meisterwerk die zwei Treppen nach oben.

Als Julia an Marcos Zimmer vorbeikam, hörte sie von innen sehr eindeutige Geräusche. Sie wiegte traurig den Kopf. „Die Glücklichen …"

Marco und Josephine vergnügten sich in seinem schmalem Einzelbett. Es war eine wilde erste Liebesnacht, die die beiden miteinander verbrachten.

Giacomo saß im Regal neben Leos Hockeypokal und fühlte sich am Ziel seiner Wünsche. Endlich konnte er seine Studien zum menschlichen Paarungsverhalten vervollständigen. Seine Beobachtungen waren im Übrigen nicht nur rein wissenschaftlicher Natur, sie dienten durchaus eigennützigen Interessen. Der Marder war erst seit Kurzem geschlechtsreif und wollte sich Anregungen für die demnächst anstehende Paarungszeit holen – welche Marderin auch immer dafür in Betracht kam.

Das Schauspiel, das Marco und Josephine seinem kleinen Freund boten, war ausführlich und explizit, sodass er sogar ein Gefühl von Scham empfand. Andererseits hatte er schon früher

Marco an seinem Laptop nachts ähnliche Beobachtungen anstellen sehen und dachte sich, dass diese spezifische Form der Indiskretion in der Natur der Sache läge.

Nur eines irritierte ihn: Das Weibchen, das mal unter und mal auf seinem Herrchen lag, war im Gegensatz zum Männchen gänzlich ohne Fellbewuchs, eine für Giacomo wenig anheimelnde und ganz und gar nicht kuschelige Vorstellung.

Julia kam einigermaßen erschöpft zurück in die Kandinsky-Suite. Sie schob die Bilderkiste sicherheitshalber unters Bett und legte sich angezogen neben Leo. Dass er nicht einmal aufwachte, als sie ihn zärtlich streichelte, wunderte sie. „Ist das 'ne Schlafkrankheit? Malaria oder so was?", fragte sie ihn, ohne wirklich eine Antwort zu erwarten, dann lehnte auch sie sich in die Kissen und schloss die Augen.

Es gibt kaum etwas Undankbareres für Autoren, als eine Liebesszene zu schreiben. Beschreibt man nur die mechanischen Vorgänge, gleitet es leicht ins Pornografische ab, und man wird seinen Figuren nicht gerecht. Beschreibt man ausschließlich die emotionale Welt der Liebenden, so setzt man sich dem Vorwurf aus, die Schilderungen körperlicher Erotik schamhaft unterschlagen zu haben. Dieses Thema hatte sich durch Totos treffsicheren Gift-Schuss gottlob erledigt. Was jedoch keineswegs heißt, dass zwischen Leo und Julia inzwischen nicht heftige Gefühle entbrannt wären. Die heißen Liebesszenen dieser Nacht spielten sich gewissermaßen stellvertretend in Marcos Zimmer und hinter einem vernachlässigten Buchsbaum im Garten des Hotels ab.

Das Leben hatte Margarete gelehrt, dass gerade bei reiferen Menschen die Liebe oft durch den Magen ging. „Essen ist der Sex des Alters" war ein Satz, den sie oft in Illustrierten gelesen hatte und der auf sie, ergänzt durch „und Trinken", in jedem Fall zutraf. In der Hoffnung, Farkas mit ein paar Häppchen gefügig machen zu können, schmierte sie in der Küche mit

Inbrunst einen Berg von Leberwurstbroten, die sie liebevoll mit Gurkenfächern garnierte.

Zäk zog den Reißverschluss seiner Hose zu. Er hatte, solange Toto sich ihm widmete, das Haus nicht eine Sekunde aus den Augen gelassen. Jetzt sah er, dass in der Küche das letzte Licht gelöscht wurde. Das Haus lag im Dunkeln.

„So, geht los!", befahl er und schaute auf seine Uhr.

Toto war aufgeregt wie ein Kind vor der weihnachtlichen Bescherung. „Da-das ist der Moment, den ich am m-meisten liebe …"

Sie gingen zu ihrem Auto und holten zwei kleine Taschenlampen heraus. Ohne sie einzuschalten schlichen sie zum Hotel.

Mit dem Schnittchenteller in der Hand und der Ginflasche unterm Arm erklomm Margarete voller Vorfreude die Treppe. Dass die „Sternennacht" nicht mehr auf dem Schlüsselbord stand, registrierte sie in der Dunkelheit nicht.

An der Tür zum „Liebeszimmer" angekommen, mühte sie sich, die Klinke mit ihrem Ellbogen zu öffnen. Da die Tür abgeschlossen war, klopfte sie leise an. „Laszlo? Laszi? Machst du bitte auf? Es gibt Schnittchen!"

Margarete lauschte an der Tür und klopfte stärker an. „Laaszi? Mach auf!" Wieder lauschte sie, dann trat sie mit aller Kraft an die Tür und rief noch lauter nach ihrem Schatz.

Julia wachte von dem Lärm im Flur auf und rüttelte Leo wach. Der hielt sich den Kopf und wusste nicht, wo er war. „Was ist denn? Wo sind wir?"

„Irgendwas stimmt da draußen nicht … Komm!"

Sie richtete Leo auf, aber der kippte prompt zurück auf die Matratze.

Zäk und Toto betraten die unbeleuchtete Lobby, deren Tür nachts normalerweise nicht abgeschlossen wurde. Man war in Bayern, da vertraute man einander.

Zäk richtete den Schein seiner Taschenlampe auf die Wand über der Rezeption. „Da schau her …"

Toto geriet in Panik. „W-Wo ist denn das Bi-Bild?"

Aber Zäk blieb eiskalt. „Das Echte ist eh im Büro, schon vergessen? Oh, was haben wir denn hier?" Er löste Julias Brief vom Schlüsselbord. „Sehr geehrter Herr Farkas", las er gespannt vor, „wir haben Ihr Bild aus Sicherheitsgründen von der Wand genommen. Es ist ordnungsgemäß verpackt und steht für Sie zur Abholung im Büro bereit. Leo Sailer." Er grinste. „Ha, das nenn ich Service."

Zäk klebte den Brief wieder ans Schlüsselbord.

Margarete hatte indessen ihre Versuche, zu Farkas Kontakt aufzunehmen, eingestellt. Stattdessen hatte sie die Ginflasche geöffnet, es sich vor der Tür gemütlich gemacht und begonnen, genussvoll die Leberwurstschnittchen und die Gurkenfächer zu verzehren.

Julia hingegen kämpfte weiter um Leo. Sie hatte ihn an die Wand gelehnt und die Tür der Suite geöffnet. Als Leo erneut in sich zusammensackte, schüttelte sie ihn, bis er aufwachte und ihr zombiehaft folgte. Sie kamen an Marcos Zimmer vorbei, aus dem nach wie vor heftiges Liebesgeplänkel drang, jetzt vermischt mit venezianischer Musik. Julia schaute sehnsüchtig zur Tür. „Oh Mann …"

Leo zog die Augenbrauen zusammen und schaute dumpf drein wie Stan Laurel in seinen besten Momenten.

Zäk und Toto brauchten nicht lange, um die Bilderkiste mit dem Kandinsky-Label zu finden, Julia hatte sie bewusst so platziert, dass man darüber stolpern musste, wenn man das Büro betrat. „Bingo!", jubelte Zäk, aber Toto war skeptisch: „Und wenn das wieder das falsche B-Bild ist?"

„Ey, Puschel, du bist heute echt schräg drauf." Zäk leuchtete das Label auf der Kiste an. „Was steht hier? Na? Richtig, ‚Kandinsky'. Also, schnapp dir das Ding und dann Abflug."

„Wir k-können doch kurz nachgucken", protestierte Toto, da hörten sie Schritte von der Treppe. Das Licht in der Lobby ging an, und die zwei Kunstdiebe flüchteten zurück ins Büro. „Sch-scheiße …" jammerte Toto leise.

Julia kam vorsichtig die Treppe herunter, Leo folgte ihr geradezu schlafwandlerisch sicher. Hätte er von dem Effekt des Pfeilgifts bewusst etwas mitbekommen, hätte er es vermutlich sofort zur Therapie seiner Höhenangst eingesetzt. Als Julia sah, dass ihr Brief an einer anderen Stelle am Schlüsselbord klebte, stutzte sie. „Was …?" Ehe sie weitersprechen konnte, ging das Licht in der Lobby wie von Geisterhand aus.

„Keine Bewegung!", knurrte Zäk die beiden im Dunkeln an.

„Und kei-keinen L-Laut!", ergänzte Toto.

„Aber …", protestierte Leo schwach.

„Schnauze, sonst machst du Bekanntschaft mit meinem Ballermännchen." Zäk rammte Leo eine Pistole mit Schalldämpfer in den Rücken, Toto hielt Julia ein Messer vor die Nase. Sie schaute hilfesuchend zu Leo, der plötzlich hellwach war und ungläubig mit den Augen zwinkerte. „Was soll das?"

„Schnauze, hab ich gesagt!", fuhr Zäk ihn an und wandte sich an Toto. „Klebeband!"

Toto riss den kleinen Tesafilmstreifen von Julias Brief ab, klebte ihn an die Spitze seines Zeigefingers und wedelte Zäk damit verführerisch zu. Der schaute ihn nur entgeistert an.

„Ab in den Keller!"

✦

In Giacomos kulinarischem Gefängnis fand Zäk neben dem Marderkäfig ein altes Seil. „Fesseln!" Er warf Toto das Seil zu.

Toto fesselte Leo und Julia Rücken an Rücken und band ihnen hinten ihre Handgelenke zusammen. Mit einem kräftigen Ruck zog Zäk den Knoten fester.

„Aua! Nicht so fest!", protestierte Julia.

„Jaja, der alte Trick ...", lachte Zäk.

„Bitte tun Sie ihr nicht weh, Herr Montana, Sie bekommen von mir, was Sie wollen", startete Leo einen letzten, verzweifelten Versuch, Julia zu beweisen, dass er doch ein Held sein konnte.

„Was wir wollen, haben wir schon, mein Freund." Damit schob Zäk Toto die Kellertreppe nach oben.

„Was meint er damit?", fragte Leo Julia. Die verdrehte die Augen über so viel Naivität. „Na, was wohl? Deinen Kandinsky!"

„Oh nee ..." Leo war am Boden zerstört. Julia stöhnte über das Seil, das ihr ins Handgelenk schnitt.

Die Gangster rannten siegesgewiss durch die Lobby, schnappten sich die Kiste mit dem vermeintlichen Kandinsky, verstauten sie im Kofferraum ihres Cabrios und düsten mit quietschenden Reifen vom Grundstück.

Im Keller war die Abfahrt des Autos gut zu hören. Wenigstens für Julia, denn Leo hatte erneut die Müdigkeit übermannt. Er hing buchstäblich in den Seilen und war weggedämmert. Julia zog an ihren Fesseln und ruckelte an dem hinter ihr schlafenden Leo.

„Hallo, Landei, aufwachen! Das gibt's doch nicht ..." Sie imitierte einen lauten Hahnenschrei. Leo gab ein leises, fragendes Grunzen von sich. „Landmann, werd wach! Die Sonne geht auf. Du musst aufs Feld!", spottete sie.

Leo schlug die Augen auf und musste sich erst orientieren. Wo war er? Warum war er gefesselt, und woher kam Julias Stimme? „Was ... wie ...?"

„Okay, ich nehme alles zurück: Du *bist* langweilig! Und echt komisch. Tu was!!!" Julias Stimme überschlug sich beinahe.

„Was?" Langsam kehrten seine Erinnerungen an die Vorkommnisse der Nacht und an die beiden Gauner zurück. „Ach du Scheiße! Oh nee …" Er zerrte an seinen Fesseln. „Kannst du da nichts machen? Du kannst doch Knoten und so was."

Julia ahnte, dass ihre Befreiung schwierig werden würde. Trotzdem war sie halbwegs entspannt. Glücklicherweise hatte sie noch ein As im Ärmel, beziehungsweise unter dem Bett in der Kandinsky-Suite. Sie überlegte, wann der beste Zeitpunkt wäre, es auszuspielen. Da sie vermutlich noch einige Stunden miteinander im Keller verbringen würden, beschloss sie, Leo zumindest von einem Teil seiner Qualen zu befreien.

„Ich kann noch ganz andere Sachen."

„Was soll das denn jetzt?", ärgerte sich Leo.

„Ich kann Bilder verzaubern."

Leo war nicht nach Kinderspielchen zumute. „Sehr komisch. Wir sitzen in der Falle, die zwei Penner sind mit dem Kandinsky über alle Berge und du machst alberne Witzchen."

„Ja. Weil die beiden das falsche Bild haben …"

„Echt saukomisch!", jammerte Leo genervt. „Hahaha!"

✦✦✦

SONNTAG – FRÜH

Zäks Cabrio raste über die Landstraße der aufgehenden Sonne entgegen. Die Freunde sangen ausgelassen, schräg und zweistimmig „We are the champions, my friends …!" Dabei dachte Zäk an ihren erfolgreichen Raubzug, Toto hingegen an Freddy Mercury. Er umarmte Zäk leidenschaftlich, der dadurch das Steuer verriss und mit dem Wagen um ein Haar von der Straße abgekommen wäre. Er brachte das Auto im Powerslide geschickt zurück auf die Fahrbahn und drückte Toto in seinen Sitz.

Als der erste Sonnenstrahl dem auf dem Balkon dahindämmernden Farkas ins rechte Auge schien, zwinkerte er, dann wachte er langsam auf. Er hielt sich den Kopf und brauchte einen Moment, um die Orientierung zurückzugewinnen. Schließlich ging er ins Zimmer und zog sich an.

Im Flur lag Margarete mit der leeren Ginflasche in der Hand zufrieden schlafend neben dem ebenso leeren Wurstteller. Lediglich einen einsamen Gurkenfächer hatte sie übriggelassen.

Hinter ihr öffnete Farkas leise die Tür. Er nahm Margarete zu spät wahr, hatte ihr auf die Hand getreten und sie geweckt.

Margarete wurde deutlich schneller munter als Leo und Farkas. Als Farkas sich davonschleichen wollte, reagierte sie rasch und entschlossen. Wie eine Fußfessel krallte sich ihre Rechte um Farkas' Hosenbein. Farkas versuchte vergeblich sich loszureißen, um zur Treppe zu fliehen, aber Margarete ließ nicht locker und wurde von dem fluchenden Farkas über den Flur geschleift. „Lass mi, du schieache Hatschn, du! Jetzt hol i mir mei Bildel."

„Nur über meine Leiche!", schrie Margarete, aber niemand hörte sie. Leo und Julia waren noch immer im Keller eingesperrt, und im zweiten Stock schliefen Marco und Josephine so fest aneinandergekuschelt, dass man eine Kanone neben ihnen hätte abfeuern können. Nur Giacomos Fell zuckte leicht. Er stellte seine Ohren auf, ließ aber seine Augen geschlossen.

„Jetzt lass mi in Ruh', du oida Foidl oder …" Sie waren bei der Treppe angelangt. Margarete rappelte sich hoch.

„Oder was?" Sie baute sich bedrohlich vor Farkas auf.

„Lass mi!" Er schob sie zur Seite und rauschte die Treppe hinunter zur Rezeption. Als er die leere Wand sah, bekam er schmale Augen und drehte sich zu Margarete um, die ihm gefolgt war. „Wo ist mei Bildel?" Er packte sie an der Gurgel.

Erst jetzt fiel ihr auf, dass das Bild nicht mehr an der Wand hing und ihr somit der einzige Trumpf im Werben um Farkas abhandengekommen war. Sie befreite sich aus seinem Klammergriff und improvisierte: „Das … das … ich …, vielleicht ist es hinter das Schlüsselbrett gerutscht." Er ließ von ihr ab. Erleichtert darüber, dass ihr eine Ausrede eingefallen war, rieb Margarete sich ihren geröteten Hals.

Farkas schwang seinen massigen Körper auf den Rezeptionstresen und stellte sich auf die Zehenspitzen, um die Oberseite des Schlüsselbords abzutasten.

Margarete umfasste mit ihren Händen seine Knöchel unter den Hosenbeinen und machte einen letzten Versuch, seiner habhaft zu werden. „Laszilein, das können wir doch später machen, ich versprech dir hoch und heilig, dass du das Bildel bekommst, wenn wir jetzt …"

„Raus aus meiner Hosen, du Schastrommel!", schrie er sie an und versuchte sie abzuschütteln. Dabei geriet er mit einem Fuß versehentlich auf einen Stapel Hotelflyer, rutschte darauf aus, strauchelte, machte noch eine erstaunlich gekonnte Pirouette und plumpste wie ein Sack Mehl rückwärts vom Tresen, direkt auf Margarete, die unter ihm zusammenbrach.

Farkas rappelte sich auf, beugte sich zu ihr hinunter und bekam es mit der Angst zu tun. „Margarete? Gretel? Ei wei … Du bist doch net hinüber?" Er tippte den schlaffen Körper wie ein totes Tier mit dem Fuß an und raufte sich die Haare. „Nur Ärger mit die Weiber. Na, wenigstens is jetzt a Ruah."

Er prüfte, ob ihn jemand beobachtet hatte, nahm Margarete an beiden Händen und schleifte das leblose Etwas heftig ächzend ins Büro.

✦

Die „Champions" rollten gut gelaunt auf die Tankstelle an der Ortseinfahrt von Bad Tölz und hielten neben Säule 1. Zäk zog den Schlüssel mit einem kleinen silbernen Glücks-Dildo als Anhänger ab und reichte ihn Toto.

„Volltanken?", fragte Toto. Als Zäk nickte, spielte Toto den perfekten Tankwart. Er schloss den Tankdeckel auf und schob die Zapfpistole hinein. Während das Benzin in den Tank rauschte, griff Toto zu dem Eimer mit dem Scheibenreiniger und baute sich vor Zäk auf. „Einmal Scheibenwischen, Mr. Mercury?"

Zäk „Mercury" nickte freundlich, und Toto machte sich an die Arbeit. Mit höchster Eleganz führte er den Schwamm des Reinigungsgeräts über die Windschutzscheibe und ließ danach die Gummilippe in wellenförmigen Bewegungen das Wasser abscheiden. Seine Performance ähnelte amerikanischen Sexfilmchen der Sorte „Carwash". Toto gab sein Bestes, voller Vorfreude darauf, mit Zäk in dem kleinen Hotel am Chiemsee, das sie sich ausgeguckt hatten, ihren Erfolg ausgiebig zu feiern.

Als Toto fertig und der Tank voll war, stieg Zäk aus. „Sweets for my sweet?", fragte er Toto liebevoll.

Der antwortete verzückt: „And sugar for m-my ho-horny honey …"

Zäk ging in den Kassenraum der Tankstelle und widmete sich ausführlich seinem Einkauf. Er wusste genau, womit er seinem zuckersüßen Lover eine Freude machen konnte.

Toto schaute ihm verstohlen hinterher, dann schloss er den Kofferraum des Wagens auf und zog die Kandinsky-Kiste heimlich ein Stück weit heraus. Die Schnappverschlüsse waren schnell geöffnet, nur die Knackfolie und das Paketband erwiesen sich als widerspenstig. Toto bohrte mit seinem rechten Zeigefinger ein Loch in die Knackfolie und riss sie auf. Er wollte unter allen Umständen mit seiner Inspektion des Bildes fertig sein, bevor Zäk zurückkam. Als das Loch groß genug war, erkannte Toto das ganze Ausmaß der Katastrophe.

Er stand noch wie gelähmt hinter der geöffneten Kofferraumklappe, als Zäk kauend und mit einem Arm voller Süßigkeiten aus dem Verkaufsraum kam. „Honey …"

Ganz langsam drücke Toto die Kofferraumhaube nach unten. Dahinter tauchte sein totenbleiches Gesicht auf.

„Zäk …", er schluckte und rang nach Worten, „ich wi-will ja nichts sagen, aber … d-die Sterne …" Bei „Sterne" schnürte es ihm die Kehle zu.

Zäk merkte, dass mit seinem „Honey" etwas nicht stimmte und ging zu ihm. Als er die aufgerissene Knackfolie sah, ließ er die Tüten mit den Süßigkeiten entsetzt fallen. Er zog das Bild weiter aus der Kiste und rupfte mit roher Gewalt die restliche Folie ab.

„Vorsicht!", ermahnte Toto ihn, aber Zäk steigerte sich in einen Rausch von Wut und Verzweiflung.

„Vorsicht? Wieso? Das ist das verfickte falsche Bild, du Blödmann!"

„W-wieso *ich* Blödmann?", protestierte Toto. „Ich w-wollte d-doch gleich n-nachschauen …"

„Und warum hast du's nicht gemacht? Warum machst du immer das, was ich sage?? Springst du auch vor'n Zug, wenn ich's sage???" Zäk spürte, dass er mehr als ungerecht war, aber er musste seine Wut an irgendwem auslassen, und außer Toto war gerade niemand da. „Entschuldige, Puschel", ruderte er zurück. „Du kannst nichts dafür. Aber diese Schweine, diese miesen Verbrecherschweine! Oh … Die werden mich kennenlernen!" Er riss Toto den Autoschlüssel aus der Hand. „Einpacken!"

Toto gehorchte, wie immer. Er drückte den Bellagio samt Folie zügig zurück in die Kandinsky-Kiste, schloss den Kofferraum und sprang zu Zäk in den Wagen. Der hatte bereits den Motor gestartet und verließ mit durchdrehenden Reifen die Tankstelle. In einem waghalsigen Manöver donnerte Zäk auf die Landstraße, wo er zwei entgegenkommende Autos nur haarscharf verfehlte.

Neben der Tanksäule blieb ein einsamer Haufen Süßigkeiten liegen, der sogleich die Aufmerksamkeit einer hungrigen Saatkrähe erregte.

◆

Leo und Julia hüpften aneinandergefesselt durch den Keller. Julia führte bei dem seltsamen Tanz und schaute suchend zu Boden.

„Was suchst du denn?", wollte Leo wissen.

„Du hast nicht zufälligerweise irgendwann mal hier unten einen Teller zerbrochen?"

„Hä? Ich bin erst seit vier Tagen hier und zum ersten Mal im Keller. Was soll der Quatsch?"

„,Breaking Bad', nicht gesehen?"

„Doch, wieso?"

„Oh, Mann, bist du schwer von Kapee. Die Szene, in der Walter White feststellt, dass in dem zerbrochenen Teller eine Scherbe fehlt. So 'ne Scherbe könnten wir jetzt super gebrauchen."

„Wen willst du denn damit umbringen?", fragte Leo, der wirklich schwer von Kapee war.

„Dich, wenn der Groschen immer noch nicht fällt. Grr." Julia hüpfte heftiger, weil sie wusste, dass er das nicht mochte.

Immerhin hatte Leo begriffen, worauf sie hinauswollte. „Ach so ... Wir könnten uns doch auch an einer scharfen Kante reiben oder so."

„Siehst du irgendwo eine?", fragte Julia mit bitterem Vorwurf in der Stimme.

„Ja was, bin ich jetzt auch noch daran schuld, dass die große Bergsteigerin nicht mal einen kleinen Knoten lösen kann?"

„Natürlich bist du schuld! Du und dieser fucking Ziegelstein und eure Super-Scheiß-Fake-Export-Idee!" Julia unternahm einen letzten Versuch und scheuerte ihre Fessel vergeblich an der viel zu weichen Kante eines Holzregals. Dann setzte sie sich und zog Leo mit nach unten. „Ich kann nicht mehr! Mach endlich was!"

„Was denn?", jammerte Leo.

„Hol uns hier raus. Ist schließlich dein Hotel."

Leo verfiel in eine beinahe kindliche Wehklage. „Immer wollen alle was von mir. Mein Vater wollte, dass ich ein toller Liebhaber werde, Farkas will das Hotel von mir, Ziegelstein will den Kandinsky verkloppen, die beiden Vollidioten wollen ihn auch, du willst, dass ich uns hier raushole ..."

„Du bist eben sehr gefragt. Mit und ohne Kandinsky." Julia hatte es schon länger aufgegeben, ihn davon zu überzeugen, dass Zäk und Toto mit dem falschen Bild abgezogen waren. Sie hatte nicht den Eindruck, dass er ihr glaubte.

„Ich will nicht gefragt sein. Ich ..."

„Ja?"

Soweit es die Fesseln zuließen, drehte er sich zu ihr um. „Ich will dich."

Die unerwartete Liebeserklärung – ausgerechnet in ihrer hoffnungslosen Lage – verwirrte Julia total. Wollte er sich über sie lustig machen oder war er so entkräftet, dass er nur noch die Wahrheit sagte? In jedem Fall war dies sicher nicht der Moment, sich darüber Gedanken zu machen. Julia überlegte, was sie ihm antworten sollte, da hörte sie ein verdächtiges Geräusch von der Kellertreppe. Sie stutzte. „Können wir das vielleicht ein bisschen später bespre…"

Auf der Kellertreppe erschien ein unheimlicher, riesiger Schatten, der sich langsam nach unten bewegte.

Julia schluckte. „Was … ist das?"

Leo verrenkte sich beinahe den Hals, konnte aber hinter seinem Rücken nichts erkennen.

Julia kreischte auf. „Leo! Hier gibt's Ratten!"

„Das wundert mich nicht", antwortete der gelassen. „So wie mein Vater das Haus runtergewirtschaftet hat …"

Was er zunächst nicht sehen konnte, war, dass Giacomo, von der unruhigen Nacht in Marcos Zimmer stark übermüdet, tapsend die Treppe herabkam, um sich an diesem Sonntag erst einmal richtig auszuschlafen.

Als Julia den Marder sah, sprang sie auf und drehte Leo wie einen Rucksack zu dem unerwünschten Besucher hin.

„Ach, das ist Giacomo!", lachte Leo.

„Wer zum Teufel ist Giacomo?"

Julia hüpfte mit ihrem menschlichen Ballast ängstlich weg von dem Tier.

„Giacomo ist Marcos Hamster … also, Marder. Hallo, mein kleiner Freund", begrüßte Leo ihn.

„Ist das gut oder ist das schlecht?", wollte Julia wissen. Sie hatte mit Mardern bisher nur unangenehme Erfahrungen gemacht, die in der Regel zu teuren Werkstattbesuchen wegen durchgebissener Bremsleitungen führten.

Leo grinste. „Das werden wir gleich sehen. Giacomo, hör mal …" Er begann sehr falsch „Tiptoe through the tulips …" zu singen und zu pfeifen. Julia verdrehte die Augen.

„Das ist sein Lieblingslied", klärte er sie auf.

Giacomo hatte seit seiner Ankunft im Keller über das seltsame Schauspiel nachgegrübelt, das sich ihm bot. Zwei Menschen unterschiedlichen Geschlechts hatten sich mit den Rücken aneinandergebunden und hüpften und tanzten als Paket durch den Raum. Es musste sich, so schloss der in wissenschaftlichen Beobachtungen inzwischen geschulte Marder messerscharf, um eine weitere bemerkenswerte Variante des menschlichen Paarungsverhaltens handeln. Während er überlegte, fiel ihm ein, dass er etwas Ähnliches sogar einmal nachts auf Marcos Computer mitangesehen hatte. Leos scheußlicher Gesang riss ihn aus seinen Überlegungen. Hätte Leo nicht so entsetzlich falsch gesungen und gepfiffen, hätte Giacomo ihn mit einem eleganten Tänzchen belohnt, so drehte er nur leidend den Kopf zur Seite und hielt sich die Ohren zu.

Leo sang verzweifelt weiter und hielt Giacomo seine gefesselten Handgelenke hin. „Na los! Du bist doch ein Nagetier! Also nage gefälligst!"

„So wie du singst …" Julia schüttelte den Kopf und begann richtig zu singen. „Tiptoe through the tulips …"

Augenblicklich entspannten sich Giacomos Züge. Er lächelte Julia an, begann sein Tänzchen und tippelte auf die beiden zu. Doch kurz bevor er sie erreichte, drehte er tanzend ab in Richtung seines Käfigs, wo er es vorzog, sich seinem Fressnapf zu widmen.

„Shit!", schimpfte Leo, dann hatte er eine Eingebung. „Komm mal mit …" Er hüpfte mit Julia zu der Stelle des Kellers, an der die großen luftgetrockneten Schinken von der Decke hingen.

Giacomo glaubte, genug von dem Pärchen gesehen zu haben und schenkte den beiden keine weitere Aufmerksamkeit, auch wenn sie jetzt bedeutend höher hüpften als zuvor.

„Eins, zwei, drei, hopp!", kommandierte Leo die Sprünge.

„Warum, bitte, machen wir das?", fragte Julia.

„Darum", antwortete Leo, dem es gelungen war, einen der Schinken mit seinem Kopf derart anzustoßen, dass er sich von seinem Haken löste und zu Boden fiel. Leo rieb seine Fessel wie wild an dem Schinken.

Julia war irritiert. „Und was ist das bitte?"

„Das ist 1A-Parmaschinken. Eine Spezialität unseres Hauses. Seit Generationen."

„Aha. Drehst du jetzt total durch?"

Statt zu antworten zog Leo Julia tippelnd hinter sich her zu Giacomos Käfig. „Würdest du netterweise nochmal singen?"

„Tiptoe through the tulips …", hob Julia gelangweilt an.

Giacomo schaute zu ihr, dann schnüffelte er in Leos Richtung. Leo verrenkte sich und hielt dem Marder seine zusammengebundenen Handgelenke entgegen. Giacomo schnüffelte immer begeisterter, bis ihn der Parmaschinken-Duft endgültig überzeugte und er sich genüsslich daranmachte, das aromatisierte Seil durchzuknabbern.

Leo schaute Julia selbstsicher an. „Bin ich gut oder bin ich gut?"

Farkas hatte all seine kriminelle Energie zusammengekramt und in Leos Büro ein veritables Kunstwerk geschaffen, das sich über Margarete auftürmte. Jeder Kriminologe hätte das Ergebnis von Farkas' Bemühungen unzweideutig als tragischen Unfall diagnostiziert.

Margarete lag unter einem Haufen von Aktenordnern und Papierstapeln, die sie beinahe vollständig bedeckten. Nur einer ihrer faltigen nackten Arme schaute seitlich unter dem Aktenberg heraus, in der Hand die leere Ginflasche. Neben den Akten lag ein umgestürzter Stuhl, über das Papiergebirge hatte Farkas ein Regal von der Wand gekippt.

Der Künstler trat einen Schritt nach hinten und begutachtete sein Meisterwerk. Dabei sprach er mit sich selbst: „Oiso, auf den Stuhl geklettert, beim Versuch, eine Akte aus dem obersten Fach zu holen, betrunken obig'fallen, a letzter Versuch, sich am Regal festzuhalten, und bumms – am Boden von der Bürokratie und dem Regal derschlagen. Geil."

Er rieb sich den Staub von den Händen und sah sich im Büro um. „So, wo ist jetzt mein Bildel?" Aber so sehr er auch wühlte, er fand das Gesuchte nicht. Je länger er hinter Möbeln und unter Aktenstapeln nachschaute, desto fahriger wurde er. Sollte er das Bild versehentlich zusammen mit Margarete begraben haben? Farkas verzog schmerzhaft das Gesicht. Sein Kunstwerk wollte er unter keinen Umständen wieder zerstören. Er kniete sich vor das Sofa und bückte sich gerade ächzend nach unten, als er Leos und Julias Stimmen aus der Lobby hörte. So schnell es ihm seine angeschlagene Konstitution erlaubte, stand er auf und verbarg sich hinter der Bürotür, die sich öffnete und ihn an die Wand quetschte.

Julia und Leo kamen herein. Leo schaltete das Licht an und sah das Chaos im Zimmer. Margaretes Arm mit der Ginflasche konnte er von der Tür aus nicht sehen. Farkas, der eingeklemmt hinter der Tür stand, gab sich alle Mühe, seinen keuchenden Atem zu kontrollieren, damit Leo und Julia ihn nicht hörten.

„Oh, die Brüder haben ja ganze Arbeit geleistet", kommentierte Leo Farkas' Kunstwerk. Er schaute sich suchend im Büro um. „Haben die beide Bilder mitgenommen?"

Spätestens jetzt war der Moment gekommen, in dem Julia Leo zeigen musste, wer seinen Kandinsky gerettet hatte.

„Du glaubst mir immer noch nicht, oder?"

Leo war verwirrt. „Wieso … ich meine, wie, wo, was …?"

„Ich zeig dir, wo. Komm." Julia nahm ihn bei der Hand und zog ihn aus dem Büro. Farkas, der hinter der Tür beinahe erstickt wäre, japste auf und wollte ihnen folgen, da hörte er, wie ein Auto aufs Grundstück gefahren kam. Er hastete zum Fenster und schaute hinaus. Draußen hielt Zäks Cabrio neben Julias kleinem Peugeot. Farkas entschloss sich, vorerst im Büro versteckt zu bleiben. Hier fühlte er sich sicher.

„Was hast'n du vor?", protestierte Leo, als sie die Kandinsky-Suite betraten.

„Auf dem Bett oder unter dem Bett?", fragte Julia kryptisch, als würde sie einem Kind die rechte oder linke Hand für eine Süßigkeit anbieten.

„Hä? Echt, Julia, ich bin wirklich nicht in Stimmung, Spiele zu …" Durch die geöffnete Balkontür hörte Leo, wie auf dem Parkplatz eine Autotür zugeschlagen wurde. Er rannte auf den Balkon und sah, wie Zäk und Toto auf das Haus zugingen.

„Ach du Scheiße. Die sind wieder da …"

Julia trat zu ihm und sah auch nach unten. Zäk hatte seine Pistole mit Schalldämpfer im Anschlag. Sie ging zurück ins Zimmer und zog die Bellagio-Kiste unter dem Bett hervor.

„Ich hab die Bilder ausgetauscht, als du geschlafen hast. Und jetzt?"

Leo blieb vor Erstaunen der Mund offen stehen. „Äh …"

Zäk und Toto stürmten ins Büro, Farkas versteckte sich erneut hinter der Tür und musste erneut die Luft anhalten.

„W-was ist h-hier …?", stotterte Toto, als er das Durcheinander im Büro sah, während Zäk wie wild durch den Raum tigerte und nach dem Kandinsky suchte.

„Fuck! Der Kandinsky ist weg!"

„A-aber der m-muss doch irgendw-wo sein?", jammerte Toto.

Zäk schob seinen Freund in die Lobby, Farkas atmete kurz durch und lugte anschließend durch den Türspalt.

Die beiden Gangster ließen in der Lobby keinen Stein auf dem anderen. Sie warfen die Sessel um, kippten das Schlüsselbord von der Wand und räumten alle Fächer hinter dem Rezeptionstresen leer.

Durch das Gerumpel alarmiert, schlich Leo in die Nähe der Treppe, um nachzusehen, was Zäk und Toto unten trieben.

Erschöpft und frustriert setzten sich die beiden Gangster auf die Treppe. Zäk dachte laut nach. „So, jetzt mal ganz ruhig und von Anfang an. Es gibt zwei Bilder. Das falsche ist in unserem Auto. Das richtige kann nur hier im Haus sein. Wir müssen einfach systematisch die ganze Bude auf den Kopf stellen."

„O-oder wir fragen unser Liebespärchen im Keller, wo sie den Ka-Kandinsky versteckt haben", schlug Toto vor.

„Ey, Puschel, das ist es!" Zäk bot Toto seine Hand zum Highfiven. In der kurzen Pause, in der Toto zögerte, hörten sie von oben ein knarzendes Geräusch. Zäk horchte auf. „Hast du das auch gehört?"

Leo war auf ein loses Dielenbrett getreten und erstarrte. Wie jemand, der auf einer Landmine stand, wagte er nicht, sich zu bewegen. Schließlich unternahm er doch einen Versuch, sich lautlos zurückzuziehen, wobei die Diele erneut einen klagenden Laut von sich gab.

„Von wegen Keller", raunte Zäk Toto zu. Die beiden standen langsam auf und gingen angestrengt lauschend die Treppe hinauf.

Leo kam atemlos zu Julia in die Kandinsky-Suite. „Los, nach oben!" Er ergriff die Bilderkiste und rannte, von Julia gefolgt, aus dem Zimmer. „Da lang!", zischte er und deutete in die Tiefe des dämmrigen Flurs, von wo aus es in die oberen Etagen ging. Auf Zehenspitzen huschten sie über den langen Gang.

Zäk und Toto waren oben an der Treppe angekommen und horchten in die Dunkelheit. „Vielleicht eine M-Maus?", mutmaßte Toto, aber Zäk hörte leise Schritte aus dem hinteren Teil des Flurs und bewegte sich bedrohlich in die Richtung, in der Leo und Julia verschwunden waren.

Die beiden Flüchtigen hatten die schmale Personaltreppe erreicht. Leo drückt Julia stumm den Kandinsky in die Hand und zog sich die Treppe nach oben. Julia schleppte die Bilderkiste hinterher. Je weiter sie vorstießen, desto schmaler wurde die Treppe. Vom vierten Stock führte im hinteren Teil des Hotels eine sehr steile Dachbodenstiege weiter, die vor einer einfachen, unlackierten Brettertür endete. Leo kämpfte sich die letzten Stufen zum Dachboden hinauf. Julia war erledigt. Sie reichte Leo die Bilderkiste. Dann verharrten sie einen Augenblick auf dem kleinen Treppenabsatz vor der Tür. Leo wagte es nicht, die steilen Stufen herabzuschauen, dafür spähte Julia konzentriert nach unten. Ganz leise vernahm sie zwei männliche Stimmen.

„Sie kommen", warnte sie Leo. Damit verschwanden sie in der Dachbodentür und schlossen hinter sich ab.

Unweit der Tür stand auf dem geräumigen Boden ein uraltes Klavier, dem der Deckel fehlte und dessen Tasten zur Hälfte ihre Elfenbeinauflagen eingebüßt hatten. Leo stellte die Bilderkiste ab. „Hilf mir mal."

„‚Ein Klavier, ein Klavier‘ – oder was?"

„Vor die Tür." Leo erwies sich in der Not als äußerst erfinderisch. Mit vereinten Kräften begannen sie, das Monstrum auf seinen schwergängigen Messingrollen vor die Tür zu schieben.

Die Verfolger hatten Mühe, sich in dem verwinkelten Flur im vierten Stock zu orientieren, und fanden erst nach einer fieberhaften Suche die Hintertreppe. Zäk bremste Toto und lauschte nach oben, von wo rumpelnde Geräusche und seltsam verstimmte Töne zu hören waren. Er bekam kalte Augen, wies mit zusammengelegtem Zeige- und Mittelfinger militärisch die Treppe hoch und ging mit gezogener Pistole langsam voran.

Vollkommen fertig lehnte Leo sich auf die Klaviatur, die einen lauten atonalen Akkord von sich gab. Hinter dem Instrument klopfte es an die Tür.

Leo umklammerte die Bilderkiste und schaute Julia fragend an. Die zuckte nur mit den Schultern und sah sich hektisch auf dem Dachboden um.

Der riesige Raum war, ähnlich seinem Pendant, der ehemaligen Pinselmanufaktur, vollgemüllt mit allem, was Familie Sailer im Laufe der über hundertjährigen Geschichte des Hotels einmal benutzt hatte und nicht mehr brauchte. Während Julia ihren Blick schweifen ließ, schmiedete sie einen Fluchtplan, von dem sie ahnte, dass er nicht auf Leos ungeteilte Begeisterung stoßen würde. Das Klopfen hinter dem Klavier wurde lauter.

Julia winkte Leo zu sich und schnappte sich ein langes Seil, das zusammengerollt an einem Dachbalken hing. Sie ging zu einem bodentiefen Dachgaubenfenster und öffnete es. Ein kurzer Blick nach unten genügte ihr. Sie deutete aus dem Fenster.

„Was soll das?", fragte Leo vorwurfsvoll.

„Ich fürchte, das ist unsere einzige Chance."

„Was???" Mit Panik in den Augen schlich Leo zum Fenster. Er drückte Julia die Bilderkiste in die Hand und lugte vorsichtig nach unten auf den Parkplatz. Und der Parkplatz schaute zurück. Mit seiner runden Raseneinfassung und den abgestellten Autos sah er für Leo aus wie ein riesiger Totenkopf, der ihm geradewegs ins Antlitz starrte.

✦✦✦

11. AUGUST 1999

Es war einer dieser besonderen Hochsommertage, an denen sich die Berge um den Kochelsee von ihrer schönsten Seite zeigten. Der Himmel war wolkenlos, ein besonderes Geschenk der Natur, denn gegen elf Uhr vormittags war an diesem Tag für Mitteleuropa eine totale Sonnenfinsternis angesagt.

Familie Sailer, bestehend aus Vater Johannes, Mutter Luise und dem 13 Jahre alten Leo samt seinem Hovawart Ruppi, war früh aufgebrochen, um das seltene Naturschauspiel von einer Alm hoch oberhalb des Sees aus zu verfolgen.

Johannes hatte für alle verspiegelte Pappbrillen besorgt, auch für Ruppi, der sich das Gestell allerdings nur höchst ungern mit Gummibändern um seinen Kopf schnüren ließ. Mit der Schutzbrille auf dem großen fellbesetzten Kopf sah Ruppi aus wie ein Astronautenhund aus einem grotesken Zeichentrickfilm.

Leos Mutter breitete eine Picknickdecke aus, und die Familie setzte die Brillen auf, denn das Ereignis stand kurz bevor. Nachdem Johannes noch ein albernes Selbstauslöserfoto gemacht hatte, warteten alle gespannt auf die Verdunkelung mitten am Vormittag. Nur Ruppi wackelte unablässig mit dem Kopf und wehrte sich dagegen, dass sein Herrchen Leo Sorge für sein Augenlicht getragen hatte.

Um Punkt elf Uhr drei schob sich der Mond langsam vor die Sonne. Die wenigen Vögel, die im Hochgebirge zu hören waren, stellten ihren Gesang ein, es war eine aufregende Weltuntergangsstimmung. Der Einzige, der die Stille durchbrach, war Ruppi, der sich der Bedeutung des Moments offensichtlich nicht bewusst war und laut bellte.

Staunend beobachteten Leo und seine Eltern den dunklen runden Fleck am Himmel, den eine leuchtend helle Korona einrahmte.

Luise nahm ihren Mann und Leo bei den Händen. Sie wünschte sich in diesem Moment, dass alles wieder gut werde und ihre Familie Johannes' Eskapaden verkraften würde. Sie war bereit, ihm viel zu verzeihen.

Auch Leo empfand das Besondere der Situation. Natürlich faszinierte ihn das Himmelsschauspiel, das er voraussichtlich nie wieder in seinem Leben so perfekt würde sehen können. Vor allem genoss er es, seine Eltern an diesem Tag ganz für sich zu haben. Am schönsten aber war, dass sich die beiden seit dem Aufbruch im Hotel, also seit nunmehr drei Stunden, nicht mehr gestritten hatten – ein neuer Rekord.

Nach exakt 2 Minuten und 23 Sekunden war der Spuk vorüber. Die Bergwelt erwachte wieder zu altgewohntem Leben, und Ruppi tollte, von seinen störenden Schutzgläsern befreit, fröhlich über die Wiese.

Beim anschließenden Picknick wurde ausführlich über Planetenkonstellationen, Umlaufbahnen und Eklipsen gefachsimpelt.

Leo hatte sich in allen zur Verfügung stehenden populärwissenschaftlichen Publikationen, die die Bibliothek seines Vaters hergab, schlaugemacht und hielt seinen Eltern einen brillanten Vortrag.

Als gegen Mittag Wolken aufzogen, machte man sich auf den Rückweg. Es war ein schöner Ausflug gewesen, eine Familienidylle, wie sie leider in den letzten Jahren immer seltener geworden war. Leo war glücklich.

Ruppi zog an der langen Leine, die Leo seiner Mutter in die Hand gedrückt hatte, während er selbst auf dem schmalen, abwärts führenden Gebirgsweg einige Meter zurückblieb.

„Wo bleibst du denn, Leo, wir müssen nach Hause, sonst werden wir klatschnass!", ermahnte ihn die Mutter, und sein Vater drängelte noch mehr. „Los, beeil dich! Da kommt ein Gewitter, das kann hier oben gefährlich werden!"

„Ich such nur einen Stock. Hab schon einen!", rief Leo, als ein Reh, das sich in die Gegend verirrt hatte, den Weg von Familie Sailer kreuzte. Es blieb kurz stehen und guckte die Sailers und Ruppi an. Der Hund knurrte das Reh an, das daraufhin blitzartig die Flucht ergriff.

Instinktiv nahm Ruppi die Verfolgung auf. Er stürmte los und zog Leos Mutter mit sich.

„Oh Gott, Ruppi! Bleib hier! Nein, Schluss! Aus!", schrie Luise den starken Rüden an, während sie hinter ihm herstolperte.

„Bleib stehen! Aus! Aus! Hilfe! Nein! Hilfe!" Sie hatte nicht genug Kraft, den Hund zu halten, konnte ihn aber auch nicht loslassen, weil sich die Schlaufe der Hundeleine um ihr Handgelenk zugezogen hatte.

Leo sah, wie seine Mutter mit dem Hund kämpfte und rief: „Mammi! Mammi, festhalten, halte ihn doch fest!"

Hätte sie den Hund doch losgelassen oder auch nur loslassen können. Das Reh schlug einen Haken und sprang mit einem gewaltigen Satz über einen schmalen Abgrund. Ruppi, vollkommen vom Jagdfieber befallen, setzte hinterher und zog Leos Mutter mit sich in die Tiefe.

Leo konnte gerade noch vor der Felskante abbremsen und sah seine Mutter und seinen Hund weit unten in der Schlucht liegen. Auf halber Höhe wehte die abgerissene Hundeleine an einem Ast in der Felswand im Wind. Leo war stumm vor Entsetzen.

Sein Vater trat von hinten zu ihm und verdeckte mit zitternden Händen Leos Augen. Ohne zu ahnen, was er damit anrichten würde, fragte Johannes seinen Sohn: „Warum hast du ihr den Hund gegeben …"

Leo riss sich los, drehte sich zu seinem Vater um und prügelte mit dem Stock, den er gefunden hatte, auf ihn ein.

„*Du* hast sie nicht festgehalten! Warum hast du sie nicht festgehalten???" Dann brach er weinend zu den Füßen seines hilflos vor sich hinstarrenden Vaters zusammen.

◆◆◆

SONNTAG – VORMITTAG

Farkas hatte beschlossen, sich in seinem übermotorisierten Panzer zu verbarrikadieren und dort abzuwarten, wie sich das Geschehen entwickeln würde. Die unmittelbare Gegenwart von Zäk und seiner schallgedämpften Profipistole war ihm unheimlich. Er startete seinen Motor und fuhr sein Auto einige Meter zur Seite, um nicht direkt am Hoteleingang in der möglichen Schusslinie zu stehen.

Giacomo hatte von den dramatischen Entwicklungen nicht das Geringste mitbekommen. Nachdem er durch Leos leckere Handfessel auf den Geschmack gekommen war, machte er sich zunächst über den herabgefallenen 1A-Parmaschinken her und schlug sich den Bauch voll. Danach schlüpfte er durch ein angelehntes Kellerfenster nach draußen und gab sich auf der Wiese im Park seiner morgendlichen Gymnastik hin.

Leo stand noch immer wie betäubt am Dachfenster und schaute nach unten. Langsam kam er wieder zu sich.

„Ich … Julia, ich muss dir was erzählen … was mit meiner Mutter passiert ist …", stammelte er, bis ihn Julias verblüfftes Gesicht und das stärker werdende Türklopfen hinter dem Klavier in die Gegenwart zurückholten.

„Ist jetzt vielleicht nicht der allergünstigste Zeitpunkt für eine Lebensbeichte. Wir müssen da runter! Und zwar so schnell wie möglich." Julia zeigte zum Parkplatz.

„Nein. Alles, aber nicht das …"

Vom Treppenhaus her meldete sich Zäk zu Wort. „Herr Sailer, wir wissen, dass Sie da drin sind. Und wir wissen, dass Sie nicht allein sind. Sie haben so ein hübsches kleines Bildchen dabei. Und das hätten wir gerne."

„G-genau", ergänzte Toto.

„Wenn Sie uns das Bild geben, passiert Ihnen nichts. Wir verschwinden und haben uns nie gesehen."

„G-ganz g-genau." Toto hielt Zäk zwei erhobene Daumen hin, er war beeindruckt vom Verhandlungsgeschick seines Partners.

„Wohingegen … wenn nicht … wir können Ihnen und Ihrer hübschen Begleiterin auch sehr wehtun. Also?"

Julia hatte im Lauf der kurzen Verhandlung das Seil mit einem Bergsteigerknoten an einem Dachbalken festgemacht. Außerdem hatte sie in einer offenstehenden Kiste zwischen mottenzerfressenen Faschingsverkleidungen ein Ganzköper-Hasenkostüm mit integriertem Kopf entdeckt. Spätestens Zäks letzte Bemerkung machte ihr klar, dass es an der Zeit war, die Initiative zu ergreifen.

„Hör ich eine Antwort, Herr Sailer?" Zäks Stimme hatte einen brutal-singenden Unterton angenommen.

Leo schaute hilflos zu Julia, die mit dem Hasenkostüm wedelnd auf ihn zukam und eine dicke Staubwolke produzierte. „Ich glaub dem kein Wort. Los, da rein und Augen zu!"

„Na gut, wie Sie wollen, Leo." Zäk deutete auf einen Feuerlöscher, der außen neben der Dachbodentür an der Wand hing. Toto riss den Feuerlöscher aus seiner Halterung und drosch damit wie mit einem mittelalterlichen Rammbock auf die Tür ein. Die Türangeln begannen sich zu lockern.

„Was machen wir denn jetzt?" Leo weinte beinahe, während die Tür hinter dem Klavier langsam nachgab.

„Du steigst jetzt da rein, machst die Augen zu und kommst mit!", befahl Julia.

Leo gehorchte wie in Trance. Sie legte ihm das Kostüm an, stopfte es wie einen Airbag mit einer alten Decke aus und schlang das Seil in Bergsteigermanier um seinen Bauch. Dann drückte sie ihm die Bilderkiste in die Hasenpfoten. „Festhalten! Ist sehr wertvoll!"

Durch einen Sehschlitz schauten Leos Augen angsterfüllt heraus.

„Ich hab gesagt, Augen zu!", fuhr sie ihn an.

Unter dem Hasenkopf war ein zustimmendes Grunzen zu vernehmen. Mit ein paar gekonnten Handgriffen hatte Julia Leo ans Seil gehängt und an die Kante des Dachfensters geschoben. Sicherheitshalber legte sie noch eine Befestigungsschlinge um die Bilderkiste. Schließlich seilte sie sich, ihren flauschigen Freund und den Kandinsky vorsichtig ab.

Totos Bemühungen waren nicht gleich von Erfolg gekrönt, unverdrossen rammte er weiter mit dem Feuerlöscher an die Holztür.

Von unten bot sich sowohl Farkas als auch Giacomo ein seltenes Schauspiel. Aus einem Dachfenster schwebte eine sportliche junge Frau zusammen mit einem staubigen Riesenhasen, der eine Transportkiste in den Pfoten hielt, an einem altertümlichen Hanfseil die Fassade des Hotels herab.

Farkas zündete sich eine Zigarette an. „Da schau her …"

In Giacomo hingegen erwachte ein erneutes Interesse an den Eigentümlichkeiten menschlichen Fortpflanzungsgebarens. Davon abgesehen, dass er etwas Ähnliches noch nicht einmal auf Marcos Computer gesehen hatte, weckte der Anblick bei ihm die allen Mardern notorisch eigene Neugier.

Zäk wurde es zu bunt. Er schob Toto beiseite und feuerte mit seiner Pistole dreimal auf das Türschloss. Er war fassungslos, dass der Schalldämpfer die Schüsse keineswegs dämpfte, aber Toto erinnerte ihn daran, dass er ihn bereits beim Kauf der Pistole in einer dunklen Ecke am Münchner Hauptbahnhof gewarnt hatte. „Ich wollte sie ja gleich ausprobieren, aber d-du fandst das überflüssig."

„Schüsse am Hauptbahnhof? Bist du noch ganz dicht? Los, hau nochmal drauf!"

Toto griff erneut zum Feuerlöscher. Zäk schraubte den Schalldämpfer ab und steckte ihn ein.

Marco und Josephine waren von den Schüssen wach geworden. Er blinzelte vom Bett aus zum Fenster. Neben ihm räkelte sich Josephine selig in den Kissen.

Vor dem Fenster glitt ein sprechender Hase an einem Seil hängend von oben nach unten vorbei.

„Nur weil ich nichts sehe, heißt das noch lange nicht, dass ich keine Angst habe … Hilfe!", drang es kläglich aus dem Kostüm.

Marco bekreuzigte sich. „Mamma mia! Frohlische Ostern …"

Josephine, die von den Ereignissen vor dem Fenster nichts mitbekommen hatte, himmelte Marco verliebt an. „Ich fand das Eiersuchen auch supergeil!"

Unter einem gewaltigen Klavierakkord gab die Dachbodentür nach und krachte von hinten in das Instrument. Zäk und Toto schoben das Klavier beiseite, orientierten sich kurz und stürzten zum Fenster. Sie sahen, wie Julia und Leo mit der Bilderkiste nur noch wenige Meter über dem rettenden Parkplatz am Seil baumelten. Toto zückte ein Messer und setzte dazu an, das Hanfseil zu zerschneiden, aber Zäk packte ihn am Arm. „Bist du irre, wenn die abstürzen, ist das Bild im Arsch!"

„I-in der di-dicken Ki-Kiste?", erwiderte Toto beleidigt. Zäk verdrehte die Augen und rannte zurück zur Tür, derweil Julia den Hasen unten losseilte und mit ihm zum Parkplatz lief. Erst jetzt nahm Toto Leos Kostüm wahr.

„Wow, das sind Fu-Furrys! Wie pu-putzig!" Toto hatte schon immer ein Faible für Menschen gehabt, die sich in flauschige Kostüme warfen, um so ihre Menschenscheu zu verbergen. Zäk hatte dafür leider gar keinen Sinn. Er stieg über die Reste der demolierten Dachbodentür und verschwand auf der Hintertreppe.

„Warte auf m-mich", rief ihm Toto hinterher. Am liebsten hätte er sich die offenstehende Kostümkiste näher angesehen, doch er wusste, dass Zäk in solchen Dingen keinen Spaß verstand.

An ihrem Auto angekommen, verstauten Julia und Leo die Bilderkiste im Kofferraum und sprangen in den Wagen.

Giacomo wollte unbedingt an der Sache dranbleiben. Er huschte im letzten Moment durch die Beifahrertür, um es sich gleich danach in Julias Rucksack, der noch von der nächtlichen Einbruchs-Aktion auf dem Rücksitz lag, gemütlich zu machen und von dort aus seine anthropologischen Beobachtungen fortzusetzen.

„So was mache ich *nie* wieder!", schimpfte Leo, nachdem er sich den Hasenkopf wie ein Hoody wütend in den Nacken geschoben hatte.

„Musst du auch nicht, Hase", konterte Julia. Sie ließ den Motor an und gab Vollgas. Giacomo, der sich gerade fragte, wie Leo wohl in den Körper eines Riesennagers gelangt sein konnte, wurde unsanft in den Rucksack gedrückt. Trotz all seiner wissenschaftlichen Bemühungen blieben ihm die Menschen ein Mysterium.

Farkas warf seine Zigarette weg und startete seinen Wagen. „Wer sagt's denn?"

Marco und Josephine lehnten sich auf das Fensterbrett und verfolgten amüsiert das wilde Drama unter sich. Kurz nachdem Julia und der Hase abgefahren waren, stürzten Zäk und Toto aus dem Haus, hechteten, ohne die Türen zu öffnen, in Zäks Cabrio und nahmen die Verfolgung auf. Farkas folgte den beiden Autos in sicherem Abstand.

Marco knuffte Josephine in die Seite. „Iste faste wie Formula Uno a Monte Carlo, eh?"

Anstatt ihm zu antworten, zog sie ihn zurück ins Bett.

✦

Julias Peugeot donnerte in Richtung Norden über die Land-straße. Sie saß am Steuer und überprüfte unablässig, ob ihnen jemand gefolgt war.

Leo schaute verzweifelt zu ihr hinüber. „Es ist der Blick in die Tiefe, ich glaube, heute hab ich zum ersten Mal wirklich begriffen, was es ist. Aus der Tiefe glotzt mir der Tod ins Gesicht."

„Schau lieber in den Rückspiegel, da könnte der Tod uns auch anglotzen." Wie konnte er in dieser Situation nur mit seinen psychischen Macken ankommen?

„Bitte, Julia, ich muss das loswerden, ich bin sonst vollkom-men gelähmt. Ich habe seit meinem 13. Lebensjahr das Gefühl, am Tod meiner Mutter schuld zu sein."

Julia hatte keine Zeit für Empathie. „Das ist sicher sehr trau-rig, mein Häschen, aber könnte es sein, dass wir im Moment andere Probleme haben?"

„Du vielleicht. Mir ist eben was ganz Wesentliches aufgegan-gen. Etwas, was mich mein Leben lang blockiert hat. Auch im Hinblick auf Frauen."

Julia schaute kurz skeptisch zu Leo rüber, dabei kam sie bei-nahe von der schmalen Landstraße ab. „Den Eindruck hatte ich vorgestern Abend eigentlich nicht", sagte sie und zog die Augenbrauen hoch. „Siehst du was?"

Nach einem beiläufigen Blick in den Rückspiegel, in dem die Verfolger nicht auftauchten, raffte sich Leo zu einem Geständ-nis auf. „Ich konnte noch nie mit einer Frau schlafen, ohne ihr die Geschichte vorher erzählt zu haben."

„Dann muss deine Erzählung bei dieser Conny aber sehr kurz gewesen sein. Wo fahren wir eigentlich hin?"

„Wie, das … das weißt du nicht?"

„Nee. Vielleicht sollten wir einfach mal das Thema wechseln. München, Dresden, Hamburg? Berlin ist nicht so gut, ich hab meine Wohnung langfristig untervermietet. Und bei meinen Eltern …“

„Quatsch“, antwortete Leo, „irgendwohin … wo die uns nicht finden.“

„Und das wäre dann bitte wo, Herr Reiseleiter?“

Leo grunzte leise und dachte angestrengt nach.

„Du bist doch von hier. Wo sind hier die besten Verstecke für Kunstbesitzer auf der Flucht?“

„Ich …“ Leo rang nach Worten. „Das beste Versteck ist unser Dachboden, aber da kriegen mich keine zehn Pferde nochmal rauf. Ach du Scheiße …“ Leo hatte im Rückspiegel sehr weit hinter ihnen Zäks Cabrio entdeckt. Er schaute nervös zu Julia. „Mach du doch mal einen Vorschlag!“

Julia drückte das Gaspedal durch, aber ihr altes Auto gab nicht mehr her.

„Was ist mit deiner Wohnung?“

Leo hatte sich auf dem Land in der Nähe der Ballonfabrik eingemietet, etwa auf halbem Weg zum Kochelsee, den er selbst in den Jahren der Funkstille zwischen ihm und seinem Vater weiterhin gern aufsuchte.

„Mein Nachbar ist ein ziemlich verrückter Typ, der hat sich sogar einen atombombensicheren Bunker bauen lassen. Wenn ich mit dem rede …“

„Würdest du mir vorher netterweise sagen, wie ich da hinkomme?“

„Ups. Da, hinter der Kurve vor der Schranke scharf links.“

Julia nahm die Kurve wie eine Formel-1-Pilotin, bremste scharf ab, schlug das Lenkrad voll ein und schlitterte über ein paar Kuhfladen auf eine Nebenstraße – direkt vor einem Bahnübergang, dessen Glocke gerade zu läuten begann.

Kurz darauf raste Zäk auf die sich schließende Schranke zu. Er hatte nicht gesehen, dass Julia in die Nebenstraße abgebogen war und hoffte, noch unter dem Schlagbaum hindurch zu rutschen – aber er kam zu spät und musste eine Vollbremsung hinlegen.

„Gottseidank", japste Toto wie ein kleines Kind, „ich war kurz davor, mich zu übergeben. Außerdem muss ich aufs K-Klo. Sind wir denn bald da?" Er sprang aus dem Auto und stellte sich an einen Straßenbaum, um sich zu erleichtern.

Während ein ewig langer Güterzug über den Bahnübergang rollte, stieg auch Zäk aus, raufte sich die Haare und tigerte wie angestochen neben dem Cabrio hin und her.

„So eine verfickte…", er stutzte, entdeckte mit dem Blick des geübten Spurensuchers die frischen Reifenabdrücke in den Kuhfladen und deren Fortsetzung in der Nebenstraße. Zäk grinste teuflisch. „Geht weiter, Puschel, los, mach hinne!"

„Puschel" war noch nicht fertig und bestand darauf, seine Blase vollständig zu entleeren, wenn Zäk nicht wollte, dass er sich in die Hose macht. Erneut mit seinem Reißverschluss kämpfend stieg er zu Zäk ins Auto.

Zäk drehte den Wagen mit qualmenden Reifen auf der Stelle und rutschte Julia und Leo über die Kuhfladen hinterher.

Farkas lauerte in sicherer Entfernung hinter der Kurve und hatte beobachtet, dass die Bahnschranke sich senkte. Nachdem Zäk und Toto abgebogen waren, folgte er dem Cabrio. Die Schranke hob sich wieder, doch weit und breit war kein Auto da, um den Bahnübergang zu passieren.

Die Nebenstraße war holprig, wenigstens ging es geradeaus. Giacomos Versuche, sich in Julias Rucksack häuslich einzurichten – ein Mardern zutiefst innewohnendes Bedürfnis –, schlugen aber angesichts der Straßenverhältnisse gründlich fehl.

Julia bat Leo erneut, nach den Verfolgern zu sehen. Er schaute in den Rückspiegel und triumphierte: „Wir haben sie abgehängt. Glaub ich jedenfalls. Kann ich dir jetzt die Geschichte mit meiner Mutter erzählen?"

„In Gottes Namen, schieß los", seufzte Julia und donnerte durch ein Schlagloch.

Leo erzählte ihr in allen Einzelheiten von dem tragischen Erlebnis am Tag der Sonnenfinsternis. Ihm liefen ein paar Tränen über die Wangen, gleichzeitig merkte er, dass Julia ihm wirklich zuhörte, und er war froh über sein Geständnis.

„Tröste dich. Starke Menschen haben meistens 'ne schwierige Vergangenheit", versuchte sie ihn zu beruhigen.

„Starke Menschen?" Leo war sich nicht sicher, ob er richtig gehört hatte. Julia nickte und schaute zur Bestätigung kurz zu ihm hinüber. Leo spitzte kurz die Lippen, dann entspannten sich seine Züge zu einem breiten Lächeln.

Das Lächeln erstarb allerdings schon nach wenigen Sekunden, weil ihm ein schrecklicher Gedanke kam. „Sag mal, wenn wir zu mir fahren, also, meine Adresse steht natürlich im Internet, auf meiner Website. Was ist, wenn die mich googeln?"

„Dann haben wir die Typen wieder am Hals. Es sei denn, wir sorgen dafür, dass sich vorher die Polizei um die beiden kümmert."

Leo lachte über Julias Anregung. „Au ja, da kann ich zwei sehr begabte Münchner Beamte empfehlen. Heinz und Döllermann, der Stolz der bayerischen Kriminalpolizei."

„Hm, guter Punkt. Hast du einen besseren Vorschlag?", fragte Julia ratlos kichernd. Zum ersten Mal seit Monaten hatte sie keinen Plan. Das Einzige, was sie wusste, war, dass sie sich trotz allem in Leos Nähe wohlfühlte. Jetzt, nachdem er ihr sein Herz ausgeschüttet hatte, sogar noch ein bisschen mehr.

„Auf dem Fabrikgelände kenne ich mich natürlich gut aus", begann Leo zögerlich. „Da ist zwar heute die Hölle los, aber vielleicht ist das ja gar nicht so schlecht … Also, weiter geradeaus."

„Aye aye, Sir." Julia trat das Gaspedal bis zum Anschlag durch.

Zäk und Toto preschten über die Nebenstraße. Zäk erspähte Julias Auto weit vor sich und beschleunigte.

„Ich hab dir schon hundertmal gesagt, dass mir schlecht wird, wenn du so rast", quengelte Toto. „Willst du, dass ich unser schönes Auto vollkotze?"

„Wir haben ein Cabrio. Du kannst gerne nach draußen kotzen. Da vorne sind sie." Dass unweit hinter ihnen Farkas auftauchte, nahm weder Zäk noch sein seekranker Freund wahr.

Die Nebenstraße mündete kurz vor Lindau in eine stark befahrene Bundesstraße. Julia bog rasant ein und mogelte sich in einer elendig langen Schlage, die sich hinter einem Lkw gebildet hatte, nach vorne.

„Ist es noch weit?", fragte sie nervös.

„Ich schätze, zehn Minuten, je nach Verkehr. Wieso?" Leo verstand ihre Besorgnis nicht. Julia zeigte nur stumm auf die Benzinuhr, deren Zeiger bereits im roten Reservebereich stand.

Leo verzog das Gesicht. „Au … könnte knapp werden."

◆

Wie in einem alten Rock-Hudson-Film hatte Marco nur eine Schlafanzughose an, wogegen Josephine die dazu passende Jacke trug. In der Küche bediente er die Kaffeemaschine, während sie Marmeladenbrote schmierte. Das Frühstück landete auf einem kleinen Tablett. Marco schlug vor, sich auf die Terrasse vor dem Haus in die Morgensonne zu setzen.

„So?" Josephine deutete an sich herunter.

Marco beruhigte sie. „Iste niemand in die Haus, alle weggefahre."

„Und Frau Sailer?"

„Ah, Margarita schläfte bestimmt noch. Andiamo."

Sie verließen die Küche und gingen verliebt durch die Lobby. Als sie an der halb geöffneten Bürotür vorbeikamen, entdeckte

Marco das Chaos dahinter. „Mamma mia …" Er drückte die Tür mit seinem Tablett ganz auf und betrat den Raum.

Josephine blieb in der Tür stehen. „Was ist denn hier passiert?", entfuhr es ihr beim Anblick von Farkas' „Kunstinstallation".

Marco trat an den Papierberg heran und entdeckte Margaretes Hand, die mit der Ginflasche unter den Akten hervorlugte. „No …" Er drückte Josephine das Frühstückstablett in die Hand, dann machte er sich daran, Margarete auszugraben.

Wie gut Farkas gearbeitet hatte, bewies die Tatsache, dass Josephine erschüttert mutmaßte, Margarete sei bestimmt beim Versuch, im Suff etwas aus dem Regal zu ziehen, gestürzt, habe sich daran festgehalten und sei dadurch von Akten, Büchern und dem Regal erschlagen und begraben worden. Der Hobby-Archäologe Marco grub weiter, bis er die kreidebleiche Margarete freigelegt hatte. Er fühlte ihren Puls und überprüfte, ob sie noch atmete. Erleichtert stellte er fest: „Sie lebte."

„Wie? ‚Leb-*te*???", fragte Josephine entsetzt.

Bevor Marco antworten konnte, gab Margarete einen tiefen Grunzer von sich und richtete sich auf. „Wo bin ich?"

„In die ufficio von Chefe."

„Leo?" Margarete blinzelte.

„No. Marco." Er drehte sich zu Josephine und gab ihr mit ein paar eindeutigen Gesten zu verstehen, dass sie sich anziehen und ihm die Schlafanzugjacke überlassen sollte. Josephine stellte das Tablett in der Lobby ab, zog sich die Jacke aus und warf sie Marco zusammengeknüllt hinüber. Dann verschwand sie nach oben. Marco schlüpfte in seine Jacke und wandte sich wieder Leos Tante zu.

„Alles in Ordnung, Margarita?"

Margarete bemerkte, dass sie unter dem Bademantel nur leicht bekleidet war und kam langsam zu Bewusstsein. „Wo ist

Laszlo?" Sie schloss ihren Bademantel, rappelte sich auf und setzte sich auf einen Stuhl. Die leere Ginflasche ließ sie am Boden liegen.

„Signor Farkas iste avanti." Er machte eine Geste, die den Abflug des Wieners illustrierte.

Mit größtem Erstaunen registrierte Margarete das umgefallene Regal. Die Erinnerung kam ihr zurück, und sie stürzte zur Tür, um nach dem Bild in der Lobby zu sehen. Dann drehte sie sich um und ließ ihren Blick prüfend durch das Büro schweifen.

„Der hat das Bild mitgenommen, dieser Schlingel!"

„Soll ich Chefe und Giulia anrufe?" Margarete nickte, Marco griff zum Telefon.

Julias Wagen kämpfte sich durch die verstopfte Lindauer Innenstadt, als ihr Handy klingelte. Sie streckte sich und zog das Telefon aus ihrer engen Jeans. Als sie auf dem Display „Unbekannter Anrufer" sah, drückte sie das Gespräch schnell weg. „Wer weiß, wer uns da tracken will." Sie steckte das Handy ein und konzentrierte sich wieder auf den Verkehr. Leo behielt den Rückspiegel im Auge, Julia die Benzinuhr. „Ist noch weit?", fragte sie.

Leo schüttelte den Kopf. „Das ist auch besser so." Er hatte weit hinter ihnen Zäks Cabrio an einer roten Ampel gesichtet.

„Warum fährst du nicht weiter?", schimpfte Toto. Zäk zeigte auf einen Ampelblitzer auf der anderen Seite. „Dass die Polizei ein schönes aktuelles Fahndungsfoto von uns bekommt? Nee, Puschel, keine gute Idee. Siehst du sie noch?"

Toto linste mit Zäks Feldstecher durch die Windschutzscheibe und machte Julias Auto aus. „Zweite Querstraße links ab." Die Ampel schaltete auf Grün, Zäk düste los. Hinter ihm fuhr Farkas über die Blitz-Ampel, die gerade wieder auf Rot geschaltet hatte und ein sehr vorteilhaftes Foto von dem Wiener Verkehrssünder schoss. Neben der Ampel hing ein Plakat mit vielen bunten Heißluftballons, das für diesen Sonntag „Das große Drei-Länder-Ballonfestival" ankündigte.

Josephine hatte sich beeilt und kam komplett angezogen mit ihrer Handtasche ins Büro. „Und?", wollte sie wissen.

„Chefe gehte nicht ran an die Handy von Giulietta."

„Habt ihr nicht die Polizei angerufen?" Josephine kramte aus ihrer Handtasche eine Visitenkarte mit Dienstsiegel heraus. Die zwei Polizisten hatten sie mit den Worten „Sollten Sie sachdienliche Hinweise in der Angelegenheit haben, zögern Sie nicht, uns zu kontaktieren" in der Galerie zurückgelassen. „Hier. Das ist die Durchwahl."

Marco wählte die Nummer. Am anderen Ende nahm Peter Heinz das Gespräch entgegen. „Polizeiinspektion München 11, Polizeikommissaranwärter Heinz. Was kann ich für sie tun?"

Margarete wollte den Hörer haben und lallte: „Gimma her …", aber Marco hielt es für besser, die Sache selbst in die Hand zu nehmen.

„Grüß Gott, Heinz, hier ist Marco de Luca. Sie erinnern sich vielleicht, es geht um den Bilderdiebstahl aus dem Hotel „Seeblick". Das Bild ist jetzt doch gestohlen worden. Unter Anwendung von Gewalt."

Heinz schaute Döllermann mit großen Augen an. „Franz, das gestohlene Bild, das vermutlich nicht gestohlen wurde, wurde jetzt doch gestohlen. Gewaltsam."

Döllermann ließ fix und fertig seine Kaffeetasse sinken, fuchtelte mit den Händen und flüsterte: „Leg bloß auf. Der Fall ist abgeschlossen."

Heinz legte grußlos den Hörer auf sein Telefon.

Marco war verdutzt über die abrupte Beendigung des Gesprächs. „Eingehängt … merkwürdig …"

Auch Josephine war verwundert darüber, dass Marco mit der Polizei in absolut akzentfreiem Deutsch konferiert hatte. „Wieso sprichst du plötzlich Hochdeutsch?

Das Gelände der Ballonfabrik lag auf einem idyllischen Grundstück zwischen Lindau und Wasserburg direkt am Ufer des Bodensees. Neben der Produktion von Heißluftballons hatte sich „Klinger.Balloons" als zweites Standbein die Organisation und Durchführung von Ballonfahrten aufgebaut. Der Startplatz bot einen spektakulären Blick über das „Schwäbische Meer".

Am Tor zum Firmengelände sicherte ein Pförtnerhäuschen mit einer Einfahrtsschranke den Zugang zum Betrieb.

Julias Auto kam angebrettert und bremste scharf vor der Schranke ab. Der uniformierte Pförtner schaute misstrauisch aus seiner Loge. Leo kurbelte das Fenster herunter und beugte sich hinaus. Das Hasenkopf-Hoody hing ihm noch immer von den Schultern. „Grüß Gott, Herr Seehofer, lassen Sie uns bitte durch?"

Der Pförtner wunderte sich über Leos Verkleidung, in erster Linie aber darüber, dass Leo ausgerechnet an diesem Tag in der Firma erschien. *Sie* wollen *abheben*, Herr Sailer? Dass ich das noch erleben darf ..."

„Bitte, wir haben's ein bisschen eilig", drängelte Leo, der durch den Rückspiegel bereits Zäks Auto am Ende der Straße um die Ecke biegen sah.

Der Pförtner trottete aus seinem Häuschen und öffnete den beiden. Julia fuhr mit Vollgas auf das Gelände. Der Wachmann kratzte sich am Kopf und schloss die Schranke mit der Hand, als Zäks Wagen eine Vollbremsung hinlegte, um nicht mit dem Schlagbaum zu kollidieren.

Zäk schrie den Pförtner an: „Aufmachen, sofort!"

„Zu welchem Ballon gehören Sie bitte?", fragte der Zerberus höflich. Statt einer Antwort sprang Zäk aus dem Auto, schlug den Pförtner nieder und drückte die Schranke eigenhändig nach oben. Dann sprang er zurück ins Auto und raste weiter.

Der Baum war kurz oben an einem Gummipuffer angeschlagen und senkte sich gerade, als Farkas mit seinem SUV angerauscht kam. In der Hoffnung, noch unter dem Hindernis hindurchzukommen, beschleunigte er. Aber der rot-weiße Balken war schon zu tief unten, zertrümmerte Farkas' Windschutzscheibe und zwang ihn, anzuhalten.

Der Pförtner, der neben seinem Häuschen am Boden lag, schaute benommen auf den Unfall. Farkas stieg unverletzt aus seinem Wagen und schrie den armen Mann an: „Bringen S' des gefälligst wieder in Ordnung, Sie oider Depp!" Er zückte seinen Revolver und verschwand zu Fuß auf dem Firmengelände.

Mit dem letzten Tropfen Benzin erreichte Julias Peugeot die große Fabrikationshalle der Firma und blieb stotternd liegen. Auf der Freifläche vor der Halle wurden einige unterschiedlich gestaltete Ballons für den Massenstart vorbereitet und mit Heißluft aufgeblasen, ein buntes Bild der Vorfreude.

Das gesamte Areal wimmelte von Menschen, die an dem großen Wochenend-Event teilnahmen.

Zäk hatte sein Auto auf dem Kundenparkplatz abstellen müssen und schob sich mit Toto suchend durch die Massen.

Als Leo ausstieg und sich seines Hasenkostüms entledigte, ertönte aus einem Lautsprecher eine Durchsage: „Verehrte Startteilnehmer, Ihre Ballons werden heute aufgrund des leichten nordöstlichen Windes den Bodensee in Richtung Schweiz überqueren. Bitte halten Sie für den Schweizer Zoll Ausweise und Startpapiere bereit. Danke."

Julia horchte auf. „Aha …?"

Leo hastete zum Kofferraum, sie öffnete die Tür und nahm ihren Rucksack von der Rückbank. Giacomo zog es vor, sich erst einmal nicht blicken zu lassen.

Leo zog die Bilderkiste mit dem Kandinsky aus dem Kofferraum und drückte sie Julia in die Hand. „Gut aufpassen. Ich versuche, den Schlüssel fürs Lager zu organisieren, da liegen

Berge von alten Stoffbahnen herum, das ideale Versteck. Zumindest für den Moment." Er wollte sich auf den Weg zur Fabrikationshalle machen, aber Julia hielt ihn zurück.

„Kann man die Ballons eigentlich mieten? Also, ganz spontan?"

„Wieso?" Leo wurde ungeduldig.

„Mir ist da gerade eine Idee gekommen. Welcher Ballon gehört denn der Firma?"

„Keine Ahnung. Kann ich aber rauskriegen. Ich frag mal Conny."

„Conny?", entsetzte sich Julia.

„Das ist ihre Abteilung. Bis gleich." Leo verschwand in einer Gruppe von Besuchern.

Julia beobachtete aufmerksam das allgemeine Gewusel und die Ballons, die langsam Formen annahmen. Vor allem hielt sie Ausschau nach Zäk und Toto.

Auch Leo spähte auf seinem Weg zur Halle angestrengt nach seinen Verfolgern. Die beiden wurden gerade von einigen Ballonfahrern aufgehalten, die die schlaffe Hülle ihres Luftfahrzeugs zum Startplatz trugen.

„Scheiße ..." Leo schluckte, rannte halb um das Gebäude herum und betrat durch eine kleine Schiebetür die riesige freitragende Stahlkonstruktion.

Unter der Decke der Halle waren unfertige sowie reperaturbedürftige Ballonhüllen an querliegenden, beweglichen Metallschienen aufgehängt, die an den zwei Längswänden auf Stahlträgern gelagert waren. An einer Seite führte eine Metalltreppe nach oben, die in zehn Metern Höhe an einer umlaufenden Galerie mit Gitterfußboden endete. Von der Galerie aus konnte man die Ballonschienen mittels einer Laufkatze verschieben. An der Treppe befand sich in Höhe der Galerie ein kleines verglastes Eckbüro, in dem Conny stand und telefonierte.

Nach der anstrengenden und gefährlichen Autohatz und dem Schock, dass Zäk und Toto es tatsächlich auf das Gelände geschafft hatten, brauchte Leo eine kurze Auszeit. Er lehnte sich unten neben der Schiebetür an die Wand und versuchte durchzuatmen. Um sicherzugehen, dass ihm niemand gefolgt war, schaute er kurz prüfend durch das schmale Glasfenster in der Tür, da erschien draußen urplötzlich und direkt vor ihm Zäks brutal grinsende Fresse. Leo erschrak zu Tode. Er schloss panisch die Tür ab und rannte die Treppe nach oben zu Conny.

Während Zäk wie ein wilder Stier an der Hallentür rüttelte, redete Leo ohne Punkt und Komma auf Conny ein. „Conny, du musst mir helfen! Es geht um Leben und Tod!"

„Ach, auf einmal? Wie kommst du überhaupt hierher?"

„Ich muss … das erklär ich dir später. Kannst du mir den Schlüssel vom alten Stofflager geben? Bitte!"

„Sex an ungewöhnlichen Orten oder wie? Wo ist denn dein Schnucki?"

„Die ist draußen und passt auf ein sehr wertvolles Bild auf, das …" Als Zäk zweimal auf das Schloss feuerte, fuhr Leo herum. Er sah, wie die beiden Gangster die Halle betraten und sich umschauten.

„Leolein, wo bist du?", säuselte Zäk bedrohlich.

Conny begriff, dass es ernster war, als sie dachte, und geriet ebenfalls leicht in Panik. „Ich hab den Schlüssel nicht. Sorry."

„Fuck …" Leo zögerte kurz, dann schlich er sich aus dem Büro und ging leise die obere Galerie entlang. Er wagte kaum, durch den Gitterboden nach unten zu sehen, zwang sich aber dazu, um Zäk und Toto, die hektisch nach ihm suchten, nicht aus den Augen zu verlieren.

Conny schlug ihre Tür zu und schloss ab.

Durch das Geräusch aufmerksam geworden, schaute Zäk nach oben, wo er Leo endlich entdeckte. „Stehenbleiben! Oder ich knall dich ab!" Er zielte auf die Galerie, der Schuss verfehlte

Leo nur um Zentimeter und schlug in ein gläsernes Deckenfenster ein, dessen Splitter hinab in die Halle rieselten.

Mit dem Mut der Verzweiflung griff Leo zu einer Steuerkette für eine der Deckenschienen, hängte sich daran und schoss an der Schiene quer durch die Halle. Am anderen Ende ließ er sich fallen und rauschte, an eine der aufgehängten Ballonhüllen geklammert, mit zugekniffenen Augen in die Tiefe.

Zäk und Toto überlegten kurz, wo ihr Opfer abgeblieben sein könnte Sie stürmten die Metalltreppe nach oben, an Connys Büro vorbei und auf die Galerie.

„Wo ist das Schwein?", fragte Zäk.

„W-weg. Der kann za-zaubern."

„Quatsch, der ist hier oben." Sie gingen die Galerie ab und merkten nicht, wie Leo unten heimlich die Halle durch eine Hintertür verließ.

Als er bei Julia ankam, war er vollkommen außer Atem.

„Und? Schlüssel bekommen?", fragte sie ihn.

Leo japste nur und bekam nicht mit, dass hinter ihm Direktor Klinger auftauchte.

„Hast du denn wenigstens rausgekriegt, welches der Firmenballon ist?"

Leo brachte keinen Ton heraus. Dafür beantwortete Klinger höflich Julias Frage.

„Das ist diesmal der mit dem großen Smiley. Da hinten." Er zeigte in Richtung See. „Klinger. Der Laden gehört mir. Herzlich willkommen." Er sah Julia in die Augen und gab ihr zur Begrüßung einen Handkuss. Erst jetzt fiel ihm auf, dass Leo neben ihm stand.

„Herr Sailer?"

Leo schluckte.

„Hat mir unsere hübsche Assistentin nicht erzählt, Sie hätten fristlos gekündigt?"

„Ich … nein, ich …", stotterte Leo.

„Dehne. Danke. Kann ich jetzt bitte meine Hand wiederhaben?" Damit befreite sich Julia aus Klingers unangenehm langer Begrüßung und zog Leo mit sich.

„Komm, ab zum Smiley!" Sie rannten zum See, Klinger schaute ihnen irritiert hinterher. Dann führte er seine Hand kurz zur Nase und schnüffelte an Julias Parfum. „Oh ... sehr elegant."

Conny hatte sich hinter ihrer Tür versteckt und beobachtete durchs Fenster, wie Zäk und Toto die Treppe wieder hinunterrannten. Sie griff zum Telefon und wählte 1-1-0. „Polizei?"

Das Startgelände füllte sich mit immer mehr Besuchern. Leo und Julia kämpften sich durch die Menge.

„Was willst du denn um Himmelswillen beim Firmenballon?", keuchte Leo.

„Du wirst es nicht glauben, ich habe wieder einen Plan", antwortete sie siegesgewiss.

„Oh, nee!", stöhnte Leo auf.

Zäk und Toto hatten die Halle verlassen und stürzten sich ins Gewimmel von Ballonfahrern, Technikern, Kindern, Zuschauern und Journalisten. Irgendwo musste der Kerl doch stecken. Plötzlich entdeckte Zäk Leo und Julia, die hakenschlagend durch die sich langsam aufrichtenden Ballons rannten.

„Stehenbleiben! Sonst blas ich dir die Rübe weg!", schrie Zäk. Die Besucher drehten sich verängstigt zu ihm um.

Toto kicherte. „Und danach b-blas ich dir d-deine Rübe weg." Er konnte nicht anders, er dachte einfach immerzu an Sex. Seine lüsternen Gedanken vergingen ihm jedoch, als Zäk ihm eine extraharte Kopfnuss verpasste und die Verfolgung von Leo und Julia aufnahm.

Leo demolierte einen Souvenir-Stand, um seinen Verfolgern den Weg zu versperren, aber Zäk konnte ausweichen und kam immer näher. Im Laufen zog Toto sein geladenes Blasrohr aus der Tasche und zielte auf Julia. Der Giftpfeil traf den Rucksack und blieb nur Millimeter vor Giacomos Gesicht stecken, der in seinem Zufluchtsort überhaupt nicht mehr durchblickte, was um ihn herum eigentlich vorging und langsam nervös wurde.

Julia merkte, dass sie keine Chance hatten, den beiden Gangstern zu entkommen. Sie zischte Leo zu „In den Ballon, schnell!", blieb kurz stehen, griff in eine seitlich am Rucksack befindliche Chalk-Tasche und füllte ihre Faust mit weißem Pulver. Leo verschwand mit der Bilderkiste hinter einem sich aufrichtenden Ballon.

Zäk hatte Leo aus den Augen verloren und ging mit erhobener Pistole auf Julia zu. Er blieb dicht vor ihr stehen.

„So fix sieht man sich wieder, meine Hübsche. Aber diesmal verlieren wir keine Zeit. Wo ist das Bild?" Er fuchtelte vor ihrer Nase mit seiner Waffe herum.

„Sorry. Ihr seid zu spät – das Bild ist weg! Dafür hab ich 'ne kleine Überraschung für euch ..."

„Echt?", jubelte Toto, da trat Julia ihm auf den Fuß und warf beiden je eine Portion Chalk direkt ins Gesicht. Dazu fauchte sie wie eine große Raubkatze.

Zäk schrie auf und stolperte, Toto ging vor Angst schreiend und hustend zu Boden. Julia spurtete Leo hinterher.

Nachdem Zäk sich das Magnesia aus den Augen gerieben und sich orientiert hatte, rannte er weiter. Toto blieb am Boden zerstört sitzen und weinte leise.

„Immer ich ... immer ich, immer ich." Er stutzte und wiederholte, diesmal fragend: „Immer ich?"

Toto staunte, wie locker ihm die Worte über die Lippen kamen. „Ich ... ich stotter nicht mehr ... Zäk, ich stotter nicht mehr!", rief er ungläubig in die Richtung, in die Zäk verschwunden war.

Er rappelte sich auf und holte tief Luft, um seine durch den Schock, den Julia ihm verpasst hatte, wiedergewonnene Artikulationsfähigkeit mit einem Spruch auszuprobieren, den er einem zufällig vorbeikommenden Ballonfahrer stolz aufsagte.

„Besser Ballonfahren am Bodensee in Bayern …", der Ballonfahrer blieb interessiert stehen, „… als ein blöder Knutschfleck an den Eiern." Beglückt lachend hüpfte Toto davon.

Leo hatte inzwischen den Smiley-Ballon erreicht. Er umklammerte die Bilderkiste und drehte sich nach Julia um, da drückte ihm jemand einen Revolver ins Genick und spannte den Hahn. Leo erstarrte, bekam keine Luft mehr und sah nur noch Sternchen, die entfernt denen auf Kandinskys frühem Meisterwerk glichen.

Es kam Leo nicht zum ersten Mal in den letzten fünf Tagen so vor, als sei er versehentlich in einen stürmischen Action-Film hineingeraten. Vor seinem geistigen Auge fächerten sich Drehbuchseiten auf …

SZENE 128 BALLON-STARTGELÄNDE – FIRMENBALLON – AUSSEN/TAG

Leo will sich umdrehen, da hört er hinter sich eine ihm
wohlbekannte Stimme.

> FARKAS
> Servus, Junior.

Zäk holt Julia kurz vor dem Erreichen des Ballons ein.
Als er sieht, dass Leo das Bild hat, nimmt er Julia in
den Würgegriff.

> ZÄK
> Uuuuh, das wird jetzt hässlich.

Er drückt Julia seine Pistole an die Schläfe.

> ZÄK
> (ZU LEO)
> Entweder du rückst jetzt sofort …

Farkas schießt ohne zu fackeln auf Zäk, der Julia zu Boden stößt und in Deckung geht.

Er entreißt Leo die Kiste mit dem Kandinsky.

Zäk schießt auf Farkas, der sich die Bilderkiste schüt-
zend vor die Brust hält.

> FARKAS
> Schießen S' ruhig … Aber Bil-
> der mit Löchern verkaufen
> sich sehr schlecht!

Zäk zögert, Farkas schießt erneut auf ihn, doch von der
Seite kommt Toto hinzu und setzt sein Blasrohr an. Sein
Pfeil trifft Farkas in die Hand. Der schreit auf und
lässt seinen Revolver fallen.

> FARKAS
> Net scho wieder …

Er kippt um.

Leo schnappt sich die Bilderkiste, wirft sie in den
Smiley-Ballonkorb und springt hinterher.

Julia hat sich aufgerappelt und ist, weiterhin mit Zäk
auf ihren Fersen, ebenfalls beim Ballon angekommen.

Toto lädt umständlich sein Blasrohr neu.

Julia haut Zäk ihren Rucksack an den Kopf, der Gangster
geht mit einem Marder-ähnlichen Schrei zu Boden.

Julia stutzt und wirft ihren Rucksack in den Ballonkorb,
wo er mit einem weiteren Quieken landet.

> JULIA
> (ZU LEO)
> Gib Gas, ich mach die Leinen los!

Leo dreht panisch am Ventil der Gasflasche, die Flamme
schießt hoch.

> LEO
> Ups ...

Am Rand des Korbs findet Julia zwei Halteleinen, befes-
tigt mit Slipstek-Knoten an Pflöcken, die im Boden stecken.

Julia zieht ruckartig an einem der Knoten, die erste
Leine löst sich.

Der Ballonkorb gerät in eine bedrohliche Schieflage. Ein
uniformierter START-WÄCHTER wird aufmerksam.

> START-WÄCHTER
> (ZU LEO)
> Halt! Das geht nicht! Drehen
> Sie auf der Stelle die Flamme
> runter.

> LEO
> Komm rein! Schnell!

Julia löst auch die zweite Leine, der Ballonkorb richtet
sich wieder auf und hebt ab.

Sie will in den Korb klettern, doch Zäk hat sich aufgerappelt, packt sie und schleudert sie zur Seite.

GROSSAUFNAHME:

> LEO
> Juliaaa!

Der Ballon ruckelt, Leo wird im Korb zu Boden geworfen.

Sein eigener Schrei riss Leo aus dem dramatischen Tagtraum. Er lag wie betäubt im Ballonkorb und stellte schlagartig fest, dass der Film bittere Realität war. Das Gefährt hatte abgehoben und flog bereits mehrere Meter hoch.

Julia lag benommen am Boden neben den Haltepflöcken.

Zäk packte eine vom Korb herabhängende Leine und wurde vom Ballon mitgerissen, der sich langsam in Richtung Ufer bewegte. Er versuchte, sich zum Korb hochzuhangeln und schoss gleichzeitig von unten durch den Holzboden, ohne Leo jedoch zu treffen.

„Haben Sie den netten Herrn nicht gehört, Herr Sailer? Sie sollen die Flamme runterdrehen!"

Das Seil tanzte unter Zäks Kletterversuchen. Leo warf es verzweifelt hin und her, aber Zäk ließ sich nicht abschütteln und schoss ein zweites Mal.

Die Kugel durchschlug den Gasschlauch, der die Flamme des Brenners versorgte.

Mit eisigem Entsetzen hörte Leo das Zischen des entweichenden Gases. Er kniete sich hin, zog sein Stofftaschentuch hervor und knotete es um das Loch im Gasschlauch, als würde er eine blutende Wunde abbinden.

In den Sekunden, in denen Leo versuchte, die Gasleitung zu reparieren, kletterte Zäk außen am Seil immer weiter nach oben. Als er schließlich mit einer Hand die obere Kante des Korbs ergriff, krabbelte Giacomo, der beim ersten Schuss in einer Mischung aus Angst und Neugier seinen Kopf aus Julias Rucksack gestreckt hatte, heraus, sprang auf Zäk zu und biss ihm mit voller Kraft in die Hand.

Zäk schrie auf und ließ den Korb los. Er fiel aus 15 Metern Höhe mit einem Bauchklatscher in den Bodensee.

„Giacomo!?" Leo war vollkommen perplex. Dann richtete er sich halb auf und lugte angsterfüllt über die Brüstung zum mittlerweile weit entfernten Startgelände hinunter.

„Julia …?“

Julia hatte sich aufgerappelt und schaute sorgenvoll nach oben.

„Leo …“

Sie wollte ihm zuwinken, aber der Ballon war schon zu weit weg. Noch während sie überlegte, was als Nächstes zu tun sei, wurde sie von hinten umgerissen.

Toto, der seit seiner Spontanheilung ungeahnte Kräfte in sich verspürte, hatte Julia zu Boden geworfen und rang mit ihr. Nach einigen Versuchen, den pummeligen Blasrohr-Artisten auf den Rücken zu legen, gelang es Julia schließlich, ihn mit dem Gesicht nach unten zu drehen, sich auf ihn zu hocken und seine Arme hinter seinem Rücken festzuhalten.

Verärgert wandte sie sich an die Umstehenden, die den Ringkampf gespannt verfolgt hatten, ohne einzugreifen: „Kann mir vielleicht mal irgendjemand helfen? Das ist ein Verbrecher!“

Ohne zu stottern antwortete Toto: „Bin ich nicht! Ich bin Künstler! Jawohl, Künstler, Künstler, Künstler!“ Er war total verliebt in seine neugewonnene Sprachvirtuosität und testete im Gras liegend die verschiedensten Vokal- und Konsonantenverbindungen, da kam ein Einsatzwagen der örtlichen Polizei auf das Gelände gefahren, bahnte sich mit Blaulicht und Martinshorn einen Weg durch die Menge und hielt bei Julia an. Zwei Beamte stiegen aus und sprangen ihr mit gezogener Waffe zu Hilfe.

„Vielen Dank, meine Herren, lange hätte ich das nicht mehr geschafft. Ach, und den Schlawiner da drüben, den können sie auch gleich einpacken.“ Sie deutete auf Farkas, der ein paar Meter weiter rammdösig an einem Fahrradständer lehnte.

Die Polizisten entwaffneten Farkas und verpassten ihm Handschellen. „Sie sind vorläufig festgenommen!“

Toto zeigte auf den Smiley-Ballon hoch über dem See. „Den da müssten Sie festnehmen! Den im Ballon. Das ist der Verbrecher. Der hat ein kostbares Kulturbild entführt. Und den

Heißluftballon obendrein. Ja, den Smiley-Heißluftballon obendrein", wiederholte er stolz den zungenbrecherischen Satz.

Die Polizisten schauten ihn mitleidig an. „Jaja, schon gut." Dann legten sie auch Toto Handschellen an. Der schaute verliebt auf die chromblitzenden Dinger. „Oh, schick, gibt's die auch in Pink? Oder mit Nerzbesatz?"

Die Polizisten verdrehten die Augen, sperrten Toto und Farkas in ihren Dienstwagen und begannen, die umstehenden Zeugen zu befragen.

Julia überlegte fieberhaft, wie sie Leo helfen konnte, als der klatschnasse Zäk angehumpelt kam. Er hielt sich seinen Bauch und wimmerte. Julia ging zu den Polizisten und tippte einem von ihnen auf die Schulter.

„Hey, Kollegen! Da drüben ist der zweite Künstler!"

Zäk schleppte sich näher und zog seine Pistole. Auch die Beamten entsicherten ihre Dienstwaffen. Zäk wollte auf Julia schießen, aber aus dem Lauf kamen statt einer Kugel nur ein paar einsame Wassertropfen heraus. Er warf die Waffe weg und wollte sich auf Julia stürzen, brach aber entkräftet vor ihr zusammen. Im Hinfallen rutschte ihm sein Autoschlüssel aus der Hosentasche. Julia sah den Schlüssel und hob ihn auf.

„Ah, da ist ja mein Autoschlüssel! Danke."

„Was?" Zäk war halb ohnmächtig von seinem Bauchklatscher und bekam nur schemenhaft mit, wie die Beamten auch ihm Handschellen anlegten und ihn zu den anderen in ihr Einsatzfahrzeug verfrachteten.

Julia schaute belustigt auf den kleinen silbernen Dildo am Autoschlüssel und rannte los.

„Moment!", rief ihr einer der Polizisten hinterher, aber sie drehte sich nur kurz um und rief ihm zu: „Ich meld mich bei Ihnen! 1-1-0!" Sie hielt den verwunderten Beamten einen erhobenen Daumen hin und verschwand in einer Gruppe von Besuchern.

Konzentriert durchstreifte Julia auf der Suche nach Zäks Cabrio den Parkplatz. Zwischendurch warf sie regelmäßig Blicke in den Himmel, wo der Smiley-Ballon ständig kleiner wurde.

„Du schaffst das, Leo …", redete sie sich beschwörend zu.

Als sie Zäks Auto endlich gefunden hatte, setzte sie sich hinters Steuer und startete.

Am Pförtnerhäuschen stand nach wie vor Farkas' zerstörter SUV, an dem sich Julia geschickt vorbeidrängelte, bevor sie auf die Hauptstraße einbog.

✦

Leo saß abgekämpft am Boden des Ballonkorbs. Er wagte es nicht, über die Kante zu schauen und fragte sich, wie Giacomo es in die Gondel geschafft hatte.

„Hör zu, mein Freund, erstmal vielen Dank, dass du mir das Leben gerettet hast. Aber wie zum Teufel bist du hier hergekommen?"

Giacomo sah Leos fragenden Blick und verstand instinktiv, was Leo wissen wollte. Er kroch kurz in Julias Rucksack und streckte munter seinen kleinen Kopf heraus.

„Ach so. Blinder Passagier … Sehr raffiniert. Ich hoffe, du hast Julias Kletterseile nicht angeknabbert."

Eine leichte Windbö erfasste den Ballon. Leo wurde bleich, schaute zur Gasflamme und sah, wie sie kleiner wurde. Er lugte kurz über Bord und stellte zu seinem größten Entsetzen fest, dass der Korb nur noch wenige Meter über der Wasseroberfläche schwebte.

Der unfreiwillige Ballonfahrer verfiel in Hektik. Giacomo merkte, dass die Situation stressig wurde, und brachte sich in Julias Rucksack in Sicherheit. Von dort aus beobachtete er zitternd das weitere Geschehen.

Leo drehte zunächst das Gasventil voll auf, aber die Flamme wurde nicht größer. Also machte er sich an seinem provisorischen Druckverband am Gasschlauch zu schaffen und zog den Knoten des Taschentuchs fester – wobei sich dummerweise das Tuch verschob, sodass es die undichte Stelle freigab. Eiskaltes Gas strömte aus dem Schlauch und zischte auf Leos Hände. Er schrie auf. „Scheiße, ist das kalt! Aua!"

Von Leos Schrei erschreckt, zuckte Giacomo zusammen. Leo dachte scharf nach.

„Gewicht verlieren … ja …" Er sah sich im Korb nach Ballast um und fand einen Sandsack. Ohne nach unten zu sehen, warf er den Sack über Bord. Der Ballon stabilisierte sich minimal, sank aber weiter. Die Gasflamme wurde kleiner und kleiner.

Leo nahm den Rucksack in die Hand und sah dem ängstlich dreinblickenden Marder in die Augen. „Wie sieht's aus, mein Freund, können Langschwanzhamster schwimmen?" Giacomo schien die Frage zu verstehen, denn er zog sich fluchtartig in seine temporäre Behausung zurück. Leo legte den Rucksack zur Seite. Dabei fiel sein Blick auf die Bilderkiste, deren Ränder mit breitem Klebeband gesichert waren. Seine Züge entspannten sich. Er zog einen längeren Streifen des Klebebands ab, schob sein Taschentuch von dem Leck im Gasschlauch weg und umwickelte die undichte Stelle mit dem Klebeband.

Das Gas hörte auf zu zischen, die Flamme wurde augenblicklich größer und der Ballon, dessen Korb bereits die Wasseroberfläche berührt hatte, stieg wieder auf.

Leo riss die Arme nach oben. „Yess! Ich hab's geschafft!"

Giacomo kroch aus dem Rucksack und hüpfte auf Leos Schulter. Um zu überprüfen, wie hoch sie inzwischen waren, wagte Leo einen vorsichtigen Blick über den Rand des Korbs. Er schaute kurz nach unten, konnte zu seinem eigenen Erstaunen den Blick halten, schüttelte ungläubig den Kopf und sah Giacomo an.

Als er einen zweiten Blick in die Tiefe wagte, verdichtete sich eine vage Ahnung zur Gewissheit. Leo schaute ein drittes Mal hinab, diesmal breit grinsend, dann nahm er Giacomo von seiner Schulter und hielt ihn vor sich.

„Giacomo, du wirst es nicht glauben .... Ich, ich glaub's ja selber nicht ... Doch ... ich glaube ... meine Höhenangst ist ... Wahnsinn ...“

Nach einem erneuten Blick auf die sanften Wellen unter sich konstatierte er tonlos: „... weg ...“

Zum ersten Mal in seinem Leben hatte er in einer existenziellen Situation nicht um jemand anderen, sondern um sich selbst Angst gehabt. Und er hatte nicht nur die traumatische Situation gemeistert, sondern vor allem seine Angst besiegt.

Um ganz sicherzugehen, schaute Leo ein letztes Mal prüfend hinab zum See, der wieder weit unter ihnen lag, und diesmal genoss er sogar den endlosen Blick in die schöne Voralpenlandschaft. „Siehst du? Weg!“ Er umarmte den Marder, der ihm in seinem Glückstaumel beinahe entglitten und über Bord gegangen wäre.

Hier müssen sich die Autoren zwingend ein letztes Mal in eigener Sache zu Wort melden. Dass innerhalb kürzester Zeit zwei sehr unterschiedliche Spontanheilungen stattfinden, scheint äußerst unwahrscheinlich und könnte Leserinnen und Leser verstimmen. Da es aber nun einmal in dieser Geschichte so passiert ist, gibt es keinen Grund, diese seltsame Laune des Schicksals nicht wahrheitsgetreu wiederzugeben.

Julia hatte sich mit Zäks Cabrio rasch angefreundet. Sie fand Gefallen an der rasanten Beschleunigung des Wagens und nahm den kürzesten Weg um das Ostufer des Bodensees herum. Da sie die Lautsprecher-Durchsage auf dem Gelände von „Klinger.Balloons“ noch im Ohr hatte, wusste sie, dass Leos Gefährt irgendwo auf der gegenüberliegenden Schweizer Seite des Sees auftauchen würde.

Beim Passieren der österreichisch-schweizerischen Grenzstation St. Margrethen winkte sie den Zöllnern freundlich lächelnd zu. Die Eidgenossen winkten fröhlich zurück und verzichteten darauf, Julias Papiere zu kontrollieren.

Auf dem Weg zum Südufer des Sees entdeckte sie kurz hinter Rheineck das große Smiley am Himmel. Erleichtert bog sie in einen Feldweg ein und beobachtete, wie der Ballon langsam an Höhe verlor.

„Oh-oh … Ach was, du schaffst das, Leo. Du musst das einfach schaffen …“, versuchte sie ihre Zweifel zu betäuben.

Leo stand am Gasventil und war mit seinen Ballonfahrkünsten zufrieden. Es war ihm gelungen, die Höhe des Ballons halbwegs zu stabilisieren. Die Frage war nur, wie er das Gerät landen sollte. Er schwebte etwa 200 Meter hoch über dem See und sah in der Ferne eine Wiese, die ihm dafür ausreichend groß erschien. Dass der Ballon sich geradewegs auf die Wiese zubewegte, befeuerte seinen Entschluss, genau dort niederzugehen.

„Meine Damen und Herren, liebe Marder, nun zum Thema Punktlandung. Tja …“

Jetzt, wo er sich frei im Korb bewegen konnte, durchsuchte er alle Taschen und Fächer, die an der Brüstung hingen, nach einer Gebrauchsanweisung. Er fand ein dickes Heft, schlug es auf und blätterte es eilig durch.

„Hm … Polnisch, Chinesisch, Slowenisch, Russisch, Lettisch, Finnisch, Serbokroatisch, Koreanisch … Ich fass es nicht! Wenigstens gibt's ein paar Bilder.“

Er schlug die erste Seite auf und versuchte, sich auf das Bilderrätsel einen Reim zu machen. Die Piktogramme, die in ihrer Simplizität den Notfall-Anordnungen für Flugreisende ähnelten, stellten eindeutig das Gasventil als zentrale Steuereinheit des Ballons in den Mittelpunkt. Daneben waren Bildchen mit Pfeilen nach oben und nach unten abgedruckt. Schließlich war noch ein

Anker an einem Seil zu sehen, neben dem ein großes rotes Ausrufe- und ein ebenso großes Fragezeichen als Warnung standen.

„Okay. Also, Giacomo, erst drosseln wir die Flamme, und dann versuchen wir, langsam zu sinken, bis wir auf der Wiese aufsetzen. Drück uns die Daumen, falls du so was hast."

Leo kam ins Schwitzen. Die Steuerung des Ballons, die auf den Piktogrammen so simpel aussah, erwies sich als höchst diffizile Angelegenheit. Mal senkte sich der Ballon zu schnell, mal schoss er raketenhaft in die Höhe.

Als Leo das Gefährt einigermaßen im Griff hatte, fiel ihm der Anker mit dem dazugehörigen Seil ins Auge. An dem Seil hing ein roter Plastikwimpel: „Nur für Notfälle!". Leo befand, dass dies durchaus ein Notfall war, und hängte den Anker neben sich an die Brüstung.

Kurz vor Erreichen der rettenden Wiese wurden Leo und Giacomo kräftig durchgerüttelt. Der Korb streifte erst eine Baumkrone und deckte direkt danach das Dach eines Holzschuppens zur Hälfte ab. Die hölzernen Dachschindeln flogen durch die Gegend, aber Leo konnte durch geschicktes Hantieren mit dem Gasventil Schlimmeres verhindern.

Julia hatte den Smiley-Ballon nicht mehr aus den Augen gelassen und donnerte mit Zäks Cabrio über Feldwege und Wiesen. Sie betete, dass Leo nichts passieren würde. Als der Ballon dicht über einer Wiese schwebte, hatte auch Julia die angepeilte Landestelle fast erreicht. Sie hielt ihr Auto an und schaute dem wilden Geschehen atemlos zu. „Ganz ruhig, Leo …"

Nach der Havarie mit dem Schuppen blieb Leo nichts übrig, als den Ballon endgültig zu Boden zu bringen. In der Hoffnung auf eine glimpfliche Landung drehte er die Gasflamme komplett ab. Der Korb setzte hart auf, blieb aber nicht liegen, sondern kippte zur Seite und wurde von der durch den Wind aufgeblähten Ballonhülle hoppelnd über die Wiese geschleift.

Die umstehenden Schweizer Bergkühe glotzten das Gefährt an, als hätten sich Außerirdische auf ihre Weide verirrt.

Um das Tempo des Korbs abzubremsen, entschloss sich Leo, den Notanker zu werfen, dessen Seil an einem der Tragbügel fest vertäut war. Er schleuderte den Anker auf die Wiese, der Anker griff – und der Korb blieb wenige Meter weiter ruckartig liegen und spuckte seinen Inhalt aus.

Leo, Giacomo, Julias Rucksack und die Kiste mit dem Kandinsky flogen in hohem Bogen durch die Luft. Leo blieb regungslos im Gras liegen.

Julia brauchte einen Moment, um den Schock zu verdauen, dann rannte sie zu ihm und kniete sich hin.

„Bist du verletzt?"

Statt Leo antwortete eine Kuh mit einem lauten „Muh!". Julia fuhr herum und schaute dem Tier direkt ins Gesicht.

Durch das Muhen kam Leo zu sich und glaubte seinen Augen nicht zu trauen. Die Kuh, die ein vollkommen normales schwarz-weiß geflecktes Fell trug, schien dem benommenen Ballonfahrer lila zu sein. Julia drehte sich zu ihm, er sah sie mit glasigem Blick an und entdeckte den kleinen braunen Fleck in ihrem grünen rechten Auge. „Julia …? Bin ich tot?"

„Quatsch", rief sie erleichtert und umarmte ihn. „Alles gut. Du hast es geschafft!"

Leo reckte sich und probierte aus, ob er noch alle seine Gliedmaßen beisammenhatte. Bis auf eine kleine Platzwunde auf der Stirn schien alles intakt zu sein. Dann fiel ihm ein, dass er nicht allein in dem Ballon gereist war. „Wo ist Giacomo?"

„Hä?" Sie konnte es nicht fassen, dass Leo in diesem Moment an Marcos Marder dachte, aber Leo lief hektisch über die Wiese und suchte nach Julias Rucksack.

Als er ihn gefunden hatte, zog er den vollkommen verängstigten Giacomo hervor und präsentierte ihn Julia. „Mein Lebensretter! Alles okay, kleiner Mann?"

„Der schon wieder?", lachte Julia, da hörten sie aus der Ferne eine Schweizer Polizeisirene. „Scheiße!" Sie schauten sich kurz an, dann wurde Julia klar, was zu tun war. Sie ergriff die Bilderkiste, die den Aufprall einigermaßen schadlos überstanden hatte, rannte damit zu Zäks Cabrio und schob die Kiste mit dem Fuß unter das Auto.

„Setz dich neben mich!", befahl sie dem verblüfften Leo, der mechanisch gehorchte und einstieg. Am anderen Ende der Wiese tauchte ein Einsatzwagen des Schweizer Zolls auf.

Julia beugte sich über Leo und tupfte ihm mit einem Scheibenwaschtuch die Platzwunde ab. Dabei behielt sie die beiden Zollbeamten im Auge, die sich dem Cabrio zu Fuß näherten.

Der erste Beamte legte den Zeigefinger militärisch an die Dienstmütze und hieß Julia und Leo in halbwegs verständlichem Schwyzerdütsch willkommen. „Grüezi in der Schwyz! Unsere Kchollegen in Dütschland hän uns scho verzählt, dass Sie mit einem illegal usgeführten Kchunschtwärkch raisen."

„Ein ächter Kchandinschky, odder?", ergänzte der zweite Zöllner.

„Kleinen Moment, meine Herren, Sie sehen doch, dass Herr Sailer verletzt ist. Haben Sie zufälligerweise ein Pflaster?"

Die Beamten schauten sich an. „Sollen wir die Rettung alarmieren, wollen Sie ins Spital?"

„Nein, alles in Ordnung", bedankte sich Leo artig.

„Dürften wir das Bild bitte einmal begutachten."

Leo schaute hilflos zu Julia. Die stieg aus, ging lässig zum Kofferraum und öffnete ihn. Auf Zäks Koffer mit dem Diebesgut lag die Kandinsky-Kiste. „Bitte sehr." Sie zog die Kiste aus dem Kofferraum und stellte sie vor die beiden Beamten hin.

„Wissen Sie, das ist alles ein dummes Missverständnis, meine Herren. Es gibt überhaupt keinen echten Kandinsky."

„Ja, aber …" Der erste Zöllner beugte sich zur Kiste herunter, klappte aus seinem Schweizermesser eine winzige Lupe aus und entzifferte das Etikett. „Hier steht ‚Wassily Kchandinschky – Stärnennacht über dem Kchochelsee' …"

Julia lächelte ihn an, öffnete mit großer Selbstverständlichkeit die Schnappverschlüsse der Bilderkiste und zog den Bellagio hervor. Sie stellte das Bild auf die Kiste und drehte den Zöllnern dessen Rückseite hin. „Und hier steht: ‚Wolfgang Bellagio' … sehen Sie, hier, die Signatur … Bellagio, eine völlig wertlose Kopie."

„So öppis …", staunte der zweite Beamte.

„Und die darf Herr Sailer als rechtmäßiger Eigentümer ja wohl mit sich führen … Stimmt's, mein Liebling?" Julia ging zu Leo, der nicht so recht wusste, was er antworten sollte.

„Tut's noch sehr weh?" Sie küsste ihn auf seine Platzwunde. Die Zöllner wurden unsicher, ob sie wirklich noch gebraucht würden. Da meldete sich Giacomo mit einem leisen Piepsen zu Wort. Er war auf das Cabrioverdeck geklettert und hatte die Inspektion des Bildes mitangesehen. Jetzt registrierte er mit Interesse, dass sich Leo und Julia wieder vollkommen ungeniert in der Öffentlichkeit der Paarung widmeten.

„Und was ist das bitte für ein Nagetier?", störte der erste Beamte das Paar.

„Das ist eine vom Aussterben bedrohte Art. Unter Hamsterologen als Schweizer Langschwanz-Gebirgshamster bekannt. Kennen Sie nicht?" Leo griff Julias Taktik auf, die Zöllner zu irritieren.

Giacomo merkte, dass es um ihn ging, und drehte eine Tiny-Tim-Pirouette.

„Ah, guad, dann ischd das ein einheimisches Tier und braucht kchaine Papiere …" Der zweite Zöllner legte grüßend die Hand an die Mütze. „Also, dann scheint ja alles in Ordnig zu sein."

„Allerdingsch müssten wir Ihnen für das unangemeldete Ablanden eines Flugobjekts ein Bußgeld von 45 Fränkli in Rächnig ställen", ergänzte der erste Zöllner.

Julia schaute Leo erwartungsvoll an. Der griff in seine Hosentasche und fingerte einen zerknitterten 50-Euro-Schein hervor.

„Bitte, stimmt so. Den Rest können Sie in Ihre Kaffeekasse tun." Er überreichte das Geld dem Zöllner, der sich artig bedankte.

„Merci vielmal. Also dann, grüezi mitanand und noch einen angenähmen Ufenthalt in unserer schönen Schwyz."

Damit gingen die beiden Zöllner zurück zu ihrem Auto, stiegen zufrieden ein und suchten das Weite.

Die Ballonhülle hatten Leo und Julia zügig geborgen, zusammengeschnürt und im Ballonkorb verstaut. Um die Abholung würden sich Klinger und Conny schon kümmern, sobald sie von Leo die Koordinaten bekämen.

Anschließend hatten sie Zäks und Totos Gepäck einer oberflächlichen Inspektion unterzogen und sowohl in Totos Koffer die kleine Werkzeugtasche, als auch in Zäks Koffer das künstlerisch wertvolle Diebesgut aus den früheren Raubzügen des Duos entdeckt.

Nun hockten Julia und Leo auf dem ausgeklappten Cabrioverdeck und grübelten sich an.

„Und jetzt?", brach Leo als Erster das Schweigen.

„Jetzt sitzen wir mit einem Koffer voller gestohlener Gemälde, einer Tasche mit Einbrecherwerkzeug, einem geklauten Auto, einem illegal eingeführten Marder und zwei geschmuggelten Bildern in der schönen Schwyz. Das ist eigentlich genau das, was du wolltest. Odder?", frotzelte Julia.

„Hä, nein, wieso?"

„Der Kandinsky ist raus aus Deutschland. Glück im Unglück."

„Na ja … vor allem sind wir diese Gangster los." Zumindest konnte Leo der verfahrenen Situation ein bisschen was Positives abgewinnen.

Julia ließ nicht locker. „Und sind selber welche …"

Leo schüttelte energisch den Kopf. „Quatsch!"

„Oh ja. Autodiebstahl, illegale Ausfuhr von Kulturgut, Steuerhinterziehung … Klingt schwer nach Bonnie and Clyde. Ist aber nicht wirklich dein Ding, oder?"

Er schwieg achselzuckend.

„Weißt du, was ich glaube?" Julia schaute ihn ernst an.

„Na?"

„Ich glaube, du hattest gestern früh die richtige Eingebung."

„Gestern früh?" Angesichts der sich überstürzenden Ereignisse fiel es Leo schwer, sich daran zu erinnern, was Julia mit „gestern früh" meinte. „Was war denn gestern früh?"

„Als du so versonnen auf die leere Wand über der Rezeption geschaut hast. Ich glaube nicht, dass du der geborene Gangster bist, und ich glaube, dass das Bild im Hotel bleiben sollte. Das hätte dein Urgroßvater so gewollt und Kandinsky vermutlich auch."

„Dem war's wahrscheinlich ziemlich egal, solange er seinen Spaß hatte …", ergänzte Leo. Plötzlich wurde er nachdenklich. „Wenn man die Zeit zurückdrehen könnte …"

Julia nahm seine Hand. „Erstens kann man das nicht, und zweitens, wer weiß, ob wir uns dann nochmal treffen würden …"

„Stimmt."

Sie schauten sich lange an, dann küssten sie sich zärtlich.

Giacomo, der diese nach seinem Dafürhalten viel zu keusche Variante des Liebesspiels gleichgültig auf dem Lenkrad sitzend verfolgt hatte, beschloss, sich kurz auf die Wiese zu begeben, etwas Sport zu treiben und die Kühe zu erschrecken.

„Trotzdem, wenn ich mir was wünschen könnte, wären wir zurück am Kochelsee und würden …", begann Leo.

„Ja?"

„… den blöden Bellagio verkloppen und gemeinsam das Hotel in Schuss bringen, eben eine kleine Lösung", präsentierte er Julia zögerlich seinen Plan.

„Aber inklusive Kandinsky-Suite?" – „Jap", sagte Leo.

„Mit Himmelbett?" – „Mit Himmelbett. Gerne auch für länger."

„Also, Versteigerung in London ade?" Sie schaute ihn fragend an.

„Ja. Wir müssen das irgendwie ohne die Millionen hinkriegen", entgegnete Leo unsicher, aber erleichtert.

„Oh je …", stöhnte Julia, „das heißt, dass ich einen kompletten Businessplan für den alten Kasten aufstellen muss."

„Ja." Leo staunte, wie schnell Julia geschäftsmäßig wurde.

„Und das alles noch vor meinem Praktikum. Sonst weißt du ja gar nicht, wo du anfangen sollst."

„Äh … ja …", gab Leo zu. Er wunderte sich, wie konkret Julias Zeitpläne waren. Eigentlich hatte er damit gerechnet, dass sie die Renovierung des Hauses gemeinsam angehen würden, aber Julia bestand darauf, ihre Chance bei der UNESCO wahrzunehmen. In Zeiten von zoom und Mail und all den wunderbaren digitalen Kommunikationskanälen könnte sie ihm schließlich auch aus der Ferne unter die Arme greifen.

„Unter die Arme vielleicht, aber …", traute sich Leo vor.

„Das muss ein bisschen warten", raunte sie verführerisch lächelnd und wurde gleich wieder sachlich. „Erstmal müssen wir das ganze Zeug zurück nach Deutschland schmuggeln." Sie deutete auf Zäks Auto mit dem Diebesgut, den beiden Bildern und Zäks Gepäck, von dem sie nicht einmal ahnten, was sich darin noch alles verbarg.

Als sie Zäks Koffer öffneten und die kleinen verpackten Gemälde zur Seite legten, fanden sie unter dem zweiten Boden die dort versteckten Handfeuerwaffen, ein Arsenal von Messern sowie Totos Ersatzblasrohre mit dem dazugehörigen Giftpfeilschächtelchen, das ein gelber Totenkopf zierte.

Giacomo war von den entspannten Schweizer Kühen gelangweilt und sprang neugierig in den Kofferraum.

„Ach Gott, dich müssen wir ja auch wieder zurückschmuggeln.", amüsierte sich Leo und nahm seinen Lebensretter auf den Arm.

Julia drückte Zäks Koffer zu und setzte ein entschlossenes Gesicht auf. „Egal. Wir ziehen das jetzt durch. Zusammen, okay? Es kann natürlich sein, dass die Schweizer auch ein Kulturgutschutzgesetz haben …"

„Aber die ganzen Waffen und die anderen Bilder, ich meine …", gab Leo zu bedenken.

Julia zog den Kandinsky unter dem Auto hervor und legte die Kiste vorsichtig auf die andere Kiste im Kofferraum. Dann drückte sie mit aller Kraft auf die Klappe, die sich nur schwer schließen ließ. „Genaugenommen bringen wir doch nur zurück, was wir irrtümlich kurz eingeführt haben. Und wir sichern Beweisstücke. Das ist im strengeren Sinn nicht illegal, oder?"

Leo lachte in einem Anfall von Galgenhumor. „Und bis die Schweizer Behörden die Wahrheit herausgefunden haben und sich die Geschichte komplett aufgeklärt hat, gehen wir beide erstmal für ein Jahr in Untersuchungshaft. Hotel perdu, Praktikum perdu … Ich ruf mal Ziegelstein an, vielleicht kann der uns einen Rat geben." Er fingerte sein Handy aus der Hosentasche, aber Julia ergriff seine Hand.

„*Den* rufst du unter gar keinen Umständen an. Da müssen wir beide alleine durch. No risk, no fun!"

Als sie sich wenig später im geschlossenen Cabrio der schweizerisch-österreichischen Grenze näherten, sackte beiden das

Herz in die Hose. Nur Giacomo vergnügte sich auf der Rückbank und schaute sich die bilderbuchschöne Gegend an.

„Nicht nervös werden, wir tun nichts Unerlaubtes", zischelte Julia Leo zu. Er versuchte, eine Unschuldsmiene aufzusetzen, was ihm leider nur halb gelang. Seine Unterlippe zitterte und ließ sich beim besten Willen nicht bändigen.

Die Schweizer Zöllner, die am Grenzübergang St. Margrethen neben ihrem Zollhäuschen standen und plauderten, stießen sich gegenseitig an, als sie Julia und Leo in Zäks Auto sahen. Julia winkte ihnen wie bei der Einreise lächelnd zu, sie winkten fröhlich zurück und ließen den Wagen passieren.

Leo wagte es kaum, seine Freude zu zeigen, machte heimlich eine Beckerfaust und flüsterte: „Yess, halb geschafft!"

„Freu dich nicht zu früh, jetzt kommen die Österreicher, die sind beinhart." Julia hatte die EU-Zollstation bereits im Visier und vertraute wieder ganz ihrem strahlenden Lächeln.

Bedauerlicherweise hatte einer der Österreicher Lust auf Arbeit. Er stellte sich dem Cabrio in den Weg und winkte es an den Straßenrand.

Leo wurde bleich und bekam feuchte Hände. „Und jetzt? Haben wir überhaupt eine Zulassung für die Karre?"

„Jetzt lässt du mich machen. Nimm den Marder auf den Schoß und streichel ihn."

Leo griff nach hinten und holte seinen kleinen Freund nach vorne. Giacomo genoss die Massage und schnurrte leise. Der Beamte trat an Julias Fenster. Sie stellte den Motor ab und ließ die Scheibe herunter.

„Haben Sie etwas anzumölden?"

Julia schüttelte den Kopf. „Wir haben nur eine kleine Spritztour mit unserem Hamster gemacht. Der muss ja mal an die frische Luft."

Der Zöllner schaute skeptisch ins Wageninnere. „Hamster?"

„So eine … eine Art", stotterte Leo und wandte sich seinem Schoßtier zu.

Der Zöllner bekam schmale Augen. und sagte komplett humorlos: „Öffnen S' doch bittschön einmal den Kofferraum."

Leo hielt sich an Giacomo fest, als Julia ängstlich ausstieg. Ihr klopfte das Herz bis zum Hals. Sie hatte nicht die leiseste Idee, was zu tun sei.

„Wissen Sie …", versuchte sie, Zeit zu gewinnen. „Das ist … also der Wagen gehört einem Freund."

„Bittschön aufmachen", beharrte der Zöllner.

Als sie den Schlüssel in das Kofferraumschloss steckte und gerade den Deckel öffnen wollte, kamen die beiden Schweizer Zollbeamten, die Julia und Leo auf der Wiese verhört hatten, in ihrem Auto angefahren.

Der erste Schweizer stieg aus und ging zu dem Österreicher.

„Isch guat, Kollege, die zwei Verliebten hän mir scho kchontrollieret. Alles sauber."

Julia drückte die bereits einen Spaltbreit geöffnete Kofferraumhaube kräftig zurück in ihre Verriegelung und atmete auf, als der Schweizer auf sie zukam.

„Mir hän hier noch öppis für Ihren Alpenhamschter. Birchermüesli für Nagetiere. Düs stellt ein Fründ von mir her. Sie kchönnet es auch über desch Internet nachbestellen, wenn das hier fertig hat. Salü und guate Reise."

Er überreichte der perplexen Julia eine Tüte „Hamster-Bircher" (www.hamsterbircher.ch) und verschwand gut gelaunt in seinem Dienstwagen.

Der Österreicher taute auf und flüsterte Julia zu: „Wann die Schweizer finden, dass Sie sauber san, dann san Sie sauber. Gute Weiterfahrt."

Der Jubel, in den Leo und Julia kurz hinter der Grenze ausbrachen, war frenetisch. Giacomo hielt sich die Ohren zu, Julia öffnete während der Fahrt das Cabrioverdeck.

Gemeinsam schrien sie ihren Triumph in die Bergwelt hinaus, wo ihre Stimmen, so kam es ihnen vor, von allen Felswänden der Alpen zurückhallten.

✦✦✦

EIN HALBES JAHR SPÄTER

Julias Businessplan schlug ein wie Leos Ballonkorb auf der Wiese bei Rheineck. Die für das gestohlene Diebesgut ausgelobten Belohnungen waren üppig. Zusammen mit dem Verkauf des Bellagio und einem großzügigen Bankkredit, der durch den Wert des Kandinsky mehr als abgedeckt war, reichten sie für die komplette Renovierung des Hotels „Seeblick" aus – inklusive der neu eingerichteten „Kulturscheune", deren Wand Leos restaurierte Graffiti zierten.

Die Erbschaftssteuer für den Kandinsky hatte das Bayerische Landesamt für Steuern (BayLfSt) Leo weitgehend erlassen, weil er sich bereiterklärt hatte, das Bild der Öffentlichkeit zugänglich zu machen.

Julia hatte ihr Praktikum in Paris und New York erfolgreich absolviert und bei allen Gelegenheiten auf das neu entstehende „Öko- und Kulturzentrum" am Kochelsee hingewiesen. Die ersten Anmeldungen trudelten bereits bei Leo ein, als Julia noch in Übersee war.

Als er sie am Tag vor der Wiedereröffnung des Hotels am Flughafen in München abholte, fielen sie sich in die Arme.

„Ich hab dir so viel zu erzählen", fing sie aufgeregt an.

Leo bremste sie. „Hast du dich denn schon entschlossen, wo du als Nächstes hingehst? Berlin?", wollte er wissen. Er war skeptisch, wie sie auf seinen letzten Brief nach New York reagieren würde, in den er ein Foto von der liebevoll restau-

319

rierten Kandinsky-Suite gelegt hatte: Auf dem Himmelbett lag eine Rose. Nachdem Leo den Brief in den Postkasten gesteckt hatte, waren ihm Zweifel gekommen, ob das nicht zu kitschig wäre, und als er von Julia keine Antwort bekommen hatte, war er komplett verunsichert gewesen.

„In Berlin habe ich meine Zelte endgültig abgebrochen. Meine Wohnung übernimmt eine Freundin." Sie machte eine kleine Pause. „Fahren wir raus zum See?"

Auf der Fahrt berichtete sie ihm ausführlich von ihren Erfolgen bei der UNESCO und ihren cleveren Werbeeinsätzen für das Hotel. Eine Antwort auf seinen Brief behielt sie vorerst für sich. Und direkt danach zu fragen, traute sich Leo nicht, noch nicht.

Der Hype um das wieder aufgetauchte Meisterwerk und die am nächsten Tag stattfindende Eröffnung des Hotels „Seeblick" war riesig.

In der Lobby hing der Kandinsky mit seinen goldenen Sternen über dem Schlüsselbord der Rezeption – durch Bewegungsmelder und eine Sicherheitskamera diskret bewacht. Bei der Renovierung des Hotels hatte Leo penibel darauf geachtet, dass das historische Flair des alten Hauses nicht übertüncht wurde. Das Versteck in der Wand wurde sogar in seinem ursprünglichen Zustand belassen und mit einem Rahmen aus Acrylglas und einem erklärenden Text zum Schicksal des Bildes versehen.

Daneben stand inmitten einer enggedrängten Gruppe von kunstinteressierten Gästen Josephine, die gerade die aufregende Geschichte des Bildes beendete: „… Tja, und so kam es, dass die echte ‚Sternennacht über dem Kochelsee' nun endlich wieder da hängt, wo sie hingehört! Im Kunsthotel ‚Seeblick'."

Die Gäste applaudierten, Josephine zwinkerte Marco zu, der in einer coolen Pagenuniform Flyer verteilte.

„Und wer jetzt vielleischt Luste bekommen hat, mit eine phantastische Gondola eine Rundefahrte zu machen über die herrlische Kuschelsee … oder sonst vielleischt auf die nächste Biennale in Venezia … kommen Sie …"

Einige der Gäste steckten sich Flyer ein und gingen in den gepflegten Park, andere machten es sich in der Bar bequem, wo Margarete hinter der Theke stand. Sie mixte für sich und Ziegelstein, der ihr gegenüber auf einem der Barhocker saß, zwei Wodka Martinis.

Ziegelstein stieß mit ihr an und schwadronierte. „Ist es nicht erhebend, ja von geradezu expressionistischer Schicksalhaftigkeit, dass der Kandinsky wieder an seinem ursprünglichen, gewissermaßen erdverbundenen, historisch angestammten Platz …"

„Ganz recht, mein Ziegelsteinchen", unterbrach Margarete ihn. „Und immer so gewählt und vornehm in der Sprache … Sag, kannst du vielleicht auch ein bisserl Wienerisch oder irgendwelche anderen aufregenden Dialekte?" Sie kippte ihren Cocktail herunter und sah Ziegelstein mit einem unzweideutigen Blick an. Ziegelstein traten winzige Schweißperlen auf die Stirn.

Im Garten ließ man zur Feier des Tages ein paar Luftballons in Form von kleinen Montgolfieren steigen. Sie flogen hoch über das Hotel hinweg, wo die Möwen mit ihnen spielten.

Giacomo lehnte in einer Dachluke und schaute sich das Treiben diskret von oben an. Er wusste, dass seine Anwesenheit zwischen den Feiergästen nicht erwünscht war, auch wenn man ihm so viel zu verdanken hatte.

Auf dem Dachboden hatte Leo für ihn ein äußerst gemütliches Mini-Wohnzimmer eingerichtet. In einer Ecke stand ein winziger Flachbildschirm, davor ein rotes Samtsofa. An der Wand hing eine verkleinerte Reproduktion der „Sternennacht", zusammen mit einer Reihe von miniaturisierten 1A-Parmaschinken.

Leos Dankbarkeit dem kleinen Nager gegenüber war so groß, dass er ihm im Hotel ein Wohnrecht auf Lebenszeit eingeräumt hatte. Er hatte sogar einen ehemaligen Studienkollegen, der inzwischen als Modellbauer arbeitete, beauftragt, für Giacomo das angemessene und geschmackvolle Mobiliar anzufertigen.

Giacomo legte sich gelangweilt auf sein Sofa und sah fern. Die Dokumentation über Erdmännchen, die in der 30. Wiederholung gezeigt wurde, kannte er in- und auswendig. Deshalb ließ er seinen Blick schweifen und entdeckte in einer anderen Ecke des Dachbodens ein appetitlich aussehendes, locker verlegtes Stromkabel.

Er stand auf, näherte sich dem Kabel und biss lustvoll hinein. Es funkte heftig. Der Marder bekam einen Schlag und wurde zur Dachbodentür geschleudert, der Erdmännchenfilm endete abrupt. Giacomo hatte angekokelte Haare und schaute verängstigt zu dem Kabel, aus dem Funken sprühten. Zu Sicherheit verließ er zügig den Ort des Geschehens.

Leo hatte die Honneurs erledigt, eine brillante Eloge auf seine Vorfahren und das traditionsreiche Haus gehalten und war froh, eine Gelegenheit gefunden zu haben, mit Julia dem Trubel für einen Moment zu entfliehen. Nach der zärtlichen Liebesnacht, die sie bis in die frühen Morgenstunden in der Kandinsky-Suite miteinander verbracht hatten, war ihnen nicht nach Gesellschaft.

Auf dem Weg zum Bootssteg musste Leo noch Inspektor Furtwanger abwimmeln, der glücklich war, den frischgebackenen Hausherren endlich am Wickel zu haben.

„Herr Sailer, ich muss Ihnen gratulieren. Ich habe mir die Immobilie von oben bis unten angeschaut, großartig renoviert. Insbesondere der Brandschutz, das ist ja immer das Wichtigste, vorbildlich." Furtwanger ergriff Leos Hände und drückte sie emphatisch. „Und nochmals herzlichen Dank, dass Sie … damals … und auch Frau Dehne …"

„Schon gut, Herr Furtwängler", unterbrach Julia ihn und zog Leo weg, „wir haben heute leider noch ein paar andere Gäste."

Damit verschwanden sie zum Bootssteg, wo sie in ein neben einer venezianischen Gondel liegendes Ruderboot hechteten, bevor sie noch mehr unerwünschten Gästen begegneten.

Leo griff in die Riemen und ruderte hinaus auf den See. Als sie an einer Stelle angelangt waren, von der aus man einen besonders schönen Blick auf das Hotel hatte, legte Leo die Ruder ab und kniete sich feierlich, wenn auch wankend, vor Julia auf die Bodenbretter.

„Julia, nach allem, was wir zusammen durchgemacht haben, und auch wenn ich kein Frauenheld, sondern vielleicht eher ein langweiliges Landei bin, das manchmal fürchterlich kitschige Briefe schreibt, also würdest du …"

„Soo langweilig fand ich's gar nicht. Also, heute Nacht … und über den kitschigen Brief mit der Rose …"

„Ja?" Leo bebte innerlich vor Aufregung.

„… habe ich mich sehr gefreut."

„Echt?"

„Ja …" Da war er wieder, der kleine braune Fleck im grünen rechten Auge. Leo konnte sich gar nicht daran sattsehen.

Aber er riss sich zusammen und holte tief Luft. „Wie auch immer: Willst du meine …" Er öffnete ungelenk eine kleine Schmuckschachtel mit einem Ring darin. Dabei wackelte das Ruderboot so stark, dass der Ring beinahe ins Wasser gefallen wäre.

Julia fiel ihm um den Hals. „Ja … Ja? … Ja!" Durch ihre ungestüme Umarmung kippte das Boot fast um. Als die beiden Liebenden sich wieder gefangen hatten, riss Leo ungläubig die Augen auf. „Nein …"

Er zeigte stumm zum Hotel, aus dessen Dachstuhl kleine Flammen schlugen und eine dünne Rauchfahne aufstieg, um die ein paar Möwen kreisten.

„*Giacomo!!!*", schrien Leo und Julia synchron voller Entsetzen.

✦✦✦

EPILOG

Übrigens: Die lokale Feuerwehr konnte unter der umsichtigen Leitung von „Oberbrandmoaster" Zapfinger das Schlimmste verhindern, und die Versicherung übernahm die Kosten des Schadens klaglos. Der Kandinsky blieb unbeschädigt, das Hotel wurde gerettet und schon bald schöner eröffnet, als es je zuvor war.

✦

Wäre dies ein Film, wären die folgenden Bilder neben dem Abspann zu sehen:

• Julia und Leo fahren auf Mountainbikes gutgelaunt einen Hang hinab. Im Gegensatz zu ihr ist Leo eingepackt in Protektoren und Airbags, sein Bike ist ein Dreirad.

• Margarete und Ziegelstein betreten als Touristen einen Pub neben der Tate Modern in London, „The Gin Tonic".

• Farkas, Zäk und Toto sitzen in Gefangenenkleidung beim Skatspielen in einer Zelle.

• Marco und Josephine stehen auf einer Gondel in Venedig. Er als Gondoliere, sie im weißen Bikini in 50er-Jahre-Pose. Hinten an der Gondel hängt ein Schild „Frische Verlobten" – und eine Reihe im Canal Grande schwimmender Blechdosen.

• Giacomo schaut mit Sonnenbrille cool hinter sich. Auf der Lehne seines Regiestuhls steht: „Giacomo's Animal Stunts".

ENDE

✦✦✦

DANKSAGUNG

Wir danken Susanne Wahl und Roman Hocke von unserer Agentur AVA International für ihr Engagement und die konstruktiven Anregungen.

Unser besonderer Dank gilt dem Verleger Michael Fleissner und der Verlagsleiterin Sissi Klauser, die an unseren Roman geglaubt haben. Weiterer Dank gebührt allen Mitarbeiterinnen und Mitarbeitern des Verlags, Almut Schmidt (Lektorat), Wolfgang Heinzel (Grafik), Ralf Paucke (Satz), Michael Kraus (Presse-Marketing) und Sabine Sternagel (Produktmanagement).

Für die Gestaltung des Covers danken wir Christian Effenberger (Illustrator) und Jad Tohmé (KI-Simulation).

Großer Dank geht an Christiane Miller (Management) und Michaela Mattheis (Koordination) für ihre unverzichtbare Mitarbeit im Produktionsbüro Curtis Briggs.

Ebenso danken wir für die Unterstützung von Birgit Politycki und Petra Büscher (PR-Agentur), sowie Laura Jung und Julia Reymann-Englert (Cinemagine) für ihre Foto- und Filmarbeiten.

Zudem möchten wir all denen ganz besonders danken, die uns auf unterschiedlichste Weise unterstützt haben, wie Michael Beck, Peter Gersina, Steve Kaplan, Laura Karasek, Andreas Kirnberger, Harald Kügler, Thomas Obitz, Mathias Schwarz, Armgard Seegers-Karasek.

Curtis Briggs: Mein allergrößter Dank gilt meiner Frau Nina.

Stefan Lukschy dankt den fleißigen und kritischen Erstlesern Birgit Spießhofer und Eugen König. Vor allem aber verdanke ich meinen aufmerksamen Töchtern Josefine und Leonore viele kostbare Hinweise. Grenzenlosen Dank schulde ich meiner Frau Maria für ihre fortwährende Geduld, Kritik und Unterstützung.

21. 8. 74   2 ♣